국어시간에
슬로리딩을 만나다

국어시간에 슬로리딩을 만나다

발행일   2020년 12월 16일

지은이   김민정
펴낸이   홍성일
펴낸곳   구름학교 출판사
출판등록 2017. 8. 16.(제2017-000009호)
주소   경상남도 김해시 번화1로 79번길 4. 다인메디칼빌딩 8층 구름학교
홈페이지 https://thecloudsschool.com
이메일   gayoung@thecloudsschool.com
전화번호 (055)333-6309

편집/디자인 (주)북랩 김민하
제작처   (주)북랩 www.book.co.kr

ISBN   979-11-967221-4-2 03800 (종이책) 979-11-967221-5-9 05800 (전자책)

이 도서의 국립중앙도서관 출판예정도서목록(CIP)은 서지정보유통지원시스템 홈페이지(http://seoji.nl.go.kr)와
국가자료공동목록시스템(http://www.nl.go.kr/kolisnet)에서 이용하실 수 있습니다.
(CIP제어번호: CIP2020052901)

| 달팽이걸음으로 천천히, 슬로리딩 꽃이 피었습니다 |

국어시간에 슬로리딩을 만나다

김민정 지음

한 권의 책을 제대로 읽으며
오롯이 성장하는 중학생들과 국어교사의 이야기

마중 글
나는 오늘도 도전한다

2016년 처음 슬로리딩을 만났다. 첫 만남은 충격으로 시작했다. 겨우 한두 쪽의 텍스트를 읽으면서 여기저기 샛길로 빠져 깊이 고민할 수 있다는 데 놀랐고, 그 몰입의 과정이 너무나 즐겁다는 것에 또 놀랐다.

국어 교사로서 독서 감상문을 강조하던 시절이 있었다. 그렇게라도 학생들이 책을 읽도록 하고 싶었다. 학생들이 제출한 독서 감상문을 보면서 과연 학생들이 책을 읽으며 얼마나 배우고 성장했을지 의문이 들기 시작했다. 감상문을 제출하는 데 급급한 학생들의 모습 속에서 작품과 만나는 울림의 지점은 찾기 어려웠다. 적은 양이라도 가슴에 울림을 줄 수 있어야 책을 읽었다고 말할 수 있지 않을까? 그 순간 학생들에게 책 읽기는 또 하나의 과제일 뿐, 배움도 성장도 아니었다는 것을 깨달았다. 나는 아이들에게 무엇을 강조한 것일까?

슬로리딩은 초등학교에 적합할 뿐, 중학교와 고등학교에서 시도하는 것은 무리라고 말씀하시는 분들도 계신다. 물론 슬로리딩을 정규 시간에 적용하기에는 초등학교의 교육과정 운영이나 여건이 좀 더 원활한 것은 사실이다. 그렇다고 해서 중학교, 고등학교에서 시도조차 하지 않을 이유는 없다. 초등학교, 중학교, 고등학교의 학교급별로 학생에게 필요한 배움을 고민하고 상황에 따라 유연하게 조율하며 교사수준의 교육과정으로 충분히 만들 수 있다.

물론 중학교 정규 수업 시간에 슬로리딩을 진행하기는 생각보다 쉽지 않다. 성취기준을 고려해야 하고, 교육과정 재구성에 대한 고민을 늘 안고 있어야 한다. 고입 내신에 반영되는 평가까지 고려해야 하기에 부담이 크다. 학생들과 자유롭게 작품을 넘나들며 즐기기에는 현실적으로 넘어야 할 산이 많다. 중학교가 이러할진대, 고등학교는 더 많은 제약이 교사의 발목을 잡는다. 그러나 그 속에서도 학생들을 가장 먼저 떠올리며 용기 내어 교실에서 열정적으로 슬로리딩을 실천하는 많은 선생님들을 나는 알고 있다. 나도 그중의 한 명일 뿐이다.

교실은 교사에게 삶이다. 가끔은 삶의 방향을 재조정하고 갈래 길에서 하나를 선택해야 하는 순간을 마주하기도 한다. 실패하더라도 움직이며 도전할 것인가? 기존의 틀에 만족하고 안주할 것인가? 삶의 지혜를 발휘하여 조율하고 타협할 것인가?

나는 산을 넘고 강을 건너는 도전을 선택했다. 나는 넬슨 만델라의 "인생의 가장 큰 영광은 한 번도 실패하지 않음이 아니라 실패할 때마다 다시 일어서는 데 있다."라는 명언을 좋아한다. 실수하며 수업을 들여다보고 실패하며 다음 배움을 디자인한다. 그 길을 갈고닦으며 조금씩 변화하고 성장하는 학생들을 볼 때마다 다시 힘을 낸다. 내 교실은 책 읽는 즐거움보다 책을 통한 성장을 지향한다. 그렇기에 다소 무거운 느낌도 있다. 그러나 고민하고 노력한 만큼 학생들의 배움은 더해지고 성장은 몇 배가 된다. 수업 전 교사인 나도, 배움 속 학생도 함께 고민한다. 그래서 나에게 교실은 삶 자체이다. 교사도 배우고 학생들도 함께 성장하는 교실이다.

중학교와 고등학교에서 슬로리딩을 어떻게 실천할 것인지 연수를 통해 함께 고민을 나눴던 분들께 이 책이 작은 보탬이 되었으면 한다. 아이들과 치열하게 고민하고 땀 흘린 순간들이 선생님들 역시 한 걸음 뗄 수 있는 용기와 실천으로 이어질 수 있기를 기대한다.

항상 곁에서 피드백을 주시고 응원해 주신 비영리 민간교육단체 구름학교 대표 홍성일 선생님과 총괄기획팀장 최가영 선생님, 출판을 도와주신 북랩(출판사)과 구름학교 출판기획팀장 김유진 선생님, 서화영 선생님께도 감사의 말씀을 전한다. 달팽이교실 슬로리딩을 함께 했던 활천중학교와 수남중학교 학생들에게 진심으로 고맙다는 말을 전하고 싶다.

2020년 여름 끝자락이 가을빛을 닮아 발갛게 물들 즈음에

김민정

차 례

마중 글 나는 오늘도 도전한다   5

[물음] 왜 슬로리딩인가?   11

하나. 배움과 헛배움   ··· 12
둘. '찐' 배움 한 걸음, 무엇을 왜 배워야 할까?   ··· 15
셋. 슬로리딩과 교실철학을 연결하다   ··· 18
넷. 슬로리딩을 통해 아이들이 어떻게 성장하기를 바라는가?   ··· 27
다섯. 교육과정 문해력, 슬로리딩에서 해답을 찾다   ··· 40
여섯. 한 학기 한 권 읽기, 슬로리딩으로 꽃피다   ··· 68

[걸음] 시작하기 전, 고민 보따리 풀기   73

하나. '덕분에', '그럼에도 불구하고'   ··· 74
둘. 교사의 철학이 단단해야 흔들림이 적다   ··· 81
셋. 어떤 책을 슬로리딩할까?   ··· 86
넷. 제대로 된 교육과정 재구성에 해답이 있다   ··· 93
다섯. 교실 환경을 고민하다   ··· 97

[몰입] 천천히 그리고 깊게   99

하나. 느림의 미학, 다져지는 배움   ··· 100
둘. 표지와 제목을 신선하게 읽다   ··· 110
셋. 한 단어, 한 문장을 파고들다   ··· 117

[확장] 읽고, 연결하고, 나누다   **135**

     하나. 너와 나의 생각에 날개를 달다   ··· **136**
     둘. 한 걸음 더 나아가다   ··· **147**
     셋. 개성만점 내 맘대로 제목을 달다   ··· **160**

[질문] 질문하는 힘, 생각하는 힘   **181**

     하나. '왜?'로 시작하고 '아하!'로 매듭짓다   ··· **182**
     둘. 질문으로 등장인물 집중탐구   ··· **194**
     셋. 꼬리 물고 성장 질문 집중탐구   ··· **203**

[샛길] 엉뚱하게 낯설게, 샛길로 빠지다   **207**

     하나. 낯설게 바라보다   ··· **208**
     둘. 엉뚱한 상상의 힘, 쉬어 가는 매력   ··· **222**
     셋. 샛길로 빠지면서 질문하고 탐구하다   ··· **235**
     넷. 성취기준을 녹여 낸 배움의 확장   ··· **248**

[연결] 앎과 삶을 연결하다, 글로 풀어내다   **273**

     하나. 마음과 눈이 머무는 곳, 글로 풀어내다   ··· **276**
     둘. 나, 너, 우리의 삶을 들여다보다   ··· **282**
     셋. 앎을 연결하고 삶을 풀어 쓰다   ··· **289**

[성장] 평가와 피드백, 슬로리딩으로 빛나다   **299**

     하나. 피드백, 한 뼘 성장의 힘   ··· **302**
     둘. 슬로리딩 활동과 평가의 일체화   ··· **315**

[빛깔] 학생들에게 묻다, 나에게 슬로리딩이란?   **333**

     참고 문헌   **339**

[물음]

왜 슬로리딩인가?

하나.
배움과 헛배움

여러분은 '배움'이라는 단어를 보며 맨 처음 어떤 생각이 떠오르는 가? 나는 '배움'이라는 단어를 들으면 우선 설렌다. 지금까지 내가 알지 못했던 미지의 세계, 지식과 경험을 향한 여행이라는 그림이 떠올라 그 상상만으로 들뜨기 시작한다. 과연 저 너머에는 무엇이 있을지, 어떤 새로움이 존재할지, 그곳에 있는 무언가를 알아 가는 과정 그 자체만으로도 무료한 일상에 신선함과 설렘을 선물 받는다.

학창 시절을 돌이켜보면 '배움'에 설레고 들뜬 적은 없었던 것 같은데, 선생님이 된 지금은 왜 눈빛부터 열정으로 변하는 것일까? 이 불가사의한 현상에 대해 곰곰이 생각해보면, 그 해답은 교실 풍경과도 관련되는 듯하다. 내가 어릴 적에는 교실이 콩나물시루처럼 60명이 넘는 학생들로 꽉 찼다. 그때는 교실이 복잡하다거나 불편하다는 생각을 못 했다. 같은 크기의 교실에 20명, 많아야 30여 명의 학생이 공부하는 요즘의 교실을 보면 어떻게 그 속에서 공부하고 떠들고 도시락까지 먹으며 지냈는지 신기하기만 하다.

나는 어릴 적부터 뼛속 깊이 감성파 문과생이어서 국어 선생님과 국어시간을 좋아했다. 그럼에도 불구하고 이해할 수 없는 것은 국어 선생님의 말투, 글씨체, 성함까지도 또렷이 기억이 나지만 국어시간에 무엇을 배우고 익혔는지, 어떤 작품에서 감동적인 구절로 내 가슴이 뛰었는지, 내 머리와 가슴에 남은 흔적을 알기 어렵다는 것이다. 그야 말로 '헛배움'이라 해도 과언이 아닐 듯하다. 내 인생에 영향을 주시고 교실에서 그야말로 애쓰셨던 많은 스승님들께는 참으로 송구하지만 그렇게 결론을 낼 수밖에 없다.

내친김에 '배우다'와 '헛배우다'의 정확한 사전적 뜻을 찾아보기로 했다.

배우다	헛배우다
• 새로운 지식이나 교양을 얻다. • 새로운 기술을 익히다. • 남의 행동, 태도를 본받아 따르다.	• 실속 있게 배우지 아니하여 잘 모르고 써먹지 못하다. • 배워야 할 것을 배우지 아니하고, 배우지 말아야 할 것을 배우다.

사전적 뜻을 곱씹어 보니, 내가 '헛배웠다.'라고 생각한 이유를 알았다. 내가 배웠던 것은 생활 속에서 어떤 식으로든 써먹지 못했고, 배우지 않아도 되는 것들을 죽어라 외웠다. 지금으로부터 30년 전의 교육과 교실은 동일성을 강조하던 교육과정이라 그럴 수밖에 없었다 해도 학생의 배움과 성장에 큰 물결과 파도는 남지 않았다.

그렇다면 지금의 교실에서는 '헛배움'이 아닌 진정한 '배움'이 가득차 있는가? 나 역시 내 교실을 들여다보며 늘 반문하게 된다.

'배워야 할 것을 익히며, 실속 있게 배워서 써먹을 수 있는 배움'

'배움'의 중심축을 국어 교실 속 책 읽기와 연결해 보면 어떨까? 책을 읽는 과정이야말로 인생에서 맛볼 수 있는 희로애락과 다양한 삶의 모습을 배울 수 있는 기회를 제공한다. 꼭 문학작품에 한정할 필요는 없다. 비문학을 통해서도 삶을 통찰하며 자신의 지식과 사고를 한층 성숙하고 심화할 수 있다. 결국 책 읽기를 활용한 수업은 책을 매개로 삶을 배우고 생각하는 힘을 익히는 과정에서 배움의 설렘을 경험하고 실속 있게 배워 삶의 조각들에 적절하게 써먹을 수 있는 배움을 만들어 준다. 책 속 등장인물의 상황과 심리를 느끼고, 자신이 등장인물이 되어 작품 속 사건과 상황에 몰입하는 경험을 주는 교실, 단순히 작품의 기본 뼈대나 줄거리와 사건에 한정하지 않고 그 작품과 관련된 사회 맥락적 배경지식과 시대적 특성을 이해하며 한층 높은 시선을 갖게 하는 교실, 작품 속 장면을 가슴 떨리게 만나는 순간마다 겉핥기가 아니라 궁금해서 못 견딜 정도의 호기심과 스쳐 지나갈 수 없는 수많은 질문을 품을 수 있는 교실, 중심주제에서 살짝 벗어난 듯한 샛길 탐험을 항해하며 자연스레 앎과 삶이 어우러지고 자기만의 생각으로 스스로 성장하는 배움의 교실, 이와 같은 배움을 중학교 국어 교실, 바로 나의 달팽이교실에서 펼쳐보고 싶었다.

둘.
'찐' 배움 한 걸음,
무엇을 왜 배워야 할까?

"선생님, 저 책 ○○권 읽었어요."
"선생님, 저는 독서기록장 ○○개 적었어요."

국어 교사라면 학생들이 얼마나 책을 열심히 읽고 있는지 그 양을 기준으로 자랑삼아 말하는 풍경을 심심치 않게 보았을 것이다. 물론 다양한 분야의 다독은 학생들에게 꼭 필요한 배움이다. 그러나 문제는 자신이 무엇을 읽고 어떻게 이해했는지, 어느 장면에서 어떤 생각과 감동을 했는지, 등장인물의 입장과 처지를 마치 자신의 일처럼 깊게 몰입하는 경험을 한 후 이를 제대로 말하고 생각할 수 있는 학생들이 적다는 데 있다.

삶의 조각들을 스치듯 마주하는 것으로는 생각할 힘이 솟구치지 않는다. 치열하게 만나고 고민하는 과정이 있어야 비로소 성장할 수 있다. 물음표로 시작된 고민을 해결하는 과정에서 사고가 성숙해진다. 의문을 풀고 헤쳐 가는 과정에서 미지를 향한 기대와 설렘이 싹튼다. 이런 치열한 과정이 있어야 결국 알찬 배움으로 물들 수 있다.

몇 년 전 친정어머니, 딸과 함께 유럽 여행을 다녀온 적이 있다. 길눈도 어둡고 겁도 많은 나였기에 남편도 동행하지 않은 유럽 여행은 그야말로 도전이었다. 그러나 나는 그 여행을 반쪽짜리 도전이라고 평가한다. 겉보기에는 모녀 3대 여행기로 그럴싸했지만, 기본적인 정보만으로 버스에 오르내리며 관광지에 발만 담그고 사진만 남은 패키지여행이었기 때문이다. 잠잘 곳을 고민할 필요도 없고 식사 메뉴를 선택할 필요도 없는 너무나 편한 여행이었다. 큰맘 먹고 다녀왔지만 나는 유럽의 그 흔한 관광지에 대한 정보도, 그때의 감흥도 없는 껍데기뿐인 헛여행이었다고 말한다. 그로부터 몇 년 뒤, 다른 곳으로 자유여행을 다녀왔다. 물론 지인의 동행과 도움이 있었지만 나에게는 새로운 도전이었다. 가고 싶은 장소와 숙소는 최대한 동선을 고려하여 선택했고 길을 헤매기 일쑤였다. 그러나 들른 곳의 날씨와 바람 향기, 그때의 내 기분과 감정, 아이의 웃음소리와 투정, 현지인과의 짧은 눈인사, 택시 기사 아저씨에게 했던 더듬거렸던 영어 몇 마디 등 모든 것이 기억난다. 길을 헤매면서 느꼈던 낯섦과 함께 그 여행의 기억은 내 가슴과 머리에 '찐' 여행에 대한 특별한 빛깔로 자리매김했다.

패키지여행이 겉만 핥고 독서기록장만 남은 수박 겉핥기 배움이라면, 자유여행은 매 순간 생각하고 고민하며 스스로 배움을 만들어낸 자신만의 깊이 있는 배움이다.

물론 앞의 여행을 다녀온 후 사진을 보면서 여행의 찰나들을 회상할 수도 있다. 그러나 나는 내 생각과 의도를 담아 낯선 길을 헤매면서 한 걸음 두 걸음 천천히 걸으며 했던 여행이 좋다. 상념에 잠기고 공기를 가슴속에 가득 담는 나만의 여행이라서 의미가 깊다. 배움 역시 그러해야 하지 않을까? 빠른 속도로 훑고 지나가는 과정 속에서 생각하고 익힐 시간조차 없이 따라가는 데 급급한 배움에 무엇이 남아 있을까? 궁금하거나 모르는 단어를 익히며 새로운 발견을 할 수 있는 배움, 문장을 통해 맥락을 파악하며 깊이 빠져 보는 배움, 그 과정에서 불쑥 튀어나오는 다소 엉뚱한 물음에도 꼬리에 꼬리를 물고 찾아가며 실제 몸으로 익히는 배움, 그것이 진정한 '찐' 배움이다. '찐' 배움은 천천히 깊게 읽으며 자신의 생각과 물음을 좇아 배우고 익히는 과정이다. 그래서 겉에만 머물지 않고, 켜켜이 몸과 머리에 배움이 스며들고 깃든다. 이렇게 자리 잡은 '찐' 배움은 자신도 모르게 생활 속에서 다양한 모습으로 도출된다.

요즘 우리 아이들은 빠른 속도로, 많은 양을 경쟁하듯 책을 읽는 경향이 있다. 우리나라 입시가 이러한 특성을 익히도록 내몰았는지도 모르겠다. 청소년기는 모든 것이 폭발적으로 성장하고 변화하는 시기이다. 청소년 때 만난 한 분의 인생 멘토, 가슴을 울린 구절 하나가 강렬한 힘으로 남아 인생에 빛을 선물할 수도 있다. 그러나 정작 우리 아이들은 살아가면서 가장 순수한 마음으로 작품을 오롯이 이해하고 감성의 흐름대로 받아들이기 좋은 그 시절을 즐기지 못하고 있다. 책 읽는 참맛을 모르고 자신만의 빛깔로 사색하기는커녕 생각의 깊이보다 양으로 채우는 모습이 안타깝다. 이런 아이들에게 어휘 하나에 담긴 작가의 의도나 상징적 의미를 음미하려는 노력은 찾아보기 어렵다. 오히려 자신의 책 읽기가 입시에 어떤 영향을 미치는가에 더 큰 관심이 있다. 순수한 시절에 가슴을 울린 시구와 섬세한 문장이 살아가면서 큰 위로와 힘이 될 수 있음을 우리 아이들이 느끼면 좋겠다. 밥을 입에 넣고 대충 씹어 삼키면 참된 밥맛을 알기 어렵다. 쌀을 곱게 씻어 냄비에 넣어 적당히 물을 부은 뒤 보글보글 끓여낸 밥을 한 숟갈 떠서 입에 넣고 천천히 계속 씹으면, 어느 순간 쌀밥 본연의 단맛을 음미하게 된다. 목을 타고 넘기는 순간은 감미롭기까지 하다. 이와 같이 천천히 한 글자 한 글자, 한 문장 한 문장을 생각하고 시의 한 행 한 행을 곱씹으며 천천히 익히는 슬로리딩을 중학교 3년 중 한 번쯤은 맛보게 하고 싶다.

셋.
슬로리딩과
교실철학을 연결하다

  천천히 깊게 읽는 슬로리딩은 어떤 교육의 철학과 맞닿아 있을까? 슬로리딩을 가르치는 교사는 여러 교육철학과 슬로리딩이 어떤 연결점이 있는지 연구하고 고민하며 자신만의 슬로리딩에 대한 교육철학을 굳게 다져야 한다. 그래야 교실에서 학생들과 함께 슬로리딩할 때 흔들림이 적다.

  좀 더 편한 방법과 쉬운 틈은 항상 우리 곁에 존재한다. 때로는 그편이 더 효율적으로 보일 때도 있다. 그러나 한 권의 책을 '읽어라, 읽어 와라'가 아니라, '함께 읽고 같이 생각하자'가 실현되려면 교사가 헤쳐 나가야 할 과제가 한둘이 아니다. 단편적인 수업으로 끝나지 않으려면 교실에서 추구하는 몇 가지 중심축이 필요하다. 우리는 그것을 교실철학이라고 부른다. 예전에는 다양한 연수를 통해 '어떻게'에 초점을 두고 수업 방법적 측면에만 고심했던 적이 있다. 그러나 내 교실을 바라보는 시선과 가슴 울림이 담긴 흔들리지 않는 '왜'라는 철학이 없다면 백화점식 잡화 나열에 불과한 수업에 그치게 된다. 아이들이 문득 하는 "선생님, 이거 왜 해요? 이거 배워서 뭐 해요?"라는 질문이 매우 불편했다. 그 이유는 아이들에게 말해 줄 적절한 답이 궁했기 때문이다. 그때부터 교실에 대한 고민이 시작되었다. 철학적 고민 없이 이것저것 좋다는 방법만으로 내 교실을 채웠기에 알맹이 없는 껍데기가 될 수도 있다는 생각에 두려웠다. 교사는 '왜'라는 고민과 물음을 내 교실을 바라보며 끊임없이 던져야 한다. 깊은 고민이 담긴 교실은 시대에 따라 겉모습과 형식은 조금씩 변할지라도 그 속에 담긴 중심 철학은 더욱 단단해진다.

　슬로리딩 수업도 방법적 측면에서 접근한다면 또 하나의 독서 방법의 등장에 그칠 수밖에 없다. 다독과 속독을 강조하더니, 이제는 천천히 읽기를 다시 해야 하냐며 볼멘소리를 낼 수도 있다. 다독(多讀)은 다양한 분야에 걸친 지적 확장으로서 의미가 있고, 슬로리딩은 철저히 이해하고 파고들며 곱씹게 되는 미독(味讀)과 지독(遲讀)으로서 의미가 있다. 한 권을 모르는 것 없이 깊게 이해하고 알아 가는 배움의 과정인 슬로리딩은 그런 측면에서 이해하고 접근해야 한다.

　슬로리딩과 관련된 교육철학과 작품 속 슬로리딩을 찾아 이야기해 보려 한다.

　　'전체는 전체 안에 있다.'
　　"하나를 완벽하게 배우게 되면 모든 것을 그것에 연결시켜 알게 된다."[1]

　슬로리딩은 작품을 감상하면서 겉핥기식으로 대충 알고 넘어가지 않는다. 하나의 단어, 한 줄의 문장에 담긴 맥락적 의미를 곱씹고 생각한다. 문단을 중심으로 이해하고 완벽하게 익히는 과정을 거친다. 그러면서 한 문장이 가지는 단편적인 의미만이 아니라, 문장과 문장 사이에 감추어져 있는 숨은 뜻을 파악한다. 작품 속 상황과 중심 사건, 등장인물에 관한 정보를 배경지식과 연결하여 관계 짓고 추론하며 작품에 대한 정보를 연계성 있게 논리적으로 사고한다. 어느 한 영역의 배움이 완성되면 단순히 그 영역의 배움에만 머물지 않고 더 넓

---

[1]　랑시에르의 '무지한 스승'에는 프랑스인 자코토라는 인물이 등장한다. 자코토는 네덜란드어를 전혀 몰랐고 그가 가르쳐야 할 학생들의 3/4은 프랑스어를 전혀 하지 못하는 상황에서 프랑스어 문법과 철자법을 정확히 지키면서 학생들이 프랑스어로 글을 쓸 수 있게 했다. 이 과정에서 자코토가 얻은 깨달음으로 '보편적 가르침'이라는 교육법이 등장한다. '보편적 가르침'은 크게 다음의 세 가지 원리를 중심으로 구성된다. '모든 사람은 동등한 지적 능력을 갖고 있다', '누구나 자신이 알지 못하는 것을 가르칠 수 있다', '전체는 전체 안에 있다'가 그것이다(『랑시에르의 무지한 스승 읽기』, 세창미디어, 38~57쪽).

은 배움, 또 다른 배움으로 확장되고 연결된다. 작품에 사용된 의미 있는 단어 하나를 깊게 이해하며 생각의 흐름을 좇다 보면, 작품 속 인물의 행동이 이해되고 작가가 그렇게 표현한 이유를 짐작하게 된 경험이 있을 것이다. 이와 같이 학생이 작품을 통해 구체적인 정보를 완벽히 익히면 배경지식과 경험을 바탕으로 새로운 것을 익힐 수 있다. 모든 세상의 정보는 별개의 영역이 아니라, 정교하게 연결되어 있기에 가능한 것이다.

책을 읽으며 단순히 줄거리 요약, 작가나 작품 속 등장인물에게 편지 쓰기 정도로 감상하는 데 그친다면 절대 익힐 수 없는 배움의 과정이다. 슬로리딩 교실에서 단어와 문장, 샛길 탐구 활동에 집중하는 이유가 바로 완벽하게 익히기 위한 과정에 있다. 양보다 질적 성장을 위해 천천히 곱씹으며 학생의 배경지식과 지적 호기심을 존중한다. 이러한 일련의 과정을 통해 삶과 앎이 연결된 깊은 책 읽기는 '하나를 알면 열을 아는' 성장의 경지에 이르게 한다.

나에게는 인상적인 그림책이 한 권 있다. 바로 모니카 페트의 『행복한 청소부』이다. 작품에 등장하는 평범했던 청소부는 어느 날 지나가던 엄마와 아이의 대화를 듣게 된다. 그 사소한 대화로 늘 보던 표지판을 다시 들여다보며 자신이 청소한 거리가 음악가의 이름을 딴 곳임을 인식한다. 평범했던 일상이 낯섦으로 다가와 강한 질문과 탐구의 세계로 들어가는 초입이 된 것이다. 그날 이후 그는 작곡가와 음악을 탐색하게 되는데, 단순히 음악을 듣고 작곡가의 특성을 이해하는 데 그치는 겉핥기식 탐색이 아니었다. 작곡가의 세계를 이해하려고 밤새 거실에 누워 음악을 듣고, 온몸으로 알아 가며 천천히 곱씹고 익히는 과정을 통해 마침내 스스로 깨우치는 단계에까지 이른다. 슬로리딩이 천천히 깊게 한 권의 책을 온전히 익히고 배워 자신의 것으로 만드는 깊은 탐색의 배움 과정인 것과 흡사하다. 청소부는 음악과 작곡가의 탐색에 멈추지 않고 그 지식을 문학, 작가의 세계와 연결하고 자신의 배움이 무한정 확장되는 경험을 하게 된다. 그야말로 하나를 완벽하게 익히면 모든 것을 그것에 연결해서 알게 되는 경지에 이른 것이다. 음악과 작곡가에 관한 완벽한 이해로 문학과 작가라는 또 다른 영역을 연결하고 익힌 청소부의 지적 탐험은 '전체는 전체 안에 있다'를 몸소 보여 준 장면이다. 우리 학생들도 좋은 작품 하나, 제대로 된 책 한 권을 천천히 깊게 마주하고 오롯이 탐색하는 과정만으로 또 다른 배움과 영역에 대한 확장으로 연결해 볼 수 있지 않을까?

> "아저씨는 전에는 한 번도 들어보지 못한 말들을 자꾸만 만나게 되었어. 어떤 말은 무슨 뜻인지 이해되었지만, 어떤 말은 이해되지 않았어. 그래서 무슨 뜻인지 알게 될 때까지 되풀이해서 읽었어. 저녁이면 저녁마다 아저씨는 책 속의 이야기들에 잠겨 있었어. 아저씨가 거기서 발견한 비밀들은 음악에서 발견했던 비밀들과 무척이나 비슷했어. 아하! 말은 글로 쓰인 음악이구나. 아니면 음악이 그냥 말로 표현되지 않은 소리의 울림이거나. 아저씨는 생각했어."
>
> - 『행복한 청소부』 中에서

나는 『행복한 청소부』에 담긴 철학적 가치를 다음과 같은 탐색 과정으로 슬로리딩과의 연관성을 중심으로 되새겨 보았다.

『행복한 청소부』를 읽으면 익숙함을 낯섦으로 재발견하는 순간이 나온다. 바로 이 순간에 비로소 주변은 미지의 탐험으로 이어지는 문이 된다. 자신이 맡은 거리와 표지판들이 유명한 작곡가의 이름을 딴 것을 알게 된 후, 유명한 사람들의 이름을 늘 코앞에 두고 있으면서도 정작 그들에 대해 아무것도 몰랐다는 것을 인식하는 청소부. 그 순간부터 익숙함은 낯선 탐험의 세계로 인식되고, 그 인식의 작은 불씨가 미지의 지적 세계로 향하게 한 출발점이 된 것이다. 첫 출발은 작곡가의 이름부터 나열하기, 신문에서 음악회와 오페라 공연 정보를 모으고 공연 날짜는 수첩에 적기, 입장권을 사고 양복을 입고 음악회장이나 오페라 극장으로 가기, 자신에게 무엇이 부족한지 인식하기 등으로 진행되었다.

청소부의 지적 탐험의 욕구가 청소부의 영혼을 깨웠고, 청소부의 배움을 향한 의지가 지적 탐험가로 변모시켰다. 그림책에서는 음악을 온몸으로 느끼며 진정한 몰입의 순간을 마주하는 모습을 이렇게 표현한다.

> "음악 소리가 솟아오르기 시작했어. 조심조심 커지다가, 둥글둥글 맞물리다, 산산이 흩어지고, 다시 만나 서로 녹아들고, 바르르 떨며, 움츠러들고…"
>
> — 『행복한 청소부』中에서

청소부의 음악에 대한 호기심과 지적 욕구는 파격적이며 혁명에 가깝다고 볼 수 있다. 늘 익숙하고 당연하던 일상과 거리, 표지판 이름들이 청소부의 욕구를 발견하는 중요한 단서가 되었으니 말이다. 배움에 있어서 스스로 움직이고자 하는 의지와 에너지는 가장 중요한 원동력이다. 이 의지가 청소부에게도 지적 능력의 발현에 결정적인 역할을 한다. 지금까지 청소부는 거리의 표지판을 닦으며 한 번도 궁금증을 가지지 못했던 사람이었다. 그러나 의외의 사건으로 청소부의 지적 능력이 잠을 깨고 배움을 향한 의지를 일깨웠다. 한번 시작된 질문과 배움을 향한 의지는 이전과는 다른 움직임을 일으켰다.

작품 속에는 음악가 탐색에 이어 작가의 책들을 읽는 청소부에 대해 이런 부분이 나온다.

> "아저씨는 전에는 한 번도 들어보지 못한 말들을 자꾸만 만나게 되었어. 어떤 말은 무슨 뜻인지 이해되었지만, 어떤 말은 이해되지 않았어. 그래서

무슨 뜻인지 알게 될 때까지 되풀이해서 읽었어."

- 『행복한 청소부』 中에서

랑시에르의 말처럼 누구나 자신이 알지 못하는 것을 가르칠 수 있다. 보편적 가르침에 의하면 학생들이 무엇인가를 안다는 것은 선생님의 설명을 듣고 배워서가 아니라 기호와 문장, 책을 반복적으로 암기하여 기억하는 것이다.[2] 청소부는 설명해 줄 선생님도 없었다. 그가 가진 순수한 지적 욕구와 배움을 향한 의지만으로 스스로 익히고 또 익혔다. 이러한 원리는 하시모토 다케시의 '은수저 공부법'에서 중요한 문구를 골라 외우고 쓰고 익히는 것과도 일맥상통한다. 학생 스스로 배움을 향해 계속 반복하고 익히도록 하는 것, 그 힘이 계속해서 또 다른 배움으로 이어질 수 있도록 도와주는 것, 그것이 가르침의 본질이 아닐까?

"저녁이면 저녁마다 아저씨는 책 속의 이야기들에 잠겨 있었어. 아저씨가 거기서 발견한 비밀들은 음악에서 발견했던 비밀들과 무척이나 비슷했어. 아하! 말은 글로 쓰인 음악이구나. 아니면 음악이 그냥 말로 표현되지 않은 소리의 울림이거나, 아저씨는 생각했어."

- 『행복한 청소부』 中에서

다시 작품 속 청소부 아저씨를 만나 보자. 한 가지를 완벽하게 이해하고 익히고 배우면 그것과 연결하여 다른 모든 것도 알 수 있다는 원리가 작품 곳곳에 나타난다. 청소부는 음악가와 음악에 대해 완벽히 익히게 되자 작가들의 많은 작품을 스스로 끊임없이 되풀이하며

---

[2] 주형일, 『랑시에르의 무지한 스승읽기』, 세창미디어, 38~57쪽

읽는다. 그리고 어느 순간 음악과 글이 서로 연결되어 있음을 스스로 인식하는 순간을 맞이한다. 음악과 말의 관계, 공통점과 차이점을 스스로 파헤치며 자신이 이미 알고 있던 지식과 연결하고 관련지어 익히고 배우며 터득했다.

이와 같이 『행복한 청소부』에 등장하는 청소부의 배움 과정과 지적 탐구에 대한 강한 의지는 하시모토 다케시의 '은수저 공부법'[3]과 절묘하게 연결되며 청소부 아저씨의 배움 과정을 통해 슬로리딩의 교육철학을 이해하는 데 도움이 된다.

나는 속도와 경제성을 중시하는 요즘의 우리 시대에도 배움에 있어서만큼은 그 반대의 방향으로 움직여야 한다고 생각한다. 슬로리딩 교실에서는 속도가 아닌 깊이를 중시하고, 양보다 질에 초점을 둔다. 행복한 청소부처럼 당연히 여겼던 일상의 한 단면이 낯설게 느껴지는 순간을 지나치지 않고 꼬리에 꼬리를 물고 질문하며 하나씩 익히는 과정 그 자체가 성장의 순간들이다.

슬로리딩 철학은 우리의 서당교육에서도 엿볼 수 있다. 서당교육에서도 배우고 익힘에 있어서 학생 스스로 한 글자, 한 문장을 추론하고 해석하는 과정이 이루어진다. 서당에서의 이러한 배움은 다독과 속독보다는 정독과 미독, 지독에 가깝다. 천천히 이해하고 깊게 생각하며 해석하는 과정에서 스스로 익히고 성장하는 배움, 그야말로 '찐' 배움의 과정이다.

'서당교육은 반드시 학동들로 하여금 스스로 해석하게 하되, 급하게 해석하지 않도록 하였다. 해석이 맞지 않으면 바르게 해석할 수 있을 때까지 고쳐 해석하게 하였다.'[4]

---

[3] 하시모토 다케시, 『슬로 리딩』, 조선북스, 2012
[4] 손인수 외, 『교육사신강』, 문음사, 1992, 74쪽, 『啞堂集』17 更辛苦法.
이범규, 「서당의 교육방법에 관한 고찰」, 고려대학교 교육대학원 석사학위논문, 1982.

'서당에서는 강(講)이 주된 교육 방법이었는데, 이미 배운 글을 소리 높여 읽고 그 뜻을 질의 응답하는 전통적인 교수 방법이다. 그날의 학습량은 숙독하여 서산(書算)을 놓고 읽은 횟수를 센다. 보통 1회의 독서량은 백독(百讀)이었다.'[5]

특히 서당에서의 '강(講)'을 통한 질의응답과 '백독(百讀)'의 읽기 과정은 슬로리딩 교실의 배움 과정과도 많은 관련이 있다. 즉 질문을 통해 함께 읽는 슬로리딩 활동, 단어의 의미와 문장의 맥락을 바탕으로 천천히 곱씹으며 눈이 머무는 곳을 깊게 읽고 여러 번 소리 내어 읽는 것과 흡사하다. 슬로리딩 교실에서는 한 번만 읽고 넘어가는 경우는 드물다. 읽다가 다시 앞으로 책장을 넘기고 작품 속 상황과 맥락을 추론하며 곱씹는 일이 자주 있다. 심지어 자신이 좋아하는 장면, 글쓴이가 제시한 의견, 등장인물의 대사, 구절 등에 몇 번이나 머물러 다시 생각하고 그 실마리를 바탕으로 친구들과 생각을 나누며 성장한다.

서당교육은 글의 뜻을 깨치는 방법으로 단어와 구절, 문장으로 조금씩 나아가 익히는 방법을 실시했는데, 이것 역시 슬로리딩의 배움과 익힘의 과정과 유사하다. 슬로리딩 수업을 하다 보면 학생들이 수업 시간을 통째 달라고 할 때가 가끔 있다. 그것도 두 시간 연강 수업인데도 마다하지 않는다. 단순히 작품의 골격을 이해하고 넘어가지 않기에 곱씹고 이해하는 과정에서 스스로 정리하고 적으면서 자신의 생각을 갈무리하고 싶은 생각이 들어서일 것이다. 한 권의 책 속으로 빠져드는 데 적어도 15분 이상 소요된다. 15분 이상 집중하고 파고들어야 어느새 작품 속으로 풍덩 들어가게 된다. 친구들과 함께 질문하

---

5) 이만규, 『조선교육사』, 거름, 1991.

고 대화하면서 깨치는 과정만큼이나 자신의 시간을 오롯이 할애하여 생각의 깊이를 더하는 것이 필요하기에 충분한 시간을 요구하는 것이다. 서당교육은 최종적으로 스승 없이 스스로 공부할 수 있는 경지까지 도달하게 한다. 그리고 학생이 배운 글을 소리 높여 읽고 물으며 대답하는 강(講)을 받아 학습이 철저히 된 것을 확인한 뒤에 그다음의 배움으로 이어 나갔다. 이와 같은 교육은 반복 학습과 완전 학습에 해당하며6) 슬로리딩 교실이 단어와 문장을 시작으로 천천히 깊게 읽고 익혀 가는 정독(精讀), 지독(遲讀), 미독(味讀)을 추구하는 것과도 연결된다.

---

6) 이범규, 「서당의 교육방법에 관한 고찰」, 고려대학교 교육대학원 석사학위논문, 1982, 38쪽.
   손인수 외, 『교육사신강』, 문음사, 1992, 74쪽.

넷.
슬로리딩을 통해 아이들이 어떻게 성장하기를 바라는가?

몇 년 전부터 내 머릿속에서 떠나지 않는 고민이 있다. 바로 '슬로리딩을 통해 아이들이 어떤 성장을 하기 바라는가?'이다. 교실이 존재하는 이유, 교사인 내가 존재하는 이유, 가르침과 배움의 경계가 사라진 교실, 교사와 학생이 함께 배우고 성장하는 교실, 그리고 그 배움과 성장 속에서 내가 부단히 움직여야 하는 이유를 끊임없이 찾고 있다. 교사라면 누구나 고민할 숙명적인 질문이다.

이 질문은 교사의 교실철학과도 연결된다. 나의 교실철학을 바탕으로 교육과정 재구성이 이루어지고 나의 빛깔이 담긴 나만의 수업디자인으로 구현되어 아이들과 내가 함께 익히고 배우는 장이 된다. 그 밑바탕에 바로 교실철학이 존재한다.

왜 슬로리딩인가? 슬로리딩을 통해 교사는 아이들에게 어떤 성장과 변화를 줄 수 있는가? 슬로리딩 수업을 통해 나와 아이들이 가야 할 최종 목적지는 어디인가? 이 답을 얻기 위해서는 방법적 접근인 '어떻게'보다 철학적 접근인 '왜'에 중점을 두어야 한다. 어떻게 수업할 것인가에 초점을 맞추면 단순한 교수학습 방법의 시도에 그치기 쉽다. 그러나 슬로리딩을 왜 하는지, 슬로리딩을 통해 어떤 가치를 추구하는지에 초점을 두면 아이들의 진정한 성장과 변화에 가장 큰 관심을 두게 된다. 그와 동시에 성장과 변화의 중심축에 아이들과 교사가 있게 된다.

슬로리딩을 통해 결국 우리 교실에서 내가 아이들에게 주고자 하는 성장 지점은 무엇일까? 단지 작품을 깊이 이해하는 독서교육을 위해 슬로리딩을 하는 것은 아닌지 고민할 때도 있다. 그러나 슬로리딩은 단순한 독서교육 방법이 아니며, 새로운 독서기법의 한 형태로만 접근해서는 안 된다. 배움중심 교수학습 방법의 한 형태에 한정해서 접근해서도 안 된다. 슬로리딩은 수업 방법과 독서기법 이전에 삶과 앎을 아우르는 배움의 철학적 접근이 선행되어야 제대로 이해하고 실천할 수 있다. 내가 만난 아이들은 슬로리딩을 통해 사고의 확장을 경험하고 작품에 풍덩 빠져 몰입의 순간을 경험하면서 다양한 변화와 성장을 겪었다. 어떤 방식으로 슬로리딩을 할지는 교사가 아이들에게 주고 싶은 교육의 방향과 가치의 지점에 따라 달라진다.

슬로리딩은 단어의 의미로만 해석하면 '천천히 읽기'이다. 그러나 단순히 천천히 읽는 것만이 슬로리딩은 아니다. 슬로리딩은 자기만의 방식으로 텍스트를 이해하고 해석하는 배움의 과정이다. 글에 담긴 단어와 문장을 곱씹으며 이면에 담긴 작가의 의도를 추측하고 상상하면서 이해, 분석, 종합하는 모든 과정을 경험하게 된다. 이를 통해 자기만의 방식을 찾고 자기만의 언어로 표현하여 결국 자기만의 빛깔을 가지게 됨으로써 삶을 주체적으로 살 수 있게 하는 힘을 갖게 하는 것, 나는 그것이 슬로리딩이라고 생각한다.

한 해 동안 나의 교실에서 슬로리딩을 경험했던 학생의 생각이 인상적이다. 학생의 생각 속에 나의 교실철학이 고스란히 담겨 있음에 고맙기만 하다.

> "슬로리딩은 향수라고 생각합니다. 왜냐하면 향수가 그 향과 향수를 뿌리는 사람의 체취가 어우러져서 자연스런 향이 나는 것처럼 슬로리딩의 기본 방식에 슬로리딩을 하는 사람의 생각이 어우러져서 자기만의 색깔이 담긴 사고활동을 하는 것이기 때문입니다."

2016년부터 지금까지 슬로리딩을 쉬지 않고 탐험 중인 내 교실 이름은 '달팽이교실'이다. 달팽이는 느리다는 특징이 있다. 그러나 단 1㎜를 움직이기 위해 온몸과 마음을 집중한다. 그리고 대지에 걸어온 흔적을 그대로 남긴다. 나는 우리 아이들도 자신의 몸과 마음을 다해 글을 마주하고 해석하면서 근거를 찾아 자기만의 생각을 만들고 자신의 세상을 만들었으면 한다. 나는 달팽이교실에서 우리 아이들이 살아가는 몰입의 힘을 기르고 이를 바탕으로 자신의 세상을 만들 수 있는 힘을 갖기 원한다. 그래서 오늘도 나는 실패와 실수를 반복하면서 아이들과 한 뼘, 두 뼘 시나브로 성장하고 있다.

 천천히 깊게 몰입하는 힘을 기르다

요즘 우리 아이들은 매우 간단한 텍스트를 읽는 데 익숙해져 있다. 스마트폰과 웹사이트, 각종 앱과 커뮤니티를 통해 콘텐츠별 특성을 상징적으로 담은 이미지와 영상, 간단한 소개 글이 담긴 정보를 늘 접한다. 몇 년 전만 해도 웹사이트에 줄글이 많았던 것 같은데, 요즘은 각종 영상매체와 이미지로 표현된 간단한 정보들로 둘러싸여 스스로 텍스트를 이해하고 해석하는 능력을 점점 잃고 있다. 생활 속에서 접하는 정보들이 점점 더 짧아지고 상징적 이미지로 표현되다 보니, 어느새 짧은 문장을 읽어 낼 인내심도 부족해지고 있다.

두어 줄 정도의 질문에도 "선생님, 이게 무슨 말이에요? 뭘 하라는 거예요?"라고 할 때가 있다. 분명히 전체 학생들을 대상으로 설명했고, 그것을 문장으로 친절하게 활동지로 만들어 제공했음에도 이런 현상은 해를 거듭할수록 더 심해지고 반복된다. 단순히 집중력이 낮아졌다거나 학습에 대한 관심과 의욕이 줄어들었다고 치부하기 힘들다. 이럴 때는 내가 그 아이 곁으로 가서 다시 한번 천천히 쉬어 가며 읽어 준다. 그러면 놀랍게도 아이는 "아하! 그 말이에요? 이제 알겠어요."라고 말한다. 똑같은 문장과 단어임에도 스스로 읽어 내지 못하고 해석하기 힘들어하는 이유는 무엇일까?

　요즘 아이들은 시간이 없다. 그래서 급하다. 천천히 생각하고 집중하면서 이해할 여력이 없다. 어릴 때부터 다양하고 바쁜 스케줄에 익숙해서인지 엉덩이 붙이고 시간과 공을 들여 한 가지 일에 몰두하고 생각하는 것을 힘들어한다. 많은 양의 정보에 노출되어 있지만 정작 꼭 필요한 정보를 자신의 생각과 욕구를 좇아 고민한 경험은 적다. 이렇게 성장한 아이들이 자신의 영역에서 끊임없이 무언가를 익히고 치열하게 고민하려 들까?

　나는 교실에서 우리 아이들이 텍스트를 마주하면서 천천히, 깊게 몰입하는 경험을 해 보길 바란다. 단어와 문장 속에 담긴 글쓴이의 숨은 의도를 찾아가며 자신의 삶과 연결하여 성찰해 보는 경험, 자신만의 시선으로 재해석하는 경험을 통해 몰입의 힘을 길렀으면 좋겠다. 깊이 몰입하는 힘은 지적 호기심의 발현으로 연결되어 더 큰 성장을 가져온다. 몰입의 힘을 기른 아이는 자신도 모르게 작품에 풍덩 빠지면서 익히고 배운 과정과 경험으로 한 단계 성장할 수 있다. 내 교실의 슬로리딩 수업의 목표가 책 읽는 즐거움을 알게 하기 위한 데만 있지 않다. 책을 읽는 즐거움과 감동을 넘어 몰입의 힘을 바탕으로 한 단계 성장하는 과정에 이르도록 도와주는 것에 최종 목표가 있다. 몰입, 배움, 성장이 유기적으로 연결되어 매일 한 뼘씩 자라는 모습을 관찰하며 천천히 깊게 읽는 슬로리딩 교실의 나와 아이들이었으면 좋겠다.

 실수와 실패를 두려워하지 않고 도전하는 삶을 살다

　"선생님, 이 종이 가로로 해요? 세로로 해요?"

"이름은 어디다 써요? 파란색으로 적어도 되나요?"

"저… 이렇게 적어도 돼요?"

"이렇게 쓰면 될까요?"

3월 수업 시간에 아이들이 내게 가장 많이 하는 말들이다. 이 말에는 누군가가 정해 놓은 울타리와 틀 안에 자신을 끼워 넣으려는 무의식적 행동이 담겨 있는 것 같아 안타깝다. 처음부터 자신이 하고 싶은 것을 찾아 확신을 가지고 배움의 과정을 만끽하기란 무척 어려운 작업이다. 그러나 일일이 교사가 만든 틀에 자신을 넣어 두려는 것도 바람직한 현상은 아니다. 왜 우리 아이들은 주저하고 머뭇거리며 자신의 사소한 행동 하나하나에도 자신감이 없을까?

요즘 가정에서 부모님들이 가장 신경 쓰는 자녀교육 중 하나는 아이들의 자존감을 키우는 것, 자신감 있는 아이로 성장시키는 것이다. 어려서부터 있는 힘껏 자신의 목소리를 높여 표현하는 유년기와 아동기를 보낸 세대임에도 불구하고 초등학교 고학년과 중학생이 되면 주변의 눈치와 상황을 과도하게 살피는 경향이 있다.

나는 달팽이교실에서 주로 흰 종이에 자신이 하고 싶은 형태로 함께 슬로리딩을 하고 있는데, 항상 나와의 첫 만남 한 달은 저런 질문들로 교실이 가득 찬다. 이유를 물어보니 실수하고 싶지 않고 다른 친구들과 다르게 하면 선생님이 야단칠까 봐, 또는 자기 마음대로 할 수 있다는 것 자체가 즐겁거나 설레는 게 아니라 오히려 부담이기 때문이라고 한다.

아이들의 이런 주저함과 두려움이 보일 때마다 나는 망설임 없이 "당연하지", "그럼요", "자기가 하고 싶은 대로 작성해도 됩니다."라는 말을 던진다. 배움의 주체인 아이들이 자기 자신을 스스로 믿고 존중해야 자신의 길을 당당히 갈 수 있다. 물론 자신의 생각에 대한 근거는 텍스트와 맞닿아 있어야 할 것이다. 작성지에 작은 이름 하나 어느 쪽에 쓸지는 어른들이 보기에는 사소한 고민 같아 보여도 정해진 정답과 틀에 익숙해진 아이들의 입장에서는 조심스러울 수밖에 없다. 그럴 때는 교사가 부드럽게 허용하고 자유로운 교실 분위기를 만들어 주는 것이 매우 중요하다. 아이들이 '아, 이 교실에서는 내가 조금 실수해도 괜찮겠구나.'라는 편안한 마음을 가질 수 있도록 해야 한다.

그때 나는 한술 더 떠서 "수정테이프는 되도록 쓰지 않기. 선생님은 여러분이 쓰고 지우고 볼펜으로 표시된 내용을 보면 '아, 이 아이는 무척 많은 고민과 생각을 했구나.'라는 생각을 합니다. 줄 긋고 다시 쓰고 생각하는 과정 속에는 여러분의 생각이 어떻게 변화하고 성장했는지 나타나거든요. 선생님은 그게 너무 궁금하네요. 그래서 볼펜으로 쓰고, 고치고 싶은 것은 두 줄로 그어 주세요. 두 줄 그은 부분이 많을수록 생각과 고민을 많이 했다고 생각할게요."라고 한다.

실수와 실패가 허용되는 교실의 분위기는 천천히 깊게 책 읽는 수업에 어떤 영향을 줄까? 텍스트를 읽으면서 이런저런 앎과 삶을 아우르는 다방면의 사색을 하게 하려면 '이런 생각을 떠올려도 될까?'라는 주저함이 사라져야 한다. 두려움과 주저함이 사라진 책 읽기는 텍스트를 마주한 '나'의 도전으로 이어진다. 작품 속 인물의 생각을 이모저모 따져 보고 나만의 주체적인 생각을 만들어 가는 과정이 쉽게 열린다.

텍스트에 숨겨진 보물을 발견하고 꼬리에 꼬리를 무는 의문을 품으면서 한 분야에 깊숙이 파고드는 경험을 맛본 학생들은 어떤 삶을 살게 될까? 살아가며 겪게 되는 수많은 고난과 시련을 마주하며 비겁한 변명이나 회피를 위한 합리화로 자신을 포장하지 않고, 크고 작은 징검다리를 스스로 만들어 하나씩 도전하고 시도하는 용기를 갖지 않을까? 몰입의 경험을 통해 얻은 인내심과 탐구심은 실패와 실수를 두려워하지 않고 자신을 긍정하며 도전하는 모습으로 변화한다. 나는 우리 교실 속 아이들이 몰입의 경험을 통해 자신을 긍정하며 높은 장애물을 작은 돌계단으로 만들어 도전하는 삶을 살았으면 좋겠다.

궁금하다면 멈추고 샛길 여행을 떠나다

　궁금하다면 멈추고 꼬리에 꼬리를 물고 탐구하는 것이 필요하다. 오늘의 수업주제와 살짝 벗어났더라도 궁금하다면 샛길로 빠져 더욱 풍성하고 옹골차게 배우고 익힐 수 있어야 한다.

　말하고 듣고 읽고 쓰는 국어 교실에서 한 권의 책을 함께 읽으면서 친구들과 생각을 나누기 위해서는 오롯이 책과 만날 수 있는 물리적 시간이 충분해야 한다. 독자로서 책을 마주하며 단어와 문장을 이해하는 과정을 거쳐 등장인물의 상황과 심리 상태를 추측하는 것은 물론이고, 작품에 반영된 사회적 배경에 대해 이해할 시간이 확보되어야 한다. 주요 배움의 과정에서 벗어나 호기심을 갖고 단어와 문장에도 물음을 던지는 태도는 교사가 조급하면 길러지기 힘들다. 작품과의 만남이 충분해서 흠뻑 취하도록 하되 밀도 있는 활동 과제를 제시하고 교사도 함께한다는 마음가짐이 필요하다. 교사가 학생의 배움과 성장에 '함께함'은 공감하는 눈빛과 피드백, 끄덕이는 몸짓 속에도 존재한다.

　김유정의 「동백꽃」을 학생들과 슬로리딩할 때였다. 한 학기 동안 천천히 깊게 생각하고 익힌 아이들은 다소 엉뚱한 질문도 선생님께서 들어 주신다는 것을 알고 있었다. 한 남학생이 속삭이듯 중얼거렸다.

　"동백꽃은 1930년대 일제강점기가 시대적 배경이라고 했는데, 왜 이렇게 평화롭지? 강원도 지역은 일제강점기 때는 관심 밖이었나?"

　그 말을 놓칠세라 나는 곧바로 반응했다.

　"그렇네. 너무 평화롭네요. 어떻게 그런 생각을 했을까? 선생님과 동백꽃을 공부했던 친구들 중에 이런 질문은 처음이네요.

좋은 궁금증입니다. 그럼 우리 같이 일제강점기 때 우리나라의 상황, 강원도의 상황 등을 알아볼까요?"

그러자 다른 질문들이 하나둘씩 쏟아지기 시작했다.

"선생님, 1930년대에는 감자가 비쌌나요?"
"점순이가 구운 감자로 엄청 잘난 척하는데요?"
"진짜 닭이 고추장을 먹으면 힘이 세져요?"
"점순이랑 나는 왜 학교도 안 갔어요?"
"일제강점기 때 학교에서는 뭘 배웠어요?"
"열일곱 살이면 당시에는 결혼할 나이 아닌가요?"
"남자 주인공이 점순이한테 꼼짝 못 하는 게 점순이네가 마름이라서 그런 거죠? 근데 마름이 그렇게 대단한가요?"
"배고파요. 감자가 나오니까 감자 요리가 먹고 싶네요."

가르침과 배움이 명확히 구분되어 있던 이전의 내 교실이었다면 어땠을까? "자, 그만. 쓸데없는 질문은 됐고, 진도 나갑시다."라고 마무리되었을 장면이 새로운 배움과 호기심으로 변화하는 순간이었다. 마침 그 무렵 성취기준이 '효과적으로 보고서를 작성할 수 있다.'였기에 호기심 어린 질문들은 그대로 탐구 질문으로 탈바꿈하여 조사하고 실험하여 하나의 보고서로 마무리할 수 있었다.

슬로리딩은 수동적인 자세로 작품의 줄거리만 이해하는 것이 아니다. 능동적인 독자로서 작품에 등장하는 단어, 문장, 다양한 사회문화적 맥락에 이르기까지 파고들며 탐구하는 자세를 기를 수 있다. 만약 내가 학생들의 다소 엉뚱한 질문과 궁금증을 존중하지 않았다면 「동백꽃」 샛길 탐구 보고서와 같은 배움은 없었을 것이다.

나는 교실에서 학생들이 끊임없이 자신의 궁금증을 좇아 그 물음을 향해 탐구하길 바란다. 그 탐구의 과정 자체가 자신의 생각과 호기심을 존중하는 자세이다. 그리고 이를 통해 자발적으로 지적 욕구를 좇아 몰입하는 과정에 이르게 된다. 이런 경험을 한 학생들은 삶 속에서 겪는 시련과 어려움에 대해서도 좌절하고 포기하기보다 자신에게 끊임없는 물음을 던지고 그것을 해결하기 위한 노력을 어떤 실타래로 풀 것인지 초점을 둘 것이다. 나는 그 과정이 우리 학생들에게 필요한 역량이라고 생각한다. 이와 같은 역량은 다른 곳이 아닌, 학교에서 우리의 국어교실에서 연습하고 함께할 수 있었으면 좋겠다.

 ## 배움과 가르침의 경계가 사라진 공간

"얘들아, 선생님도 같이 해요."
"선생님은 오늘도 여러분에게 배웠습니다."

2016년 나는 용감한 행동파답게 일단 아이들과 같이 하고 보자는 심정으로 슬로리딩을 시작했다. 고민만 하고 주저하다가는 한 학기, 한 해가 훌쩍 지날 것이 뻔했다. 그래서 한 걸음 내디딘 것이지 완벽하게 준비하고 시작한 것은 아니었다. 나의 슬로리딩 교실은 일단 움직이고 부딪히면서 조금씩 해결하고 새로운 고민을 마주하는 것의 연속이었다. 맨손으로 한 첫 도전은 '『어린 왕자』 내 맘대로 밑줄 슬로리딩' 자유학기 주제선택 활동이었다. 첫발을 뗀 것이니 무리하지 말고 개별 활동을 통해 충분히 몰입하고 짝 활동으로 나눔의 시간을 갖고 전체 공유를 하기로 했다. 첫 시간, 아이들은 물음표가 가득한 눈빛으로 "슬로리딩이니까 무조건 천천히 읽으면 되는 거 아니에요?", "읽고 또 쓰라고요?" 등 여기저기서 귀찮다는 목소리가 들리기 시작했다. '내 설명이 부족했나? 내 철학과 수업 의도가 전달되지 않았나?' 라는 생각에 심장이 쿵 내려앉았다. 그때 나는 아이들 곁으로 가 앉으며 말했다.

"선생님도 슬로리딩을 처음 할 때는 낯설었지만 잊을 수 없는 감동을 맛보았어요. 그래서 여러분과 그 경험을 함께해 보고 싶어요. 슬로리딩 수업은 선생님도 여러분도 처음입니다. 너무 욕심부리지 말고, 우선 제1장만 천천히 만나며 생각해 보는 시간을 가져 볼게요. 모르는 단어 정리도 좋고, 마음에 드는 문구나 문장을 선택해서 그 이유를 떠올려 적어도 좋아요. 마음에 드는 단어 하나를 가지고 간단히 문장을 만드는 것도 됩니다. 마지막엔 오늘 감상 내용에 여러분 각자의 개성을 담아 세상에 하나뿐인 제목도 달아 보아요. 활동 순서를 바꾸거나 몇 개만 해도 좋습니다. 『어린 왕자』라는 작품을 천천히 꼭꼭 씹으며 맛있게 읽어 보아요."

"선생님도 여러분 옆에 앉아서 할게요. 선생님 방식으로 그냥 끌리는 대로 선생님의 생각과 느낌을 온전히 작품과 연결해 볼 거예요. 선생님 생각과 작품이 만나도록 해 볼게요. 여러분도 각자 개별 활동을 한 후, 선생님과 다 같이 그 생각들을 나눠 보기로 해요."

아이들은 '선생님도 처음'이라는 민낯을 듣고 호감을 가진 듯 보였다. 긴장과 의구심으로 가득했던 교실 분위기가 서서히 녹기 시작했다. 내가 이건 이렇게, 저건 저렇게 하는 거라는 설명으로 시작했다면 아이들의 배움의 틀과 깊이는 어느 정도의 선에 머물렀을 것이다. 그리고 처음부터 많은 양으로 시작하지 않은 것도 아이들의 부담을 덜어 준 요인이었다. 한두 장의 분량이니 평소 책을 좋아하지 않는 아이들도 책장을 넘기기 시작했다.

"오늘도 선생님이 여러분에게 또 하나 배웠습니다. 고맙습니다."

수업 시간에 내가 자주 하는 말이다. 아이들의 생각과 질문들을 보면 '어떻게 이런 생각을 했을까?'라는 감탄의 순간이 자주 있다. 어느 순간에는 가르침과 배움에 경계가 허물어진 교실 풍경을 발견하기도 한다. 배움에 있어서만큼은 교사는 가르치는 자, 학생은 배우는 자로 규정하는 것이 아니라 교사와 학생이 함께 배우고 성장하는 교실이 되고 싶다. 교사와 학생이 서로에게 배울 수 있는 교실이라면 친구들과 생각을 나누는 시간에도 모른다고 부끄러워하거나 조금 더 안다고 해서 으스댈 일이 적을 것이다. 모르지만 옆의 친구와 선생님께 주저 없이 물어보고 배울 수 있는 교실은 교사가 '함께 배움'의 자세를 보여 주면 금세 만들어진다. 교실이 배움과 가르침의 경계가 불분명할수록 학생들이 자유롭게 생각을 던지고, 다른 친구의 의견을 경청하며 수용한다. 그 과정에서 성장 속도는 더욱 빠르고 배우고 익힘이 자유로워진다. 교사는 이런 학생들을 지지하고 응원하며 끊임없이 격려하는 과정에서 학생들과 함께 성장하는 사람이다. 지속적인 피드백으로 배우고 익히는 과정이 더욱 옹골차도록 조력하는 사람이다. 그 과정에서 배우고 가르침의 경계는 허물어지고 오히려 교사가 학생을 통해 또 한 걸음 성장하는 경우가 생긴다. 교사의 인식이 변화하고 자유로워지면 학생들과 교사의 성장이 늘 함께, 그리고 동시에 존재한다. 나의 교실도 이런 교실에 되었으면 좋겠다.

 ## 정답만 찾지 않고 자신의 생각을 오롯이 믿고 가다

"정답은 정해져 있지 않아요. 정답은 바로 여러분에게 있어요. 여러분이 그렇게 생각하는 이유와 근거는 작품 속에 있겠지요? 각자 다른 경험과 생각이 있기에 부담 없이 생각해 보아요."

아이들은 천천히 작품을 읽어 나간다. 나도 '함께' 읽어 나간다. 모두가 함께 소리 내어 읽자고 했으나, 아이들은 각자의 방식대로 홀로 읽기, 짝과 번갈아 읽기, 모둠원들끼리 돌아가며 읽기 등 자유롭게 읽고 싶다고 한다. 대신 소리 내어 큰 소리로 읽기로 하고 자유로운 선택을 존중한다. 나도 아이들 옆에서 큰 소리로 작품을 소리 내어 읽는다. 선생님의 이 행동은 아이들에게 갑작스럽기도 하고 한편 신기하기도 했던 모양이다. '왜 선생님이 저렇게까지 애를 쓰지?'라는 눈빛을 보이기도 한다. 아이들은 조용히 내 곁에 다가와서 혹은 먼발치에서 나를 쳐다본다. 모르는 단어가 나오면 국어사전을 뒤적이고 검색을 통해 단어의 이미지까지 찾아보면서 "원시림이 이런 거네?", "보아뱀이 정말 코끼리를 삼킬 수 있을까?"라며 그림까지 그려 본다. 이전의 내 교실이라면 한 번도 본 적이 없는 모습이었다. 교사에게 일일이 배우려고 의존하지 않고 아이들 스스로 생각하며 각자의 방식과 속도대로 한 뼘씩 성장하는 모습이 보인다. 생각하느라 얼굴까지 빨갛게 달아오른 아이도 있다.

쉬는 시간이 되었지만 교실 밖으로 나가는 아이는 생각보다 별로 없었다. 대체로 자신이 하던 감상을 계속한다. 평소 같으면 종이 치는 소리와 함께 빛과 같은 속도로 교실 밖을 향해 질주하던 아이들인데 이 풍경 자체가 신기할 따름이다. 두 시간을 읽고 생각하고 쓴 후, 자신의 감상 내용을 짝과 나누었다. 짝과 서로 나눈 후, 모둠과 공유하면서 아이들은 같은 작품에 대해서도 너무나 다양한 생각이 있다는 것에, 그리고 새로운 시각이 있을 수 있다는 것에 놀라워했다. 새로운 배움이었다.

선생님이 학생과 함께 작품을 오롯이 감상하는 교실의 풍경은 아이들에게도 나에게도 낯선 경험이었지만 신선하고 좋았다고 기억한다.

한 문장씩 선생님과 '함께' 감상함으로써 선생님과 함께하는 그 시간 자체가 아이들에게 낯설지만 매력적인 경험으로 남았을 것이다. 슬로리딩에 대한 경험이 없는 선생님과 학생이 동등한 관계로 '함께' 배워 나갔기에 학생들의 부담은 적었고, 작품을 깊이 탐험하는 첫 발걸음이 무겁지 않을 수 있었다.

다섯.
교육과정 문해력, 슬로리딩에서 해답을 찾다

 교사에게 꼭 필요한 능력, 교육과정 문해력

현재를 살아가는 교사들에게 우리 사회는 많은 것을 요구하는 것 같다. 가끔은 교사로서 감내하고 견뎌야 하는 현장의 삶이 녹록지 않을 때도 많고, 책임감이라는 무게가 힘겹게 느껴지기도 한다. 학생들을 사랑하고, 가르치는 일에 보람과 기쁨을 누리던 삶을 넘어 한 번도 가 보지 않은 길을 예측하고 교육의 방향을 고민하길 원하는 외부적 시선이 부담스럽다.

어느 날, 이런 생각이 들었다. 누군가의 지시와 사회적 분위기에 의해 교사로서의 나의 삶을 바꾸려고 애쓰는 것이 진정 나의 삶을 사는 것일까? 동일한 길을 걷더라도 나의 의지와 욕구로 한 걸음씩 움직이고 도전하며 시행착오를 겪어야 하는 것이 아닐까? 나는 떠밀리는 삶을 살기 싫다. 누군가 닦아 놓은 길을 무조건 따라가는 것도 싫다. 가끔은 넘어지고 생채기가 나더라도 나의 의지로 교실을 바라보고, 나의 필요에 의해 움직이고 싶다. 이전의 교실이 아니기에 앞으로의 삶을 내다보고, 우리 아이들이 살아갈 시대적 방향에 맞게 교실의 구조와 방향도 들여다보고 싶다.

가끔은 수업 시간에 아이들의 얼굴을 보며 이런 생각을 자주 한다. '이 아이들이 살아갈 몇 년 후의 세상은 어떤 모습일까? 나는 아이들에게 무엇을 주어야 할까? 어떤 세상이 오더라도 스스로 헤쳐 나가며

살아갈 수 있는 힘을 주기 위해서 지금, 여기, 나의 교실에서 나와 아이들은 어떻게 움직여야 할까?'

이런 고민에 이르자, 교육과정을 제대로 읽어 내는 교사의 눈이 왜 중요한지 깨닫게 되었다. 그리고 미래 사회의 변화와 그 흐름을 민감하게 파악하는 교사의 민첩함, 시대의 흐름과 방향을 고려하는 교사의 발 빠른 대처능력이 중요하게 다가왔다. 그래서 우리는 미래 사회를 이해해야 하고, 교육과정과 성취기준을 제대로 읽을 수 있어야 한다.

우리가 살아갈 미래 사회는 4차 산업혁명의 시대이며, 이에 따라 교육의 패러다임이 급속도로 변화하고 있다. 시간과 공간의 제약을 극복한 배움을 예측하기도 한다. 학교와 학교 밖이 자연스럽게 연계되고 그 경계가 사라질 것이라고 기대하기도 한다. 지금 이 순간도 순식간에 과거의 한 단락이 되어 새로운 변화 물결에 휩싸이는 것 같다. 가끔은 우리 아이들이 살아갈 몇 년 후가 기대되기도 하지만 두렵기도 하다. 아무도 가 본 적 없는 그 시간이 너무 빠른 속도로 변하기 때문이다. 자고 일어나면 새로운 분야가 개발된 소식을 뉴스에서 접한다. 교사가 한 걸음 걷는 시간보다 변화의 속도가 훨씬 빠른 것도 낯설기만 하다. 그야말로 혁명이 일어나고 있다. 우리 아이들은 내가 알고 있는 인생의 페이지와는 다른 길을 걸을 것이다. 그렇다면 나는 지금 무엇을 가르치고 함께해야 할까? 시대적 흐름을 읽을 수 있는 예리하고 날카로운 시선이 우리에게 요구되고 있다. 기존의 방식과는 다른 새로운 전문성이 교사에게 필요하다.

4차 산업혁명으로 세상의 구조는 혁명적으로 변화하게 될 것이다. 기존의 일자리 중에서 사라질 운명이 속출함과 동시에 새로운 영역의 직업군이 탄생하는 시대가 온다. 이제는 우리 모두가 교육을 바라보는 시선을 바꾸어야 한다는 것은 명백하다. 기존의 시선에서 다른 패러다임을 가져야 한다. 적어도 우리가 교실에서 만나고 있는 지금,

이 순간의 아이들이 어떤 세상을 만나더라도 스스로 헤쳐 나가면서 부딪치고 이겨 낼 수 있는 역량을 가질 수 있도록 곁에서 함께해야 한다. 그런 맥락에서 지식 중심의 교육과정에서 역량중심의 교육과정으로 변했다고 생각한다. 학생들이 마주할 세계의 다채로운 상황에서 비판적인 사고, 복합적인 문제해결 능력, 융합적인 사고와 감성적 지능을 지닌 창의융합형 인재로 거듭나도록 학교와 교실이 함께하기를 시대가 요구한다. 그런 의미에서 교사는 이를 담고 있는 2015 개정 교육과정의 배경과 철학을 바탕으로 늘 고민해야 한다.

이런 시대를 마주하고 있기에 교사는 변화하는 교육과정을 바르게 해석하고 시대가 요구하는 역량중심의 교육과정과 과정중심 평가를 실천해야 한다. 교사마다 각자 자신의 교실에서 배우고 익히는 학생들의 특성과 실태를 분석하고 다양한 요구에 걸맞은 맞춤형 교육과정을 설계해야 하는 시대로 변화하고 있다. 이와 같은 이유로 교사별 교육과정이 대두되고 있으며 이를 위해서 필요한 능력은 교사의 교육과정 문해력과 깊은 관련이 있다.

교육과정 문해력은 국가 수준 교육과정을 바탕으로 학교 및 교사 수준 교육과정의 다양성을 실천하기 위해 반드시 갖추어야 할 교사의 전문적 역량이다. 교사가 성취기준을 바탕으로 교육과정 문서를 바르게 이해하고 해석하여 교육과정 재구성을 통해 배움중심 수업 및 과정중심 평가를 설계하고 '교육과정-수업-평가-기록'의 일체화를 실천할 수 있는 능력이다. 즉, 교육과정 문해력은 교육과정 문서해석 능력과 교육과정 활용능력을 모두 포함하는 개념이다.[7]

왜 교사수준 교육과정의 필요성이 대두될까? 교사수준 교육과정은 국가와 지역수준의 교육과정을 기준으로 하여 학교수준 교육과정

---

[7] 유영식, 『교육과정 문해력』, 즐거운 학교, 2019, 26~28쪽.

에서 제시하는 요구와 교육환경을 반영하여 단위 학급(학년)별로 편성하는 실천중심의 교육과정이다. 교사별 교육과정 운영을 통해 교사마다 가지고 있는 교실철학과 배움의 중심가치를 교육과정 재구성을 통해 수업디자인하고 학생중심 수업과 성장형 과정중심 평가를 실시하면서 그 과정에서 비로소 학생의 성장을 도모할 수 있기 때문이다. 나의 교실 속 학생들에게 필요한 능력, 보완해야 할 배움, 학생들의 특성은 교실에서 매일 만나는 교사만이 안다. 동일한 교과서의 틀속에서 비슷한 지식을 축적한 인재를 양성하기에는 차원이 다른 시대가 왔다. '~을 알고 있는'을 넘어 '~을 할 수 있는' 역량을 키워야 한다. 그러기 위해서 교사는 매일같이 얼굴을 맞대는 내 교실 학생들에게 꼭 필요한 것이 무엇인지 고민해야 한다. 그리고 내 교실 학생들의 특성과 요구를 분석해야 한다. 그것에 기반한 교실철학으로 나의 수업을 디자인하고 학생들이 성장하도록 노력해야 한다. 그것이 이 시대를 살아가는 교실이 나아가야 할 길이다. 교사수준 교육과정과 교육과정 문해력은 그런 측면에서 접근하고 이해할 필요가 있다.

슬로리딩 교실과 교육과정 문해력

중학교에서 슬로리딩을 정규 수업 시간에 실시하기란 현실적으로 쉽지가 않다. 나의 교실에서도 매번 시간이 부족해서 늘 아쉽게 학기와 학년을 마무리했다. 또한 자유학년을 제외한 아이들에게는 평가가 중요한 과제로 남아 있다. 처음 슬로리딩을 실시할 때 가장 고민했던 것은 교육과정 재구성과 평가였다. '어떻게 하면 여러 개의 성취기준을 주어진 시간 내 효율적으로 운영하고 평가까지 연계하여 슬로리딩할 수 있을까?'가 항상 나를 따라다녔다. 학년별 주제를 선정하고 다른 교과와 통합하여 부족한 수업 시간을 확보하고 슬로리딩한 후, 다양한 샛길 활동을 펼치는 것이 가장 이상적이었다. 그러나 막상 교과 간 협의를 통해 하나의 배움줄기를 향해 실천하기란 여간 어려운 일이 아니었다. 특히 슬로리딩은 국어과에 적합하다는 인식이 있으므로 교과 간 공동의 목표와 철학이 제대로 공유되지 않으면 수업 부담으로 다가올 수 있다. 자칫하면 교과의 특성을 고려하지 못한 채 배움과는 관련 없이 재미에 그칠 수도 있다는 우려도 나를 주저하게 했다.

　내가 현재 근무하는 학교는 대규모 학교로 학년별 11개의 학급, 총 33학급이 있다. 나는 평가와 배움의 일관성을 위해 대체로 11개의 학급을 블록타임 총 22시간으로 슬로리딩을 실시한다. 몇 개의 반을 전담한다면 슬로리딩 기본 활동도 충분히 할 수 있고 샛길 활동도 다채롭겠지만, 함께 하는 동료 교사와의 협의가 긴밀하게 이루어져야 한다. 수업을 진행하다 보면 학생들의 피드백에 따라 수업이 조정되는 경우도 많아서 부담스러울 때도 있는데, 그때마다 협의하고 조율할 여유가 없었다. 그리고 각자 하고 싶은 수업의 방향이 있는데, 슬로리딩 수업을 강요할 수도 없는 노릇이다. 평소 교실철학과 가르치는 관점을 소통하면서 자연스럽게 함께 고민하는 것이 바람직한데, 이런 소통의 시간조차 부족한 것이 학교 현장 아닌가? 무엇보다 아이들의 성장 과정을 오롯이 함께하고 싶은 나의 욕구가 한몫했다. 결국 나는 한정되기는 하지만 내 교실에서 옹골차게 슬로리딩이라는 배움의 중심축에 도전하기로 했고, 대체로 전체 학급을 맡는 편이다. 이렇게 되면 한 학급은 일주일에 한 번 블록타임으로만 만나게 된다. 나는 이 시간을 최대한 알차게 운영해야 한다. 그러기 위해서 교육과정 문해력은 필수 요소이다. 몇 개 반을 전담하여 수업하더라도 함께하는 동료 교사와 나눌 소통의 중심 요소 중 하나는 교육과정 문해력이다. 슬로리딩을 통해 학생들이 무엇을 배우고 익힐지 철학적 측면에서 소통해야 하고 근본 뿌리를 고민해야 하기 때문이다. 그래서 나는 다음과 같은 질문을 중심으로 슬로리딩 수업을 고민한다.

- 나는 슬로리딩 수업을 통해 어떤 가치와 배움을 학생들에게 주고 싶은가?
- 학생들이 달성해야 할 성취기준은 무엇인가?
- 슬로리딩 교실에서 우리 아이들이 기르게 될 핵심역량은 무엇인가?
- 나만의 교육과정 지도를 만들기 위해 어떤 작품을 선정할 것인가?
- 슬로리딩을 담은 교육과정 재구성을 어떻게 설계할 것인가?
- 슬로리딩을 담은 성장중심의 과정형 평가와 배움중심 수업을 어떻게 실천할 것인가?

슬로리딩 교실과 교육과정 문해력의 관계는 2019년 중학교 2학년 대상의 수업 구상을 통해 함께 살펴보도록 하자.

'나는 슬로리딩 수업을 통해 어떤 가치와 배움을 학생들에게 주고 싶은가?' 나는 매 학기 수업을 구상할 때, 가장 먼저 이 고민부터 한다. 이번 학기에는 슬로리딩 수업을 통해 어떤 가치와 배움을 학생들에게 주고 싶은지부터 생각한다. 중학생의 학년별 특성을 고려하기도 하고, 이전 학기 학생들의 특성과 변화를 파악하며 다음 학기 배움에 반영하기도 한다. 그리고 배움의 중심가치를 핵심단어로 떠올려보고, 한 학기 동안 학생들과 끊임없이 고민할 배움을 핵심질문으로 만들어 본다.

중학교 시절은 사람의 인생에서 돌 무렵 외에 가장 많은 성장을 하는 시기이다. 몸은 어른이 되기 위해 3년 만에 몇 배로 성장하는데 정신은 아동기에 머물러 있는 경우가 많다. 그래서 생활 속 다양한 사건과 상황에 대해 미성숙한 판단으로 상처받거나 좌절하기도 하고,

실수와 실패를 경험하며 좌충우돌할 때가 많다. 그 과정에서 힘의 불균형을 경험하기도 한다. 나는 학교와 교실만큼은 우리 아이들이 심리적으로 안전하고 편안한 곳이면 좋겠다. 옆의 친구가 공부를 잘하고 예뻐서, 앞의 친구가 힘이 세서가 아니라 '그냥 온전한 나와 너로, 그리고 우리이기에' 모두가 평등한 존재로 평화롭게 성장했으면 하는 바람이 항상 있다. 교사와 학생의 관계도 신뢰와 존중으로 행복한 교실이면 좋겠다. 중학교 2학년이면 폭풍 성장과 더불어 정신적으로는 인생의 대혼란기일 수 있으니 함께 이 문제를 고민해 보면 좋을 것 같았다. 함께 고민해 보는 것만으로도 배움은 깃들고 성장으로 자신도 모르게 물들 수 있다. 그래서 한 학기 배움의 중심을 '모두가 평등하고 건강한 교실 만들기', '교실 속 힘의 불균형에 대한 문제의식 가지기', '변혁·혁명·기여·평등', 또는 '우리는 교실 속 힘의 불균형의 원인과 현상에 대해 문제의식을 가질 수 있는가?', '그 문제의식을 기반으로 변혁과 혁명에 눈뜰 수 있는가?', '불합리한 교실 속 상황에서 자신이 어떻게 움직이고 건강한 교실을 만들기 위해 어떤 기여를 할 것인지 고민할 수 있는가?' 등의 배움의 단어와 질문으로 대략 설정했다. 그리고 고민 끝에 한 학기 핵심질문으로 '우리는 평등하고 행복한 세상을 만들기 위해 어떤 문제의식을 가져야 할까?'로 정했다. 학생들에게 삶이 담긴 세상은 교실이고, 교실을 통해 세상을 인식하는 힘이 생길 수 있기에 교실이라는 구체적인 공간을 명시하지 않고, 세상으로 표현했다. 그리고 이러한 고민을 슬로리딩을 통해 끊임없이 학생들과 함께해 보고 싶었다.

'학생들이 달성해야 할 성취기준은 무엇인가?' 성취기준을 살펴보는 것은 나침반을 손에 들고 산을 등반하는 것과 같다. 성취기준과 성취기준해설, 교수·학습 방법 및 유의사항만 살펴보아도 학생들이 꼭 배워야 할 핵심지식과 핵심 개념, 지도 방향을 파악할 수 있다. 대체로 우리 학교는 국어교과 협의회에서 교과서 단원을 중심으로 자신이 가르칠 부분과 영역을 나누는 편이다. 나는 학기별 두 개 정도의 대단원을 맡아 지도했으므로 학기별 성취기준은 대략 네 개 내외이다. 그래서 중학교 2학년 1학기 나의 교실에서 아이들이 달성해야 할 성취기준을 살펴보니 다음과 같았다.[8]

[9국05-04] 작품에서 보는 이나 말하는 이의 관점에 주목하여 작품을 수용한다.(문학)

[9국02-04] 글에 사용된 다양한 설명 방법을 파악하며 읽는다.(읽기)

[9국03-02] 대상의 특성에 맞는 설명 방법을 사용하여 글을 쓴다.(쓰기)

[9국02-08] 도서관이나 인터넷에서 관련 자료를 찾아 참고하면서 한 편의 글을 읽는다.(읽기)

[9국02-10] 읽기의 가치와 중요성을 깨닫고 읽기를 생활화하는 태도를 지닌다.(읽기)

각 성취기준은 아래와 같이 '2015 개정 국어과 교육과정 성취기준 해설과 교수학습 방법 및 유의사항'을 통해 지도를 위한 핵심 내용과 방향을 설정하는 데 참고가 되었다. 그 방향을 고려하여 슬로리딩 교육과정을 알맞게 얽어 내야 한다. 그래야 슬로리딩을 통해 학생들이 얻는 배움과 한 학기 동안 학생들이 도달해야 할 성취기준과 관련된 배움을 모두 잡을 수 있다. 평소 교육과정 관련 자료는 책꽂이에만 두지 말고 손 닿는 곳에 항상 비치해서 살펴보는 습관을 갖는 것도 필요하다.

[9국05-04] 이 성취기준은 작품 안에 형상화된 세계가 어떠한 관점으로 전달

---

8) 교육부(2015), 「국어과 교육과정(교육부 고시 제2015-74호, 별책5)」.

되고 있는지를 파악하며 작품을 깊이 있게 수용하는 능력을 기르기 위해 설정하였다. 동일한 대상이라고 하더라도 보거나 말하는 사람의 관점에 따라 작품 속의 세계는 다르게 형상화된다. 작품에서 보는 이나 말하는 이의 관점이 두드러지게 나타난 표현을 중심으로 작품의 분위기와 주제가 어떻게 드러나고 있는지를 이해하도록 한다.

[9국02-04] 이 성취기준은 글에 사용된 설명 방법을 중심으로 글의 논지 전개 방식이나 구조 등을 체계적으로 이해하며 읽는 능력을 기르기 위해 설정하였다. 설명 방법은 여러 가지 글에 널리 사용되지만, 주로 정보 전달을 목적으로 하는 글에 사용될 때가 많다. 글에 사용된 개념 정의, 예시, 비교와 대조, 분류와 구분, 인과, 분석 등과 같은 설명 방법을 이해하고, 필자가 사용한 설명 방법이 설명하려는 대상이나 개념에 적합한 것인지 판단한 후, 그 효과와 적절성을 평가하도록 한다. 또한 설명 방법은 단순히 문장이나 문단 차원에서뿐 아니라, 글 전체 수준에서도 사용된다는 점을 이해하도록 한다.([9국03-02] 쓰기와 관련)

[9국02-08] 이 성취기준은 한 학기에 적어도 한 편의 글을 능동적으로 읽는 경험을 함으로써 스스로 책을 찾아 읽는 습관을 형성하기 위해 설정하였다. 그 과정에서 필요한 자료를 능동적으로 찾아서 참고하며 읽는 능력을 함께 기를 수 있도록 하였다. 여기서 '한 편의 글'이란 앞뒤가 잘린 제재가 아니라 한 편의 완결된 글로서, 독자의 읽기 수준이나 독서 상황에 따라 짧은 글일 수도 있고 한 권의 책이 될 수도 있다. 여러 차시에 걸친 읽기 수업을 염두에 두고 설정한 성취기준임을 고려하여, 시나 칼럼 등 지나치게 짧은 글을 선택하는 일은 지양한다. 동일한 한 편의 글 또는 한 권의 책을 선정하여 전체적으로 함께 읽을 수도 있으며, 학습자가 자신의 흥미와 수준에 맞는 한 편의 글을 선정하여 읽도록 할 수도 있다. 어

느 경우든 성공적인 독서 경험을 통해 읽기에 대한 자신감과 긍정적인 정서를 함양할 수 있도록 글을 끝까지 읽을 수 있게 격려하는 일이 중요하다. 다소 긴 글을 읽다 보면 낯선 용어나 개념, 모르는 정보나 지식과 맞닥뜨리는 경우가 많은데, 이 경우 도서관과 인터넷, 사전 등에서 참고 자료를 찾아 모르는 것을 해소하고 관련된 배경지식을 확충하면서 읽도록 지도한다.

[9국02-10] 읽기를 생활화하는 태도를 지도할 때에는 읽기에 대해 흥미와 호기심을 불러일으킬 수 있는 제재를 마련하여 읽기에 대한 긍정적인 태도를 기르도록 한다. 또 교과서의 제재 외에도 적절한 교과서 밖 제재나 생활에 필요한 읽기 자료를 제공하여 읽기의 중요성을 이해시키고, 나아가 여러 가지 흥미로우면서도 가치 있는 글을 읽으면서 읽기를 통해 얻은 지식이 매우 유용하고 의미 있는 것임을 깨닫게 하도록 한다. 이와 함께 평소 읽기에 대한 동기와 흥미를 강화시키는 다양한 유형의 독서활동을 하도록 한다.

성취기준과 관련된 정보를 살펴본 후에는 학생들이 배움 활동을 통해 길러야 할 핵심역량을 고려할 수 있다. 즉, '슬로리딩 교실에서 우리 아이들이 기르게 될 핵심역량은 무엇인가?'를 고민해야 한다. 한 학기 배움을 위한 핵심단어와 핵심질문을 한 권의 소설과 시를 슬로리딩하면서 학생들은 비판적·창의적 사고역량, 문화향유 역량 등을 기를 수 있다. 다양한 설명 방법을 담고 있는 짧은 텍스트를 이해한 후, 설명 방법을 활용하여 슬로리딩과 연계한 글쓰기 활동으로 자료정보 활용역량을 기를 수 있다. 동일한 작품을 함께 읽으며 친구들과 질문하고 자신의 생각을 공유하는 과정을 통해 공동체 대인관계 역량을 기를 수 있다. 또한 슬로리딩한 후 학생 스스로 자신이 배움에 임하는 태도, 활동에 대한 참여, 작품에 대한 이해 등을 점검하고 학생 상호 피드백 활동을 통해 자기성찰 계발역량을 기르도록 구상했다.

여기까지 구상했다면, 나만의 교육과정 지도를 고민해 볼 수 있다. 그러기 위해서 우선 한 학기 배움 활동의 핵심질문, 관련 성취기준과 배움을 통해 기를 수 있는 핵심역량을 종합적으로 아우를 수 있는 작품을 선정해야 한다. 나는 핵심질문인 '우리는 평등하고 행복한 세상을 만들기 위해 어떤 문제의식을 가져야 할까?'를 한 학기 동안 생각하면서 아이들이 교실이라는 세상을 들여다볼 수 있게 해 보고 싶었다. 교실에서 드러나는 다양한 문제와 갈등 상황, 학생들의 행동 유형을 작품과 연관 짓고, 자신의 삶의 태도를 성찰하는 것은 진정한 삶과 앎의 연결이 될 것이다. 그리고 작품의 감상에 그치지 않고 작품을 넘나들며 '그래서 나는? 지금 여기는? 그렇다면 이제부터 나는 어떻게 할까?' 등의 의미 있는 질문을 스스로에게 할 수 있다면 그것만큼 성장과 밀접한 관련이 있는 배움이 있을까? 결국 이문열의 『우리들의 일그러진 영웅』으로 선정했다.

작품 선정은 전년도 말에 혹은 새 학기 초 학생들과 함께 고민하여 논의하는 것이 가장 좋다. 3월 첫 시간에 한 해 동안 함께할 배움의 큰 맥락과 한 학기 배움에 대해 학생의 목소리가 담긴다면 이후 고된 공부 노동이 있더라도 충분히 참고 인내할 책임이 생긴다. 학생 스스로 그 첫발에 자신들이 함께했다는 것에 어깨가 으쓱하기도 한다. 교육과정 운영상 다음 해에 현재의 학생들과 함께한다고 확정되기 전이라면 학기 초에 몇 권의 도서를 선택해 보는 것도 좋겠다. 나의 교실에서는 전년도에 함께 고민하기도 하고 선정한 도서를 학기 초 소개하여 학생들의 의견을 묻기도 한다.

다음으로 '슬로리딩을 담은 교육과정 재구성을 어떻게 설계할 것인가? 슬로리딩을 담은 배움중심 수업과 성장중심의 과정형 평가를 어떻게 실천할 것인가?'를 고민해야 한다.

교사의 교육철학과 성취기준, 핵심역량, 한 학기 또는 한 해 작품을 선택했다면 과정중심 평가설계와 그에 따른 수업설계를 담은 나만의 교육과정 지도를 만들 수 있다.[9] 나는 2월과 7월에 새 학기 학생들과 함께 배우고 익힐 교육과정을 구상하여 한 학기 지도로 얼개를 만든 후, 학생들과 만나는 첫 주에 안내하는 편이다. 내가 맡은 단원을 점검하며 학생들이 도달하고 성취해야 할 성취기준을 안내하고 이를 어떤 평가와 수업으로 얽어 내었는지 공개하는 시간을 갖는다. 이를 통해 학생들에게 바라는 배움과 성장의 모습, 그 과정에 중심 줄기를 핵심질문으로 안내하여 한 학기 동안 학생들과 함께 고민할 것을 이야기한다. 배움의 주체인 학생의 의견을 반영한 교육과정 한 학기 지도를 만드는 것이 가장 의미 있는 성장이므로 첫 시간 학생들과 만나 함께 교육과정 재구성을 하는 것이 바람직할 것이다. 훗날 몇 개의 반을 전담한다면 새 학기 첫 주 동안은 학생들과 함께 한 학기 교육과정 지도를 꼭 짜 보고 싶다. 그러나 지금 나의 교실은 주 1회 만나는 상황이라 시간적으로 그럴 여유가 없다. 그래서 학기 시작하기 전에 내가 구상하여 학생들에게 안내하고, 수업을 진행하면서 수정·보완하거나 학생들의 피드백을 반영하는 방법을 선택했다.

'한 학기 한 권 읽기' 활동과 슬로리딩 교육과정의 최적화를 위해서는 성취기준을 재배치할 필요가 있었다. 한 학기 한 권 읽기와 관련된 성취기준은 슬로리딩 활동을 통해 기본적인 배움으로 유지하면서 읽기의 가치와 중요성을 알아 가도록 했다. 그 외 여러 성취기준을 슬로

---

9) 일반적으로 사용되는 교육과정 설계가 '학습목표 설정 → 수업 활동 설계 → 평가내용과 방법 설계'인 것과는 달리, 나는 대체로 백워드 설계를 주로 사용한다. 백워드 교육과정 설계는 McTighe와 Wiggins가 명명한 것으로, '교수·학습목표 설정 → 평가내용과 방법 설계 → 교수·수업 활동 설계'의 순서로 평가설계를 수업설계 보다 먼저 한다. 즉, 성취기준을 바탕으로 학생이 도달하기를 기대하는 학습결과를 명시하고, 학생이 성취기준을 달성했는지 알기 위한 다양한 평가를 설계한 후, 설계한 평가를 학생들이 성공적으로 수행할 수 있도록 수업을 설계하는 것이다. 이 과정에서 교사의 교육철학을 명료화하고, 학생들의 종적, 횡적 교육과정을 파악한 후, 평가와 수업을 설계해야 한다(경남교육 2019-239, 『함께 길러요 교육과정 문해력 중학교편』, 경상남도교육청, 20~24쪽). 나는 교사의 교육철학이 가장 중요한 밑바탕이라고 생각하며, 교사의 교실철학을 바탕으로 성취기준을 살피고 해석하여 슬로리딩을 통해 학생들이 어떤 성장을 하길 바라는지 명시하는 것이 중요하다고 생각한다. 슬로리딩 교실 수업을 위해서는 교육과정을 읽고 해석하여 학생의 성장과 발달에 적합한 평가와 수업을 설계하고 피드백할 수 있는 교사의 전문적 역량이 반드시 필요하다.

리딩 샛길 활동으로 연계하면 슬로리딩과 성취기준 도달이라는 두 마리 토끼 모두 잡을 만했다. 시 감상 슬로리딩을 먼저 하면서 생각하는 연습을 한 후, 일정 기간동안『우리들의 일그러진 영웅』소설 감상 슬로리딩을 하기로 대략 정했다.

우선 성취기준 '작품에서 보는 이나 말하는 이의 관점에 주목하여 작품을 수용한다.'를 김광섭의 시 「성북동 비둘기」로 시 감상 슬로리딩을 실시하면서 '문제의식'에 대한 연습을 해 보면 좋을 것 같았다. 특히 시의 말하는 이를 '성북동 비둘기'로 바꾸어 시의 내용을 새로운 관점으로 이해해 보고 동일한 상황에 대한 문제의식을 가질 수 있다면, 이후『우리들의 일그러진 영웅』을 읽으면서도 핵심질문과 관련된 문제의식으로 연계성이 확보되고, 성취기준도 달성할 수 있을 것이다.

『우리들의 일그러진 영웅』을 슬로리딩을 하면서 성취기준 '글에 사용된 다양한 설명 방법을 파악하며 읽는다.'와 '대상의 특성에 맞는 설명 방법을 사용하여 글을 쓴다.'를 작품 속 등장인물이나 주요 사건과 연결해 보면 어떨지 생각해 보았다. 설명 방법을 활용하여 등장인물을 분석하면 더욱 깊은 탐구가 이루어질 수 있다. 그 과정에서 핵심질문인 '우리는 평등하고 행복한 세상을 만들기 위해 어떤 문제의식을 가져야 할까?'를 고민하면서 자신의 생각을 글로 표현하고 이를 통해 자연스럽게 성찰하는 기회도 될 수 있다. 이 과정을 샛길 탐구 활동으로 설계하면 되겠다 싶었다.

『우리들의 일그러진 영웅』을 슬로리딩하면서 성취기준 '작품에서 보는 이나 말하는 이의 관점에 주목하여 작품을 수용한다.'를 연결하면 서술자를 이해하고 작품의 분위기나 주제를 살펴볼 수 있다.

이와 같은 전체적인 얼개를 바탕으로 한 학기 평가내용과 방법을 구상하고 수업을 세부적으로 설계할 수 있다. 나는 성취기준을 바탕으로 학생이 도달하기를 기대하는 학습결과를 명시하고, 학생이 성취기준을 달성했는지 알기 위한 다양한 평가를 설계한 후, 설계한 평가를 학생들이 성공적으로 수행할 수 있도록 수업을 설계하는 백워드 교육과정 설계 방식을 선택했다.

평가설계를 위해 학생들에게 바라는 결과를 '한 학기 한 권 읽기와 연계한 시와 소설을 슬로리딩하면서 학생들이 천천히 깊게 읽는 몰입독서를 경험하기', '다양한 설명 방법을 활용하여 『우리들의 일그러진 영웅』에 등장하는 인물들의 특징을 글로 표현하기', '『우리들의 일그러진 영웅』의 주요 사건과 등장인물을 서술자의 위치와 종류에 따라 새롭고 다양한 관점에서 이해하며 작품 속 불합리한 상황을 자신의 삶과 연결하여 성찰하는 자세를 기르기' 등으로 설정했다. 특히 핵심질문인 '우리는 평등하고 행복한 세상을 만들기 위해 어떤 문제의식을 가져야 할까?'를 곱씹으며 다양한 설명 방법을 활용하여 『우리들의 일그러진 영웅』에 등장하는 인물들의 특징을 글로 표현하는 평가에 큰 의미를 두었다. 왜냐하면 이 과정을 통해 학생들은 현재 우리 교실이 평등하고 행복하기 위해서 어떤 문제의식을 가져야 할지 스스로 생각해 볼 기회가 되기 때문이다. 또한, 이는 현재 자신의 생활 태도를 성찰하게 하고, 그 성찰의 과정은 건강한 삶의 자세로 거듭나고 이어지기 때문이다. 슬로리딩 기본 활동으로 책과의 만남을 다지고, 샛길 프로젝트로 작품과 삶의 넘나들기를 실행해 보고 싶어서 이 과정에 애착이 가기도 했다. 학생들이 배움이라는 전제 아래 정해진 배움으로 들어서는 것이 아니라, 자신도 모르는 사이 '찐' 배움이 켜켜이 스며들길 바랐기 때문인지도 모르겠다.

이 내용을 바탕으로 과정중심 평가는 '슬로리딩 활동'과 '讀讀 인물탐구 글쓰기'로 설계했다. 슬로리딩 활동은 시 감상 슬로리딩과 소설 감상 슬로리딩을 중심으로 성취기준과 연결한 내용을 평가하고, 배움 성장 일기를 통해 학생의 자기성찰의 과정과 피드백을 통한 과제수행 능력을 확인하도록 했다. 또 교사가 수시로 피드백하면서 학생의 성장과정을 확인하도록 했다. '讀讀 인물탐구 글쓰기'는 다양한 설명 방법과 그 종류를 이해하고 있는지를『우리들의 일그러진 영웅』의 등장 인물을 다양한 설명 방법으로 제시하고, 교실 속 상황과 작품 속 사건을 연결한 글쓰기를 통해 확인하도록 했다.

설계한 평가를 바탕으로 학생들이 구체적으로 마주할 수업을 설계하였다. '슬로리딩'은 기본적인 시 감상 슬로리딩과 소설 감상 슬로리딩 외에 성취기준과 연계한 샛길 활동을 구상했다. 성취기준 '작품에서 보는 이나 말하는 이의 관점에 주목하여 작품을 수용한다.'는 시「성북동 비둘기」의 말하는 이를 비둘기로 바꾸어 말하는 이에 따라 주제와 분위기가 어떻게 이해되는지 경험하도록 '나도 시인 되기'를 설계했다. 소설의 서술자를 이해하는 과정은『우리들의 일그러진 영웅』슬로리딩 기본 활동을 한 후 가장 마지막으로 배치했다. 기본적인 슬로리딩으로 몰입독서의 경험을 맛보고 난 후,『우리들의 일그러진 영웅』의 한 장면을 새로운 서술자로 창작하는 샛길 활동 '나도 작가 되기'로 구상해 보았다. 이 활동을 통해 학생들이 작품을 읽으면서 새로운 서술자의 관점으로 다시 창작하는 과정에서 다양한 시각과 등장인물의 입장과 심리를 이해할 수 있을 것이다. '讀讀 인물탐구 글쓰기'는 질문으로 인물 집중탐구 활동과 성장을 위한 질문 탐구 활동을 한 후, 작품 속 등장인물의 특성을 설명 방법을 활용하여 정리하는 것으로 구상했다. 특히『우리들의 일그러진 영웅』은 교실 속 다양한 등장인물과 사건들의 흐름이 중요한 작품이므로 질문을 활용하여 등장인물을 이해하는 것이 작품 속 사건과 연결하여 이해하기 쉽다고 판단했다. 그리고 등장인물을 탐구한 후, 좀 더 확장된 질문인 성장 질문으로 작품과 세상을 넘나들 기회를 구상했다. '정의로움, 정의로운 인물, 리더의 자질, 행복한 교실, 일그러진 영웅' 등을 중심으로 학생들의 생각을 넓혀 나가도록 하고 싶었다. 그리고 성장 질문에 대한 자신의 생각과 근거를 등장인물의 특성과 설명 방법을 활용하여 글쓰기로 풀어내는 수업을 설계해 보았다. 바로『우리들의 일그러진 영웅』에 등장하는 인물의 특징을 다양한 설명 방법을 통해 제시하고, 교실 속 다양한 상황과 작품 속 이야기를 연결하도록 한 것이다. 학생들이 다양한 설명 방법을 이해하고, 이를 자신의 글쓰기에서 활용하여 자신의 지식을 점검하고 활용할 수 있다면 성취기준을 달성할 수 있다. 성장 질문을 개인 글쓰기로 바로 실행하는 것은 학생들에게 부담이 될 것 같았다. 그래서 모둠에서 생각을 나눈 후, 개별 글쓰기로 펼치는 것으로 설계했다.

지금까지 안내한 교육과정 문해력을 통한 슬로리딩 교육과정 재구성 한 학기 지도를 아래의 표들로 정리해 보았다. 이를 참고하면 교육과정 문해력과 슬로리딩 교실 운영에 도움이 될 것이다.

주요 내용을 종합하면, 각 학기별 학생들과 함께할 배움의 주제와 수업철학을 반영한 핵심질문을 제시하고 작품을 탐험했다. 그리고 학생들이 도달해야 할 성취기준을 고려한 슬로리딩 교육과정 재구성을 구상하였다. 교육과정 재구성에서는 평가와 수업설계가 유기적으로 이어질 수 있도록 하여 배움이 곧 평가이고, 평가는 곧 배움의 연장선에 있음을 학생들이 인지할 수 있도록 했다. 새 학기 시작 전에 한 학기 교육과정 재구성 얼개를 짜고 평가와 수업에 대한 전체적인 내용을 학기 초 학생들에게 공개하면서 배움의 첫걸음을 내디뎠다.

처음에는 성취기준을 분석하는 것도 버겁고, '교육과정-수업-평가-기록'의 일체화, 과정중심 평가를 고민하는 것이 쉽지 않다. 그러나 한 학기, 한 해 동안 나와 마주할 학생들이 어떻게 배우고 성장할지 방향과 철학을 고민하고 하나씩 실천해 나가면 새로운 길을 개척하는 자신을 발견하게 될 것이다. 순조롭게 이루어진 경우도 있고, 좌충우돌 망함의 방점을 찍을 때도 있다. 그러나 교실에서 지치지 않고 나아가는 힘, 교사의 단단한 철학과 자리매김이 있다면 결국 그 교실은 성장한다. 슬로리딩 교실 운영에 있어 교육과정 문해력은 이런 측면에서 유의미하다.

[2019년 2학년 1학기 슬로리딩 교육과정 재구성 지도]

핵심 질문	우리는 평등하고 행복한 세상을 만들기 위해 어떤 문제의식을 가져야 할까?		작품	「성북동 비둘기」(김광섭) 『우리들의 일그러진 영웅』(이문열)	
단원	성취기준, 핵심지식	과정중심 평가설계	수업설계		교과 역량
1. 문학의 눈 (1) 시의 목소리 **한 학기 한 권 읽기**	[9국05-04] 작품에서 보는 이나 말하는 이의 관점에 주목하여 작품을 수용한다. ① 시의 말하는 이(화자) 이해하기 ② 시의 말하는 이의 관점에 따른 시의 분위기와 주제 이해하기 ③ 시의 말하는 이를 파악하며 작품을 깊이 있게 수용하기 [9국02-10] 읽기의 가치와 중요성을 깨닫고 읽기를 생활화하는 태도를 지닌다. ① 읽기의 가치와 중요성 알기 ② 읽기의 생활화	**[평가1] 슬로리딩(20%)** **[시 감상]** ① 시 감상 슬로리딩 개별 활동 (40점) ② 학생 개별 슬로리딩 교사 피드백 ③ 슬로리딩 활동 공유 및 동료피드백을 통한 과제수행능력 확인(5점) ④ 학생 개별 배움 성장 일기를 통한 자기성찰의 과정 확인 (5점) **[소설 감상]** ① 소설 감상 슬로리딩 개별 활동(40점) ② 학생 개별 슬로리딩 교사 피드백 ③ 슬로리딩 활동 공유 및 동료피드백을 통한 과제수행능력 확인(5점) ④ 학생 개별 배움 성장 일기를 통한 자기성찰의 과정 확인 (5점)	1. 슬로리딩 이해를 위한 O.T 실시 2. 시 감상 슬로리딩 활동 (김광섭 「성북동 비둘기」) · 나만의 단어장 만들기 · 궁금? 궁금! 질문을 잡아라 · 시의 향기가 내 가슴에 스미다 · 내용 집중탐구 · 개성만점 제목 달기 · 호기심 찾아 샛길 활동 [나도 시인 되기] ※ '성북동 비둘기'가 되어 일기쓰기 ※ '성북동 비둘기'를 새로운 화자로 정하여 시 창작하기 3. 소설 감상 슬로리딩 활동 (이문열 『우리들의 일그러진 영웅』) · 나만의 단어장 만들기 · 궁금? 궁금! 질문을 잡아라 · 인물 집중탐구(인물관계도 작성) · 인상적인 부분과 단어 정리 · 내 맘대로 문장해석 · 주요 사건 정리 · 호기심 찾아 샛길 활동 [나도 작가 되기] ※ 서술자를 바꾸어 다시 쓰는 『우리들의 일그러진 영웅』 창작 ※ '우리들의 일그러진 영웅? 우리들의 빛나는 영웅!'으로 거듭나기 창작		비판적 창의적 사고역량 문화향유 역량 자기성찰 계발역량
2. 세상과 주고 받는 글 (1) 설명 방법 파악하며 읽기	[9국02-04] 글에 사용된 다양한 설명 방법을 파악하며 읽는다. ① 다양한 설명 방법 알기 ② 글쓴이가 사용한 설명 방법이 설명하려는 대상이나 개념에 적합한 것인지 판단한 후, 그 효과와 적절성을 평가하기	① 설명 방법의 종류와 개념 알기 ② 다양한 설명 방법 이해 확인	1. 다양한 설명 방법이 사용된 짧은 글 모둠별로 읽기 2. 각 모둠 글에 사용된 설명 방법 찾아 둘 남고 둘 가기로 익히기 3. 다양한 설명 방법 이해 4. 다양한 설명 방법이 사용된 글 읽고 그 효과와 적절성 평가하기		자료정보 활용역량

			『우리들의 일그러진 영웅』 샛길 활동 1 [인물탐구 글쓰기]	
2. 세상과 주고 받는 글 (2) 설명 방법을 활용한 글쓰기 한 학기 한 권 읽기	[9국03-02] 대상의 특성에 맞는 설명 방법을 사용하여 글을 쓴다. ① 다양한 설명 방법 알기 ② 다양한 설명 방법 　활용하여 글쓰기 ③ 글쓴이가 사용한 설명 　방법이 설명하려는 대상이 　나 개념에 적합한 것인지 　판단한 후, 그 효과와 　적절성을 평가하기 [9국02-10] 읽기의 가치와 중요성을 깨닫고 읽기를 생활화하는 태도를 지닌다.	[평가2] 讀讀 인물탐구 글쓰기 (20%) · 글쓰기 구성능력(80점) · 과제수행력(20점) · 학생 자기 피드백, 　동료 피드백 · 학생 개별 글쓰기 　교사 피드백	1. 질문으로 인물 집중탐구 　활동(모둠) 2. 성장을 위한 질문 탐구 활동 　(모둠) 3. 작품 속 등장인물의 특성을 　설명 방법을 활용하여 정리 　(개인) 4. 『우리들의 일그러진 영웅』에 　등장하는 인물의 특징을 　다양한 설명 방법을 통해 　제시하고, 교실 속 다양한 　상황과 작품 속 이야기를 　연결하기 5. 성장 질문에 대한 자신의 　생각과 근거를 등장인물의 　특성과 설명 방법을 활용하여 　글쓰기(개인) ※ 1차 모둠 활동 후 　2차 개별 활동	비판적 창의적 사고역량 자료 정보활용 역량 공동체 대인관계 역량
1. 문학 의 눈 (2) 이야기 속 시선 한 학기 한 권 읽기	[9국05-04] 작품에서 보는 이나 말하는 이의 관점에 주목하여 작품을 수용한다. ① 소설의 보는 이(서술자) 　이해하기 ② 서술자에 따른 다양한 　관점 알기 ③ 동일한 사건을 새로운 　서술자로 관점 달리하여 　재구성하기 ④ 자신만의 관점으로 　새롭게 창작하기	[평가 1] 슬로리딩(20%) [소설 감상] · 서술자의 위치와 종류에 　대한 학생 이해 확인 · '나도 작가 되기' 동료 　피드백 실시 · '나도 작가 되기' 교사 　피드백 실시	『우리들의 일그러진 영웅』 샛길 활동 2 [나도 작가 되기 1] 1. 서술자의 위치와 종류 　이해하기 2. 새로 써 보고 싶은 장면 　선택하기 3. 새로운 서술자를 설정하여 　『우리들의 일그러진 영웅』 　다시 쓰기 [나도 작가 되기 2] 1. 『우리들의 일그러진 영웅』을 　'빛나는 영웅으로 　거듭나기' 창작	문화 향유 역량 비판적 창의적 사고 역량

[2019년 2학년 2학기 슬로리딩 교육과정 재구성 지도]

핵심 질문	우리는 소중하고 특별한 관계를 위해 어떤 노력을 할 수 있을까?		작품	『어린 왕자』 (생텍쥐페리)
단원	성취기준, 핵심지식	과정중심 평가설계	수업설계	교과 역량
2. 읽고 쓰는 즐거움 (1) 읽기의 가치와 중요성 한 학기 한 권 읽기	[9국02-10] 읽기의 가치와 중요성을 깨닫고 읽기를 생활화하는 태도를 지닌다. ① 읽기의 가치와 중요성 알기 ② 읽기의 생활화 • 작품을 읽는 경험을 통해 읽기의 가치와 중요성을 깨닫는 기회 제공 • 진정한 삶의 가치와 깊이 있는 고민을 제공하여 읽기 의 중요성 인식 • 한 학기 한 권 읽기 연계 슬로리딩을 통한 읽기의 생활화 실천	**『어린 왕자』를 통해 깨달은 중요한 삶의 가치와 관계를 설명할 수 있는가?** **[평가 1]** **『어린 왕자』 내 맘대로 밑줄 슬로리딩 활동(20%)** **1) 슬로리딩 활동(60점)** (한 학기 한 권 읽기 연계 포트폴리오) ① 모르는 낱말의 뜻을 정리하고 해석하였는가? ② 작품을 읽으며 3가지 이상의 질문을 하였는가? 중요한 삶의 가치, 관계에 대한 생각을 질문 하였는가? ③ 마음을 울린 장면이나 명대사를 선택하였는가? ④ 『어린 왕자』를 읽으면서 더 알고 싶은 탐색 주제나 체험활동을 제시하였는가? ⑤ 『어린 왕자』를 읽고 느낀 점, 감상을 작성하 였는가? **2) 책 대화 활동(20점)** ① '궁금? 궁금! 질문을 잡아라' 중에서 친구들과 대화하고 싶은 생각 질문을 1가지 이상 제시 하였는가? ② 친구들과 나눈 대표 생각 질문에 대해 자유롭게 주고받은 책 대화를 정리하였는가? ③ 중요한 삶의 가치, 관계에 대한 자신의 생각을 나타냈는가? **3) 배움 성장 활동(20점)** ① 새로 알게 된 점, 오늘의 배움을 정리, 성찰하였는가? ② 자신의 강점과 더 갖추어야 할 점을 파악하였는가? ③ 피드백을 통해 자신의 변화와 성장을 인식하고 다음 배움을 위해 노력하였는가? ④ 과제수행 성실성과 계획, 실행, 피드백과 수정 과정의 체계적인 실천을 점검하였는가?	**1) [한 학기 한 권 읽기 연계 『어린 왕자』 슬로리딩 활동]** ① 나만의 단어장 만들기, 내 맘대로 한 줄 해석 ② 궁금? 궁금! 질문을 잡아라 ③ 내 마음을 울린 명대사 모음 ④ 호기심 찾아 샛길 활동 ⑤ 오늘의 감상 **2) [『어린 왕자』 제4장 '내 인생 의 숫자' 샛길 활동]** 『어린 왕자』 제4장을 읽고, 인생에서 '숫자'가 가지는 의미와 진실, 우리의 삶에서 중요한 가치와 진정한 행복에 대해 토의하기 **3) [『어린 왕자』 제10장~15장 소행성 인물 집중탐구 활동]** ① 소행성 등장인물 6인의 삶의 가치를 반영한 소행성 이름 짓기 ② 소행성 등장인물 6인의 삶을 분석하면서 자신의 삶에서 중요한 가치와 소중하고 건강한 관계에 대해 토의하기 **4) [『어린 왕자』 제21장 '길들이 다' 샛길 토론 & 김춘수의 「꽃」 샛길 시 탐구 활동]** '길들이다'와 '꽃'을 탐구하며 소중하고 특별한 관계를 위한 노력 고민하기	비판적 창의적 사고역량 문화 향유 역량 자기성찰 계발 역량
2. 읽고 쓰는 즐거움	[9국03-07] 생각이나 느낌, 경험을 드러내는 다양한 표현을 활용하여 글을 쓴다.	**관계의 소중함에 대한 글쓰기에서 어떤 표현을 활용하는 것이 효과적일까?** **[평가 1]** **『어린 왕자』 내 맘대로 밑줄 슬로리딩 활동(20%)** **1) 슬로리딩 활동** ⑥ 참신하고 개성 있는 제목을 달고 그 이유를 관용 표현, 격언, 명언, 속담 등을 활용하여 글쓰기를 할 수 있는가?	**[『어린 왕자』 개성만점 내 맘대로 제목 달기]** ① '소중하고 특별한 관계 맺기'와 관련되는 『어린 왕자』의 '장' 선택하기 ② 창의적 발상을 통한 참신하고 개성 있는 제목 짓기 ③ 그렇게 정한 이유를 관용 표현, 격언, 명언, 속담 등 다양한 표현을 활용하여 설명하는 글쓰기	비판적 창의적 사고역량 자료 정보 활용 역량

		어떤 표현을 활용하면 나만의 개성이 잘 드러날 수 있을까?		
(2) 다양한 표현 활용하여 글쓰기 한 학기 한 권 읽기	① 속담, 관용 표현, 격언, 명언 등을 인용하여 글쓰기 ② 창의적인 광고 문구 활용하여 효과적으로 표현하기	[평가 2] 『어린 왕자』 나만의 책 만들기(20%) 1) 『어린 왕자』 책 광고(40점) ① 창의적인 광고 문구를 모방하거나 창작하여 참신하고 개성 있는 『어린 왕자』 책 광고를 만들었는가? ② 『어린 왕자』 명대사 명장면을 활용하여 개성 있게 표현하였는가? ③ 관용 표현, 속담, 명언을 활용하여 책 광고를 만들었는가?	[『어린 왕자』 나만의 책 만들기] ① 『어린 왕자』 책 광고 창의적인 광고 문구를 참고하여 개성 있는 표현으로 책 광고하기 ② 『어린 왕자』 내 가슴에 스민 명대사 명장면 마음을 울린 명대사 명장면 을 고르고, 그 이유를 다양한 표현 활용하여 설명하기	
3. 함께 여는 세상의 창 (1) 작품의 재발견 (2) 우리가 만드는 연극 한 학기 한 권 읽기	[9국05-08] 재구성된 작품을 원작과 비교하고, 변화 양상을 파악 하며 감상한다. ① 원작을 연극 대본으로 재구성하기 ② 원작과 재구성한 작품 비교하기 ③ 원작을 연극으로 표현하기	**『어린 왕자』의 인상적인 장면을 연극 대본으로 재구성하려면 어떻게 해야 할까?** 2) 『어린 왕자』 연극 대본 제작 '나도 작가 되기' (40점) ① 공연할 연극의 주제를 정했는가? ② 등장인물의 성격, 인물들 간의 관계와 주요 갈등을 정했는가? ③ 갈등의 진행과 해결 과정이 드러나도록 주요 장면을 구성할 수 있는가? ④ 장면별로 배경, 주요 사건, 주요 대사, 배경음악과 음향, 의상, 분장, 소품을 설정할 수 있는가? ⑤ 주요 장면 중 한 장면을 골라 대본으로 작성하였는가? 3) 과제수행력(20점) ① 과제수행에 필요한 지식을 효과적으로 활용하였는가? ② 교사와 친구들의 피드백을 과제수행에 반영하여 효과적으로 수행하였는가? ③ 과제수행 과정에서 배움과 관련된 자신의 성장을 위해 노력하였는가?	[『어린 왕자』 나만의 책 만들기] ③ 『어린 왕자』 연극 대본 제작 '나도 작가 되기' (1면) 주제 정하기 (2면) 등장인물의 성격과 주요 갈등 정리하기 (3면~7면) 이야기를 장면으로 구성하기 각 장면별 주요 사건, 대사, 배경, 배경음악과 음향, 의상, 소품, 분장 등 정리하기 (8면~) 대본 작성하기 • 원작 『어린 왕자』와 연극 대본 '어린 왕자' 변화 양상 비교하기 • 장면별 릴레이 '우리들이 만든 어린 왕자 연극'	비판적 창의적 사고역량 공동체 대인관 계역량 문화향 유역량

[2018년 1학년 1학기 슬로리딩 교육과정 재구성 지도]

핵심질문	작품을 깊이 있게 이해하고 몰입하려면 어떻게 읽어야 할까?		작품	「스며드는 것」(안도현) 『아홉 살 인생』(위기철)
단원	성취기준, 핵심지식	과정중심 평가설계	수업설계	교과역량
2. 세상과 함께 자라는 꿈 (1) 자료 찾으며 책읽기 ⟨한 학기 한 권 읽기⟩	[9국02-08] 도서관이나 인터넷에서 관련 자료를 찾아 참고하면서 한 편의 글을 읽는다. ① 책을 찾아 읽는 습관 형성 ② 성공적인 독서 경험 ③ 읽기에 대한 자신감 • 작품을 읽으며 관련 자료 찾아 읽는 습관 갖기 • 한 학기 한 권 읽기 연계 슬로리딩을 통한 읽기의 생활화 실천	[평가 1] 슬로리딩(20%) 1) 슬로리딩 활동(80점) ① 작품 속 궁금한 낱말의 뜻, 비슷한 말이나 반대말, 관련되는 낱말 등을 사전과 인터넷을 통해 찾아 정리하였는가? ② 모르는 낱말을 활용하여 나만의 한 줄 창작을 하였는가? ③ 작품의 일부분에 새로운 제목을 정하고 그렇게 정한 이유를 설명하였는가? ④ 작품을 감상하다가 떠오르는 질문을 3개 이상 작성하였는가? ⑤ 주요 사건이나 각 문단의 중요내용을 자기만의 방식으로 정리하였는가? ⑥ 작품을 읽다가 인상 깊은 부분을 찾고, 그 이유를 설명하였는가? ⑦ 내가 등장인물의 상황이라면 어떻게 할 것인지, 그 이유를 구체적으로 설명하였는가? ⑧ 작품을 읽다가 궁금한 것은 인터넷이나 자료를 활용하여 찾아 정리하였는가? 2) 표현(20점) ① 작품의 내용을 자신만의 언어(단어와 문장, 그림, 이미지, 맵, 표와 기호 등)로 말하거나 쓸 수 있는가? ② 슬로리딩을 통한 자신의 배움을 구체적으로 말하거나 쓸 수 있는가?	1. 슬로리딩 이해를 위한 O.T 실시 2. 시 감상 슬로리딩 활동 (안도현 「스며드는 것」) • 나만의 단어장 만들기 • 내 맘대로 한 줄 창작 • 궁금? 궁금! 질문을 잡아라 • 시의 구절이 내 가슴에 스미다 • 내용 집중탐구 • 개성만점 제목 달기 • [샛길1] '내가 꽃가루라면' 알들에게 편지 쓰기 • [샛길2] 호기심 찾아 샛길 활동 • 나도 시인 되기 3. 소설 감상 슬로리딩 활동 (위기철 『아홉 살 인생』) 1) 책 제목 『아홉 살 인생』 깊이 들여다보기 2) 각 장별 슬로리딩 • 나만의 단어장 만들기 • 내 맘대로 한 줄 창작 • 궁금? 궁금! 질문을 잡아라 • 내용 집중탐구 • 내 가슴을 울린 보물찾기 • 개성만점 제목 달기 • 생각을 여는 샛길 활동 • 작품 속 샛길 활동 3) 나만의 단어장 만들기 & 문장 탐구 활동 4) 내용집중 탐구 활동 1 ① 문단 내용 요약 & 내 맘대로 문단 제목 짓기 ② '내 것과 내 것이 아닌 것'의 차이 생각하기 ③ 작품 속 묘사 내용 그림으로 표현해 보기 5) 내용집중 탐구 활동 2 공감, 질문, 의견, 경험, 울림(진동), 내 맘대로 제목 짓기	비판적 창의적 사고역량 자료정보 활용역량 문화향유 역량 자기성찰 계발역량

4. 더불어 살아가기 (1) 문학과 갈등 (2) 토의하기 한 학기 한 권 읽기	[9국05-03] 갈등의 진행과 해결 과정에 유의하며 작품을 감상 한다. [9국01-04] 토의에서 의견을 교환하여 합리적 으로 문제를 해결한다.	• 갈등의 다양한 유형 형성평가, 피드백 실시	**[『아홉 살 인생』 속 갈등의 진행과 해결 과정 파악하기]** ① 갈등의 개념과 다양한 유형 이해하기 ②『아홉 살 인생』 등장인물 집중탐구 ③『아홉 살 인생』 인물들 간의 갈등유형 파악하기	비판적 창의적 사고역량 공동체 대인관계 역량
		• 합리적으로 해결하는 다양한 방법 피드백 • 다양한 의견에 대한 학생 상호 피드백	**[『아홉 살 인생』 속 갈등 상황 합리적으로 해결하기 위한 방안 토의하기]** ① 토의의 개념, 종류 알기 ②『아홉 살 인생』 속 인물들 간의 갈등 상황을 합리적 으로 해결할 수 있는 방안 토의하기	
2. 세상과 함께 자라는 꿈 (2) 통일성 있게 글쓰기 한 학기 한 권 읽기	[9국03-06] 다양한 자료에서 내용을 선정하여 통일성을 갖춘 글을 쓴다. ① 글쓰기의 과정 ② 다양한 자료에서 내용 선정 하기 ③ 통일성 갖춘 글쓰기	**[평가 2] 샛길 탐구 주제로 통일성 있게 글쓰기(20%)** **1) 내용(50점)** ① 샛길 탐구 주제가 배움과 성장 에 도움이 되는가? ② 글의 목적에 맞게 썼는가? ③ 글의 주제에서 벗어난 내용 은 없는가? ④ 독자의 흥미와 수준을 고려 했는가? ⑤ 자료의 출처를 분명히 밝히 고 있는가? **2) 구성 및 표현(50점)** ① 주제, 목적, 예상 독자를 고려 하여 글쓰기 계획을 세웠는가? ② 주제와 관련된 다양한 자료를 찾고, 그중에서 글에 필요한 내용을 정리했는가? ③ 다양한 자료에서 찾은 내용을 바탕으로 주제를 고려하여 개요를 작성했는가? ④ 개요를 바탕으로 통일성 있게 글을 작성했는가? ⑤ 글의 내용이나 어법을 고려 하여 적절히 고쳤는가?	**[『아홉 살 인생』 샛길 주제로 통일성 있게 글쓰기]** ① 슬로리딩 샛길 활동 안내 ② 통일성 있게 글쓰기 과정 알기 (계획, 내용 선정, 내용 조직, 초고 쓰기, 고쳐 쓰기) ③『아홉 살 인생』 속 시대적 상황, 사회 풍습, 현대와의 차이, 그 외 배움과 성장에 도움이 되는 궁금한 내용을 샛길 주제로 선정하기 (모둠 활동) ④ 지식 시장과 갤러리워크를 활용한 전체 공유	자료정보 활용역량 공동체 대인관계 역량 문화향유 역량

[2018년 1학기 2학기 슬로리딩 교육과정 재구성 지도]

핵심 질문		내가 살고 있는 곳은 나에게 어떤 의미일까?	작품	『아홉 살 인생』 (위기철)
단원	성취기준, 핵심지식	과정중심 평가설계	수업설계	교과 역량
2. 소통으로 여는 세상 (1) 면담하기	[9국01-03] 목적에 맞게 질문을 준비 하여 면담 한다. ① 면담의 목적에 따 라 질문의 내용 달리 하기 ② 면담 결과 정리하여 발표하기	**『아홉 살 인생』 샛길 프로젝트 [동네방네 탐험기]** **탐구 활동 [1] 동네방네 구석구석 발도장 찍기** ★ **탐구 질문: 나는 우리 동네에 대해 알기 위해 어떤 노력과 활동을 할 수 있을까?** ★ **공개할 결과물: 동네방네 탐험기 보물지도 & 발도장 찍기 영상물 제작**		비판적 창의적 사고역량 문화향유 역량 자기성찰 계발역량
2. 소통으로 여는 세상 (2) 매체 특성에 맞게 표현하기	[9국03-08] 영상이나 인터넷 등의 매체 특성을 고려하여 생각이나 느낌, 경험을 표현한다.	**[평가 1] 동네방네 발도장 찍기** **1) 동네방네 탐험기 보물지도 작성** • 우리 동네 보물지도를 작성하면서 총 6개 이상의 미션을 구분하여 자료 조사했는가? • 우리 동네 보물지도 6개 미션 중 3곳 이상은 직접 방문 하고 발도장을 찍었는가? • 직접 방문한 3곳에서 보고 듣고 느낀 것, 인상 깊은 점 등을 보물지도에 작성했는가? • 인증사진을 보물지도에 남겼는가? • 발도장을 찍은 3곳 중 한 곳에서 장유를 더 자세히 알기 위한 면담을 실시했는가? • 면담한 내용을 보물지도에 정리하였는가? **2) 발도장 찍기 영상물 제작** • 발도장을 찍은 3곳에서 보고 듣고 느낀 것을 영상으로 담아 생각, 느낌, 경험 등을 효과적으로 표현하였는가? • 우리 동네 보물지도 작성, 영상물 제작, 면담하기 등에 열심히 참여했는가? • 국어밴드에 제작한 영상물을 게시하였는가? • 국어밴드에 게시된 친구들의 영상물에 피드백 댓글로 자신의 생각과 느낌을 표현했는가?	**[모둠 과제]** ① 우리 동네를 새롭게 돌아보며 8가지 미션 중 6개를 선택하여 탐험(미션 주제: 문화, 역사, 주거 환경, 경제, 편의시설, 자랑거리, 놀이 시설, 기타) ② 발도장 미션 중 총 6개 이상 실시(조사, 방문) ③ 직접 방문은 3개 이상(인증사진 첨부) ④ 발도장 미션을 수행하면서 미션과 관련된 인물 1명 이상 면담하기 ※ 조사할 경우, 장유 지역 소개 및 안내자료나 인터넷 검색 등 활용 가능(자료의 출처 밝히기) ※ 면담 준비 과정, 면담 장면 사진, 동영상 촬영, 면담 결과 소개 ⑤ 발도장 미션을 실시하는 전 과정을 사진과 동영상 촬영하기(총 3분 내외) ⑥ 발도장 미션 수행 과정을 보물지도로 표현하기 **[개인 과제]** ① 동네방네 탐험기의 전 과정에서 보고 듣고 느낀 것을 각 미션마다 기록하기 ② 면담을 위한 개인당 면담 질문 1개 이상 작성하기	
		탐구 활동 [2] 우리 동네 홍보물 제작 ★ **탐구 질문: 나는 일일 장유 지역 홍보대사로 선정되었다. 어떻게 장유를 홍보할 것인가?** ★ **공개할 결과물: 홍보물 자료**		
3. 능동적인 언어생활 (2) 타당성 판단하며 듣기	[9국01-10] 내용의 타당성을 판단하며 듣는다.	**[평가 2] 우리 동네 홍보물 타당성 판단하기** **1) 자기점검 체크리스트(발표자용)** • 장유(율하 포함)의 일일홍보 장소로 선택한 장소가 홍보 가치가 있는가? • 홍보물의 주장을 뒷받침하는 논리적인 근거를 명확하게 설명할 수 있는가? • 듣는 이의 수준이나 흥미를 고려하였는가? • 상황에 맞게 적절하게 설명하고 듣는 이에게 신뢰감을 줄 수 있는가?	**[홍보물 자료 제작하기]** ① 탐구 활동 [1]을 통해 우리 동네에 대한 객관적 인 정보, 직접 방문한 경험과 자료, 면담한 결과 를 바탕으로 우리 동네 홍보물을 제작 ② 홍보물로 제작한 자료는 수남별하축제에 전시 후, 장유 홍보 관련 관공서에 자료 제공 예정 ③ 홍보물의 종류는 다음 예에서 자유롭게 선택	비판적 창의적 사고역량

		2) 학생 상호 평가(평가자용)	광고나 포스터, 안내 책자, 영상물, 만화, 시화(시 포함), 산문(글), 홍보신문, 홍보 스토리텔링(음성파일), 그 외 기타	공동체 대인관계 역량
		• 장유(율하 포함)의 일일홍보 장소로 선택한 장소가 홍보 가치가 있는가? • 홍보하는 내용을 뒷받침하는 근거가 명확하고 연관성이 있는가? • 홍보하는 주장을 이끌어 내는 과정이 논리적인가? • 홍보하는 주장과 상관없는 내용이 근거에 포함되지는 않았는가? • 듣는 이의 흥미 등을 고려하고 신뢰감을 주도록 설명했는가? ※ 홍보물 발표는 '타당성 판단하며 듣기'에서 학생 상호 평가 실시	※『아홉 살 인생』속 인물의 상황에 따른 행동의 타당성을 정리하고 판단하는 시간 갖기 [풍뎅이 영감 VS 산동네 사람들] ① 두 인물 유형의 특징과 행동의 이유 정리하기 ② '내가 등장인물 되기', '나라면 어떻게 행동했을까' ③ 인물의 행동에 대한 타당성 발표하기	자료정보 활용역량
3. 능동적인 언어생활 (1) 예측하며 읽기 한 학기 한 권 읽기	[9국 02-02] 독자의 배경지식, 읽기 맥락 등을 활용하여 글의 내용을 예측한다.	※ '예측하며 읽기'의 다양한 방법 개별 피드백	• 『아홉 살 인생』후반부 정리한 후, 모둠별로 뒷이야기 예측하며 릴레이 글쓰기	비판적 창의적 사고역량

[2017년 2학년 1학기 슬로리딩 교육과정 재구성 지도](2009 교육과정)

핵심질문	나는 낯선 시각과 호기심으로 작품을 읽고 나의 배움과 성장으로 만들 수 있는가?		작품	「엄마 걱정」(기형도) 「동백꽃」(김유정)
단원	성취기준, 핵심지식	수업설계		수행평가설계
1. 문학과 소통 (1) 작품 속 말하는 이	2955-1. 문학작품을 읽고 화자나 시점을 파악하고, 화자나 시점의 개념을 활용하여 작품의 구조적 특징을 이해할 수 있다. 2955-2. 화자나 시점의 변화에 따라 작품의 분위기와 내용이 달라짐을 설명할 수 있다.	**1. 슬로리딩 이해를 위한 O.T 실시** **2. 시 감상 슬로리딩 활동(기형도 「엄마 걱정」)** · 내 맘대로 한 줄 창작(단문 연습) · 궁금? 궁금! 질문을 잡아라 · 파닥파닥 나만의 물고기 낚기 　(인상적인 부분, 감각적인 표현 찾기) · 내용 집중탐구(시의 분위기와 내용 정리) · '만약 내가 화자였다면' 상상해 보기 · 개성만점 내 맘대로 제목 달기 · [샛길1] 나도 시인이 되기('엄마'를 화자로 시 창작하기) · [샛길2] 호기심 찾아 샛길 활동 **3. 소설 감상 슬로리딩 활동(김유정 「동백꽃」)** 1) 나만의 단어장 만들기 · 모르는 낱말 정리하기, 내 맘대로 한 줄 창작하기 · 「동백꽃」에 나오는 강원도 방언 정리하기 · 「동백꽃」 속 비속어 정리하기 　　<어휘의 유형 알기> <어휘의 유형 중 비속어>와 연결 · 「동백꽃」 속 단어로 <어휘의 의미 관계 이해하기> · 「동백꽃」 <어휘의 의미 관계 단어장 만들기> 　　<어휘의 의미 관계> 유의, 반의, 상하, 동음이의어, 다의어		**[수행평가 1] 시 감상 슬로리딩(10%)** **1) 내용 완성도(60점)** · 시 감상 슬로리딩을 통해 화자의 개념과 시의 구조적 특성을 5가지 이상의 요소로 충실히 작성했는가?(5가지, 4가지, 3가지, 2가지, 1가지, 미흡) · 시의 화자의 변화에 따라 작품의 분위기와 내용이 달라짐을 알고 있는가? **2) 창의성(40점)** · 샛길 활동 등 창의적 요소를 4가지 이상 작성했는가?(4가지, 3가지, 2가지, 1가지)
2. 탐구의 눈 (2) 어휘의 세계	2948-1. 어휘의 유형을 이해하고 활용할 수 있다. 2948-2. 어휘의 의미 관계를 이해하고 활용할 수 있다.	**★ [성취기준 연계 샛길 활동 1]** 　　<화법의 다양한 요인 알기> 지역방언, 사회방언 ① 「동백꽃」에 쓰인 지역방언을 현대 표준어로 바꾸기 ② 「동백꽃」이 지역방언을 사용하여 얻는 효과 ③ 표준어와 지역방언을 사용할 때의 좋은 점 ④ 표준어와 지역방언을 어떻게 사용해야 바람직할지 상황을 고려하여 생각해 보기		**[수행평가 2] 소설 감상 슬로리딩(10%)** **1) 내용 완성도(60점)** · 소설 감상 슬로리딩을 통해 시점의 개념과 소설의 구조적 특성을 5가지 이상의 요소로 충실히 작성했는가?(5가지, 4가지, 3가지, 2가지, 1가지, 미흡) · 시점의 변화에 따라 작품의 분위기와 내용이 달라짐을 알고 있는가? **2) 창의성(40점)** · 샛길 활동 등 창의적 요소를 4가지 이상 작성했는가?(4가지, 3가지, 2가지, 1가지)
1. 문학과 소통 (2) 다양한 화법	29110-1. 개인이나 집단에 따라 의사소통 방식이 다를 수 있음을 설명할 수 있다.	2) 인물 집중탐구 · '점순이'와 '나'의 특징을 말과 행동 중심으로 정리하기 · 두 인물의 공통점, 차이점으로 더블버블맵 작성하기 ① '나'와 '점순이'의 처지와 성격 알아보기 ② '나'의 어리석고 우스꽝스러운 행동 찾아보기 ③ 서술자 '나'의 특징과 얻을 수 있는 효과 ④ 내가 만약 「동백꽃」의 '나'라면 어떻게 했을까? 3) 내용집중 탐구 활동(주요 사건 정리) 4) 나도 작가 되기 ① 작품 속 새로운 서술자로 새롭게 창작 　(점순, 점순 모 등) ② 작품 밖 서술자로 새롭게 창작 5) 호기심 찾아 샛길 활동		

			★ **[샛길 활동 3 - 사회방언 관련 토론 활동]**
		★ **[성취기준 연계 샛길 활동 2]** 「동백꽃」에 나타난 '나'와 '점순이'의 화법의 특징 알기 ① 당시 사회 계층적 차이를 고려하여 살펴보기 ② '나'와 '점순이'의 정서 측면에서 살펴보기 ③ 남녀의 차이라는 성별 측면에서 살펴보기 ④ '나'와 '점순이'의 나이 측면에서 살펴보기	BQ. '마름', '배재(를 얻다)'는 사회방언 으로 볼 수 있는가, 볼 수 없는가? 그 근거는 무엇인가? SQ① 사회방언이란 무엇인가? SQ② 생활 속에서 사용하는 사회방언 의 다양한 예 SQ③ '마름'과 '배재(를 얻다)'의 의미 는 무엇인가? SQ④ 1930년대 토지경영 및 관리제 도를 찾아 '지주'-'마름'-'소작농' 의 관계를 설명할 수 있는가?
2. 탐구의 눈 (1) 보고하는 글쓰기	2933-1. 보고하는 글의 목적, 특성, 구성요소를 설명할 수 있다. 2933-2. 관찰, 조사, 실험한 내용을 절차와 결과가 드러나게 내용을 구성하여 보고 하는 글을 쓸 수 있다.	6) 궁금? 궁금! 질문을 잡아라 ① 작품 질문, 샛길 질문 7) 「동백꽃」 샛길 보고서 작성하기 ① 보고하는 글의 목적, 특성, 구성요소 알기 ② 모둠별 「동백꽃」 샛길 보고서를 작성할 샛길 주제 정하기 ③ 보고서의 형식에 맞게 「동백꽃」 샛길 보고서 작성하기	**[수행평가 3]** **「동백꽃」 샛길 활동 보고서** **쓰기(10%)** **1) 샛길 활동의 창의성(70점)** ・「동백꽃」을 읽고 창의적인 샛길 활동으로 관찰, 조사, 실험 등을 5가지 영역 이상 다양한 형태로 충실히 작성하였 는가?(5가지, 4가지, 3가지, 2가지, 1가지, 미흡) **2) 보고서의 형식(30점)** ① 조사의 절차와 결과가 잘 드러나게 작성했는가? ② 내용을 정확하고 간결하게 작성했는가? ③ 쓰기의 윤리를 준수하며 작성했는가?

[2017년 2학년 2학기 슬로리딩 교육과정 재구성 지도](2009 교육과정)

핵심 질문		나는 현실 속 다양한 상황에 대한 문제의식을 가지고 용기 있게 표현할 수 있는가?	작품	「가난한 사랑 노래」(신경림) 「수난이대」(하근찬)
단원	성취기준, 핵심지식	수업설계		수행 평가설계
3. 나의 말을 들어줘 (1) 문학의 창작 의도	2957-1. 작품의 내용 혹은 배경이 되는 사회·문화적 상황을 바탕으로 작품의 창작 의도를 추측하여 작품을 수용할 수 있다. 2957-2. 작가, 작품, 독자 등의 소통 맥락을 고려하여 작품을 수용할 수 있다.	**1. 시 감상 슬로리딩 활동** **(신경림 「가난한 사랑 노래」)** · 나만의 단어장 만들기, 내 맘대로 한 줄 창작 [샛길 활동 ①] 사회문화적 상황이 반영된 시어를 찾고, 당시 사회문화 상황 추측하기 [샛길 활동 ②] 당시 사회문화 상황을 알 수 있는 자료조사 · 궁금? 궁금! 질문을 잡아라 · 파닥파닥 나만의 물고기 낚시하기 [샛길 활동 ③] 이 시와 비슷한 상황을 담은 노래 찾기 [샛길 활동 ④] '가난'과 관련하여 자신의 생각 토론하기 · 내용 집중탐구, 나의 경험 연결하기('나라면~') · 개성만점 내 맘대로 제목 달기 · 호기심 찾아 샛길 활동 **2. 소설 감상 슬로리딩 활동** **(하근찬 「수난이대」)** · 나만의 단어장 만들기(시대적 상황과 관련된 단어장) · 궁금? 궁금! 질문을 잡아라 · 인물 집중탐구(아버지 & 아들 더블버블맵 활용) · 인상적인 부분과 시대적 상황과 관련된 단어 정리 · 호기심 찾아 샛길 활동		**[수행평가 1]** 시 감상 슬로리딩(10%) **1) 시 감상 슬로리딩(50점)** 시에 나타난 사회문화적 상황, 작가의 창작 의도, 자신만의 시 감상과 해석, 인상 깊은 부분에 대한 생각, 호기심 찾아 샛길 활동 등을 자신만의 생각과 시각으로 다양하게 표현할 수 있는가? (5가지, 4가지, 3가지, 2가지, 1가지) **2) 소설 감상 슬로리딩(50점)** 소설에 나타난 사회문화적 상황과 작가의 창작 의도, 자신만의 소설 감상과 해석들, 인상 깊은 부분에 대한 생각, 호기심 찾아 샛길 활동 등 자신만의 생각과 시각으로 다양하게 표현할 수 있는가? (5가지, 4가지, 3가지, 2가지, 1가지)
4. 표현의 힘 (1) 글의 표현 방식	2928-1. 글의 다양한 표현방식을 알 수 있다. 2928-2. 글에 사용된 방식을 파악할 수 있다.	1) 글의 다양한 표현방식 알기 (비유하기, 변화 주기, 강조하기) 2) 영상언어의 특징 알기 **[시 감상 슬로리딩]** · 신경림의 「가난한 사랑 노래」를 지금 이 시대를 살아가는 현대 젊은이들의 삶과 연결하여 사회문화적 상황을 담은 모둠영상시 제작 전 스토리보드 작성		**[수행평가 2]** **영상 제작을 위한 스토리보드(10%)** **1) 내용(40점)** ① 작품에 창작 의도가 잘 드러나도록 표현했는가? ② 작품 속 말하는 이의 상황이 구체적으로 드러나도록 표현했는가? ③ 현대의 사회문화현상이 작품에 잘 반영되도록 표현했는가? ④ 작품의 전체 기획이 이야기의 흐름에 따라 장면별로 잘 표현되었는가?
4. 표현의 힘 (2) 영상으로 만드는 이야기	2938-1. 영상 언어의 특성을 설명할 수 있다. 2938-2. 일상적 경험이나 사회적 사건을 이야기로 구성할 수 있다. 2938-3. 영상 언어의 특성을 살려 영상물을 만들 수 있다.	① 2017년 현대의 사회문화적 상황을 반영 ② 말하는 이의 상황 정하기 ③ 사용할 표현방식(비유, 변화, 강조) 정하고, 효과 말하기 ④ 작품의 창작 의도 정하기 ⑤ 모둠원과 협의하여 공동의 모둠시 창작 ⑥ 시 스토리보드로 제작하기(장면별(연) 시각 이미지, 시 내용을 자막, 배경음악, 효과음) **[소설 감상 슬로리딩] 「수난이대」 스토리보드 제작** · 내용 집중탐구 활동으로 수요 사건을 중심으로 영상 언어를 활용하여 스토리보드로 구성하기		

		1) 건의하는 글의 특성 알기 2) 「수난이대」 관련 샛길 활동 건의문 쓰기	**2) 구성(40점)** ① 표현될 각 장면이 다양한 구성요소들로 시각화되었는가? ② 시각 이미지(그림), 내용, 음악과 음향, 소리 등이 적절하게 활용되었는가? ③ 제작이 원활할 수 있도록 이야기를 짜임새 있게 구성했는가? ④ 보는 이의 흥미를 잘 고려했는가?
3. 나의 말을 들어줘 (2) 건의 하는 글	2935-1. 건의하는 글의 특성을 설명할 수 있다. 2935-2. 요구 사항과 문제 해결 방안을 중심 으로 건의할 내용을 정리 할 수 있다. 2935-3. 요구 사항과 문제 해결 방안을 담아 건의하는 글을 쓸 수 있다.	★ [샛길 활동 1] **나의 생각과 의견을 세상에 건의하다** ① 문제 상황 분석 - 「수난이대」를 읽다가 불합리한 상황을 사회적, 역사적 측면에서 한 가지 선택하기 ② 관련 정보 수집 ③ 해결 방안 마련 ④ 건의하는 글 작성하기 ★ [샛길 활동 2] **유네스코에 나의 생각과 의견을 건의하다** ① 문제 상황 분석 - 일본이 유네스코에 '군함도'를 근대화 유적지로 등재 ② 관련 정보 수집 - 군함도, 징용에 대한 역사적 기록과 정보를 수집 ③ 해결 방안 마련 ④ 건의하는 글 작성하기 - 유네스코에 나의 생각과 의견을 건의하는 글을 작성	**3) 창의성(20점)** ① 작품에 담은 현대의 사회문화현상을 담은 소재나 주제가 창의적으로 표현되었는가? ② 작품에 담은 내용을 다양한 표현 방법을 활용하여 독창적으로 표현했는가?

여섯.
한 학기 한 권 읽기,
슬로리딩으로 꽃피다

 ## 2015 개정 교육과정, 한 학기 한 권 읽기를 도입하다

2015 개정 국어과 교육과정을 살펴보면, 교수학습 방향에 "한 학기에 한 권, 학년(군) 수준과 학습자 개인의 특성에 맞는 책을 긴 호흡으로 읽을 수 있도록 도서 준비와 독서시간 확보 등의 물리적 여건을 조성하고, 읽고, 생각을 나누고, 쓰는 통합적인 독서활동을 학습자가 경험할 수 있도록 한다."라고 제시하고 있다. 국어 수업과 독서교육이 별개로 운영되는 것이 아니라, 교육과정 내에 한 학기 한 권 읽기가 제시되어 국어 수업 시간에 학생들이 한 권의 책과 만날 수 있도록 했다. 이것은 2015 개정 국어과 교육과정의 중요한 변화 지점이다.

이러한 방향은 학생들에게 책 읽기란 시간이 날 때, 필요할 때 하는 것이 아니라 생활 속에서 배움과 늘 함께하는 것으로 인식하게 한다. 특히 지금까지 학생들이 국어시간에 마주한 교과서에는 앞뒤의 내용이 생략되어 있는 작품이 많았다. 이런 경우 국어 교사의 입장에서 지도에 한계가 있음은 물론이고 학생의 입장에서도 온전한 읽기가 어려워 작품 감상의 기회가 오롯이 제공되지 못한다. 이와 같은 문제점을 보완하여 2015 개정 교육과정에서는 국어과에 '한 학기 한 권 읽기'를 도입하게 되었다고 할 수 있다. 학생들이 다양한 분야의 책을 읽고 국어 수업 시간에 창의적, 비판적, 논리적 사고력을 기르는 기회를 가짐은 물론 친구들과 다양한 생각과 의견들을 나누는 과정을 통해 작품에 담긴 의미를 해석하고 재구성하며 배움이 더욱 확장될 수 있다.

🐛 한 학기 한 권 읽기, 슬로리딩으로 깊게

그렇다면 한 학기 한 권 읽기와 슬로리딩을 어떻게 연결할 수 있을까? 교육과정에 제시된 '한 학기 한 권 읽기' 관련 성취기준의 해설을 슬로리딩과 연계하여 살펴보자.[10]

① 필요한 자료를 능동적으로 찾아서 참고하며 읽는 능력을 함께 기를 수 있도록 한다.

② '한 편의 글'이란 앞뒤가 잘린 제재가 아니라 한 편의 완결된 글을 말한다.

③ 여러 차시에 걸친 읽기 수업을 염두에 두고 설정한 성취기준임을 고려한다.

④ 다소 긴 글을 읽다 보면 낯선 용어나 개념, 모르는 정보나 지식과 맞닥뜨리는 경우가 많은데, 이 경우 도서관과 인터넷, 사전 등에서 참고 자료를 찾아 모르는 것을 해소하고 관련된 배경지식을 확충하며 읽도록 지도한다.

⑤ 참고 자료를 활용하여 한 편의 글 읽기를 지도할 때에는 적어도 한 편의 글, 한 권의 책 읽기에 도전하여 성공적인 독서 경험을 하도록 하는 데 초점을 둔다.

- 2015 개정 국어과 교육과정 '한 학기 한 권 읽기' 관련 성취기준 해설 中에서

슬로리딩은 몰입독서와 관련 있다. 한 개의 단어, 한 줄의 문장, 작

---

10) 2015 국어과 개정 교육과정에 도입된 한 학기 한 권 읽기 관련 교수학습 활동 및 유의사항에는 "참고 자료를 활용하여 한 편의 글 읽기를 지도할 때에는 적어도 한 편의 글, 한 권의 책 읽기에 도전하여 성공적인 독서 경험을 하도록 하는 데 초점을 둔다. 한두 차시에 걸쳐 온전히 독서만 하도록 할 수도 있고, 여러 차시에 걸쳐 수업 시간의 일부를 독서에 할애할 수도 있다. 또한 학습자가 스스로 글을 선정할 수도 있고, 교사가 학습자의 흥미와 발달 수준을 고려하여 글이나 책을 선정할 수도 있다. 이 때 학습자의 흥미, 관심, 읽기 발달 단계에 따라 잘 읽을 수 있는 책이 다르다는 점에 유의해서, 학급 전체가 같은 책을 읽거나, 학습자마다 원하는 책을 읽거나, 모둠별로 같은 책을 읽도록 한다. 이 과정에서 학습자 스스로 자신의 독서 과정을 계획하고, 점검하고, 조정할 수 있는 능력이 길러지도록 한다."라고 제시한다.

품 속 한 장면과 대사 한 마디를 자신의 경험과 생각을 연결하여 자기만의 해석을 하면서 꼭꼭 씹고 곱씹어 작품 속으로 풍덩 빠져 보는 것이다. 작품과 관련된 다양한 시대적 상황, 역사적 흐름, 경제와 문화까지 깊이 천천히 음미하는 것이다. 한 권의 책 속에는 세상이 담겨 있다. 한 권의 책을 읽으면서 자기만의 생각과 방법으로 해석할 수 있다면 그 사람은 세상 모든 것을 해석할 힘을 갖게 된다. 이런 점에서 슬로리딩은 단순한 독서 방법을 넘어서서 한 인간의 자아를 찾게 하는 철학이다.

슬로리딩의 이와 같은 측면은 여러 면에서 한 학기 한 권 읽기와 맞닿아 있다. 단순히 조각 글이 아닌 온전한 한 작품을 읽는 데에 그치는 것이 아니라, 작품을 감상하는 동안 생기는 의문점이나 낯선 용어, 사고의 확장을 도울 수 있는 활동 등은 슬로리딩의 천천히 깊게 읽는 과정과 샛길 공부로 활용할 수 있다.

이와 같은 슬로리딩의 철학적 접근을 바탕으로 한 학기 동안 교육과정과 연계하여 한 작품을 온전히 깊게 읽어 나가면서 몰입을 맛본 학생은 제대로 된 작품 감상을 하게 된다. 그와 더불어 평생 독자로서의 삶을 맞게 되며 다양한 측면에서 성장할 수 있다.

특히 위의 항목 ①과 ④는 슬로리딩의 샛길 활동을 활용하여 학습자의 지적 호기심을 바탕으로 독서활동에 대한 흥미를 유지할 수 있다. 항목 ③은 단순히 한 단원에 국한된 한 권 읽기보다 성취기준을 바탕으로 교육과정 재구성을 통해 긴 호흡으로 학생의 배움이 슬로리딩 한 권 읽기 활동으로 성장하도록 하는 것과 일맥상통한다. 그것을 ②와 ⑤처럼 한 편의 글이나 한 권의 책을 탐험하며 이루어지도록 구상하는 것과도 맞닿아 있다.

따라서 슬로리딩으로 깊게 한 학기 한 권 읽기를 실시하려면 학습자의 성취기준을 고려한 한 학기 교육과정 재구성과 학습자의 지적 호기심을 바탕으로 궁금한 것을 탐색하는 활동을 성취기준과 연계할 수업디자인이 필요하다. 이를 위해서는 앞서 언급한 교육과정 문서를 해석하는 능력과 이를 바탕으로 교육과정을 활용할 수 있는 교사의 교육과정 문해력이 바탕이 되어야 한다.

슬로리딩, 교육과정 문해력, 한 학기 한 권 읽기라는 삼박자를 잘 읽어내면 교사는 자신만의 빛깔이 담긴 교육과정을 만들 수 있다. 교실에서 자신의 교육철학을 담은 수업을 아이들과 함께 맛볼 수 있다. 그런 점에서 슬로리딩은 학생뿐 아니라 교사의 주체적 삶까지 빛나게 하는 철학이며 삶과 앎의 어울림이라고 말하고 싶다.

[걸음]

시작하기 전, 고민 보따리 풀기

하나.
'덕분에', '그럼에도 불구하고'

'도전한다'라는 것은 '실패를 통해 성장한다', '이전의 모습과 다른 새로움을 추구한다'라는 말의 또 다른 표현이라고 생각한다. 그렇기에 도전은 성장을 동반하는 단어이다. 그러나 이 성장은 끊임없는 고민과 성찰, 실패를 되돌아보며 복기하는 흐름을 통해 힘겹게 한 땀 한 땀 영글어 내는 고통도 동시에 품고 있다. 나의 슬로리딩 교실이 그러하다. 교과서대로 하지 않으면 제대로 가르치지 않은 것 같고, 학생들의 배움에 큰 구멍이 날 것 같은 불안감이 컸던 내가 슬로리딩을 통해 새로운 교실에 도전한다는 것은 매 순간 고민과 고통이 함께한다는 뜻이다. 학교 현장이 쉴 틈 없고 생각보다 만만치 않기에 언제 작품을 선정하고 어느새 교육과정을 슬로리딩과 연계해서 재구성하고 평가까지 일체화시키겠냐고 말할 수도 있다. 그때마다 내가 생각한 정답은 늘 고민해야 한다는 것이다. 내 교실에서 일주일에 겨우 한 번씩 만나는 학생들을 생각하며, 짧은 시간으로 슬로리딩하면서 평가까지 하려면 평소에도 늘 고민할 수밖에 없다. 한 번의 만남이 효율성이 떨어지면 그다음의 배움 지점으로 다가가는 에너지가 두 배로 든다. 그래서 나는 머릿속 한편에 도전과 고민의 방을 기꺼이 내어준다. 수업을 고민하고, 작품을 고민하고, 학생들에게 스며듦을 고민한 '덕분에' 길을 가다 우연히 마주친 광고 문구나 간판을 통해서도 새로운 접근이 떠오른다. 설거지를 하며 내 삶의 가치를 생각하다가『어린 왕자』소행성 인물들의 삶의 가치를 담은 '개성만점 소행성 이름 짓기'가 떠오른다. 여러 개의 장으로 구성된 작품을 보며 한 개의 장을 통째 여러 항목으로 슬로리딩하는 것을 선택할지, 각 장의 성격을 고려하여 단어장만 작성하거나 인상적인 부분을 중심으로 깊이 있는 대화로 이어갈지 고민한다. 잘못하면 이름만 '슬로리딩'일 뿐, 평가도 성취기준도 모두 잃은 단순한 '리딩'이 될까 봐 밤잠을 설친다. 한창 풀리지 않는 숙제가 있을 때는 꿈속에서도 생각하는 나를 발견한다. 첫번째 수업한 반의 피드백을 생각하고 당장 내일 수정할 부분을 고민한다. 자려고 누웠다가 불현듯 아이디어가 떠오르면 금세 잊을까 봐 휴대 전화에 녹음도 해 본다. 그러나 친구처럼 늘 따라다니는 이 고민 '덕분에' 방학 내내 도움자료를 찾아 헤매다가 숨 좀 돌리자 싶어 떠난 여행지에서 우연히 읽은 글이 작품과의 연결 고리가 되어 딱 맞아떨어진 순간으로 박수를 칠 수 있었다. 한참을 함께한 고민이라는 친구 '덕분에' 어떤 작품으로 슬로리딩할 지, 이 책 저 책 뒤적이다 머리 식힐 겸 관람한 영화 〈군함도〉를 보며 「수난이대」가 떠올랐다. 그래서 나에게는 고민이 고통이면서 동시에 성장이다. 엉켜 있던 실타래를 내 손으로 하나하나 정성껏 풀었기에 가지런해진 실뭉치가 제 역할을 하는 것에 기쁨은 몇 배가 된다. 성취기준을 뚫어져라 응시하고 작품을 읽고 또 읽어 가며 머리를 짜내는 과정이 고통임에도 '불구하고' 매 순간 고민하고 또 고민하는 이유가 바로 여기에 있다.

학생들의 성장도 마찬가지다. 생각하지도 못했던 의외의 지점에서 몇 배로 고통스러운 과정을 거칠 수도 있다. 즐겁게 빠져드는 순간도 있지만, 익히는 과정이 낯설어 귀찮고 힘겹기도 하다. 단답식으로 간단히 말하고 쓰는 것이 익숙한 학생이라면 생각을 하는 것 자체가 곤욕이다. 얼른 빨리 읽어도 될 텐데, 군이 자꾸 멈추고 천천히 깊게 생각해야 하냐고 불만을 표시할 수도 있다. 그러나 성장은 그냥 이루어지지 않는다는 것을 명심하자. 학생들에게도 몇 번씩 헤매는 고비를 넘기고 매시간마다 조금씩 생각하는 힘을 다져 나가면 어느새 이전과는 다르게 세상을 바라보는 자신을 발견할 수 있음을 말해 주자.

그리고 그것은 또 다른 성장의 밑거름이 된다는 것을 꼭 알려 주자. 쌓이고 더해진 노력의 시간으로 어느새 학생들의 말과 글 속에 '왜냐하면, 그래서, 하지만' 등으로 연이은 사고의 표현이 구체적으로 드러나는 날이 온다. 더 중요한 것은 학생들의 피드백이 안 좋은 순간에도 교사는 그 반응 자체에 초점을 두기보다 왜 그런 반응이 나오는지를 고려하여 다음 배움에 반영하고 재조정할 마음의 여유를 가져야 한다는 것이다. 조금씩이라도 꾸준히 1년간 노력하고 고민한 후에 학생들이 어떻게 바뀌었는지, 어떤 성장을 했는지 돌아보자. 함께 공부하는 동안에는 이 과정이 얼마나 도움이 되었는지, 어떤 영향을 주었는지 학생들 스스로 인식하지 못할 수도 있다. 그러나 해가 바뀌고 학습의 상황이 바뀐 뒤에야 "선생님께서 왜 이렇게 천천히 꼼꼼하게 생각하고 의문을 가지도록 애썼는지 알겠어요." 등의 피드백이 나온다. 공들인 만큼, 고민한 만큼, 실천한 만큼 학생들과 교사는 새로운 성장의 지점에서 세상을 바라보게 될 것이다. 그런 의미에서 학생들과 만난 첫 번째 한 학기가 무척 중요하다. 학생들도 교사도 함께 연습하고 서로 익숙해질 충분한 여유가 있어야 한다.

2016년 직접 슬로리딩을 해 본 후, '작품을 깊이 이해하고 제대로 읽어 낸다는 것은 이런 것이구나.'라는 생각에 큰 매력을 느꼈다. 그러나 막상 각종 영상매체와 스마트 기기에 익숙한 아이들에게 수업 시간에 책을 읽으며 몰입하는 즐거움에 빠져들게 할 수 있을지 자신이 없었다. 나 역시 교과서 진도 나가기도 바쁜 수업 시간에 어떻게 슬로리딩을 기본적인 배움 줄기로 하고 진도와 절충해야 할지, 평가할 시간은 있을지, 과연 학생들에게 배움과 성장이 제대로 발현될지 모든 것이 의문투성이였다. 실패에 대한 두려움으로 첫 단추를 꿰는 것부터 부담이었다. '그럼에도 불구하고' 어설프게나마 한 발 내디딘 것은 슬로리딩이 주는 몰입의 즐거움이 낯설지만 신선한 배움이었기 때문이다. 공책에 깨알 같은 글씨로 슬로리딩하면서 몸소 느꼈던 울림은 실패에 대한 두려움과 교육과정 재구성의 불편함을 뒤로 밀어 버리기에 충분한 매력이었다. 그 매력을 느끼지 못한 채 학생들이 중학교를 졸업하는 모습은 보기 싫었다. 그래서 죽이 되든 밥이 되든 일단 시도해 보자고 마음먹었다.

마침 2016년 2학기는 1학년 학생들과 자유학기를 처음 맞이했고 평가의 부담이 적어 여유가 있던 때였다. 학생들과 주제선택 활동으로 『어린 왕자』를 슬로리딩하기 시작했다. 요즘은 2015 개정 국어과 교육과정에 한 학기 한 권 읽기가 있어서 수업 시간에 책을 읽으며 배우고 익히는 것이 당연할 수도 있다. 그러나 2009 교육과정에는 필수사항이 아니었고 진도가 발목을 잡아 정규 수업 시간에 슬로리딩하기가 망설여졌다. 그러나 학생들이 혼자서 읽고 넘어가는 경험과 교실에서 선생님과 주고받는 대화와 질문에서 의문을 해결하고 친구들과 생각을 나누며 책을 파고드는 경험은 비교할 수 없을 정도의 큰 차이가 있다. 특히 슬로리딩을 중학교 정규 수업 시간에 실시하면서 학생들이 얻을 수 있는 성장 지점은 분명히 존재한다. 혼자 읽기가 아니라 선생님, 친구들과 함께 읽는 것이기에 몇 배 더 성장할 수 있는 배움이라는 확신으로 용기의 첫발을 뗐다.

자유학기 주제선택 활동은 스무 명 남짓한 학생들을 대상으로 하는데, 이는 학생들의 희망으로 배정된 것이라 열심히 하는 학생이 절반 이상이었다. 그러나 정규 수업 시간은 다른 차원의 도전이다. 서른 명의 학생 중 열심히 하는 학생보다 자는 학생, 하기 싫어하는 학생, 모둠 구성조차 귀찮아하는 학생이 더 많다. 학년, 성별, 개인별 독서 취향도 고려해야 한다. 솔직히 할 수 있는 조건보다 하기 싫고 힘든 핑계가 넘쳤다. '선생님은 어디서 맨날 새로운 수업을 배워 오냐?'라는 볼멘소리까지 들어야 한다면 힘이 빠질 수밖에 없다. 그때 흔들리지 않고 직진할 수 있는 힘은 교사의 확신과 신념이다. 수업 구상과 더불어 한 학기, 한 해 동안 학생들이 어떤 성장을 하면 좋을지, 그 성장에 슬로리딩이 어떻게 도움을 줄 수 있는지 생각해야 한다. 시작 전에 교사부터 교육철학을 세우고, 학생들에게 정확하고 친절하게 안내할 필요가 있다. 그래서 나는 '그럼에도 불구하고'라는 말을 좋아한다. 여의치 않은 여러 상황과 조건에도 '불구하고', 어쩌면 그런 상황 '덕분에' 더욱 깊고 넓게 고민할 수 있고 그러는 사이 학생과 내가 성장할 수 있다.

교사가 행복한 수업이어야 학생들도 행복하다. 학생들이 성장하는 수업이어야 교사도 함께 성장한다. 슬로리딩이 가진 몰입의 즐거움과 깊이 있는 배움의 과정이 너무나 매력적이었기에 일단 교사인 내가 행복했고, 학생들과 그 행복한 배움을 즐기고 싶었다. 슬로리딩을 처음 접한 후, 작품을 읽으며 천천히 실습해 보면서 내가 경험했던 즐겁고 행복했던 책 읽기를 학생들에게 꼭 경험하게 해 주고 싶었다. 슬로리딩을 하면서 깊이 몰입하는 경험과 직접 등장인물이 되어 체험하고 자신의 일처럼 공감하며 작품 속 누군가의 삶이 우리 아이들의 삶에 깊은 진동을 주길 바랐다. 겉핥기식으로 줄거리만 파악하거나 제대로 된 읽기 경험이 적은 학생들에게 진정한 몰입의 순간을 마주하도록 하고 싶었다. 그 몰입의 낱낱의 결이 모여 자신의 생각과 길을 만들어 가는 '나의 삶'을 개척하는 경험은 주체적인 삶을 살아갈 힘을 준다. 슬로리딩을 하다 보면 몰입의 경험은 매 순간 찾아온다. 자신이 몰입하고 있는지조차 인식하지 못한 상태에서 궁금한 것을 좇고 호기심 어린 샛길로 빠져 사회, 문화, 새로운 정보를 탐색하다가 친구들과 직접 몸으로 체험하며 다시 작품으로 깊이 들어온다.

그 몰입의 순간을 내 교실에서 만나도록 하려면 어떻게 해야 할까? 중학교에서 한 해를 슬로리딩을 중심축으로 수업하는 경우를 들어 보지는 못했지만, 작품을 감상하며 몰입하는 경험을 내 교실에서 우리 아이들과 해 보고 싶었다. 학창 시설 무언가에 깊이 빠져들어 밥 먹는 것조차 잊고 끝까지 파헤쳐 보고 집중하며 탐색해 본 경험을 가진 학생과 그렇지 않은 학생은 이후의 삶이 같을 수 없다. 누군가의 강요에 의해 '해야 함'이 아니라, 스스로 '하고 싶은' 배움이 성장으로 이어진다. 교실에서 지식과 기능을 익혀도 자신의 성장을 위해 스스로 탐험하고 깊이 빠져서 몰입의 순간인 줄도 인식하지 못할 정도의 경험이 지금 우리 학생들에게는 꼭 필요하다. 『어린 왕자』를 슬로리딩할 때, 자신은 초등학교 때부터 몇 번을 읽었기에 슬로리딩은 안 해도 된다고 말한 남학생이 있었다. 처음에는 건성으로 책장을 넘기고 전혀 집중하지 못하던 학생이었다. 그러나 몇 번의 실습을 통해 점점 태도가 바뀌기 시작했고, 이것저것 궁금해서 찾아보며 친구들과 의견을 주고받기 시작했다. 그 학생의 수업 참여 후기가 힘든 순간들이 있어도 '그럼에도 불구하고' 내가 계속해서 슬로리딩하게 하는 힘이 되었다.

> "처음에는 『어린 왕자』를 몇 번 읽었기 때문에 내용도 다 알고 있고, 궁금한 것도 없을 줄 알았다. 그런데 신기한 게 선생님과 같이 단어와 문장부터 천천히 읽으면서 생각해 보고 친구들과 궁금한 것도 서로 이야기하면서 모르는 것은 사전도 찾고 검색도 하면서 알아 갔더니, 이전에는 안 보이던 내용이 보이기 시작했다. 어떤 친구는 바오밥나무의 크기를 통해 어린 왕자가 살고 있는 행성의 크기를 추측해 볼 수 있다고 발표했는데, 너무 신선했다. 화가의 꿈을 포기한 '나'의 모습을 안타까워하다가 '포기'라는 단어에 꽂혀 '우리가 포기하면 안 되는 것들은?'으로 친구들과 이야기한 것도 좋았다. 이 책을 몇 번을 읽었는데도 '길들이다'라는 단어와 여우의 대사가 이런 깊은 의미를 갖고 있는지 몰랐다. 흘려 버리고 당연하게 생각했던 것들이 슬로리딩하면 새롭게 생각하게 되는 것 같다."

자신이 배움의 주체가 되어 생각에 따라 작품을 낯설게 바라보며 깨우쳐 가는 과정은 그 자체로 성장의 순간들이다. 그래서 내 교실에서 학생들과 함께 헤쳐 나간 이야기의 흔적, 학생들의 작성 글과 의견은 내게 너무나 귀한 발자취이며 소중한 기록이다. 생각하는 힘, 스스로 파고들어 깨우쳐 가는 힘, 그 과정을 거쳐 결국 자신만의 길을 닦고 만들어 갈 수 있는 힘, 그래서 그 힘으로 세상을 정면으로 마주하며 자신의 삶을 이끌 수 있는 힘을 바로 우리들의 교실에서 길러야 하지 않을까?

둘.
교사의 철학이 단단해야 흔들림이 적다

모든 수업이 그렇듯이 슬로리딩 수업이라고 해서 항상 즐겁고 행복하지만은 않다. 새로운 만남, 새로운 작품, 새로운 학생들, 그 속에서 슬로리딩을 알차게 꾸려 내야 한다는 교사의 강한 책임감은 에너지가 되기도 하지만, 때로는 독으로 작용할 때도 있다. 그럴 때는 학생들도 교사도 한 박자 쉬어 주는 여유를 가질 필요가 있다. 상황에 따라 적절한 타협도 유연하고 허용적으로 수용하고 절충할 수도 있는데 나는 그러지 못했다.

중학교 국어 교실인 데다 갈수록 문해력과 어휘력이 부족해지는 학생들의 학습 상황을 지켜보면서 나는 학생들을 마주하기 전 치열하게 고민해야 했다. 교실에서 마주하는 순간마다 한 명이라도 더 피드백하고 관찰하고 들어 보며 스스로 생각하고 깨우쳐 갈 수 있도록 애써야 했다. 처음에는 슬로리딩이 주는 책 읽는 즐거움을 학생들이 알아 가고 몰입하고 탐구하는 경험을 제공하고 싶었는데, 성취기준과 평가를 읽어낸 틈 없는 짜임새가 학생들에게는 즐거움보다 공부 노동으로 다가오기도 했다. '그럼에도 불구하고' 누군가 내게 "선생님은 왜 슬로리딩 수업을 계속하세요?"라고 질문한다면, 나는 "교실에서 책을 통해 제대로 읽고 깊이 이해하고 궁금한 것을 좇아 탐험하는 과정을 경험한 학생들은 1년이 지나면 어느새 부쩍 성장한 모습을 발견할 수 있어요. 저는 책을 통한 성장이 중학교 학생들에게 무척 필요하다고 생각해요. 그 성장은 책을 천천히 깊게 읽는 경험 그 자체의 성장일 수도 있고, 어휘력과 문해력의 향상일 수도 있어요. 생각하는 힘과 종합적인 사고력의 향상일 수도 있고요. 글 쓰는 능력이나 발표력, 경청하는 자세 등 다양하게 드러납니다. 그래서 저는 제 교실에서 학생들이 슬로리딩하면서 달팽이처럼 천천히 조금씩 성장할 수 있도록 돕고 싶습니다."라고 망설이지 않고 대답할 것이다.

나는 슬로리딩의 중심 무게를 책을 읽는 즐거움보다 책을 통한 성장에 둔다. 그래서 학생들에게 내 수업이 마냥 즐겁지만은 않다. 중학교의 학습은 내신, 고교입시로 직결되어 학생들에게도 부담이 크다. 여러 교과를 통해 심신이 지치기 시작할 때다. 학교를 마치고 학원으로 달려가는 아이들에게 처음부터 엉덩이 붙이고 앉아 두 시간을 연달아 깊게 생각하도록 하고 그것을 친구들과 이야기하고 글로 표현하도록 하는 것은 결코 쉽지 않다. 그러나 제대로 성장하려면 힘들고 어려운 과정도 감내해야 할 때가 있기 마련이다. '왜 집중하지 못하냐?'가 아니라 집중할 수밖에 없는 환경을 만드는 것이 교사의 몫이다. 학생에 따라 책을 펼치고 스스로 읽게 하는 데까지 몇 달이 걸릴 수도 있다. 그러나 나는 포기하지 않는다. 아이가 손을 내밀 때 언제든지 달려갈 준비를 한다.

언젠가 학부모님께서 밤까지 연구실에서 아이들 자료를 정리하던 내게 "오늘도 학교에 남아 일하시네요. 선생님은 무엇을 위해서, 무엇때문에 그렇게 열심히 사세요?"라고 감사함과 안쓰러움을 표현하신 적이 있다. 나는 우스갯소리로 "어머니, 이 아이들이 우리한테 연금 줄 아이들이에요. 제대로 읽고 쓰고 생각할 줄 알도록 키워야 제가 나이 들어 이 아이들한테 안 미안해져요."라고 한다. 적어도 학생들이 한 해 만나는 여러 수업 중 한 교과 정도는 그 수업 시간에 오롯이 몰입하고 생각하면서 자기만의 길을 찾아가는 연습을 해야 하지 않을까? 어떤 분은 내게 '지구를 지키는 독수리 오형제와 같이 살지 않아도 된다.'라고도 하신다. '나 아니면 안 된다.'라는 생각으로 아이들에게 너무 에너지를 쏟지 말라고도 하신다. 학생들에게도 편한 길을 손

쉽게 가지 않고 하나하나 일궈 가며 애쓰고 애정을 쏟는 교사의 모습이 의구심으로 다가올 수도 있다. 그러나 교사의 애씀 그 자체로 학생들에게는 잠재적 배움과 가슴의 울림이 된다고 믿는다. 그래서 학생들은 나를 떠올리면서 '열정'이라는 단어를 서슴지 않고 쏟아낸다.

매 학기 시작할 때마다 한 학기 교육과정에 대해 안내하면 학생들은 "와, 선생님은 도대체 언제 그런 거 다 생각해요?"라거나 "너무 부담되어서 우리가 저런 거 공부하고 생각할 수는 있을까요?"라고 반문할 때가 있다. 그러면 나는 "선생님은 여러분의 생각하는 힘, 주체적으로 살아갈 수 있는 힘, 그러기 위해 제대로 읽고 해석하는 경험, 몰입하는 즐거움을 통해 성장하도록 처음부터 끝까지 함께할 거예요. 가장 중요한 것은 여러분이 그 과정을 통해 제대로 말하고 듣고 읽고 쓰면서 생각하도록 성장할 것이고, 여러분의 몸에 그 습관이 스며들어 필요한 상황이 되면 또 다른 모습으로 여러분을 성장시킬 것입니다. 하지만 중요한 것은 매시간 선생님과 만나는 이 순간만큼은 자신을 위해 집중해서 책을 제대로 읽고 해석하며 나의 생각을 만들어 보는 것, 그것만 기억해 주어요."라고 말한다.

단어를 찾아 정리하는 시간이었다. 스마트폰으로 바로 찾으면 되는데 굳이 국어사전을 힘겹게 뒤적거려야 하냐고 학생이 투덜거리기 시작한다. 그럼 나는 검색의 효율성보다 스스로 찾아 가는 연습과 경험, 그리고 우리말 자음과 모음의 결합을 일부러 외우지 않더라도 익힐 수 있는 귀한 시간이라고 다독인다. 비슷한 말과 반대말, 동음이의어나 관련된 낱말들이 위아래로 연결된 것들을 통해 단어 하나에도 다양한 관계망이 형성된다는 것을 직접 알 수 있는 경험이 될 거라고 말한다. 작품에 낱말 뜻만 한두 개 적고 자신은 모르는 낱말이 하나도 없다고 당당히 손을 놓고 두리번거리는 학생에게는 눈 맞추며 "그럼 이 단어는 무슨 뜻일까? 이 단어가 쓰인 이 문장이 무슨 말인지 설명해 줄래? 그래서 앞뒤 문장과 단어들을 통해 이해한 너의 생각은 뭔지 궁금해.'라고 말한다. 그 후 아무 말 못 하고 내 눈만 바라보는 그 학생에게 '자신의 말로 설명할 수 없다면 모르는 것이다.'라고 슬며시 가르쳐 준다. 그제서야 못 이기는 척 주변 친구들은 무슨 단어들을 찾고 있는지 둘러보고 자신도 역시 사전을 뒤적거리기 시작한다. 세상을 읽어 내는 힘은 단어의 관계망을 이해하는 순간에도 조금씩 쌓인다. 표면적인 뜻만 이해하고 넘어가는 것이 익숙하다면 그 단어가 쓰인 문장의 뜻도 생각해 보고, 다른 단어로 바꿔 보기도 하면서 생각의 곁가지를 넓히는 연습도 필요하다.

배움으로 풍성한 수업 시간도 있지만, 학습에 지친 학생들에게 유의미한 시간으로 이끌기 위해 교사인 나는 수업 시간 전부터 어떻게 하면 좀 더 천천히 깊게 읽게 할 수 있을지, 성취기준을 어떻게 슬로리딩 활동에 녹여 두 마리 토끼를 잡을 것인지, 학생들의 다양한 반응과 수준의 차이를 효과적으로 피드백할 방법은 없을지 늘 고민해야 한다. 지친 아이들을 하나하나 손잡고 스스로 재미를 붙일 때까지 끌어야 한다. 한 권의 책을 읽으면서 자기만의 생각과 방법으로 자기만의 해석을 할 수 있다면 그 사람은 세상 모든 것을 해석할 힘을 가지게 된다. 슬로리딩이 단순히 독서 방법을 넘어선 한 인간의 자아를 찾게 하는 철학이기에 가능한 일이다.

슬로리딩 연수에 참가한 선생님들 중에는 "저는 선생님처럼 안 되던데요. 우리 아이들은 잘 안 따라와 주던데요. 선생님이 만드신 활동지를 활용해 봤지만 결과물이 너무 달라요."라고 하는 분들이 적지 않다. 교사가 매일 만나는 학생을 가장 잘 아는 사람은 바로 그 교사이다. 현재 나의 학생들에게 무엇이 필요하고, 왜 해야 하는지에 대한 설명은 다른 사람이 아닌 바로 교사 자신에게 해답이 있다. 내 교실의 학생들에게 가장 시급한 과제가 어휘력 향상인지, 작품에 풍덩 빠져 보는 경험인지, 책 자체를 안 읽으려 거부하는 학생들인지 등에 따라 교사의 움직임은 달라진다. 내 교실의 학생들이 글쓰기를 너무 싫어한다면 글 쓰는 과정 자체를 친구들과 의견을 나누며 편하게 시작하다가 자신의 의견을 간단히 메모하고 정리해 본 후, 개인 글 작성으로 넘어가 앞선 과정과 연계하도록 할 수도 있다. 내 교실의 학생들이 맵을 통한 구조화를 좋아한다면 슬로리딩 활동에 맵의 구조화를 적용할 수도 있다. 평소 질문을 활용한 수업에 익숙한 학생들이라면 슬로리딩 활동에 그 형식을 접목해서 교사가 디자인하면 된다. 중요한 것은 내 교실 학생들의 성향과 가장 필요한 역량을 교사가 끊임없이 관찰해야 한다는 것이다. 그러기 위해서는 교사가 왜 슬로리딩을 하고 싶은지부터 시작해서 철학을 단단히 다져야 한다. 누구는 아이들이 쑥쑥 성장하는 것 같은데, 자신의 교실에서는 학생들의 성장이 잘 안 보이는 것 같아 자신감을 잃고 한 달 만에 그만두었다는 분을 만나기도 했다. 슬로리딩은 초등학교에 적합하고 중학교와 고등학교에는 현실적으로 무리여서 선뜻 시작하지 못하겠다는 분도 계신다. 학생의 성장은 1년을 훌쩍 넘긴 어느 날 부쩍 자라 있음을 발견하기도 한다. 나 역시 중학교에 갓 입학한 아이들에게 2년 동안 공을 들이고 나서야 제대로 된 성장의 모습을 발견하기도 했다. 갈 길을 잃어 힘든 순간이 있을 때마다 나는 스스로 질문한다. '왜 슬로리딩인가? 나는 슬로리딩을 통해 우리 아이들에게 어떤 성장을 주고 싶은가? 학생들 한 명, 한 명에게 어떤 도움을 줄 것인가?' 나의 움직임이 학생에게 성장이 되고, 그 성장이 그 아이의 삶에 작은 양분이 되었다면 그것으로 내 할 일은 충분히 한 셈이다.

셋.
어떤 책을 슬로리딩할까?

　슬로리딩 교실에서의 작품 선정은 학생들과 한 학기, 한 해 동안 수업 시간마다 마주할 배움의 장이 되므로 매우 중요하다. 나는 작품을 선정할 때 나의 교실이 추구하는 성장가치를 다시 곱씹어 본다. 그리고 한 학기에 마주할 성취기준을 살펴본다. 내 교실의 성장 가치인 '몰입', '도전', '탐구하는 자세'를 경험하기에 적합한 텍스트는 어떤 것이 있을까? 이번 학기 아이들과 꼭 함께 고민해 볼 핵심질문은 무엇으로 삼을까? 삼백 명이 넘는 중학생과 함께 슬로리딩을 경험하기 위해 나의 교실에서 학생들이 마주하게 될 관련 성취기준과 단원은 어떤 것이 있을까? 이런 고민으로 출발한다.

　2018년, 이제 갓 중학교에 입학한 학생들을 맞이할 때였다. 초등학생에서 중학생이 된 아이들임을 고려하여 겨울 방학 내내 여러 텍스트를 생각하다 결정한 것은 『아홉 살 인생』이었다. 『아홉 살 인생』을 선택한 이유는 아홉 살 주인공의 시선으로 바라본 세상의 다양한 모습이 열네 살 학생들의 흥미를 끌 수 있을 거라 생각했기 때문이다. 또 1970년대의 사회적 특성, 경제적 상황, 문화, 정치, 풍습 등이 곳곳에 담겨 있어서 학생들의 지적 호기심을 자극하기에 충분해서 학생들이 시도할 샛길 탐구 주제가 다채로울 수 있다는 것도 매력적이었다. 특히 중학교 1학년 학생들은 새로운 시작을 앞두고 있으니 '성장'의 키워드로 함께 생각하고 고민해 보고 싶었다. 『아홉 살 인생』은 주인공이 어린아이의 시각에서 벗어나 세상을 향해 새로운 관점을 갖게 되는 과정을 담았다는 점에서 인간의 성장을 경험할 수 있기에 아이들이 읽기에 적합하다고 판단했다. 또 작품 속 다양한 인물을 통해 현실에서 마주할 인간 유형을 접하고 그 속에 나타나는 갈등과 해결 과정을 고민해 볼 기회가 된다는 점에서 나의 교실철학을 반영하여 수업을 설계하고 평가하기 좋았다.

그러나 학생들은 이 작품을 어려워했다. 가장 큰 문제는 몰입할 수업 시간이 턱없이 부족했다는 점이었다. 한 권을 오롯이 슬로리딩하기에 물리적인 시간이 너무 없었다. 1학기에는 그나마 블록타임으로 두 시간을 연강으로 운영할 수 있었지만, 2학기는 일주일에 한 시간만 만나는 상황이어서 내심 답답하기도 했다. 그제서야 아이들이 한 시간만 하니까 생각하다가 만 느낌이라며 두 시간은 해야 뭔가 생각을 정리할 수 있다면서 충분한 시간의 값어치를 깨닫기도 했다. 돌이켜 보면 주변 선생님께 나의 고민을 나누었거나 시간적 제약을 극복하기 위해 소주제별로 구분하여 접근했으면 어땠을까 하는 아쉬움이 남는다. 이 좋은 작품을 나의 역량 부족으로 학생들과 제대로 곱씹지 못한 것 같아 안타까울 뿐이었다. 결국 한 권을 다 마무리하지 못하고 반쪽짜리 슬로리딩의 쓴맛만 보고 말았다.

그럼에도 불구하고 『아홉 살 인생』을 슬로리딩했던 경험이 값진 이유는 이 작품으로 인해 학생들은 새로운 경험과 시각으로 세상을 바라보는 경험을 했다는 데에 있다. 나 역시 수업을 다시 성찰하고 복기할 좋은 토양이 되었다. 어렵지만 의미 있는 과정을 경험해 보았고, 학생들의 성향과 특성을 가늠할 수 있었기에 다음 슬로리딩 수업을 구상하는 데 충분한 밑거름이 되었다. 이와 같이 작품 선정이 늘 성공하지는 않는다. 『아홉 살 인생』과 같은 명작도 상황에 따라, 학생들의 수준과 취향에 따라, 그리고 확보된 수업시수에 따라 성패가 갈리기도 한다.

학생들의 성향을 잘 알고 있다면 현재 그 학생들에게 꼭 필요한 가치를 고민하여 작품을 선정할 수 있다. 중학교 1학년은 낯선 친구들을 만나 새로운 만남으로 관계 맺기를 해야 하는데, 막상 친구에게 어떻게 다가가고, 어떻게 건강한 관계를 맺을 수 있을지, 또 그 관계를 소중하게 이어 가려면 어떤 노력을 해야 할지에 대해 많이 힘들어하는 경향이 있다. 그런 학생들이 작품을 깊이 있게 곱씹으며 관계 맺기에 대해 스스로 깨우치고 해답을 찾아볼 만한 작품을 고민해도 좋을 것이다. 중학교 2학년은 신체적으로는 폭발적인 성장을 하는 데 비해 정신적으로는 아직 많이 미성숙한 모습을 보이는 경우가 많다. 그때 '우리 아이들이 정신적 성장을 위해 지금 꼭 갖추어야 할 덕목은 무엇인가?'를 고민해 볼 수 있다. 학교폭력에 대해 학생들과 깊이 고민해 보고 싶다면, 등장인물들의 행동을 탐구하며 갖추어야 할 덕목을 함께 고민해도 좋을 것이다. 중학교 3학년은 자신의 진로에 대해 깊이 고민하고 찾아가며 냉정한 현실의 벽을 처음 깨닫는 시기이다. 이런 학생들에게 줄 수 있는 가치와 성장이 무엇일지, 진로에 대한 고민과 연계한 작품도 좋다. 반드시 문학일 필요는 없다. 비문학이 오히려 곁가지로 뻗어 사고의 다양성을 맛보기에 적합한 경우도 많다. 중요한 것은 현재 내가 만나고 있는 학생들에게 어떤 배움과 성장의 가치를 줄 것인지에 따라 책 선정이 달라진다는 점이다.

결국 슬로리딩에 적합한 책은 교사의 철학과 학생들이 함께하는 배움의 방향을 통해 결정된다. 가볍게 읽을 수 있는 책은 학생들이 개인적으로 다양하게 접할 수 있도록 양보하자. 교실에서 교사와 마주하며 고민해 볼 만한 가치가 있는 책, 삶의 가치와 철학이 학생들의 마음에 울림을 줄 수 있는 책, 사회문화적 상황과 풍습, 역사로 넘나들며 단어 하나로도 인식을 확장하고 배움이 풍요로울 수 있는 책을 권하고 싶다. 함께 읽고 탐구하면서 몇 배로 성장할 수 있고, 우리의 삶이 녹아 있어서 어느 측면에서든 생각할 거리가 다채로운 작품을 찾아보자. 그래서 나는 오랜 시간 동안 많은 사람으로부터 사랑받고 인정받아 온 책 중에서 학생들의 성향과 특성, 교사의 철학, 이번 학기의 배움이 담긴 핵심질문에 부합하는지, 깊이 파고들어 배우고 익힐 가치가 있는지 등을 고려하여 선택한다. 내 교실에서 『어린 왕자』, 『아홉 살 인생』, 『우리들의 일그러진 영웅』, 「동백꽃」, 「수난이대」 등의 소설은 그기에 충분한 가치가 있는 작품이었다.

교실은 교사와 학생이 함께 만들어 가는 곳이기에 작품 선정이 때로는 만족스럽지 않을 수도 있다. 첫 작품 선정부터 성공하기는 어려울 수도 있다. 동일한 작품으로 슬로리딩했지만 어느 해는 행복한 배움을 이루지만, 어느 해는 그렇지 않을 수도 있다. 나의 교실에서도 절반의 성공이었다. 어느 부분이 만족스러워서 잘 선정했다고 생각되는 날도 있지만, 수업을 진행하면서 성취기준과 연결성이 떨어진다는 생각이 들거나 평가와의 연계성에 고민해야 할 때도 있었다. 무엇보다 학생들에게 스며듦이 적다고 느껴지는 순간이 가장 뼈저리게 아프다. 그러나 그 속에서도 슬로리딩 배움의 지점은 존재하며, 성장하는 학생들이 늘고 있다면 내가 더 고민하고 곱씹으며 수업을 깊이 들여다보고 애쓰자고 스스로 격려하고 토닥인다. 어제보다 자신의 생각을 한 번 더 표현하게 된 아이들을 보며, 지난주와는 생각하는 깊이가 달라진 아이들을 마주하며, 생각하지도 못했던 지점에서 무릎을 치게 하는 질문을 던지게 된 아이들에게 박수를 치며 견뎌 낸다. 그 성장의 순간을 함께하는 것만으로도 교사로서 행복하지 않겠는가?

슬로리딩을 정규시간에 처음 실시할 때는 너무 부담스럽지 않은 텍스트를 선정하는 것이 좋다. 교사에게도 처음부터 무리한 시도는 부담만 가득한 수업이 된다. 나는 교과서의 작품만 고집하지는 않는다. 오히려 한 학기 교육과정 철학과 성취기준을 고려하여 현재 사용하는 교과서에 없는 작품을 선택하는 편이다. 학생들이 깊이 고민하고 제대로 헤매며 작품을 파고들려면 작품과 관련된 선행 정보가 적은 편이 훨씬 좋다. 학원이나 그 외 사교육에서 미리 익히거나 차후 보완할 수 있는 작품이 아니라, 국어시간에 친구들과 생각하고 나누며 배우고 익힌다는 인식이 생기면 학생들은 당연히 관심을 갖는다. 학생의 입장에서 혼자 씨름할 수가 없으니 수업 시간에 친구들과 선생님과의 대화에 더 집중하게 되고 낯설어 더 깊이 들여다볼 수 있다. 특히 국어 교과는 교과의 특성상 다양한 텍스트를 활용할 수 있다는 장점을 적극적으로 활용하자. 여러 출판사의 교과서에 수록된 작품들을 살펴본 후, 성취기준과 관련지어 우리 교과서에 없는 작품을 선택하는 것도 고려해 볼 수 있다. 출판사별 수록된 작품을 성취기준과 관련지어 살펴보면서 배움의 방향과 철학을 담기에 적절하고, 학생들이 성취기준에 도달하는 데 적합하다면 과감히 선택해도 좋을 것이다. 중요한 것은 교사의 철학과 한 학기 학생들과 함께할 배움의 방향에 적절한 작품을 고를 수 있는 안목이다.

2017년도에 학생들과 슬로리딩한 「동백꽃」과 「수난이대」는 우리 학교가 선정한 출판사 교과서에는 없는 작품이었다. 학생들 입장에서는 수업 시간에 함께 배우고 익히지 않으면 혼자서 보완하기 부담스럽다. 교과서에 있는 작품으로 시 감상 슬로리딩을 했더니 학원에서 정리한 요점 자료를 지필고사 전에 끝까지 붙들고 있는 학생들이 있었다. 수업 시간에 작품에 몰입하여 제대로 고민하고 생각하는 과정을 경험하지 않고 단순히 정답을 암기하는 것으로 대체하는 학생들이었다. 수업 시간에 친구들과 함께 고민하고 해석하며 생각을 다져 나가는 데 집중하기보다 그편을 선택한 모양이다. 그런 경우는 지필평가와 수행평가 이후 학기 말 성적을 확인하고 나서야 다음 학기부터는 제대로 수업 시간에 참여하기도 했다.

내가 정규 수업 시간에 처음 슬로리딩을 시도한 작품은 기형도의 시 「엄마 걱정」이었다. 어린 시절 누구나 시에 등장하는 말하는 이와 비슷한 경험이 있기에 학생들의 경험과 연결하고 공감하기 쉬운 작품으로 고른 것이다. 학생들도 나도 너무 부담스럽지 않으면서 시 속에 풍덩 빠져 헤엄치며 즐기기에는 충분한 가치가 있는 선택이었다. 이렇게 교사도 학생들도 즐길 수 있는 첫걸음을 떼어 보자.

교사가 좋아하는 작품으로 시작하면 작품에 대한 이해나 사고가 좀 더 다양하고 깊을 수 있다. 무엇보다 교사가 수업을 구상하는 시간 자체가 행복할 수 있으니 적극 권하고 싶다. 학생의 성장과 발전에 도움이 되어야 함은 물론이다. 시작이 주저된다면 한 학기에 시 한 편, 단편소설 한 편으로 도전해도 좋다. 정규 수업 시간이 부담된다면 1학년 자유학년제의 주제선택 활동이나 동아리 활동을 활용하는 것도 좋은 방법이다. 자율동아리를 꾸려 학생들과 함께 천천히 실습하거나 아침 시간 20분을 활용하여 우리 학급만의 빛깔이 담긴 슬로리딩 시간을 운영해 보는 것도 시도해 볼 만하다. 몇 주에 걸쳐 한 편의 시로 슬로리딩해도 시간이 부족하다는 것을 경험하게 될 것이다.

슬로리딩은 그만큼 작품 안과 밖을 넘나들며 생각하고 깊이 이해할 물음들로 가득한 작품이어야 한다. 작품을 읽는 도중 곳곳에 생각할 거리들이 보물처럼 숨어 있는 것으로 골라 보자. 쉽게 읽히는 책은 학생들의 개인적 선택에 맡기고 다양하게 읽도록 권하고, 슬로리딩할 작품은 고민할 거리가 많은 것으로 엄선하자. 쉽게 읽히는 책은 풍부한 간접경험을 쌓기에는 좋으나 멈추고 깊이 있게 생각할 지점이 적을 수 있다는 점을 기억하자. 교사가 적절히 개입하고 함께함으로써 얻는 배움이 몇 배 깊어질 수 있는 가치 있고 생각할 거리가 많은 작품을 골라 보자.

시간적 여유가 있어 학기 초 학생들과 논의할 수 있다면, 학생들과 작품 선정을 함께 하는 것이 가장 좋을 것이다. 나는 그러기에는 학생들과의 만남이 적어서 학년 초에는 내가 주로 작품을 정하고 교육과정 재구성까지 한 후, 첫 주에 안내하는 편이다. 2학기는 1학기 말에 학생들의 의견을 반영하여 작품 선정에 도움을 받기도 한다. 작품 선정이 새 학기 전에 마무리되어야 방학 동안 교사가 여유롭게 고민할 수 있다는 점도 기억해 두자.

한 학기나 한 해 동안 학생들과 함께할 작품을 선정했다면 교사가 먼저 슬로리딩해 보는 것이 좋다. 슬로리딩은 이론이 아니라, 배움의 실제 과정이다. 교사가 직접 해 보면서 어느 지점에서 어떤 의문이 드는지 살피고, 그 호기심을 어떤 식으로 펼칠지 핵심질문, 성취기준을 반영하여 구상할 수도 있다. 덧붙여 그 과정에서 작품을 더 쉽고 풍부하게 이해할 관련 도서 목록을 만들어 두거나 도움자료도 정리하면 좋겠다. 예를 들어, 이문열의 『우리들의 일그러진 영웅』을 슬로리딩하면서 전상국의 「우상의 눈물」과 황석영의 「아우를 위하여」를 관련지어 읽을 수 있다. 위기철의 『아홉 살 인생』을 슬로리딩하면서 1970년대의 사회문화적 상황을 담은 관련 도서 몇 권, 당시의 삶을 담은 시를 함께 준비할 수 있다.

넷.
제대로 된 교육과정 재구성에
해답이 있다

나는 학년이 마무리되면 새로운 학생들을 위한 교육과정 재구성을 미리 구상하는 편이다. 우선 한 학기 동안 학생들의 가슴에 새겨질 삶의 가치와 철학을 담은 핵심 키워드를 잡아 본다. '관계' '나, 너, 우리', '행복한 교실, 평등한 교실', '문제를 인식하고 바꾸려는 노력', '혁명을 위한 움직임', '인간의 다양한 감성', '나의 삶 돌아보기', '성장' 등으로 계속해서 고민한다. 한 학기, 한 해 동안 슬로리딩하면서 학생들의 가슴에 남는 삶의 가치와 배움이 없다면 아무리 열심히 슬로리딩 했다고 해도 반쪽짜리 수업일 수 있다. 그래서 학생들과 함께할 수업의 방향과 철학 세우기에 공을 들여야 한다.

'일주일에 한 번 만나는 아이들과 슬로리딩을 어떻게 할 것인가?'는 가장 큰 고민이다. 평가까지 고려해야 하는 중학교에서 어떻게 실천해야 할지 고심이 되는 것이 현실이다. 2017년 김유정의 「동백꽃」을 슬로리딩하면서 너무나 힘겨웠던 경험이 있다. 학교를 옮기면서 어느 학년을 만날지 모르는 상태에서 교사인 내 준비가 부족했던 탓이었다. 교육과정 재구성이 어디 며칠 만에 뚝딱하고 나오는 것인가? 겨우 며칠 만에 고민하고 바로 학생들을 만났으니 교육과정을 검토하는 시간도 적었고, 학생들에게 슬로리딩 수업과 내 교실철학을 함께 나누기에도 부족했다. 역시 충분히 고민할 시간이 교사에게는 꼭 필요하다는 것을 절감한 귀한 경험이었다. 더구나 「동백꽃」은 학생들에게 생소한 강원도 방언도 많고 문체도 낯선 편이라 깊이 이해하고 모르는 것을 찾아볼 충분한 시간을 확보하여 교육과정 재구성에 반영해야 한다. 일반적으로 2차시를 계획하면 3차시로 수업할 가능성도 열어 두어야 한다. 한 학기, 한 해 학생들이 마주할 성취기준을 종적, 횡적으로 관련성을 이해하고 제대로 분석해야 불필요한 시간 낭비를 줄일 수 있다. 사실 이 부분이 가장 어렵다. 교육과정 해설서를 뒤적거리며 슬로리딩과 어떻게 연결할 것인지도 고려해야 하니 머리가 아플 지경이다. 교육과정 재구성을 할 단원을 살펴 슬로리딩 대상 작품과 연계하여 계획하는 것도 필요하다.

시행착오 끝에 내가 선택한 것은 성취기준 분석과 평가설계를 동시에 하고 학생들에게 공개할 슬로리딩 교육과정 재구성을 만드는 것이었다. 학생들에게 평가설계가 포함된 한 학기 교육과정 보물지도를 첫 시간에 공개하려면 교사가 미리 치열하게 고민할 수밖에 없다. 시를 슬로리딩하면서 성취기준을 연계하고 이를 지필평가와 연계하여 교육과정을 재구성한다. 수행평가도 성취기준을 분석한 후, 슬로리딩 활동과 연결한다. 성취기준을 분석한 후, 샛길 탐구의 형태로 수행평가와 연계하여 샛길 프로젝트를 구상할 수도 있다. 온전한 한 작품을 슬로리딩하면서 작품을 더 깊이 확장하여 생각할 수 있는 큰 얼개를 짜는 것이 처음에는 부담된다. 그러나 한 학기 배움의 중심가치를 담은 핵심질문 설정, 성취기준 분석, 평가설계와 수업설계를 모두 아우른 슬로리딩 교육과정 재구성은 필수적이다.

교육과정을 재구성한 내용은 A1 크기의 전지에 알기 쉽게 그림과 성취기준, 주된 배움 활동을 바탕으로 학기별로 보물지도를 만들어 교실 칠판에 부착한다. 학생들은 교실을 드나들며 한 학기 동안 어떤 흐름으로 수업하고 평가하는지 늘 살펴보도록 하는 편이다. 수행평가의 채점기준표도 학기 초에 바로 공개하고 수정할 부분이 보이면 학생의 피드백을 반영하도록 노력한다. 학생들에게 안내하고 설명하는 과정에서 오류가 발견되어 즉각적인 보완 작업이 이루어지기도 한다. 이렇게 학기 초에 성취기준을 바탕으로 한 대략적인 평가를 미리 설계하고 공개하면 학생들도 자신이 도달해야 할 지점을 한눈에 볼 수 있다. 결국 내 교실은 한 작품을 오롯이 감상하는 슬로리딩을 배움의 줄기로 삼아 성취기준과 연계한 교육과정 재구성으로 수업 시간이 곧 평가로 연결되도록 한다. 수업과 평가가 녹아든 교육과정 재구성을 짜임새 있게 구상해야 교사도 학생들도 슬로리딩을 제대로 마주할 시간과 탐구의 기회가 주어진다.

슬로리딩의 흐름은 긴 호흡이라 한 시간으로는 진행이 잘 되지 않는다. 학생들과 정규 국어시간에 처음 슬로리딩을 시도한다면, 슬로리딩에 대한 기본적인 안내와 왜 하는지에 대한 교사의 철학, 어떤 성장으로 이어질지 안내하는 데만 시간이 훌쩍 지난다. 슬로리딩의 묘미는 깊이 파고들며 충분히 생각하고 나누는 데 있는데, 한 시간짜리 수업으로는 집중하고 이제 좀 생각해 볼까 싶을 때 종이 친다. 그래서 나는 슬로리딩 수업은 가급적 두 시간 블록타임으로 운영한다. 충분히 고민하고 생각할 시간을 제공하는 것, 슬로리딩 교실에서 꼭 필요한 요소라고 생각한다. 이 부분을 교육과정 재구성할 때 시간 안배 차원에서도 고려해야 한다.

한 학년 여러 교과가 한 학기, 한 해 공통의 배움 주제를 잡아 함께 교육과정 재구성을 하면 훨씬 풍부한 수업과 효율적인 배움이 이루어진다. 비슷한 교육철학을 공유한 동료 교사를 만나 학생들의 배움과 성장을 위해 큰 그림을 함께 그려 가는 과정 자체가 큰 행운이다. 학년별 전문적 학습공동체를 통해 뜻을 같이하는 선생님을 중심으로 학년 교육과정 재구성을 하는 것도 좋을 것이다.

그러나 학교에 발을 들이는 매일의 일과는 수업 준비는 고사하고 온갖 잡무와 학생들을 보살피느라 급식소에서 밥 먹다 뛰어가야 하는 상황도 비일비재하며 커피 한 잔, 물 한 모금 마음 놓고 편히 마실 시간이 없다. 현실이 이렇다 보니 동료 선생님께 교육과정 재구성을 함께해 보지 않겠느냐고 제안을 한다는 것이 어렵다. 그런 나에게 끊임없는 질문을 해 본다. '내가 지향하는 수업을 포기할 것인가? 현실적인 협상을 선택하고 적당히 타협할 것인가? 나 혼자서라도 새로운 돌파구를 찾아 헤쳐 나가 볼 것인가?' 고민 끝에 이런 생각이 든다. '나는 국어 교사지만, 학생들은 모든 과목을 통합적으로 익힌다. 그렇다면 내 교실에서 여러 교과와 관련된 확산적 사고가 이루어질 수 있는 배움의 장을 만들면 된다. 학생들이 나보다 국어 외의 배경지식은 더 많다. 그 배경지식들이 서로 정교하게 이어져 사고가 확장되는 경험을 내 교실이 제공하면 된다. 국어시간이지만, 역사적 사실을 발견하며 등장인물의 삶을 이해하고 도덕적 품성을 생각하며 주인공의 행동에 조언하고 고민하는 교실, 수학적 통계를 바탕으로 다양한 현실에 문제의식을 갖고 비판할 수 있는 교실, 과학적 지식으로 작품 속 정보를 파헤치는 교실, 그 교실이 바로 나의 교실이면 된다.' 이렇게 나는 마지막 선택지를 골랐다.

다섯.
교실 환경을 고민하다

슬로리딩 몰입독서 수업을 위해서는 교실의 환경 조성도 중요하다. 작품을 항상 준비하여 수업을 하는 것은 물론이고, 모르는 단어를 찾기 위해 필요한 국어사전을 도서실에서 대출하여 비치해 둔다. 작품을 감상하다가 궁금하거나 더 알고 싶은 생각 키우기 샛길 활동에 도움이 되는 관련 도서를 교실에 구비하고 학생들과 수업에 임해야 학생들이 마음껏 배움을 항해할 수 있다. 교과교실제를 운영하는 학교인 경우, 교사의 의지만 있다면 특색 있는 교실을 운영할 수 있다. 관련 부서 및 사서 선생님과 협의하여 슬로리딩 수업을 운영하기 위한 1인 1국어사전, 1인 1텍스트로 국어사전과 작품을 학생 수만큼 준비하고, 작품 속 시대적 배경과 문화를 이해하는 데 필요한 도움자료와 관련 도서를 적어도 두 명이 한 권 정도 볼 수 있도록 준비한다.

교과교실제를 운영하지 않는 학교는 학생들이 마음껏 작품에 빠질 수 있는 환경인 도서실을 활용하거나 샛길 탐구 주제에 대한 조사를 위해 컴퓨터실을 이용할 수도 있다. 학급별 국어 반장을 모집하고 이동식 손수레를 활용하여 국어사전과 작품을 제공하면 된다. 가능하다면 작품은 학생들이 개인적으로 준비하여 각자 마음껏 메모하며 공부하도록 하는 것을 권하고 싶다. 학기별로 한 권 정도의 책은 학생들이 소장하며 자신의 배움과 생각의 흔적을 남기는 것은 교육적으로 필요하다고 생각한다. 물론 학생들의 상황에 따라 학교에서 제공하여 수업 시간마다 제공할 수도 있으니 학생들과 논의해 보는 것도 좋겠다.

수업을 하다 보면 스마트 기기를 활용할 일이 종종 생긴다. 나는 두 명에 한 개 정도를 허용하거나 대부분의 학생들이 어려워하는 단어나 궁금해하는 정보는 교실의 프로젝트 TV를 통해 함께 살펴보는 편이다. 학교 내 와이파이가 허용된 교실이 있다면 모둠당 한 개의 노트북을 제공하고 정보 찾기를 할 때도 있다. 물론 딴짓하는 학생도 있다. 그러나 성실한 학생이 더 많다. 학생들 입장에서 지금 하는 활동이 여기서만 할 수 있다는 인식을 심어 주고 그 수업 시간이 아니면 할 수 없는 슬로리딩 수업을 구상하면 이 문제는 한두 달 정도 지나면 대략 해결이 된다.

이와 같은 물리적 교실 환경 조성 외 교실의 자유롭고 허용적인 학습 분위기도 필요하다고 생각한다. 중학생은 1학년 2학기만 되어도 개별적으로 손 들어 질문하거나 발표하는 횟수가 현저히 줄어든다. 책을 읽다가 생기는 궁금한 지점은 학생에 따라 다양하다. 그때 선생님께 질문할 수도 있고, 자신의 생각에 대한 의견을 묻고 싶을 수 있다. '이런 질문을 해도 될까?'라는 망설임이 생긴다면 말문을 닫고 혼자만의 세계로 들어가 버릴 수도 있다. 그래서 나는 학생들의 질문에 과하다 싶을 정도로 반응을 주는 편이다. '어떻게 그런 생각을 했을지 놀랍다.'라거나 '그런 생각 자체가 아주 신선해서 선생님이 오늘 또 새롭게 알게 되었다.'라는 등 편하게 대화하도록 유도한다. 물론 맥락에 전혀 맞지 않은 경우는 '어느 부분에서 그런 생각을 왜 하게 되었는지 궁금한데, 말해 줄 수 있을까?'라는 반응도 보여 준다. 그러면 다시 작품과 연동한 사고의 중요성을 학생 스스로 인식하기도 한다. 학급 분위기에 따라 1년 내내 노력해도 말수가 적은 반도 있다. 그것도 자연스럽게 인정하고 짝 활동이나 모둠 활동에서의 원활한 대화를 유도한다. 편하게 자신의 생각을 드러낼 수 있는 수업 분위기는 생각의 틀을 조금씩 유연하게 만든다는 점을 기억해 두자.

[몰입]

천천히 그리고 깊게

하나.
느림의 미학, 다져지는 배움

 느리다, 빠르다

　'느리다'의 사전적 의미는 '어떤 동작을 하는 데 걸리는 시간이 길다', '어떤 일이 이루어지는 과정이나 기간이 길다', '기세나 형세가 약하거나 밋밋하다'라는 것으로, 비슷한 말로는 '게으르다', '느릿느릿하다', '더디다' 등이 있다. 국어사전을 펼치거나 어학 사전을 검색하면 바로 이렇게 나온다. 반면 '빠르다'는 '어떤 동작을 하는 데 걸리는 시간이 짧다', '어떤 일이 이루어지는 과정이나 기간이 짧다'라는 뜻으로, 비슷한 말은 '잽싸다', '기민하다', '날쌔다'로 정리된다. 느리고 빠름에 대한 사람들의 인식 속에는 사전적 의미 외에도 대중적 가치가 다분히 섞여 있는 것 같다. 대체로 '빠르다'는 의미 있음, 옳음, 긍정적인 것으로 받아들이고 '느리다'는 의미 없음, 그름, 부정적인 것으로 받아들이고 사용하는 경우를 심심치 않게 보기 때문이다. 물론 그 반대로 생각하는 사람이나 상황도 있겠지만, 불만과 부정적 의미가 포함된 '느려 터진'은 있어도 '빨라 터진'이나 그 비슷한 표현조차 찾기 어렵다. 혹여 있더라도 부정적인 의미를 담아 '빠르다'에 결부하는 표현은 '느리다'에 비해 현저히 적다.

　'느리다'와 '빠르다'를 책 읽기를 통한 배움과 연결하여 이해해 보면 어떨까? '느리다'는 '배우고 책 읽는 데 걸리는 시간이 길다', '배우고 책 읽는 과정이나 기간이 길다'가 되고, '빠르다'는 '배우고 책 읽는 데 걸리는 시간이 짧다', '배우고 책 읽는 과정이나 기간이 짧다'가 된다. 배움과 책 읽기에 있어서 '빠르다'가 지향하는 방향은 아무래도 결과인 듯하다. 학생들이 각자 목표를 세워 빨리 익혀 얻고자 하는 것은 지식의 이해와 축적에 알맞고, 빨리 책 읽는 것은 독서의 양적 접근에 알맞아 보인다. 빠른 배움과 빠른 책 읽기는 얼핏 보면 빠른 성장으로 연결되는 것 같아 보인다. 그러나 속도와 축적된 양은 많을지라도 그 속에 켜켜이 쌓이고 자신의 힘과 앎으로 다져지는 배움이 적다. 반면 느린 배움과 느린 책 읽기는 결과가 아닌 과정에 더 중점을 둔다. 천천히 익혀 서서히 성장하지만 텍스트와 만나는 순간의 다양한 생각들과 의견을 친구들과 나누고 말과 글로 표현하며 배움의 길에 한 걸음 두 걸음 나아감으로써 진정한 앎이 다져지고 오롯이 내 것이 되는 배움이 많다.

학생이 느린 배움을 할 수 있으려면 학생과 함께하는 교사의 인내와 허용적 교실 분위기가 꼭 필요하다. 다채로운 작품 감상의 경험을 제공하는 것 못지않게 한 작품이라도 교사중심의 지식 전달이 아니라 학생 스스로 깊이 있게 감상하며 크고 작은 배움으로 연결하고 확장하는 경험 또한 무척 중요하다. 안도현의 「스며드는 것」을 낭독하면서 슬픔과 모성애를 느끼기보다 단순히 간장게장 이야기로 쉽게 생각하는 게 익숙한 우리 아이들에게 느리게 곱씹는 배움의 과정은 꼭 필요하다.

중학교 1학년을 대상으로 처음으로 자유학기를 경험했던 때에 내 눈에 들어온 것은 '문학과 비평'이라는 단원의 '주체적인 관점에서 작품을 평가한 글을 읽고 독자의 관점과 평가의 타당성을 판단할 수 있다. 적절한 근거를 들어 주체적인 관점에서 작품을 해석하고 평가할 수 있다.(2009 교육과정)'라는 성취기준이었다. 그때는 나도 슬로리딩 수업을 정규 국어시간에 적용해 보지 않은 상태였고 중학교 1학년 친구들에게 어떤 텍스트를 제공하며 위의 성취기준에 도달하도록 수업하고 평가할지 무척 고민이 되었다.

그러나 객관적인 수치로 평가하는 데 급급하고 조바심 나는 것에서 잠시 벗어나는 자유학기인 데다가, 꼭 교과서 작품만 고집할 필요는 없다는 생각이 들었다. 동시에 '주체적인 관점에서 작품을 평가한다.'라는 성취기준이 내 마음을 끌었다. 그렇다. 전문적인 문학 평론가나 비평가들의 작품에 대한 평가 글을 제시하는 것도 의미가 있지만, 부담스러울 수 있는 작품의 해석과 평가가 아닌, 친구들의 글과 다양한 생각을 나누는 시간으로 가볍고 느리게 진행하면 어떨까 하는 생각이 들었다. 슬로리딩의 매력을 담아 주체적으로, 자신만의 방식으로 한 작품을 깊이 있게 천천히 감상하고 자신의 빛깔을 담아 작품에 대한 생각을 풀어낸 소박한 친구들의 글은 생각만 해도 절로 미소가 지어진다. 서로의 글을 읽고 친구의 생각을 곱씹으며 그렇게 생각하는 이유를 나누는 과정을 통해 작품에 대한 주체적인 감상과 해석, 평가에 대한 부담이 적어질 터였다.

생각이 여기까지 이르자, 우리 아이들 모두가 문학 평론가가 된 것처럼 흐뭇해졌다. 주체적인 관점에서 작품을 평가한 글을 읽고 그 글이 어떤 관점에서 쓴 글인지, 평가의 근거가 타당한지를 판단하는 다소 무거운 배움이 즐거움으로 가득할 것 같았다. 이런 경험이 토대가 되어 다양한 문학작품을 읽고 자신의 주체적인 관점에 따라 적절하고 타당한 근거를 들어 해석하고 평가할 능력이 길러질 것이다. 더불어 아이들 마음속에 '나는 문학 평론가'라는 자부심까지 덤으로 자리잡을 것이다.

처음 시작하는 아이들에게는 아이들의 경험과 삶이 담겨 있거나 연관성 있는 작품이 좋다. 나는 첫 시도로 그해 사용하는 교과서에 없는 시를 선택했다. 기형도의 「엄마 걱정」을 시 제목은 지우고 아이들에게 제공했다. 맞벌이 가정이 많아 엄마의 부재 시간을 경험한 아이들이 다수였다. 시를 다 함께 천천히 음미하는 교실을 상상하며, 간단한 안내로 첫 문을 열었다.

"오늘은 선생님께서 모든 것을 설명하고 이해시키는 시 감상이 아니라, 여러분이 각자 시를 천천히 깊게 감상하면서 모르는 낱말은 찾아 정리도 하고, 궁금한 것은 질문도 해 볼 거예요. 마음에 와닿는 부분도 찾아 친구들과 이야기하고, 어린 시절 경험을 생각하며 여러분의 눈과 마음으로 감상하는 시간입니다.

선생님도 같이 감상하고 여러분과 다시 만나 이야기해 볼까요? '이렇게 생각해도 될까?'라는 망설임을 내려놓고 마음을 열고 여러분의 눈으로 작품 속으로 풍덩 빠져 봅시다."

아이들은 무슨 일인가 싶어 눈만 굴릴 뿐이다. 그때까지 나와 다양한 학생중심의 활동 수업을 해 왔기에 또 어디서 선생님이 연수받고 배워 왔나 싶었나 보다. 밑도 끝도 없이 뭘 하라고 하니, 한숨부터 쉬는 아이도 보인다. 나는 다시 이야기한다.

"오늘 여러분과 선생님이 바다를 알아보고 싶어서 바닷가에 다 같이 왔어요. 그런데 선생님이 '여러분, 오늘은 바다에 왔으니 고등어를 찾아봅시다. 고등어는 등이 푸르고, 25㎝ 내외의 크기에 눈은 이렇고, 지느러미는 이렇고, 떼로 몰려다닌답니다. 자, 이제 각자 바닷속으로 들어가서 고등어를 모두 잡아 오는 게 과제입니다.'라고 했다면 어떨까요? 여러분은 이런 배움을 지금 하고 싶나요? 물론 필요한 경우는 그럴 수 있겠지만, 오늘은 여러분이 직접 바닷속으로 뛰어 들어가 헤엄치며 여러 물고기들을 구경하고 파도의 흐름도 느끼며 발을 간지럽히는 모래밭의 감촉을 모두 경험하면서 자신만의 바다를 깊이 그리고 자유롭게 느껴 보는 시간입니다. 마음에 드는 물고기를 따라 헤엄치기도 하고 산호초를 관찰해도 좋아요. 여러분 인생에서 오늘 느낀 바다, 잊지 않기 위해서라도 온몸과 마음으로 깊이 감상해 보아요."

빠른 속도로 스치듯 지나가 버리는 감상은 바닷속 아름다운 풍경과 매력적인 물고기들, 다양한 바다 생명체와의 만남은 모른 채 그저 선생님이 가르쳐 주신 고등어만 찾느라 열심히 헤엄만 치는 것과 같다. 나는 아이들이 각자의 바다를 향해 온몸을 던졌으면 좋겠다. 바다를 느끼고 자유롭게 노니는 물고기들 중 가장 매력적인 물고기를 만나 서로 눈빛을 교환하고 심연의 아름다운 풍경에 흠뻑 취해 보는 것도 좋다. 달팽이걸음처럼 천천히, 시의 한 행 한 행 꼭꼭 곱씹어 음미하면서 시의 참맛을 자기만의 방식으로 느껴 보길 바랐다. 그러기 위해서는 생각을 천천히 깊게 해야 한다.

2차시는 꼬박 아이들이 생각하고 자신의 생각과 경험을 시 감상에 쏟는 시간을 주었다. 3차시는 우선 돌아가며 짝 활동, 모둠 활동 등을 통해 친구들과 생각을 나누었다. 그리고 모둠 내에서 좋았던 내용이나 신선했던 친구들의 생각을 반 친구들과 나누었다. 평소 같으면 학습목표에 맞추어 1차시면 마무리할 시를 3차시에 거쳐 느리고 천천히 깊게 감상하고 나누었으니 학생들이 힘들어하지 않을까 걱정도 되었다. 그때 특이한 질문의 소리가 소곤거리듯이 들린다. 이 질문을 중심으로 깊이 있는 이야기가 하나둘씩 나오기 시작한다.

학생 1: 그런데요. 선생님, 왜 시인은 다른 야채나 물건도 많을 텐데, 엄마가 '열무'를 팔러 갔다고 했을까요?

교사: 그렇네요. 왜 하필 열무를 선택했을까? 선생님은 그 생각을 못했네요. 어때요? 다른 친구들은 어떻게 생각해요?

학생 2: 다른 구절을 보면 '배춧잎 같은 타박타박'이 나오잖아요? 엄마가 시장에서 다 못 팔고 피곤하게 오는 느낌을 주려면 고구마나 감자, 당근 같은 건 안 어울릴 것 같아요. 열무는 빨리 안 팔면 숨이 확 죽는데.

교사: 그렇네요. 그렇게 보니 시인이 그렇게 선택한 표현의 의도가 보이는 것 같아요. 또 우리 시를 천천히 낭송해 볼까요? 다시 보면 또

다른 게 보일 거예요. '열무'와 관련 있어 보이는 시어가 또 있나요?

학생 2: '시든다'도 관련되어 보여요. 근데 해가 시들 수가 있나요? 해는 지는 건데?

학생 3: 그것도 열무가 밤이 되면 숨이 죽는 것, 엄마가 저녁 늦게 배추잎처럼 터덜거리는 발소리랑 연결하니까 '시든다'는 표현도 어울리는 것 같아요.

학생 4: 되게 슬프네요. 엄마 보고 싶어요. 나도 어릴 때 엄마 기다린다고 혼자 숙제하고 그런 적 있는데, 되게 무섭고 그랬는데. 엄마도 집에 엄청 빨리 오고 싶었을 것 같아요. 근데 열무를 다 팔아야 올 수 있으니 걱정도 많았을 거 같아요. 우리 엄마 생각이 나요.

교사: 혹시 이 시를 감상하다가 궁금했던 것 중 샛길로 살짝 빠져나갔던 친구 있나요? 괜찮으니까 같이 이야기해 볼까요? 선생님은 '열무 삼십 단'을 읽으면서 '단'에 잠시 꽂혔어요. "왜 '단'일까?"라면서. "배추는 '포기'라는 단위명사를 쓰는데 열무는 '단'을 사용하네?" 그랬지요. 내친김에 단위성 의존명사를 찾아보니, 차는 '대', 연필은 '자루', 나무는 '그루', 사람은 '명', 동물은 '마리' 등으로 정리되더라고요. 우리말의 다양한 표현에 다시 감탄했죠.

학생 5: 저는 '내 유년의 윗목'에서 '윗목'을 보면서 '아랫목'을 생각했고, 우리나라 온돌에 대해 궁금해졌어요. 방바닥이 다 따뜻했으면 이 시에서 아이도 덜 서러웠을 텐데 차가운 윗목을 생각하니 정말 외로웠을 거 같더라고요.

교사: 좋은 궁금증이네요. 다 같이 친구의 샛길 궁금증을 찾아볼까요?

　

1차시로 '고등어'라는 정답만 강조한 시 감상 시간이었다면 나오기 힘든 아이들의 의견들이었다. 나중에 아이들에게 처음 슬로리딩을 해 보았는데 어떠했는지 물어보았다. 처음에는 선생님께서 알려 주시기보다 자신들이 자유롭게 생각해 보고 천천히 음미해 보라고 하니 막막했는데 선생님께서 주신 질문들을 중심으로 천천히 생각하다 보니 금세 종이 쳤다고 했다. 그리고 친구들과 선생님과 다 같이 감상 내용을 발표하고 이야기해 보니 다양한 의견이 있어서 좋았다고 했다. 그러면서 "천천히 느리게 하니까 조급하지 않고 내 생각들을 끄집어 낼 수 있는 것 같아요."라며 웃어 준다. 느림의 미학은 이런 것이 아닐까? 천천히 깊게, 조금 느리면 더 느릴 수 있게, 그러나 깊게 몰입할 수 있도록 교사가 도와주면 아이들의 배움은 쌓이면서 다져진다.

이 학생들은 정규 국어시간에 처음으로 슬로리딩하며 생각을 키워 나갔던 학생들이다. 2016년 중학교 1학년 자유학기 주제선택 활동에서 20여 명의 학생들과 슬로리딩을 해 보면서 120명 1학년 전체 학생들과 정규 국어시간에 함께 해 보고 싶다는 도전의식이 불끈 솟았다. 겨우 몇 주간의 주제선택 활동으로도 아이들이 생각하는 힘을 길렀고, 삶을 깊이 들여다보는 모습을 보았기에 전교생과 조금이라도 해 보고 싶은 마음으로 시작한 것이었다.

첫 시간에 슬로리딩을 안내할 때, 학생들의 반응은 그다지 좋지 않았다. 그 당시 배움중심 수업을 한답시고 활동 수업을 1년 가까이 나와 함께한 학생들이었는데, '오늘은 또 뭘 가지고 오셨나?' 하는 냉담함마저 느껴졌다. 특히 맨 앞자리에 앉아 있던 남학생은 평소에도 국어를 썩 좋아하지 않는 편이어서 대놓고 "자유학기인데, 대충 공부합시다."라고 외치기도 했다.

그때 학생들 사이의 빈자리로 나도 가서 앉았다. 그리고 어릴 적 혼자 외롭게 집에 있었던 기억, 그때의 감정을 떠올려 보며 천천히 같이 시를 읽어 보자고 했다. 생각할 거리를 질문으로 몇 개 던져 주고 혼자 파고들 시간을 충분히 주었다. 첫 시간은 학생들이 혼자 생각하고 헤매는 시간으로 투자했다. 45분은 금세 지나갔고, 마지막 5분 정도만 시를 파고든 내용과 감정을 짝과 나누도록 했다.

볼멘소리를 낸 남학생을 살펴보니, 처음에는 팔짱을 끼고 시를 처다보지도 않아 내심 걱정되기도 했다. 그러나 20여 분이 지나면서부터 "대충 공부합시다."라고 외칠 때와는 사뭇 다른 표정을 보였다. 마음에 드는 시 구절에 밑줄도 긋고, 자신의 생각도 메모해 보기 시작했다. 그리고 짝과 자신의 생각과 느낌을 나누며 경청하는 모습도 보였다. 그 남학생은 다음 국어시간에 제일 먼저 교실로 와서 앞자리에 앉았다. 나는 살짝 다가가서 지금도 대충 공부하고 싶은지 물었다. 그 남학생은 전혀 그렇지 않다며, 이렇게 오랜 시간 생각을 해 본 적이 없어서 귀찮을 줄 알았는데, 의외로 색다른 경험이라고 대답했다. 그 남학생이 바로 '시든다'라는 표현으로 친구들과 열심히 이야기한 학생이다.

소설을 읽다 보면 풍경이나 모습이 자세히 묘사된 장면이 종종 나온다. 위기철의 『아홉 살 인생』을 읽을 때도 주인공 여민이네 동네가 자세히 설명되어 있다. 특히 주인공의 집 위치를 나타낸 문단 하나가 내 눈을 멈추게 했다. 『아홉 살 인생』의 18~19쪽에 나오는 바로 이 내용이다.

> 우리 집은 산동네에서도 가장 높은 집이었다. 산의 능선을 따라 담장조차 없이 다닥다닥 붙은 집들이 들쭉날쭉 늘어져 있었다. 우리 집은 그 능선 꼭대기에 자리 잡고 있었다. 산동네 능선 맞은편 아래는 울창한 숲이었다. 우리 집 한쪽 밑으로는 집들이 우글우글 모여 있고, 다른 쪽 밑으로는 울창한 숲이 있었던 것이다. 산동네와 숲 사이에는 철조망이 마치 휴전선처럼 길게 이어져 있었는데, 철조망의 일부는 우리 집 담벼락 바로 곁을 지나고 있었다. 그 철조망 너머로는 아름다운 숲이 보였다. 숲에는 아름드리나무들이 있고 작은 개울도 보였는데, 집은 단 한 채도 보이지 않았다. 철조망의 이쪽과 저쪽은 완전히 다른 세계였다. 이쪽은 허름한 집들이 한 뼘의 여유도 없이 우글우글 붙어 있었고, 저쪽은 집 한 채 구경할 수 없는 완전한 자연 그대로였던 것이다.
>
> - 『아홉 살 인생』 18~19쪽 中에서

이 부분은 그냥 읽기만 해서는 정확한 장면을 생각해 내기 어렵다. 자세히 보고 천천히 익혀야 주인공 집의 위치와 동네 풍경이 머릿속에 그려진다. 만약 별생각 없이 단순히 읽고 넘어간다면 1970년대의 산동네 풍경은 아파트가 늘어서 있는 현재의 풍경과 별반 다를 게 없는 어느 동네의 풍경에 지나지 않을 수도 있다. 작품 속 허름한 집들이 우글우글 붙어 있는 모습과 자신이 살고 있는 고층 아파트들이 빼곡하게 들어찬 모습이 교묘히 교차되어 이 시대의 중학생들에게 큰 감흥이 없을 수 있다.

작품 속에 자신이 풍덩 빠지려면 그만큼 몰입하며 읽어야 한다. 작품 속의 장면에 대한 느낌과 주인공의 감정선, 풍경 하나에도 공들일 충분한 시간이 필요하다. 그래서 『아홉 살 인생』 제1장의 이 부분을 다 함께 읽고, 혼자 자세히 읽는 시간을 가졌다. 그리고 주인공의 집 위치와 동네, 주변 모습을 묘사한 내용을 읽는 데서 그치지 않고 그림으로 표현하도록 했다. 그 과정에서 그냥 작품을 읽었을 때와 그림을 하나하나 그려 가며 자세히 읽었을 때의 차이를 스스로 인식하도록 했다. 그야말로 느림의 미학으로 배움이 다져질 수 있도록 한 것이다.

『아홉 살 인생』 속 한 장면에 대해 그림으로 표현하면서 사소하지만 학생들이 흥미롭게 인식한 지점이 있었다. 학생들은 동일한 부분을 읽었어도 각자의 표현이 조금씩 다를 수 있다는 것을 그림으로 이해했다. 특히 위의 마지막 그림의 형태가 학급마다 두어 명씩 있었는데, 주인공 여민이네 집을 어느 방향에 두느냐에 따라 색다른 모습의 그림으로 표현한 것이다. 지나칠 수도 있을 사소한 지점으로 '그렇게 생각할 수도 있겠구나. 같은 장면을 읽어도 다양한 관점과 시각이 있을 수 있구나.'라는 생각을 했다. 만약 이 장면을 빨리 읽고 넘어갔다면 절대 얻을 수 없는 깨달음이다. 이날의 수업은 '빠름'이 아니라, '느림'으로 얻는 배움이 '의미 있음'으로 다가왔던 날이었다.

작품에 묘사된 내용을 그림으로 표현해 보자고 하면, "저는 그림

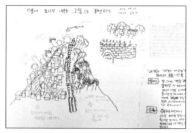

작품에 묘사된 내용을 그림으로 표현하기

잘 못 그리는데요."라고 부담스러워하는 학생들도 있다. 이 활동의 취지는 그림을 잘 그리는 데 있는 것이 아니라, 한 장면을 천천히 깊게 생각해 보는 데 있다고 이해시킬 필요가 있다. 그냥 스치듯 읽을 때와 자세히 들여다보며 천천히 생각하며 읽을 때의 차이를 학생들이 경험하도록 해야 한다. 그렇지 않을 경우, 단순한 그림 그리는 활동에 그칠 수 있다는 점을 기억하자.

둘.
표지와 제목을 신선하게 읽다

3월의 첫 만남은 아이들도 나도 긴장되고 설렌다. 당장 책의 첫 장을 펼치고 싶지만 표지와 제목과의 만남부터 천천히 출발한다. 가끔은 학기 말까지 평가할 시간이 촉박할 때도 있다. 그러나 첫 시간은 아이들의 생각부터 말랑말랑하게 만드는 첫 번째 관문이라 무척 중요하다. 나는 그 시간을 주로 이렇게 시작한다. 슬로리딩 교실 수업에 대한 전반적인 안내 및 오리엔테이션과 함께 '한 장의 사진(그림) 자세히 읽기'를 한다. 이 연습을 통해 생각을 자유롭고 말랑말랑하게, 구석구석 꼼꼼히 살피면서 떠오르는 느낌과 생각을 발표하고 궁금한 점을 돌아가며 나눈다. 그 과정에서 다양한 생각과 자세히 읽는 연습이 이루어지도록 한다. 사진은 풍경 사진, 동화 느낌이 가득한 사진, 물건 사진, 삶의 모습을 담은 사진 등 자유롭게 사용한다. 여러 장의 사진과 그림을 준비했다가 학급별로 달리 활동하기도 한다. 사진과 그림 한 장으로 전체 학생이 같이 해도 좋고, 솔라리움 카드[11]로 모둠 친구들과 각자 마음에 드는 사진을 골라 자유롭게 말해 보기도 한다. 어떤 방식으로든 사진과 그림 한 장을 깊이 들여다보며 이야기하는 것은 학생들에게 흥미롭고 즐거운 작업이다. 서로 질문하면서 새로운 시각과 관점에서 놀라운 발견을 하는 과정 자체를 아이들은 즐기며 매우 신선해했다. 반 전체 친구들과 함께 나눌 사진과 그림을

---

11) '솔라리움'은 '내면을 비추는 방'이라는 뜻으로, 솔라리움 카드로 집단상담 프로그램, 수업 중 마음 열기나 자신의 생각을 카드의 그림과 연결하여 수업하는 데 많이 활용된다.

프로젝트 TV 화면에 띄워서 자세하고 꼼꼼하게 보고 생각을 유연하게 하는 연습을 하는 것도 유익하다. 이것은 정답을 요구하지 않는다는 점에서 자유롭다. 아이들은 스펀지처럼 빨아들이는 존재이므로 금세 적응하고 익숙해져서 몇 번의 경험으로도 사고가 유연해지고 자유로워진다.

아이들과 위기철의 『아홉 살 인생』을 슬로리딩할 때, 전교생에게 개인적으로 책을 준비하도록 안내했다. 학교 도서실에서 빌려 볼 수도 있지만, 밑줄 긋고 자신의 생각을 메모도 하려면 '나만의 책 한 권'이 있으면 좋다고 권했다. 특히 이 작품은 아홉 살짜리 주인공의 시선으로 바라본 삶의 모습이 매우 철학적이라는 점에서 결코 '아홉 살'을 과소평가할 수 없는 지점이 있다. 한 인간의 정신적인 성장과 성숙의 과정이 작품 곳곳에 녹아 있다는 점에서 아이들과 함께 나눌 이야기들이 이모저모 많아 선택한 작품이다. 또 1970년대 초반의 사회와 문화가 잘 반영되어 있어서 아이들과 사회·문화 맥락적 측면에서 샛길 활동으로 배움이 깊어질 수 있다. 덤으로 부모님의 어릴 적 문화와 사회, 놀이의 모습까지 접근할 수 있다는 점도 흥미를 끌기에 충분하다.

벌써 표지를 넘겨 읽고 있는 아이들도 있다. 궁금한가 보다. 일단 국어 수업 시간에 책을 읽으면서 수업한다고 하니 '한 학기 한 권 읽기'가 처음 도입된 2018년도 중학교 1학년 학생들에게는 신선한 경험으로 다가왔을 것이다.

일단 책은 덮고 제목과 표지를 살펴보는 시간을 가졌다. 책 표지는 작품과 관련되는 대표 이미지와 상징성을 내포하고 있다. 그래서 작품 속 사건과 등장인물, 작가의 의도 등과 관련이 있다. 그런데 『아홉 살 인생』의 표지는 의외로 매우 단순했다. 처음에는 아이들이 "엥? 이게 다예요? 껍데기를 벗겨도 노란색만 가득한 표지인데요? 제목만 금색으로 덧입혀져 있고요."라고 한다. 그때 무엇이든 좋으니 책 표지를 보면서 든 느낌, 그림이나 색깔 등을 보면서 떠오르는 생각, 이 책과의 첫 만남, 궁금한 질문 등을 자유롭게 이야기해 보도록 했다. 첫 시간의 편안한 분위기 때문인지 처음엔 주저하는 모습이었지만, 차츰 생각을 열고 말문을 열기 시작한다.

교사: 눈에 보이는 것부터 꼼꼼하게 읽어 볼까요?

학생 1: 아홉 살짜리 꼬마가 새를 키우는 이야기 같아요.

학생 2: 아홉 살 아이가 아기 새를 어미 새 대신 집에서 키우는 거 아닐까요?

학생 3: 아이의 옷이 조금 초라하고 검소해요.

학생 4: 책 표지가 흰색인데, 책 껍데기를 벗기니까 노란색 바탕에 제목만 금색인데요.

교사: 그럼, 이제 눈에 보이는 것들이 무엇을 의미할지 상상해 볼까요? 우리는 아직 책을 읽기 전이니 마음껏 상상해 보면서 직접 읽고 내가 예상했던 것과 비교해도 좋답니다.

학생 1: 노란색 표지를 한 이유가 아홉 살 아이의 순수한 생각을 의미하는 것 같아요.

학생 2: 처음에는 아직 완성되기 전의 노란색이지만, 점점 성숙해지는 것을 금색으로 제목을 표현한 게 아닐까요?

학생 3: 제목이 『아홉 살 인생』인데, 다른 인물들은 없이 '아이' 그림만 있으니, 아이가 '나'로 이야기가 진행될 것 같아요.

학생 4: 근데요, 아홉 살 아이는 초등학교 2학년인데, 인생을 알기는 할까요? 왜 제목이 '아홉 살 인생'일까요?

학생 5: '인생을 안다'는 게 무슨 뜻일지 궁금해요. 이 아이는 부모님이 안 계실 것 같기도 해요.

처음 말문을 연 학생들의 발표에 교사가 생각보다 신명 나게 반응하면 줄지어 개성 어린 의견들이 이어진다. 그 후, 나는 세 가지 질문을 아이들에게 제시했다.

- 나의 아홉 살은 어떠했는가?
- 이 책의 제목 『아홉 살 인생』은 어떤 내용을 담고 있을까?
- 내가 생각하는 숫자 아홉(9)에 담긴 의미와 느낌은 어떠한가?

작품과 자신의 삶이 별개로 존재해서는 작품에 몰입하기 어렵다. 작품 속 이야기가 나의 삶과 연결되어 있어야 관심이 생기고 깊이 파고들 수 있다. 읽는 도중 계속해서 '그래서 나는? 나라면 어떻게 할까? 내 주변은 어떤 상황인가? 그럼 이제 나는 어떻게 행동할 것인가?' 등의 질문을 끊임없이 던지며 작품과 만나도록 지도해야 한다. 그래야 나와 작품의 연결 고리가 내 삶으로 들어온다. 작품 속 배경이 1970년대든 일제강점기든 상관없이 오늘의 삶은 결국 어제의 연속으로 이루어진 결과물이며, 오늘은 또 다른 내일이 될 하루이다. 학생들이 작품을 읽으며 '그렇다면 오늘 우리의 삶은 어떠한가?'라는 생각을 하도록 해야 한다. 학생들이 다양하고 창의적으로 사고하는 것도 중요하지만 배움의 중심과 핵심을 내포한 유의미한 교사의 발문은 학생을 다음 단계로 껑충 성장하게 한다.

위의 질문을 처음 제시했을 때, 학생들은 사뭇 진지하게 이야기했다. 친구와 있었던 추억, 재미있었던 놀이, 부모님과 여행 갔던 경험, 다치고 아팠던 순간, 학원 퍼레이드까지 다양한 이야기가 쏟아졌다. 그리고 다시 작품 속 이야기는 어떨지 상상해 보니 좀 더 구체적인 답변들이 나왔다. 『아홉 살 인생』이 어느 시대 이야기인지 묻기 시작하며 책장을 넘기고 싶어 안달이다.

그러나 나는 결정적인 질문으로 아이들을 이끈다. '숫자 아홉의 의미'. 정적이 흐른다. 그렇다. 왜 일곱, 여덟, 열도 아닌 '아홉'일까? 그때 도움자료로 작가의 말을 전하고, '아홉'과 관련된 수필의 한 부분을 같이 읽는다.

'아홉은 쌓아놓았기에 넉넉하고, 하나밖에 남지 않았기에 헛헛하다.'

- 위기철, 『아홉 살 인생』 '작가의 말' 中에서

'열은 십·백·천·만·억 등의 십진급수(十進級數)에서 제일 먼저 꽉 찬 수입니다. 그러므로 이 열에 얼마를 더 보태거나 빼거나 한다면 그것은 이미 열이 아닌 다른 수가 됩니다. 무엇을 하기에 그 이상 좋을 수가 없이 알맞은 경우에 '십상 좋다'고 말하는 '십상'도, '열 십(十)' 자와 '이룰 성(成)' 자에서 나온 말입니다. 그만큼 열이란 수는 이미 이룰 것을 이룩한 완전한 수이며, 성공을 한 수인 것입니다.

그러면 아홉이란 수는 어떤 수입니까? 두말할 필요도 없이 열보다 하나가 모자라는 수입니다. 다시 말하면 완전에 거의 다다른 수, 거기에 하나만 보태면 완전에 이르게 되는 수, 그래서 매우 아쉬움을 느끼게 하는 수인 것입니다. 그러면 아홉은 정녕 열보다 적거나 작은 수일까요. 그렇지 않습니다. (이하 생략)'

- 이문구, 『열보다 큰 아홉』 中에서

작품 감상을 위해 바로 책의 페이지를 만나지 않고, 작품의 제목을 깊이 들여다보면 학생들은 작품 속 이야기를 상상하고 예측하여 슬로리딩에 대해 흥미를 가지게 된다. 더불어 자신의 삶 속에 있던 기억과 작품을 연결하는 경험을 통해 작품 속 등장인물을 친숙하게 느끼고 작품에 몰입할 준비를 하게 된다. 제목에 담긴 의미를 깊이 생각해 보기 위해 작가의 의도도 예측해 보고, '아홉'에 담긴 여러 의미를 깊이 들여다봄으로써 사소한 부분도 그냥 넘기지 않고 깊이 몰입하는 과정을 가질 수 있다. 이런 몰입의 경험은 긴 호흡으로 작품을 감상할 수 있는 중요한 역량으로 자리 잡게 한다.

아이들은 작품의 제목 『아홉 살 인생』에서 '아홉'을 다시 생각했다. '아홉'이라는 숫자에 담긴 삶의 인식을 고민해 보는 것만으로도 제목인 『아홉 살 인생』을 곱씹어 볼 만한 신선한 배움이었다. 이 순간을 연결하여 숫자 '아홉'에 대한 자신의 생각과 감정, 학생으로서의 자신의 삶을 연결하여 글로 풀어내는 시간을 가졌다. 중학교 1학년 남학생이 작성한 아래의 글은 미생과 완생을 통해 '아홉'과 '열'을 표현하고 삶의 방향과 노력을 다짐한다는 점에서 의미 있는 배움과 성장이라 평가하고 싶다.

📝 [청소년 작가님들의 슬로리딩 흔적]

아홉 살 인생을 읽기 전, 내가 생각하는 9의 의미를 적어 보자. 참 어렵다. 자연수 1자리 중에는 제일 탑이지만, 10이 되기엔 아쉽게도 1이 부족한 비운의 수, 9. 개인적으로 9는 굉장히 안타까운 수라고 생각한다. 하나만 더하면 10인데, 그 하나가 없으니 얼마나 답답하겠는가. 9는 쉽게 말해 미생이다. 왜냐하면 하나만 있으면 완성이 되는데 그 하나가 없으니 굉장히 안타깝다. 9는 뭔가 지금의 우리와 같은 점이 있다. 9가 아닌 10이 되기 위해 노력을 하는 존재, 지금은 힘들지만 언젠간 꼭 완성이 되려는 모습. 그것이 지금 우리가 해야 하고, 이루어야 하는 학생의 의무인 것 같다. 미생이 아니라 완생이 되기 위함의 노력, 이것이 우리가 해 나가야 되는 것이 아닐까?

표지와 제목 읽기 활동도 2시간 연속의 시간을 투자했다. 잠시 표지를 살피고 제목을 고민하는 데 그친다면 천천히 곱씹는 깊이 있는 과정이 내면화되기 어렵다. 시간을 충분히 들여 고민할 수 있어야 하고, 친구들과 생각과 의견을 나누며 확장하는 경험을 통해 느림의 미학을 느끼기에 좋았다.

수업을 돌아보며 아쉬웠던 부분이 드러났다. 표지와 제목을 천천히 곱씹는 과정은 '예측하며 읽기'와 연계할 수 있다. 표지와 제목을 예측하며 읽는 활동 외에 예측하며 읽기의 주요 활동을 슬로리딩 과정과 좀 더 긴밀하게 연계했다면 학생들이 주요 사건을 예측하고 등장인물의 행동을 공감하는 데 더 도움이 되었을 것이다. 2학기에 '예측하며 읽기' 성취기준이 있었음에도 불구하고 한 학기 교육과정 재구성으로만 제한했는데, 다음에는 2학기까지 연계하여 1년 과정을 펼쳐서 좀 더 유기적으로 짜야 할 것 같다는 생각도 든다. 2학기 수업을 맡게 될지 다른 학년을 지도할지 알 수 없어서 우선 한 학기에 충실할 수도 있다. 그러나 교과협의회를 통해 조율이 가능하다면 2학기 성취기준까지 살피고 한 해 슬로리딩 교육과정 재구성을 설계하는 것이 보다 효율적이고 학생들에게도 훨씬 깊은 배움을 제공할 수 있다.

셋.
한 단어,
한 문장을 파고들다

지금까지 우리가 한 작품을 읽으면서 단어나 문장에 눈이 멈추고, 그 단어의 뜻부터 그 단어가 쓰인 문장의 문맥과 작품 속 앞뒤 맥락을 고민하며 곱씹어 본 경험이 얼마나 될까?

우리가 생활 속에서 당연하고 자연스럽게 사용하는 단어 속에는 사전적 의미 외에도 반의어, 유의어, 관련 단어 등이 얽히고설켜 마치 거미줄과도 같은 관계망으로 존재한다. 그 관계망 속에는 우리들의 삶이 녹아 있고 사회문화적 인식과 중요시되는 삶의 가치가 담겨 있다. 글쓴이가 사용한 글은 이와 같은 특성이 녹아든 단어와 문장의 총집결체라고 해도 과언이 아니다. 글쓴이의 의도는 비유와 상징을 통해 장면 속 문장과 등장인물의 대사에 직접 드러나기도 하고 분위기와 관련된 단어 등으로 표현되기도 한다. 단어와 문장을 제대로 이해해도 장면에 대한 이해가 깊어지고 등장인물의 심리와 행동을 이해할 수 있다. 단어의 사용과 문장의 쓰임을 살펴보며 작가가 왜 이런 표현을 했을지 궁금해하며 몰입하는 중심축이 되기도 한다.

생각보다 중학생들의 어휘력은 낮은 편이다. 해를 거듭할수록 그 현상은 더욱 심해지고 있다. 나는 그것을 대량 흡수에 의한 선별적 학습거부 현상이라고 생각한다. 어릴 때부터 많은 책을 읽고, 많은 학습에 노출되어 있으나 이는 대체로 유아기와 아동기에는 아이들의 자발적 흥미보다 부모의 강요에 의한 경우가 많다. 적은 양으로 깊게 파고드는 경험보다 이것저것 무엇을 얼마나 많이 경험해 보았는지 다양성을 중시하는 분위기도 한몫하는 것 같다.

중학교 학생들은 한자리에 앉아 온전히 집중하기 어려워한다. 책 읽기에서도 그런 현상이 많아져서 읽었다고 해도 꼼꼼히 생각하는 습관을 좀처럼 찾아보기 어렵다. 나는 요즘 학생들에게 파고들고 자신의 생각을 좇아가는 연습의 기회가 꼭 필요하다고 말한다. 외부적인 요인에 의한 책 읽기와 학습이 아니라, 자신의 내적 의지와 지적 탐험의 욕구를 중심으로 흠뻑 빠져 볼 기회가 있어야 한다. 그 기회를 학교 수업 시간에 만들어 보자.

중학교 2학년 학생들과 김유정의 「동백꽃」을 함께 읽을 때였다. 「동백꽃」의 도입부인 "오늘도 또 우리 수탉이 막 쫓기었다. 내가 점심을 먹고 나무를 하러 갈 양으로 나올 때이었다. 산으로 올라서려니까 등 뒤에서 푸르득푸르득, 하고 닭의 횃소리가 야단이다. 깜짝 놀라서 고개를 돌려보니 아니나 다르랴, 두 놈이 또 얼리었다."를 읽는 도중 '나무를 하러 갈 양으로'에서 한 남학생이 용기 내어 질문한다.

"선생님, '양으로'는 우리가 아는 동물 양이에요?"

순간, 생각하지도 못한 지점이라 무척 놀랐다. 그러나 용기 내어 질문한 학생이 무안해할까 봐 내색하지 않았다. 또 '단순하게 보면 그렇게 생각했을 수도 있겠구나.'라는 생각에 무슨 뜻인지 같이 찾아보자고 했다. 그런데 반전은 이런 질문이 그 반에서만 나온 게 아니라는 점이다. 국어사전에도 동물 양 외에 거의 나오지 않는 단어이다. 그렇다면 앞뒤의 문장과 작품 속 인물들의 상황이나 사건을 중심으로 추론하며 단어의 뜻을 예측해야 하는데 아이들에게 이 작업은 무척 어렵고 귀찮다. 그럴 때는 함께 생각할 수 있도록 교사가 적극적으로 개입해야 한다. 그래서 '양으로'라는 말을 다른 말로 바꿔 쓴다면 무엇이 가능할지 생각을 나누었다. 결국 '나무를 하러 갈 마음으로', '방법으로', '목적으로' 등의 의견이 나온 후에야 학생들이 '아하!' 하는 지점으로 진행되기는 했지만, 이날의 질문은 우리 학생들에게 단어와 문장을 중심으로 파고드는 연습이 절실히 필요하다는 것을 깨닫게 한 보배였다. 학생들이 주저 없이 모르는 것을 물어 주었고 친구들과 이런 뜻일까, 저런 뜻일까 자유롭게 말해 준 '나무를 하러 갈 양으로'는 지금까지도 내게 고마운 질문이다.

모든 것을 당연히 받아들이고 스쳐 지나가는 책 읽기와 배움을 가르치지 말고 한 단어, 한 문장을 의미 있게 받아들여 손을 멈추고 사전을 찾게 해 보자. 관련 지식까지 확장해 보는 파고듦과 치밀함을 가르쳐 보자. 그 아이들은 길을 가다가도 간판조차 당연히 바라보지 않고 색다르게 인식하는 힘을 가질 수 있다. 새로운 시각으로 삶을 인식할 수 있다.

나는 이것을 '나만의 단어장 만들기', '내 맘대로 한 줄 창작', '작품 속 문장해석' 등의 활동으로 진행했다. 아이들은 작품을 읽다가 모르거나 궁금한 단어가 나오면 국어사전을 통해 그 뜻을 찾아 정리한다. 그 뜻과 관련된 단어, 비슷한 말과 반대말, 관련된 단어 등도 함께 찾는다. 그리고 그 단어를 활용한 짧은 문장을 창작했다. 그것이 바로 '내 맘대로 한 줄 창작'이다.

나는 '내 맘대로'라는 문구를 자주 활용한다. 누군가가 이미 정해 준 틀에 박힌 구속에서 벗어나 자신의 눈과 자신의 생각으로 자유롭게 읽고 쓰고 말하는 연습이 필요하다고 생각하기 때문이다. 물론 그렇게 생각하는 근거는 꼭 작품과 연관 짓도록 지도한다. 수용받지 못할 무조건적인 주장과 생각은 혼자만의 우물에 갇힌 독불장군에 불과하다.

'내 맘대로 한 줄 창작'과 더불어 그 단어가 쓰인 작품 속 문장의 의미를 앞뒤 등장인물의 심리, 행동, 사건 등과 관련지어 해석해 보는 시간을 가진다. 단순히 단어의 뜻만 이해하는 것은 단순한 지식 쌓기 연습에 불과하다. 이를 다양한 상황과 문맥을 바탕으로 추론하는 힘이 중요하다. 그것을 교사가 '이 장면은 이렇기 때문에 저렇게 표현한 것이다.'라는 식으로 설명하면 학생들의 성장에 오히려 방해가 될 때도 있다. 교사가 정교화된 정보와 지식을 완벽하게 제공하지 않아도 된다. 학생들이 자연스럽게 짝 활동, 모둠 활동, 반 친구들과 공유하는 과정에서 생각과 의견이 도출되고 더 깊은 배움이 스며들도록 해야 한다. 그러기 위해서는 충분히 헤매고 의구심을 가진 채 여기저기 뒤적이며 추리할 충분한 시간이 필요하다. 이때 교사는 학생들의 생각이 단편적인 지식에 머물지 않도록 끊임없이 피드백하고 작품과 연계하여 이해하도록 도와야 한다.

슬로리딩 수업을 처음 하는 중학교 1학년 학생들과는 좀 더 구체적으로 표현하고 작성하도록 하는 것도 좋다. 『아홉 살 인생』을 읽으면서 학생들이 생각보다 어려워한다는 것을 알았다. 그래서 각 장을 통합적으로 슬로리딩하는 것이 무리일 수 있겠다는 판단에 각 장의 특성에 맞게 슬로리딩 활동 한두 개를 중심으로 진행하는 것으로 방향을 수정했다.

『아홉 살 인생』 제2장 '숲의 새 주인'에는 주인공 여민이네가 드디어 우리 집을 갖게 되는 내용이 나온다. 지금까지 '얹혀살며' '내 것과 내 것이 아닌 것'의 차이를 겨우 아홉 살짜리 어린아이가 느낀 감정들도 나온다. 학생들은 '얹혀사는 삶'을 이해하기 어려운 세대이다. 그래서 주인공의 입장과 심리를 오롯이 받아들이기 힘들 수도 있을 것 같았다. 이 부분을 중점으로 하여 '우리 집'과 관련된 주인공의 감정이나 '내 것'에 대해 깊이 이해해 볼 필요가 있었다. 그래서 단어부터 파헤치면서 아버지의 자긍심이 어떤 의미일지, 흥분하여 달려가 처음 본 우리 집을 '꼭 귀신이 나올 것 같은 흉가'로 느꼈을 주인공의 심리를 단어 탐구로 연결해 보았다.

학생들은 우선 짝과 돌아가며 읽은 후, 여덟 개의 단어를 선택하여 원 모양이 그려진 종이에 나만의 단어장을 작성하도록 했다. 활동은 크게 두 가지로 나누어 '책에 적는 배움'과 '쓰면서 알아 가는 배움'으로 구분했다. 각자 자신의 책이 준비된 상태였고 눈으로만 읽는 것이 아니라, 읽고 적는 과정 속에서 꼼꼼히 배우고 익히는 습관을 기르기를 바랐다. 그리고 책에 메모하고 정리한 것을 자신만의 방식으로 종이에 자유롭게 정리하는 경험도 필요하므로 쓰면서 알아 가도록 했다. '책에 적는 배움'은 필수 활동과 선택 활동으로 구성하여 약간의 자유를 제공했다. 필수 활동은 '성장하기 위해 꼭 하기'라고 이름 지어 지금 자신이 하는 배움의 과정을 성장과 이어지는 중요한 활동으로 인식할 수 있도록 했다. 일단 책을 읽으면서 자신이 모르는 단어나 궁금한 단어를 찾고 그 뜻을 국어사전을 활용하여 메모한 후, 짧은 문장을 만든다. 선택 활동은 '더 성장하고 싶으면 하기'로 '꼬리 물고 단어 찾기'를 했다. '꼬리 물고 단어 찾기'는 단어의 뜻풀이에서 모르는 단어가 나오면 다시 꼬리에 꼬리를 물고 뜻을 찾고 정리할 수 있도록 만든 것이다. 선택 활동이지만 학생들에게 가급적 꼬리 물고 단어 찾기까지 해 보도록 권유했다. 단순히 단어의 뜻만 찾고 넘어가는 습관보다 사소한 의문점 하나에도 지나치지 않는 배움의 자세가 필요하다고 생각했기 때문이다.

필수 활동에서 각자 조사한 단어의 비슷한 말, 반대말, 관련되는 말, 그 단어에 대한 자신의 생각이나 느낌, 떠오르는 것들을 자유롭게 종이에 정리하도록 했다. 이것이 '쓰면서 알아 가는 배움'이다. 교사가 안내하고 정해 준 형식에 맞추어 생각을 정리하기보다 서툴고 부족하더라도 학생 스스로 자신만의 방식을 찾아 가는 과정이 필요하다. 배움과 학습의 과정에서 읽고, 쓰고 말하기는 통합적으로 늘 병행해야 효과적이므로 머리로 이해한 것은 반드시 손으로 적는 것이 중요하다.

덧붙여 더 성장하고 싶으면 '문장 탐구 도전'을 하도록 했다. 자신이 조사한 단어의 뜻을 생각하며 그 단어가 사용된 문장을 다시 읽고,

단어의 뜻과 이야기의 앞뒤 상황을 추측하며 문장에 담긴 의미를 풀어서 보도록 했다. 학생들의 이해를 돕기 위해 작품 속에 나오는 '자긍심'을 예로 다음과 같이 학생들에게 안내했다. 단순히 단어의 뜻만 아는 데 그치지 않고 문장 탐구를 통해 앞뒤 사건과 상황을 추론하여 자신의 생각을 담아 보도록 했다.

(13쪽 3번 줄) "자, 바로 여기가 우리 집이다." 아버지는 어깨에 짊어진 이불 보따리를 쿵 소리 나게 내려놓으며 우리를 돌아보았다. 그 얼굴엔 자긍심이 가득 배어 있었다. 어머니도 어린아이처럼 환하게 웃으며 살 집을 바라보았다.

〈문장 탐구〉
→ (예) 아버지의 친구 집에 온 식구가 '얹혀살다'가 드디어 '우리 집'이란 곳으로 이사 와서 아버지는 가장으로 무척 뿌듯하고 기뻤을 것이다. 어머니도 행복한 앞날을 상상하며 즐거웠을 것 같다.

『아홉 살 인생』 문장 탐구 활동

나는 항상 학생들에게 '선생님이 제시한 것은 예시일 뿐이니 활동 이름도 자신이 바꾸고 싶으면 바꿔도 되고, 자신만의 방식으로 작성하면 더욱 좋겠다.'라고 이야기한다. 그러면 학생들은 '나만의 단어장'을 '앗! 내가 몰랐던 새로운 단어탐험', '내게 꽂힌 단어 찾기' 등으로 이름을 바꿔서 자신이 주인이 되는 배움의 탐험 길을 떠난다. 생각해 보라. 누군가 정해 놓은 것 그대로만 하도록 강제한다면 시키는 학습으로 이해하게 되고 자신만의 길을 개척할 틈이 없지 않겠는가? 나는 배움과 성장이라는 단어를 무척 좋아한다. 그래서 학생들과 함께하는 활동지나 대화 속에 배움과 성장이라는 단어가 많이 등장한다. 그리고 스스로 자신의 성장을 위해 선택하는 기회를 제공하고자 노력하는 편이다. '책에 적는 배움', '쓰면서 알아 가는 배움', '성장하기 위해 꼭 하기', '더 성장하고 싶으면 하기'를 하면서 시나브로 학생들의 몸과 마음에 배움과 성장이 스며드는 시간이기를 바란다.

중학생이라도 어휘력에 대한 탄탄한 기반이 부족하다 보니 문맥을 이해하는 것도 어려워하고 쉽고 빠른 속도로 읽고 중요한 줄거리만 파악하며 책을 대충 읽는 습관이 몸에 배어 있다. 책을 읽으면서 모르는 낱말이 나와도 사전이나 매체를 활용하여 찾는 활동은 거의 하지 않는다. 이 수업은 단순히 어휘력을 키우기 위한 것이 목적이 아니다. 책을 읽으면서 모르는 낱말이 나오면 그냥 넘기지 않고 찾아보게 하고 그 낱말의 뜻을 통해 문장의 의미를 이해하고 앞뒤 흐름을 스스로 추측하도록 한 것이다. 누군가의 설명을 통해 이미 먹기 좋게 만들어 놓은 음식을 먹는 것이 아니라, 자기 스스로 낱말의 의미를 통해 책의 내용을 곱씹을 수 있도록 한다. 그 낱말의 비슷한 말, 반대말, 관련되는 낱말 등을 자기만의 방식으로 정리하는 과정을 거쳐 자기 해석과 자기 방식을 만들어 가는 것이 목적이다.

학생들은 두 시간 연속 블록타임 동안 국어사전을 넘기고 자신만의 방식대로 정리하고 메모하며 '나만의 단어장'을 만들어 갔다. 학생들 중에는 '틈바구니'가 '바구니'의 종류 중 하나인 줄 알았다고 말해서 다 함께 웃기도 하고, 자신도 그렇게 생각했다며 여기저기서 공감하는 말도 쏟아냈다. 학생들에게 활동한 후 소감을 물었더니, '처음에는 무척 귀찮았다. 모르는 단어 뜻만 선생님께서 간단히 설명해 주시거나 이해만 하면 되지, 왜 책을 읽으면서 메모하고 정리하는지 이해하기 어려웠다. 거기에 반대말, 비슷한 말, 문장 탐구까지 꼭 해야 하나 싶었다. 그런데 다 하고 보니 단어 하나에도 이렇게 다양한 관계들이 얽혀 있다는 것을 알았다. 그 뜻을 알고 난 후, 다시 작품을 읽으니 주인공이 말한 주변 상황도 더 잘 이해할 수 있었다.'라고 했다.

'나만의 단어장'을 매번 이런 식으로 하지는 않는다. 그러나 학생들

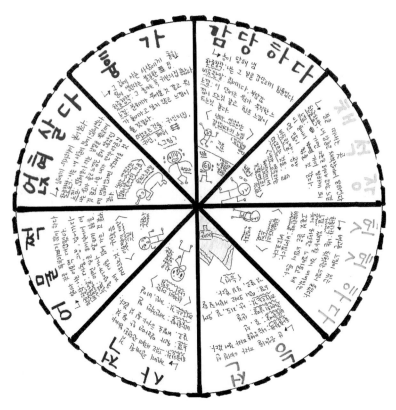

『아홉 살 인생』 나만의 단어장

이 책을 빨리 읽는 것에 습관화되어 있고, 슬로리딩을 처음 접해 본 학생들이라면 멈추고 생각하면서 곱씹는 연습이 필요하다. 단어를 알아 가는 과정을 단순히 뜻만 알고 넘어가는 것이 아니라, 그 단어와 관련된 반대말, 비슷한 말, 느낌 등을 자신의 방식으로 정리하면서 계속 '멈추고 생각하는' 연습을 한 것이다. 그리고 무엇보다 한 가지에 파고들며 몰입하는 경험을 이런 방식의 '나만의 단어장'으로 한 것이라 이해하면 좋겠다.

문맥의 흐름을 통해 추측하는 연습을 하기 위해서라면 단어의 뜻을 작품에 바로 메모하는 편이 훨씬 효율적이다. 간단히 메모한 단어의 뜻을 바탕으로 상황과 문맥의 흐름을 익히도록 하면 된다. 작품에 따라, 수업의 의도와 방향에 따라 나도 이와 같은 방법을 병행했다. 내 교실의 학생들에게 어떤 배움을 줄 것인지, 그러기 위해서 무엇이 필요하고, 어떻게 하는 것이 효율적인지는 그 수업 시간 배움의 중심에 따라 선택하면 될 것이다.

이문열의 『우리들의 일그러진 영웅』을 중학교 2학년 학생들과 슬로리딩하면서 학생들이 정리한 '나만의 단어장'을 살펴보면서 이야기를 이어 나가 보자.

📓 [청소년 작가님들의 슬로리딩 흔적]

나만의 단어장 만들기 [앙심](85쪽)

- 뜻: 원한을 품고 앙갚음하기를 벼르는 마음
- 내 맘대로 한 줄 창작: 그의 눈에는 앙심이 품어져 있었다.
- 작품 속 문장해석: "그동안 맺힌 앙심은 내 주먹을 한층 맵게 해 주어 번번이 통쾌한 승리를 내게 안겨주었다." → 병태가 그동안 원한을 품고 앙갚음하려 했던 마음이 병태가 더 잘 싸울 수 있도록 북돋워 주었다.

🖋 [청소년 작가님들의 슬로리딩 흔적]

- (26쪽) 작품 속 문장: 가엾으신 어른, 이제니까 나는 당신을 이해할 듯도 하다.

- 내 맘대로 문장해석: 어릴 때는 석대의 독재를 비판하는 것이 아니라, 오히려 그 자리에 오르도록 노력하라는 아버지의 말씀이 이해되지 않았는데, 크고 나서 생각해 보니 아버지가 중앙의 좋은 직책을 맡고 계시다가 지방 시골로 밀려난 상황이었기에 왜 그렇게 나에게 말씀하셨는지 조금은 이해될 것 같다는 의미이다.

- (42쪽) 작품 속 문장: 그렇지만 '묵시적 강요'라는 개념을 몰랐던 나는 그것을 아무런 흥 없는 증여로만 알아왔는데, 그날은 그나마 최소한의 그런 형식도 무시될 것만 같았다.

※ [꼬리 물고 단어 찾기] '묵시': 간섭하지 않고 무엇을 묵묵히 지켜만 봄.

- 내 맘대로 문장해석: 병태는 지금까지 '묵시적 강요', '강요 아닌 강요'라는 개념을 몰랐기에 아이들이 엄석대에게 바치는 행위는 그저 무엇을 주는 행위라고만 생각했다. 이 문장에서 '묵시적 강요'라는 것은 엄석대가 대놓고 아이들에게 강요한 것은 아니지만, 아이들이 석대에게 물건을 바치도록 하는 분위기를 말한다고 생각한다. 이런 분위기가 이미 형성되어서 항상 석대에게 무언가를 바치는 것이 당연했는데, 그날은 그런 것조차 무시될 것 같았다는 말이다.

🖋 [청소년 작가님들의 슬로리딩 흔적]

- (13쪽) 힘: ① 사람과 동물에 있어서 스스로 움직이거나 남을 움직이게 하는 근육의 작용, 기운 ② 〈물리〉 정지하고 있는 물체의 운동을 일으키고 또 움직이고 있는 물체의 속도를 바꾸거나 운동을 그치게 하는 작용 ③ 도움이 되는 것(예: 네가 큰 힘이 된다) ④ 일출하는 능력 ⑤ 견디거나 해낼 수 있는 한도 ⑥ 알거나 깨달을 수 있는 학식 ⑦ 세력이나 권력 ⑧ 은혜, 은덕 ⑨ 효력, 효능 ⑩ 폭력

• 내 생각 정리: 『우리들의 일그러진 영웅』 13쪽에는 총 두 번 '힘'이라는 단어가 사용되었다. 첫 번째는 "내 아버지의 직업도 경우에 따라서 내게 큰 힘이 될 만했다"이다. 이 문장에서의 '힘'의 뜻은 ③ 또는 ⑦이라고 생각한다. 둘 중에서 어느 것으로 해석해도 비슷한 이유는 다음과 같다. 이 상황에서 주인공 한병태에게 도움이 되는 것은 바로 '권력, 세력'이기 때문이다. 그러므로 이 장면에서 한병태는 '서울에서 온 아이'라는 이미지로 전학 온 학교의 학생들보다 자신이 더 우월하다는 것을 보여주고 싶어 한다는 과시의 뜻으로 보인다.

'나만의 단어장'은 단순히 뜻 정리에 그치지 않는다. 그 단어가 사용된 작품 속 문장을 해석하고, 자신의 의견과 생각을 덧붙이는 과정으로 이어진다. 교사는 학생들이 이 과정을 통해 단어를 출발점으로 한 사고의 확장으로 이어지도록 도와야 한다. 학생들은 단어가 가진 사소한 의미도 그냥 스치지 않도록 연습했다. 단어의 뜻에 나온 '묵시'라는 낯선 단어를 다시 꼬리 물고 찾으면서 자기만의 정리 방법도 깨우쳤다. 물론 이렇게 연습하고 자신의 생각으로 정리하는 데까지는 많은 시간과 노력이 들었지만, 충분한 가치가 있는 작업이다.

특히 '힘'은 대부분 놓치기 쉬운 단어이지만, 작품 속 상황과 등장인물의 심리와 잘 연결한 좋은 배움이다. 이 학생은 주인공 한병태의 상황을 '힘'의 뜻과 연결하면서 작품 속 인물의 심리까지 추측했다. 교사인 나도 유심히 살펴보지 못한 부분이라 그 학생에게 폭풍 칭찬과 함께 나머지 열한 개 반 학생들에게도 좋은 예시로 공유했고, 교사인 내가 학생에게서 배웠던 행복한 경험이었다.

작품 속 단어를 깊이 이해하다 보면, 그 단어를 둘러싼 사회문화적 인식으로까지 확대되며 샛길 활동으로 연결되는 경우도 많다. 교사가 제시한 샛길 활동 외에 학생 스스로 단어와 문장을 깊이 이해하면서 작품 속 사회문화적 상황에 대한 인식으로 이어지고, 궁금증은 배움으로 확장되는 것이다. 강요하고 주어진 배움이 아니라, 스스로 파고 들고 알아 가며 깨우치는 자기주도학습이다.

2017년, 중학교 2학년 학생들과 슬로리딩 수업으로 시 감상 슬로리 딩을 접목할 때였다. 학생들이 도달해야 할 성취기준과 관련된 배움 의 핵심지식이 작품에 반영된 사회문화적 상황 알기였다. 그렇다면 시 에 반영된 시대적 특징이 반영된 시어 등이 분명히 있을 터였다. 이를 '나만의 단어장'과 연결하여 시대적 상황을 반영한 샛길 탐험으로 실 시해 보면 좋을 것 같았다. 그래서 '나만의 단어장과 연결한 샛길 활 동'으로 시가 창작된 당시의 사회문화적 상황을 알 수 있는 시어 찾기, 찾은 시어와 관련된 정보와 자료를 바탕으로 당시 사회문화 상황 추 측해 보기, 이 내용들을 자기만의 방식으로 구조화하고 정리하기로 진행했다. 학생의 기호에 맞게 각자 그림, 이미지, 문장, 표, 단어, 다 양한 맵 등을 자유롭게 활용하도록 했다. 신경림의 「가난한 사랑 노 래」를 한 행 한 행 천천히 곱씹어 음미하는 시간에 학생이 작성한 내 용을 살펴보면 쉽게 이해할 수 있다.

[청소년 작가님들의 슬로리딩 흔적]

1) 방범대원: 범죄가 생기지 않도록 막는 사람

☞ [학생 생각] 단어에서 출발한 나의 궁금증을 따라가 보자. 오늘날의 경찰과 비슷할
까?

2) 경찰: 사회의 안녕과 질서를 위해 국가의 권력으로 국민에게 명령, 강제하는 행정
작용 또는 그 조직

※ [꼬리 물고 단어 찾기] '안녕': 탈 없이 무사함, 평안함

☞ [학생 생각] '짱구는 못말려'의 '떡잎마을 방범대원'들은 떡잎마을의 범죄가 생기지
않도록 막는 사람들이었구나!

☞ [샛길 생각] 시가 창작될 당시 사회문화적 상황을 알 수 있는 시어 '방범대원'과 경
찰의 차이점을 알아보자. 방범대원은 방범대의 소속으로 오로지 도둑

을 비롯한 범죄를 막는 일에 종사하지만, 경찰은 좀 더 폭넓게 국가 사회의 공공질서와 안녕을 보장하고 국민의 안전과 재산을 보호하는 일을 한다.

3) 호각: 신호용으로 쓰는, 불어서 소리 내는 물건(유의어: 호루라기, 영어: whistle)

　　※ [꼬리 물고 단어 찾기] '휘파람': 입술을 오므리고 혀끝으로 입김을 불어서 맑게 소리 내는 짓

☞ [샛길 생각] 호각과 휘파람, 뭐가 다를까? 호각과 휘파람은 둘 다 영어로 whistle이지만, 호각은 소리를 낼 수 있는 '물건'이고, 휘파람은 소리를 낼 수 있는 '행동'

4) 육중한: 덩치가 크고 무거운

　　※ [꼬리 물고 단어 찾기] '무겁다': 무게가 많다, 가볍지 않다.

☞ [샛길 생각] '육중하다'와 '무겁다'는 동일한 의미가 아니다. 흔히들 덩치가 크면 무겁다고들 생각해서 '육중하다'와 '무겁다'가 같은 뜻이라고 생각하지만, 덩치가 작음에도 불구하고 무거운 '추'와 같은 물건도 있으므로 '육중하다'와 '무겁다'는 동의어로 볼 수 없다고 생각한다.

☞ [샛길 시 짓기] 이 시의 가난한 주인공 청년이 불법으로 새벽까지 근무하고 집에 가던 도중에 방범대원과 마주쳐서 공포감에 사로잡힌 이야기를 시로 지어 보고 싶다. '방범대원이 걸어온다, 또각또각/ 휘익 하고 불리는 호각 소리/ 터져버린 고요한 울음/ 가난 때문이 아니라고, 애써 나를 다독여 본다.'

이 학생은 한 학기 동안 시 한 편, 단편소설 한 편을 슬로리딩하며 익혔다. 그리고 같은 해 2학기, 「가난한 사랑 노래」를 대상으로 단어로 출발한 배움 확장을 통해 자신만의 개성과 빛깔이 담긴 '나만의 단어장'과 '샛길 생각'을 개척했다. 단어 하나에서 출발한 궁금증으로 시에 반영된 사회문화적 상황과 시대적 특징을 이해함은 물론, 자신의 배움의 연결 고리까지 확장했다. 엄선한 작품을 깊이 있게 이해하

는 작업에서 궁금하고 알고 싶은 배움의 욕구가 끝없이 펼쳐질 수 있음을 이 학생으로부터 확신했다.

2017년 2학기 동안 슬로리딩할 작품으로 하근찬의 「수난이대」를 선택했다. 「수난이대」는 일제강점기 징용을 갔다가 한쪽 팔을 잃은 아버지 박만도와 6·25전쟁에서 다리를 잃은 아들 박진수를 통해 역사적 아픔과 고난을 이겨 나가는 우리 민족의 모습을 담았다. 이 작품에서는 모르는 낱말의 뜻은 작품에 간단히 메모하도록 하고, 작품 속 역사와 사회적 상황과 관련되거나 시대적 배경을 알 수 있는 단어들을 꼼꼼하게 정리한 '나만의 단어장'을 만들기로 했다. 단어 간의 관련성과 궁금증을 연결한 과정이 구체적으로 드러나도록 도화지와 육각형 색종이를 배부했다. 「수난이대」에 나오는 단어들 중에서 작품 속 역사와 사회적 상황과 관련하여 다양한 지식으로 확장하고 싶은 단어를 각자 두 개씩 선택하고 이를 확장할 때마다 관련어를 색종이에 적도록 했다. 이 활동은 단순히 낱말 정리에 그치는 것이 아니라, 관련되는 다양한 항목과의 연계를 눈으로 보고 손으로 정리하면서 작품과의 관련성을 고민하도록 한 것이다.

예를 들어 '징용'을 선택했다면, 육각형의 한 면을 다른 육각형 색종이로 이어 붙이면서 '뜻'을 적고, 도화지 바탕에 관련 내용을 자세히 메모한다. '반대말', '비슷한 말' 등을 다시 육각형 한 면에 이어 연결하고 도화지 바탕에 메모하는 식이다. 이런 식으로 '징용'이라는 단어와 관련된 나만의 단어장은 뜻, 반대말과 비슷한 말, 간단히 이미지로 표현하기, 관련 단어 조사하기, 내 맘대로 한 줄 창작하기 등으로 다양하게 연결되도록 하였다. 이와 같은 과정으로 작품에 나타난 역사, 사회적 상황과 관련되는 다양한 정보를 관계망을 통해 연결해 보도록 했다.

나만의 단어장 만들기 [징용]

- 뜻: 국가의 권력으로 국민을 불러서 씀
- 「수난이대」속 본문 적기: 징용에 끌려나가는 사람들이었다.

  ※ 샛길 지식: 일제는 징용을 통해 우리나라 사람들 중 많은 수를 무기나 군사 시설을 만들고 광산에서 광물을 캐는 등 전쟁을 지원할 노동자로 뽑았다. 약 2만 명의 조선 젊은이들이 지원병으로 입대, 약 12만 명의 조선인들이 군 소속으로 일했다. 일제가 제2차 세계대전 중에 징용으로 조선인들을 끌어들였고, 심지어 학생 신분의 아이들도 학도병이라는 이름으로 전쟁에 동원했다.

- 「수난이대」본문 속에서 사람들이 징용으로 끌려간 곳

  ① 북해도 탄광 ② 남양 군도 ③ 만주
- 비슷한 말 찾기: 징병
- 징용과 징병의 차이: 일제가 침략전쟁을 수행하기 위해서 조선의 젊은이들을 군인으로 뽑아간 것은 '징병', 전쟁의 지원을 위해 수많은 조선인들에게 특정한 노동을 하도록 강요한 일은 '징용'
- 관련 단어 찾기: 창씨개명, 일본군, 위안부, 지원병제, 민족말살정책
- 내 맘대로 한 줄 창작: 일본의 징용 때문에 끌려간 많은 조선 젊은이는 그들의 청춘뿐만 아니라 삶을 송두리째 빼앗겼다.

단어 하나에 담긴 역사적 인식과 관련 정보는 학생으로 하여금 「수난이대」의 아버지 박만도의 치열했던 삶과 상처를 다시 되새겨보게 하고, 그들의 이야기에 귀 기울이게 한다. 이것은 역사책을 통해 얻을 수 있는 지식과 정보 그 이상의 감동이며 작품에 다시 몰입하게 하는 힘을 선물한다. 두 시간을 꼬박 투자해야 도화지에 자신만의 단어장을 만들 수 있을 정도로 고된 작업이지만, 학생들에게 분명 유의미한

「수난이대」 나만의 단어장

슬로리딩 과정이었다. 남은 나의 과제는 아이들이 단어 하나에도 궁금할 수 있도록 지지하고 끌어주며 함께 가는 것이다. 이 고민은 그 때도 지금도 앞으로도 계속해야 할 큰 과제이다.

'나만의 단어장' 활동은 여러 면에서 활용도가 높다. 중학교 학생이라면 단순히 단어의 뜻만 정리하는 것은 '알찬 단어장'이라고 할 수 없다. 단어를 활용한 짧은 문장을 한 줄 만들어 보는 것은 물론, 그 단어가 사용된 작품 속 문장의 앞뒤 문맥을 고려하여 추론하는 힘까지 확대해야 한다.

'나만의 단어장'이 매력적인 것은 이런 단계를 넘어 다양한 영역으로 확대하는 첫 단추가 된다는 데 있다. 「가난한 사랑 노래」나 「수난 이대」의 '나만의 단어장'은 단어의 뜻 알기에서 머물지 않았다. 사회문화적 상황, 역사나 시대적 상황과 관련지은 샛길 생각으로까지 확대했다. 출발은 하나의 단어였지만, 펼쳐진 것은 다양한 영역으로 사고를 확대할 수 있도록 펼쳤다.

이런 식으로 질문 활동과 연결할 수도 있고, 샛길 탐구와 연결할 수 있는 시작점에 '나만의 단어장'이 있다. 이 점을 잘 활용하면 일석이조의 배움을 얻을 수 있다는 점을 기억해 두자.

[확장]

읽고, 연결하고, 나누다

하나.
너와 나의 생각에 날개를 달다

2016년, 『어린 왕자』를 슬로리딩하며 천천히 깊게 읽는 즐거움을 학생들과 처음 맛보았을 때이다. 학생들과 좀 더 자유롭게 생각과 의견을 나누고 싶었다. 아이들의 가슴속에 깊이 스며든 단어나 문장, 대사, 장면에 대해 좀 더 깊이 나누는 것은 나와 너의 생각에 날개를 달 수 있는 무한한 가능성을 내포한 배움이 될 수 있다. 나로만 멈추는 생각이 아니라 함께 나누고 곱씹는 시간은 학생들의 현재 시점에서도 소중하지만, 미래 시점에도 귀하다. 먼 훗날 어른이 되어 이 시간을 돌아보며 친구들과 함께한 『어린 왕자』가 어떤 에너지로 거듭날지 모른다. 그 힘으로 새롭게 『어린 왕자』를 펼쳐 보며 또 다른 생각의 날개를 달 수도 있다. 감상과 생각을 자유롭게 나누기 가장 좋은 방법은 토론이다. 반드시 정해진 규칙과 형태를 고수할 필요는 없다. 많은 아이와 이야기할 수 있는 활동으로 작품을 음미하고 자신의 생각을 확장하는 경험을 제공한다면 그것으로도 충분하다.

학생들에게 처음부터 토론하자고 제안하면 부담스러워하는 경향이 있다. 그래서 『어린 왕자』를 읽고 가장 인상적인 부분을 자유롭게 이야기하고, 그와 관련된 핵심단어로 정리해 보도록 했다. 핵심단어와 관련된 대주제 질문과 소주제 질문을 다 같이 만들어서 자유롭게 대화하기로 했다.

『어린 왕자』 작품 내용 중 가장 인상적인 부분을 선택하여 1인 1포스트잇으로 적어 소개해 보았다. '나만의 어린 왕자 물고기 낚시하기'라는 활동으로 서로 돌아가며 어느 부분이 가장 좋았는지 발표하고 이야기했다. 친구들이 작성한 포스트잇 중에서 각자 한 장을 선택하고 함께 읽으며 그 친구의 의견이 왜 좋았는지도 나누면서 생각과 감상은 더욱 깊이 있게 더해 갔다. 그리고 친구들의 의견을 바탕으로 『어린 왕자』와 관련된 핵심단어를 자유롭게 발표해 보았다. '길들이다', '관계', '순수성', '인생의 가치', '소중한 친구' 등이 나왔고, 이 중에서 한 가지를 깊이 이야기하고 토론하기로 했다.

'길들이다, 의미 있는 관계, 인연을 맺다'

학생들의 선택은 '길들이다'였고, 학생들과 함께 의견을 나누며 핵심단어를 다듬었다. 학생들은 어린 왕자의 내용 중 제21장의 내용이 좋았다고 했다. 전체 투표를 통해 '길들이다'와 관련된 토론의 큰 질문(BQ)을 정하고 그와 관련되거나 뒷받침할 만한 작은 질문(SQ)을 학생들과 함께 협의하여 고심 끝에 선정했다. 이 내용을 두 명씩 짝을 지어 다양한 맵으로 표현하면서 각자 의견을 나누고 정리했다. 본격적인 토론에 앞서 질문을 중심으로 『어린 왕자』를 다시 곱씹어 보는 토론 전 활동이 탄탄하게 준비되어야 본 토론에 들어가서 아이들이 이야기할 거리가 많아진다. 본 토론 활동으로 회전목마토론[12]을 실시하여 토론주제에 대한 다양한 생각을 공유하고 각자의 입장을 이해하는 기회를 가졌다. 중학생들은 반 전체 친구들을 대상으로 자신의 의견을 조리 있게 발표하기를 부담스러워할 때가 있다. 주저하는 모습

---

12) 회전목마토론은 둥근 원형의 배치를 두 줄로 하되, 안쪽과 바깥쪽으로 한다. 놀이공원 회전목마처럼 안쪽 줄과 바깥쪽 줄이 동시에 따로 움직이는 형태의 토론 활동이다. 안쪽은 주장하고 바깥쪽은 그 주장에 대한 반론을 하되, 1회당 발언 시간은 2분 내외로 한 후, 각자 오른쪽 자리로 이동하여 새로운 사람과 마주하여 토론을 진행한다. 몇 번 진행한 후, 그 자리에서 역할을 교체한다. 바깥쪽이 주장하고 안쪽은 그 주장에 대한 반론을 1회당 2분 내외로 한 후, 각자 오른쪽 자리로 이동하여 새로운 사람과 토론한다. 교실의 배치가 원형이 어렵거나 학생 인원수가 적을 경우는 두 명이 마주 보도록 배치하여 한 명이 오른쪽으로 1회당 한 번 이동하여 새로운 친구들과 이야기할 수 있도록 해도 좋다.

이 많다면 일대일 형식으로 이야기하도록 하되, 회전목마처럼 돌아가며 여러 친구를 만나 다양한 이야기를 나누도록 했다.

큰 질문(BQ)으로 '나는 과연 누군가를 길들이거나 누군가에게 길들 수 있는 존재인가?'를 제시했다. 이와 관련된 작은 질문(SQ)으로 '여우가 말한 길들임은 무슨 뜻일까?', '어린 왕자에게 자기 별의 장미꽃은 세상에 하나밖에 없다는 것은 무슨 뜻일까?', '어린 왕자가 꽃에게 길들었다고 생각한 이유는 무엇일까?', '어린 왕자가 길들인 장미에 책임이 있다는 것은 무엇을 의미할까?', '어린 왕자가 여우를 길들인 후 서로 어떤 생각과 감정을 가지게 되었을까?', '중요한 건 눈에 보이지 않는다는 의미를 당신의 장미꽃을 그토록 소중하게 여기는 것은 당신이 그 꽃에 바친 시간 때문이라는 말과 연관 지어 설명할 수 있는가?', '비행기 조종사인 등장인물 나와 어린 왕자가 서로 길들었다고 생각하는가? 그렇게 생각하는 이유는 무엇인가?', '자신에게 길든 대상이 있는가?'를 제시했다. 나는 이 질문들을 중심으로 학생들이 『어린 왕자』에 등장하는 '길들이다'를 새롭게 사고하고 작품을 읽으며 혹여라도 무심히 지나친 부분을 다시 곱씹으며 친구와 대화해 보기를 바랐다.

기대했던 것보다 적극적으로 친구들과 대화하며 고민하는 모습이 보기 좋았다. 학생들은 여우가 말했던 '길들이다'와 관련된 대사들을 다시 읽으며 각자의 의견을 나누고 상대방의 생각에 공감하며 귀를 기울였다. 질문들에 대해 각자 두 부분으로 나누어 정리하고 이야기하면서 '나'의 생각만으로 멈추지 않고 '너'의 생각을 통해 새로운 '우리'로 연결되는 경험을 했다. 토론 전 활동의 대화는 본격적인 토론을 위한 생각을 정리하는 것이므로 학생들이 충분히 소통하도록 했다. 본격적인 토론을 위해 두 줄로 마주 보도록 배치하고 여러 명의 학생을 만날 수 있도록 오른쪽으로 한 칸씩 이동하여 새로운 친구와 대화할 수 있게 했다.

'나는 과연 누군가를 길들이거나 누군가에게 길들 수 있는 존재인가?'에 대한 학생들의 의견과 근거는 매우 다양했다. '길들이거나 길들 수 있다.'라는 주장에 대한 근거로 '진심을 다해 내가 소중하게 생각하면 누군가가 소중하게 생각되고 길들 수 있다', '우정과 사랑을 쌓는 일도 인연을 맺고 관계를 맺는 우리들의 일상이다', '공동체 생활의 가장 기본적인 관계이고 기초이기 때문이다', '어린 왕자의 길들이다는 사전적인 의미가 아니다', '한 사람이 다른 사람을 강압적으로 통치하는 것이 아니라 소중한 인연을 맺는다는 것이다', '우리는 살아가면서 많은 사람과 인연을 맺고 살아가므로 길들고 길들이는 존재이다', '사람들이 자유롭게 홀로 살고 싶은 사람도 있으나 애완동물을 키우고 길들이는 것이 가능하기 때문이다', '다른 사람과 공동체 생활을 하면서 소통하고 몸과 마음이 성숙해지기 때문이다', '누구나 가족·친구·자기 자신이라는 존재가 있는데 아무리 이들이 싫어도 그 사람에게도 사랑과 감정이 있기 때문이다' 등이 있었다.

'길들이거나 길들 수 없는 존재이다.'라는 주장에 대해서는 '서로 관계를 맺으며 친해질 수는 있지만 서로에게 잡히거나 묶여서 개인의 선택·삶의 선택을 방해받을 수는 없기 때문이다', '가족끼리도 배신하는데 친구라고 배신하지 않는다는 보장도 없기 때문이다', '단순히 인연을 맺어서 좋은 일을 겪을 수도 있으나 그 인연 맺음으로 나에게 불행이나 재앙이 닥칠 수도 있다', '길들어서 기다림이 많아지고 오히려 그것 때문에 싸움이나 오해가 생길 수 있어서 힘들어지기 때문이다', '많은 사람이 무슨 일이 생길 때 자신의 선택으로 결정할 수 있는 일들을 다른 사람의 선택으로는 결정할 수 없기 때문이다' 등의 근거가 있었다.

본격적인 토론을 통해 사고의 변화가 발생한 경우도 있었는데, 그 지점이 더욱 흥미로웠다. 한 학생은 토론 활동 준비 단계에서는 "누군가를 길들이거나 누군가에게 길들 수 있는 존재이다. 왜냐하면 '길들다'라는 뜻은 사육적으로 길든 것이 아니라 오랜 시간을 거쳐서 특별한 관계를 맺어 '나에게 단 하나밖에 없는 것'을 말하기 때문에 누군가를 길들이거나 누군가에게 길들 수 있는 존재라고 생각한다."라고 했다. 그러나 여러 친구와 토론 활동을 한 후에는 "나는 누군가를 길들이거나 누군가에게 길들 수 없는 존재라고 생각한다. 왜냐하면 서로 관계를 맺으며 친해질 수는 있지만 서로에게 잡히거나 묶여서 개인적인 삶의 선택을 방해받을 수는 없다고 생각하기 때문이다."라고 했다. 친구들과 생각을 주고받는 과정에서 자신의 생각을 처음부터 끝까지 고집하는 것이 아니라, 다양한 의견을 수용하고 인정할 수 있는 개방적인 태도를 잠재적으로 배운 것이다.

나만의 『어린 왕자』 물고기 낚시하기

토론 전 맵으로 정리하기

'길들이다' 토론 활동

토론 과정 포트폴리오 작성

『어린 왕자』 '길들이다' 생각 나누기

친구들과의 자유로운 대화로 '길들이다'와 관련된 다양한 질문과 토론에 깊이 빠진 학생들은 자신의 생각만이 옳다고 고집하지 않았다. 나의 생각과 다른 너의 생각을 들으며 결국 우리의 생각에도 변화가 있을 수 있다는 점을 배웠다. 중학교 1학년 학생들에게 '길들이다'를 이해하고 깊이 토론하는 것이 무리였을지도 모른다. 그러나 이런 경험을 통해 나와 너의 생각에 날개를 달아 더욱 성장하고 깊어진다면 얼마나 소중한 배움의 순간인가?

같은 주제로 2019년에 중학교 2학년 학생들과 『어린 왕자』를 슬로리딩하면서도 생각을 나누었다. 이 학생들은 1학년 때부터 2년간 슬로리딩 수업을 해 왔던 터라 생각을 좀 더 자유롭고 깊게 하는 편이었다. 학생들과 함께 정한 큰 질문(BQ)과 작은 질문(SQ)는 비슷했다. 다만, 소중하고 특별한 관계를 위한 노력에 대한 고민을 추가했다. 이번에는 '길들이다'와 관련한 여러 질문에 대해 개별 학생들의 생각을 깊게 곱씹고 파고들도록 했다. 그리고 짝 토론 활동을 통해 서로 의견을 나누도록 했다.

📝 [청소년 작가님들의 슬로리딩 흔적]

BQ1. 나는 누군가를 길들이거나 누군가에게 길들 수 있는 존재인가? 그렇게 생각하는 이유는 무엇인가?

SQ1. 여우가 말한 '길들이다'는 무슨 뜻일까?

[학생 생각] 어린 왕자의 "'길들인다'는 게 무슨 뜻이야?"라는 질문에 여우는 "그것은 모두들 너무 잊고 있는 것이지", "그건 '관계를 맺는다'라는 뜻이야."라고 답한다. 여우는 어린 왕자에게 자신은 아직까지 네(어린 왕자)가 필요없지만, 우리 둘이 서로를 길들이게 된다면 우리는 서로의 존재가 이 세상에 단 하나밖에 없는 특별하고도 특별한 존재가 될 것이라고 덧붙인다. '길들이다'에 대한 나의 생각은 어떠할까? 사실 나는 여태껏 '길들이다'라는 단어가 동물과 인간 사이에서 일어나는 일이라고만 생각해 왔다. 인간이 짐승

을 길들여 같이 사는 것, 나는 그것만이 길들임이라고만 생각했는데 『어린 왕자』를 읽고 나서 그 편견이 깨졌다. 여우는 관계를 맺는 아주 방대한 기준이 길들임이라고 이야기했다. 나도 여우의 이야기를 듣고 '그럴 수도 있겠다'며 새롭게 생각하게 되었다. 지금까지 '길들이다'가 옛날에는 인간이 짐승과 관계를 맺으며 서로 친밀해지는 것이라고 생각했지만, 지금은 서로가 모르는 사이에 내면에 스며드는 것이라고 생각한다. 모르는 사이에 스며들어서 무언가를 보면 그 사람이 생각이 나고 그것을 통해 행복을 얻는 것이 진정한 길들임이라고 생각한다.

SQ2. 어린 왕자가 장미꽃이 자신을 길들였다고 생각한 이유는 무엇일까?

[학생 생각] 어린 왕자가 말하기를, 자신이 물을 주었기 때문이고, 유리 덮개를 씌워 준 꽃이기 때문이고, 바람막이로 바람을 막아 준 꽃이기 때문이고, 벌레를 잡아 준 꽃이기 때문이고, 불평을 들어 주고 때로는 침묵까지 들어 준 꽃이기 때문이라고 한다. 나는 어린 왕자가 그 장미꽃에게 투자한 시간이 있고, 그 시간이 아깝지 않으며 오히려 소중하기 때문에 장미꽃이 어린 왕자를 길들인 것이라고 생각한다. 시간이 없으면 정도 없는 것처럼 누군가와 시간을 내어 만남을 갖지 않으면 정조차도 생기지 않는다. 어린 왕자가 이렇듯이 장미꽃에게도 똑같이 어린 왕자에게 투자한 시간이 있고 그 시간이 소중하므로 어린 왕자에게 길든 것이라고 생각한다.

SQ3. 서로 의미 있는 관계가 되려면 어떤 노력이 필요할지 '길들이다'와 관련지어 2가지 이상 적어 보자.

[학생 생각] 의미가 있는 관계가 되려면 어떤 노력들이 필요할까? 나는 첫 번째가 '관심을 가지는 것'이라고 생각한다. 관심을 가지고 들여다보아야 비로소 시간을 들여 만나기 때문이다. 관심을 가져야 남을 보는 눈이 뜨인다. 이처럼 누군가에게 관심을 가지고 바라보아야만 관계가 시작될 수 있고, 이것이 의미 있는 관계가 될 첫 계단이라고 생각한다. 남에게 관심이 없으면 의미 있는 관계는 둘째치고 관계의 시작조차 진행되지 않는다. 그렇게 시간을 들여 관심을 가지고 서로를 바라보게 된다면 서로를 길들이게 되

고 서로를 소중하게, 의미 있는 관계라고 생각한다. 두 번째로는 '배려하는 것'이다. 서로를 배려하고 존중해야만 관계의 지속이 될 수 있다고 생각한다. 배려하지 않으면 서로에게 상처를 주기 마련이고, 그렇게 되면 관계 지속이 어렵기 때문에 서로를 배려해 주어야 서로를 길들일 수 있다고 생각한다. 가는 말이 고와야 오는 말이 곱다고들 하는 것처럼 나부터 배려를 실천하면 상대방도 분명히 나를 배려하게 될 것이고, 그러면 서로 의미 있는 관계가 될 것이다.

[BQ1에 대한 최종 생각]

물론이다. 여우가 말한 '길들이다'라는 것은 '관계를 맺는다'라는 뜻인데, 인간은 누구나 관계를 맺으며 살아가기 때문이다. 누군가를 만나고 헤어지고, 누군가에게 관심을 갖고 흥미를 갖는 것처럼 인간은 사회적 동물이기 때문에 이러한 행동들이 너무나 당연하다. 어린 왕자에게 B612에 있는 장미꽃이 특별한 이유는 서로가 서로를 길들였기 때문이다. 이것처럼 우리도 누군가에게 마음을 주고 위로를 해 주고, 말을 들어 주고, 서로 공유하고, 좋아하고, 사랑하고, 소중해하고, 아끼고, 서로 공감하기 때문에 나뿐만 아니라 모든 생물은 누군가를 길들이거나 누군가에게 길들 수 있는 존재라고 생각한다. 생명이 붙어 있는 한 우리의 관계들은 끊임없이 새롭게 변화하고 지속되고 끊어져 나간다. 그렇기 때문에 나는 누군가에게 길들고 있고, 누군가를 길들이고 있다.

학생의 슬로리딩 흔적을 살펴보면, '길들이다'에 대한 자신의 생각과 어린 왕자와 장미꽃의 특별한 관계를 설명하면서 작품을 거의 파헤치다시피 해석하고 분석했다. 그리고 작품의 내용을 바탕으로 근거를 제시했다. 학생의 최종 생각은 단순히 혼자 고민하고 그친 것이 아니라, 친구들의 의견을 자신의 생각과 연결하고 함께 나누면서 지금까지 생각했던 '나'의 생각, '너'의 생각으로 '우리' 모두 새로운 관점에서 다시 곱씹으며 편견을 깨는 기회로 다가왔을 것이다. 나는 교실에서 아이들의 생각이 조금씩 성장하는 과정을 지켜보면서 순간의 한 걸음에만 멈추지 않고 두세 걸음 나아갈 수 있는 힘으로 계속해서 생각

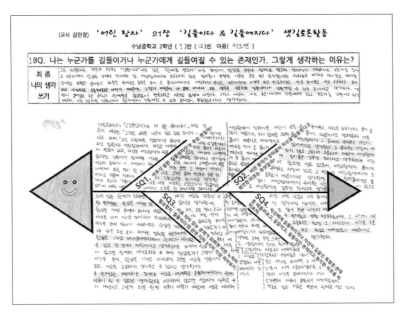

『어린 왕자』 길들이다 토론 활동

하고 그것을 나누며 글로 적도록 한다. 생각하는 힘, 말하는 경험, 글로 표현하는 과정은 함께 이루어져야 배움이 더 깊어질 수 있다. 학생들의 작성 글과 생각의 흔적이 내게 귀한 이유는 이렇게 되기까지 고민하고 멈추고 돌아보며 서로 피드백하면서 학생 스스로 자신의 길을 개척한 흔적이기 때문이다. 아이들의 생각이 자라는 과정을 관찰하면서 교사도 성장하고 슬로리딩 흔적을 통해 교사도 배운다. 학생들의 성장에 맞게 다음 수업을 설정하고 재조정하는 데에도 꼭 필요한 자료이므로 학생들의 슬로리딩 흔적을 꼼꼼히 살펴보는 과정이 교사에게는 매우 중요하다.

『어린 왕자』의 제21장을 제대로 슬로리딩하려면 '길들이다'의 의미에 대해 충분히 읽고 이해할 필요가 있다. '길들이다'의 사전적 의미는 '어떤 일에 익숙하게 하다', '(동물이나 사람을) 훈련하다'이다. 학생들이 『어린 왕자』에 등장하는 '길들이다'를 이해하기 어려울 것 같아 영어 번역

본을 찾아보았더니, 'tame'이 쓰여 있었다. 작품 속 여우는 '길들이다'를 '관계를 맺는 것'이라고 했다. 두 대상이 관계를 맺는 것은 결국 서로 익숙해지고 의미 있는 특별한 사이가 되는 것으로 해석할 수 있다.

그러나 중학생들에게는 '길들이다', '관계를 맺다', '특별하고 의미 있는 사이가 되다'라는 말이 매우 추상적으로 다가오는 것 같았다. 중학교 1학년 학생들은 '동물을 훈련하다'라는 뜻으로 계속 해석하여 더 이해하기 어려워하는 모습도 보였다. 아직 중학생이라 '길들이다'라는 말에 대해 가족이나 친구, 반려동물 정도로 국한하여 이해하는 학생이 대부분이었다. 그마저도 "저는 특별한 관계를 맺는 사람이나 대상이 없는데요."라고 외치는 학생들도 있었다.

그래서 쉽게 풀어 예를 들어 학생들과 이야기해 보았다.

"선생님은 교사니까 교복 입고 지나가는 중학생들을 보면 한 번 더 쳐다보게 된답니다. 그런데 마침 그 학생들이 우리 학교 교복을 입었다면, 그리고 선생님과 같이 수업하는 학생이라면 선생님도 그 학생도 더 반가워져요. 학교에서는 제대로 인사도 못 했던 사이라 해도, 학교 밖에서 우연히 마주치면 얼마나 반갑던지요. 이게 바로 그 학생과 선생님은 서로 길들인 관계가 아닐까 싶어요. 옆의 다른 중학교 학생이면 선생님은 그냥 의미 없이 스쳐 지나갔겠죠? '음, 중학생이구나.'라면서요. 그렇지만 우리 아이들이니까 반갑고 눈이 커지고 나도 모르게 웃으면서 인사하게 되는 거지요. 선생님한테 여러분은 어린 왕자가 자신의 별에서 함께했던 단 한 송이의 장미꽃이랍니다. 지구의 몇천 송이의 장미꽃은 다른 중학교 학생들이겠죠? 그 장미꽃을 몇천 송이를 줘도 내 장미꽃인 우리 학생들과 바꿀 수가 없는 거지요."

"선생님이 좋아하는 친구랑 자주 가는 카페와 산책길이 있어요. 예전에는 그 카페와 산책길은 일상에서 크게 의미가 있는 곳은 아니었지만, 그 친구와 친해진 후 자주 간 곳이 그곳이고, 친구와 함께했던 시간들이 행복해서 선생님한테는 매우 따뜻하고 소중한 추억의 장소가 되었어요. 그래서 그 카페에 다른 사람과 잠시 가도 그 친구 생각이 나고, 그 산책길을 지나도 그 친구와 함께했던 추억이 떠오르죠. 어때요? 선생님과 그 친구는 길들인 관계라고 할 수 있겠죠? 어린 왕자가 여우를 길들인다면, 이전에는 여우가 빵을 먹지 않기 때문에 아무 의미 없던 밀밭이 어린 왕자의 금발을 떠올리게 해서 어린 왕자를 보고 싶게 만드는 거랑 똑같습니다."

학생들에게 조금 더 풀어 설명하면서 교사인 내가 더 행복한 시간이었다. '길들이다'를 곱씹으며 개인적 추억까지 떠올라 잠시 감성에 빠지기도 했다. 아직 어린 학생들이라 선생님의 설명도 어렵게 느낄 수도 있다. 그러나 지금 모두 알지 못했다고 해서 실망할 필요는 없다. 다음 시간, 혹은 그다음 해에 문득 『어린 왕자』를 펼치다가 스스로 자신의 경험을 떠올리며 지난날 선생님의 짠내 나는 이야기와 눈빛으로 행복한 순간이 올 수도 있다.

둘.
한 걸음 더 나아가다

    학생들에게는 부분적인 조각 글의 단편적 감상이 아닌, 온전한 한 작품을 깊이 있게 읽는 경험이 필요하다. 오롯이 한 작품과 소통하고 앎과 삶이 어우러진 몰입독서를 통한 배움은 알찬 성장으로 이어진다. 나는 국어시간 몰입독서를 통해 자신의 삶을 들여다보며 진정한 삶의 가치와 특별하고 소중한 관계에 대해 재해석함으로써 건강한 인간성을 회복하는 기회를 주고 싶었다. 학생들과 함께 『어린 왕자』를 슬로리딩하면서 진정한 삶의 가치와 특별하고 소중한 관계를 성찰하는 시간을 갖고 싶었다. 특히 『어린 왕자』를 천천히 깊게 읽으면서 중요한 삶의 가치와 관계를 고민하고, 소중하고 특별한 관계를 위해 각자 어떤 노력을 할지 생각해 보는 시간을 가졌다.

    청소년 시기 중학생들이 하는 가장 큰 고민 중 하나는 관계이다. 그중에서도 친구 관계가 단연 으뜸이다. 청소년 시기에 건강한 관계를 맺는 것, 관계 맺기에 대해 깊이 고민해 보는 것은 무척 중요한 배움이다. 요즘 아이들은 골목 놀이 문화를 모르는 세대이다. 한 동네의 언니, 오빠, 동생과 함께 놀이를 통해 협력, 배려, 양보, 갈등과 해결 과정을 익힌 아이들이 거의 없다. 갈수록 출산율이 저조한 사회적 흐름 속에서 학생들이 다양한 관계를 맺으며 삶의 지혜를 익힐 기회가 적은 것이 사실이다. 그래서인지 해를 거듭할수록 친구 관계를 어려워하는 학생이 늘고 있다. 좋아하는 친구에게 먼저 다가가는 것부터 낯설어하는 아이들도 있다. 누군가가 자신에게 맞춰 주고 배려해 주기만을 기다리기도 한다.

그러나 교실에서『어린 왕자』를 읽으며 어린 왕자와 장미꽃, 어린 왕자와 여우의 '길들이다'를 다른 작품과 관련지어 더 깊이 고민하고, 자신에게 특별하고 의미 있는 대상을 생각해 보는 시간으로 관계의 물꼬를 트면 어떨까? 또 앞으로 행복하고 건강한 관계를 유지하기 위해 각자 어떤 노력을 할 수 있을지 깊이 들여다보는 것은 앞으로의 행복한 삶을 위해서도 꼭 필요하다.

　그래서 중학교 2학년 학생들과『어린 왕자』의 '길들이다'를 슬로리딩 한 후, 좀 더 확장할 만한 작품이 있으면 좋을 것 같았다. 의미 있는 관계성, 너와 나의 만남, 인생에서 소중한 관계 맺음의 가치 등을 담은 작품이면 '길들이다'에서 또 한 걸음 나아가 생각하고 세상을 한층 깊게 이해하는 시선이 생길 수 있다. 여러 작품을 찾는 작업이 시작되었고, 그중에서 김춘수의 시「꽃」이 내 눈에 들어왔다. 그렇다. 『어린 왕자』속 '길들이는' 과정은 김춘수의 시「꽃」에 등장하는 '이름을 부르는' 행위와 너무나 닮아 있다. 그래서 탄생한 것이『어린 왕자』의 길들이다와 김춘수의「꽃」샛길 시 탐구 활동이다. 어린 왕자와 장미꽃이 길들인 것처럼 누군가가 '나의 이름을 불러 주고, 내가 그에게로 가서 꽃이 되고 눈짓이 되는 것'을 깊게 탐구한다면 '관계'에 대한 이해는 더욱 심화될 것이다. 더불어 학생들 각자의 생각도 한 걸음 더 확장될 수 있는 기회가 될 수 있다.

　학생들과 함께 나눈 큰 질문(BQ)은 "'하나의 몸짓'에 지나지 않았던 존재가 이름을 불러 주었을 때, 그 사람에게 '꽃'이 되고, '잊혀지지 않는 하나의 눈짓이 되었다'에 대해 어떻게 생각하는가?"였다. 관련되거나 뒷받침하는 작은 질문(SQ)으로 "(누군가의) 이름을 불러 준다는 것은 무슨 뜻일지 '길들이다'와 관련지어 설명해 보자", "'이름을 불러 주기 전의 다만 하나의 몸짓에 지나지 않았다'는 것은 무슨 뜻일까?", "(누군가에게) 꽃이 되고 (잊혀지지 않는) 하나의 눈짓이 되기 위해 무엇을 해야 할지 '길들이다'와 관련 지어 생각해 보자." 등을 제시했다.

이 활동을 하면서 친구들과 나누고 고민한 학생의 슬로리딩 흔적을 살펴보면, '길들이다'와 김춘수의 시 「꽃」의 여러 시어와 연관 지은 관계에 대한 생각들을 발견할 수 있다.

📝 [청소년 작가님들의 슬로리딩 흔적]

BQ2. '하나의 몸짓'에 지나지 않았던 존재가 이름을 불러 주었을 때, 그 사람에게 '꽃'이 되고, '잊혀지지 않는 하나의 눈짓이 되었다'에 대해 어떻게 생각하는지 나의 생각을 말해 보자.

SQ1. '(누군가의) 이름을 불러 준다'는 것은 무슨 뜻일지 '길들이다'와 관련지어 설명해 보자.

[학생 생각] '누군가의 이름을 불러 준다'는 것은 길들임의 시작을 나타내는 것이다. 관계의 시작을 나타내는 구절인 이름을 불러 줌으로써 아무것도 아니었던 그가 나에게 다가와 잊히지 않게 되는 것은 길들이는 것과 매우 유사하다. 우리는 모두 이름을 가지고 자란다. 뗄 수 없는 꼬리표와 같은 이름은 우리에게 너무나 익숙하면서 소중하다. 너무 흔하고 일상에서 너무 자주 쓰이지만, 하나같이 소중하고 아름다운 것이다. 이름을 부른다는 것은 꽤나 고급스럽고 조심스러운 것이다. 우리는 이름을 부름으로써 관계의 시작을 표현한다. 따라서 관계의 시작인 이름을 부르는 것은 바로 '길들이다'와 같다.

SQ2. 이름을 불러 주기 전의 '다만 하나의 몸짓에 지나지 않았다'는 것은 무슨 뜻일까?

[학생 생각] 나는 다른 사람에게 존재가치가 없는 것이 '하나의 몸짓'일 뿐이라고 생각한다. 누구에게도 아무 의미가 없는 그런 존재가 '몸짓'에 불과한 것이다. 이것도 '길들이다'와 연관 지을 수 있겠다. 여우는 서로를 길들이기 전에는 서로 아무것도 아니라고 한다. 이 이야기와 비슷하게 '이름을 불러 주기 전(서로를 길들이기 전)에는 다만 하나의 몸짓에 지나지 않았다(서로가 아무것도 아니다)'가 되는 것 같다. 길들이지 않은 사람에게는 그 사람의 몸짓

이 나에게 아무런 의미가 없다. 하지만 그 사람을 길들이게 된다면 그 몸짓 하나하나를 뜯어 보게 되고, 그렇게 되면 더욱 빠져 버리게 된다. 이처럼 '다만 하나의 몸짓에 지나지 않았다'는 것은 이름을 불러 주기 전까지 아무런 의미가 없던, 별것 아닌 하나의 몸짓뿐이라는 것을 나타내는 것이라고 생각한다.

SQ3. (누군가에게) '꽃'이 되고 (잊혀지지 않는) 하나의 '눈짓'이 되기 위해 무엇을 해야 할지 '길들이다'와 관련지어 생각해 보자.

[학생 생각] '꽃'이 된다는 것은 그에게 나를 싹틔우고 꽃피운다는 것이라고 생각한다. 그의 마음에 내가 들어가고, 그 마음이 점점 커져 그에게 나라는 씨앗을 심고, 싹을 틔우고 꽃을 피우는 것, 그것이 '꽃'이 되는 것이라고 생각한다. 꽃은 매우 아름답고 고혹적이며 또 고귀하고 향기로운 존재이다. 또한, 하나의 '눈짓'이라는 것은 서로를 바라보는 시각이라고 생각한다. 사랑스러움이 가득 묻어나는 시각, 그런 시각을 받게 되면 자연스레 그 감각이 잊히지 않을 것이다. 그러므로 하나의 '눈짓'이라는 것은 사랑스러움이 묻어나는 잊지 않는 눈짓이라고 생각한다. 그렇기에 질문에 이것들을 모두 대입해 보면, 누군가에게 매우 아름다우며 고혹적이고, 고귀하며, 향기로운 존재가 되기 위해, 그리고 누군가에게 잊지 않는 사랑스러운 눈짓이 되기 위해 무엇을 해야 할지 '길들이다'와 관련지어 생각해 보자는 의미이다. 그럼 이렇게 되기 위해서 우리는 무엇을 해야 할까? 아마 여우가 이야기했던 것처럼 의례를 갖추는 것이 좋다고 생각한다. 의례를 갖추고 서로 다가가면 서로는 서로에게 천천히 마음을 열게 되고, 의지하게 되고, 마음을 내어주게 된다. 그리고 이것은 길들임의 단계와도 비슷하다. 이처럼 의례를 갖추고 행동하게 되면 누군가에게 꽃이 되고, 잊지 않는 하나의 눈짓이 될 것이라고 생각한다.

[BQ2에 대한 최종 나의 생각]

나는 '이름을 부른다'는 것이 '길들임'의 시작을 나타내는 것이라고 생각한다. 이름을 부름으로써 자신에게 그는 꽃이 되었고, 이것은 마치 어린 왕자와 꽃의 관계, 그리고 여우의 관계에서의 처음과 매우 흡사하다는 생각이 든다. 어린 왕자가 꽃에게 물을 주고 유리 덮개를 씌워 주는 등의 행동을 한 것처럼, 의례를 갖추어 여우에게 천천히 다가가 여우를 길들이는 것에 성공한 것처럼, 글쓴이가 그에게 이름을 불러 줌으로써 그를 길들인 것이라고 생각한다. 하나의 몸짓에 지나지 않았던 존재라는 것은 아직 이름을 불러 주기 전, 그러니까 길들이기 전의 이야기이고, 그 사람에게 꽃이 되었다는 것은 이름을 부르고 나서 길들인 것이고, '잊혀지지 않는 하나의 눈짓'이라는 표현의 의미는 서로가 서로를 길들임으로써 서로에게 마음을 내어주고 서로를 사랑하고 존중하며 아껴 주는 관계가 되었다는 것이라고 생각한다. 그리고 이러한 것들은 모두 어린 왕자와 장미꽃, 또는 어린 왕자와 여우의 관계와 꽤나 비슷하다. 따라서 나는 이 모든 것이 길들임과 비슷하다고 생각하고, 또 길들임은 이 모든 것과 비슷하다고 생각하는 바이다.

한 작품에 머물지 않고 관련 작품의 연결 고리를 잘 마련하면 학생들은 한 단계 높은 시선으로 깊은 사고의 경험과 확장을 마주할 수 있다. 『어린 왕자』의 '길들이다'에 대한 해석에 그치지 않고 김춘수의 「꽃」과 연계하여 샛길 배움을 설계한 것도 바로 그런 이유에서 출발한 것이다. 평소에는 '이름을 부르는 행위'에 특별한 의미를 부여하거나 천천히 곱씹어 볼 기회가 많지 않다. 너무나 당연한 것이지만, 학생들은 '이름을 부르는 것'과 '길들이다'를 연결하며 '관계를 맺는다'를 더 깊이 해석했다. 교사가 시의 의미를 낱낱이 설명하고 해석하며 이해시키는 것에 중점을 두지 않아도 된다. 다만 '길들이다'와 관련되는 시어들을 잘 연결하여 학생 스스로 김춘수의 시 「꽃」 탐구를 자유롭게 할 수 있도록 돕는 데 중점을 두었다. 그러면 학생들은 『어린 왕자』의 여우가 말한 '길들이다'와 어린 왕자가 장미꽃에 한 행동 '이름을 부르는 행위'와 관련지어 다시 곱씹게 된다. 한 작품을 슬로리딩하면서 그 작품에만 머물거나 작품 속 내용 이해에 멈추지 않고 관련되는 작품들을 함께 연계하는 것은 학생들의 사고를 확장할 수 있었던 좋은 배움이었다. 사고가 확장되려면 연결하고 확장하는 과정이 꼭 필요하다. 나는 이렇게 슬로리딩하면서 부분을 통해 전체를 이해하고, 부분과 또 다른 영역을 연결하여 감상의 폭을 넓히는 것이 좋다고 생각한다.

이 수업을 하면서 아쉬웠던 점이 한 가지 있다. 『어린 왕자』의 '길들이다'와 김춘수의 시 「꽃」을 연관 지어 탐구한 뒤에 SQ4로 '자신에게 의미 있는 존재에게 하고 싶은 말을 김춘수의 시 「꽃」의 마지막 연으로 추가하여 창작하기'를 학생들에게 제시했다. 결론부터 말하자면, 11개의 반 중에서 두 반 정도 진행할 수 있었다. 학생들이 '길들이다'를 깊이 해석하고 이해하는 것도 많은 노력이 필요한데, 예상했던 것보다 김춘수의 시 「꽃」과 '길들이다'를 잘 연결하는 모습에 내가 욕심을 부렸던 탓이 크다. 내친김에 추가할 연에는 '길들이다'와 관련된 내용으로 창작하도록 덧붙였다. 학생들은 김춘수의 시 「꽃」보다 『어린 왕자』 속 '길들이다'를 훨씬 어려워했는데도 일단 한 개의 연이니 시도해 보고 싶었던 것 같다. 한 개의 연이라도 시를 창작한다는 것은 많은 고민이 필요하다는 사실을 간과한 결과였다. 만약 추가할 마지막 연의 창작 조건을 '시의 전체적인 의미와 관련성이 있도록', '흐름에 어울리도록' 정도만 제시했다면 학생들은 훨씬 다양한 창작을 자유롭게 했을 것이다. 그 자유로움이 '길들이다'를 더 깊이 생각해 볼 여유가 되었을 것이라 생각하니 아쉬움이 마음 한편에 자리 잡아 버렸다. 그러나 수업을 들여다보며 아쉬움이 생겼다는 것은 다음의 성장에 발판이 된다는 점에서 새로운 의욕을 싹트게도 한다.

2018년, 중학교 1학년 학생들과 정규 국어시간에 슬로리딩을 할 때였다. 국어과 성취기준과 슬로리딩 활동을 재구성하여 매시간 수업과 평가, 학생들의 진정한 배움이 일어나도록 구상하고 실현한다는 것이 현실적으로 매우 힘들게 다가왔다. 11개의 반을 맡고 있었던 데다가 고작 한 반 학생들을 일주일에 한 번 블록타임으로 만나는 것이

전부였기에 아이들도 나도 항상 시간 부족에 허덕였다. 연속성 있는 사고가 되려면 최소한 일주일에 두 번은 만나야 작품에 대한 기억을 끄집어내기도 쉬운데 일주일이 지나서 다시 책을 펼치자니 학생들은 지난주에 어떤 생각을 했는지 더듬어 봐야 했고, 나 역시 진행 과정을 다시 설명하는 경우가 생겨 지치기도 했다. 나의 지침과 동시에 하루 온종일 작품에 풍덩 빠져 몰입해 보고 싶다는 욕구가 몇 명의 학생으로부터 터져 나왔다. 결국 토요일 하루를 오롯이 작품에 빠져 시간에 구애받지 않고 진행할 슬로리딩 캠프를 운영했다.

슬로리딩 캠프의 작품은 『행복한 청소부』였다. 이 작품은 학생들에게는 초등학교 때부터 접해서 익숙한 작품이었다. 참가 학생은 전교생을 대상으로 했지만 중학교 1학년이 대부분이었고, 중학교 3학년도 소수로 참여해서 총 서른 명이었다. 이미 익숙한 그림책이었기에 슬로리딩의 큰 감흥이 있을까 의구심을 가진 학생도 물론 있었지만, 모두 나와 함께 슬로리딩 수업을 해 본 학생들이라 천천히 탐험해 보기로 했다.

우선 학생들과 내가 함께 읽으면서 작품 속 기본 내용을 접해 보았다. 그리고 학생들이 개별 활동으로 먼저 작품을 깊이 이해해 보고 싶다고 하여 각자 '나만의 단어장', '내 맘대로 한 줄 창작', '인상적인 부분 찾기', '궁금? 궁금! 질문을 잡아라', '샛길 자료조사' 등을 실시하며 개인 활동지에 연속 두 시간을 꼬박 정리해 나갔다. 개인적으로 노트북을 몇 대 구입하고 아이들이 필요하다면 자료도 찾아 가며 궁금한 내용을 좇아가도록 했다. 이렇게 각자 자기만의 방식으로 다시 텍스트를 곱씹으며 읽고 질문하고 한 글자, 한 문장 생각해 보며 각자 배움의 바닷속으로 빠져 보도록 했다. 그 후 첫 번째 생각 나눔을 했다. 두 명씩 마주 보고 자신의 생각을 서로 설명하고 상대방의 작성 내용을 다시 읽으며 상호 피드백 내용을 포스트잇에 작성하여 돌려주었다. 서너 명의 친구와 자신의 생각을 나누는 과정이 연속적으로 이루어지면 그 정도만으로도 배움은 한층 깊어진다. 그리고 전체 학생들에게 인상적으로 알게 된 내용과 친구의 생각 등을 정리하며 한 번 더 공유했다. 이와 같은 과정으로 서로의 생각을 듣고 사고의 틀을 깨기도 하고 등장인물의 상황과 입장을 두 번 세 번 깊이 이해하게 된다. 같은 작품 속 동일한 장면도 서로 다른 생각과 의견을 마주하면서 함께 성장하고 배움은 깊어진다.

슬로리딩이 나만의 감상으로만 그친다면 배움에도 한계가 있다. 더욱 확장할 수 있는 기회는 대화하고 소통하고 나누는 과정에서 비롯된다. 그러기 위해서는 '나'와 '너'의 생각을 바탕으로 함께하는 공동의 대화가 필요하다. 그래서 '너와 나의 생각이 삶의 가치를 만들다'라는 자유토론 시간으로 소통하는 시간을 만들었다. 우선 학생들과 함께 나누고 싶은 주제를 정했다. '왜 사람들은 청소부를 최고라고 했을까?', '어떤 사람을 최고라고 인정할 수 있을까?', '행복이란 무엇이고 행복의 조건에는 어떤 것들이 있을까?'가 학생들이 정한 주제이다. 이 활동이 인상적이었던 점은 일반적으로 행복의 조건을 접근할 때 물질이나 돈이 자주 등장하는데, 어느 학생도 이런 요소를 제시하지 않았다는 점이다. 『행복한 청소부』를 깊이 이해하고 난 뒤, 청소부의 특징과 행동, 자신의 일을 사랑하고 최선을 다하는 모습, 지적 탐구에 충실한 모습 등에 중점을 두었기에 가능한 것이 아니었을까? 행복의 조건은 없다는 의견부터 모두에게 각자 주관적 가치에 의해 행복의 조건이 만들어질 것이라는 의견도 나왔고 자기가 사랑하는 상황과 일이 자기 주변에 있을 때 사람은 행복할 것이라는 의견도 좋았다. '최고'에 대해 설명하면서 "위험하거나 남들이 꺼리는 어떤 일에 최선을 다했을 때, 그 희소성의 가치를 인정받아 행복할 수 있고 그 위험과 어려움을 무릅쓰고 성공했을 때 모두가 박수치고 최고라고 인정할 것"이라고 한 학생의 발표가 기억에 남는다. "최고를 위해 최선을 다하는 과정 자체가 최고의 덕목"이라는 남학생의 생각도 무척 인상적이었다.

학생들의 사고가 더욱 깊이 확장하도록 '너와 나의 생각이 모여 삶의 가치가 되다 2' 자유토론 활동을 이어 실시했다. 우선 작품을 더 깊이 이해하기 위해 『행복한 청소부』에서 꼭 다루고 싶은 중심키워드를 생각해 보고 선택하기로 했다. 학생들이 선택한 중심키워드는 '고정관념', '청소부', '페가수스'였다. 세 명이 한 개의 모둠이 되어 중심키워드를 한 가지씩 선택하고 좀 더 깊이 대화해 보았다. 보석맵[13] 형태로 돌아가며 생각을 자유롭게 나누고 정리하도록 했는데, 정리할 때는 앞 사람의 생각에 대해 궁금한 점은 물어보고 자신의 생각을 더하거나 또는 앞사람과는 다른 생각을 적고 종합하도록 했다. 처음 구성했던 모둠에서 대화가 끝나면 다른 모둠의 중심키워드를 확인하고 각자 흩어져 자리를 이동하고 계속 진행했다. 학생들은 새로 이동한 모둠에서 나눈 질문들과 의견을 꼼꼼히 살펴보고 포스트잇에 자신의 의견을 작성하여 붙였다. 모든 대화가 끝나면 전체 대화를 통해 의견을 나누거나 자유롭게 이동하며 한 번 더 의견을 정리할 시간도 가졌다. 학생들의 의견 중 인상적인 내용 일부를 제시해 본다.

[청소년 작가님들의 슬로리딩 흔적]

[중심키워드: 청소부]

[질문 1] 왜 청소부는 하찮은 직업으로 여겨질까?

- 청소부는 절대 하찮은 직업이 아닌 것 같다. 왜냐하면 길을 가다가 쓰레기를 버리는 사람은 많지만 그 쓰레기를 줍는 사람은 정말 보기 드물다. 그래서 나는 청소부가 그 드문 일을 하기 때문에 하찮은 직업이라고 생각하지 않는다. 그리고 도대체 왜 그런 생각을 가지고 있는지 이해하기 힘들기도 하다.

---

13) '보석맵'은 부산 성혜영 선생님이 구안한 활동임을 밝힌다.

- 나는 '청소부는 왜 하찮은 직업으로 여겨질까?'라는 질문을 '청소부는 어떤 직업으로 여겨질까?'로 바꿨으면 좋겠다. 왜냐하면 어떤 직업을 하찮다고 단정 지을 수 없기 때문이다.

[질문 2] 청소부들은 유명해질 수 있을까?

- 누구나 유명해질 수는 있다고 생각한다. 그게 좋은 쪽이든 나쁜 쪽이든 모든 인간은 누구나 유명해질 수 있다는 생각이 든다. 그래서 청소부도 유명해질 수 있을 것이다.
- '청소'라는 영역에서 특별히 잘하면 유명해질 수 있고 행복한 청소부처럼 다른 분야에서도 유명해질 수 있다고 생각한다.

[질문 3] 책 속의 청소부는 여전히 인생에서 바꾸고 싶은 게 없을까?

- 아저씨는 배우는 기쁨, 학습하는 즐거움을 알게 되었기 때문에 여러 가지 더 알고 싶을 것이다.
- 아저씨가 여전히 청소부라는 자신의 직업에 만족하고 즐긴다면 인생에서 바꾸고 싶은 것이 없을 것이다.

[중심키워드: 페가수스]

[질문 1] 보편적인(일반적인) 페가수스의 상징은 무엇일까?

- 일반적으로 말은 날개가 없고 정해진 구역(땅)만 달리는데, 페가수스는 땅을 달리든, 바다 위를 날든 상관없다. 그래서 보편적인 페가수스의 이미지는 '자유로움'을 상징하는 것 같다.
- 『행복한 청소부』 속 '레코드플레이어 위에 날고 있는 페가수스'는 음악을 사랑하고 감상하는 청소부 아저씨라고 생각한다. 두 번째 '책 위에 있는 페가수스'는 시와 책을 사랑하는 아저씨라고 생각한다. 따라서, 종합적인 페가수스의 상징은 '또 다른 청소부 아저씨의 자아'라고 생각한다.
- 페가수스는 날개가 있는 상상의 동물이기에 실존하지 않는다. 그렇기에 페가수스는 신비로움을 상징한다.
- 죽은 음악가를 상징하는 것 같다. 레코드 그림 페이지에 적혀 있듯이 지식들을 알면서 죽은 음악가들이 아저씨 곁에 계속 있어 주는 것 같기 때문이다.

- 보편적으로 페가수스는 연하늘색을 띠는 청량하고 순결하며 신비롭고 신적인 느낌으로 손댈 수 없는 높은 위치의 대상을 상징하는 것 같다.
- 아저씨의 배움에 대한 열정을 상징한다고 생각한다. 이전에는 아저씨가 배움이 없었지만, 새롭게 무엇인가를 배우게 됨으로써 나타난 것이 페가수스이기 때문이다.

[질문 2] 세 페이지에 각각 등장하는 페가수스가 상징하는 것은 각각 무엇일까?

- 첫 번째 페이지에서의 페가수스가 주인공 가까이에서 날고 있는 것은 주인공 자신을 들여다보는 마음이 떠오르는 것이고, 두 번째 페이지에서 페가수스가 책 위에 앉아 있는 것은 책 속에 풍덩 빠진 자신을 들여다보는 것, 세 번째 페이지의 페가수스가 주인공에게 안겨 있는 것은 주인공 자신이 진정한 자기 자신(자아)를 발견한 것을 상징하는 것 같다.
- 첫 번째 페가수스는 그림에서 보는 것과 같이 날고 있다. 그러니까 그것은 아직 원하는 것은 있으나 그 목표가 뚜렷하지 않은 것을 뜻하는 것 같다. 두 번째 그림에서는 이제 드디어 발이 땅에 닿았다. 그것은 이제 목표도 뚜렷해진 것으로 보인다. 세 번째 그림에서는 청소부 아저씨께서 페가수스를 안고 있다. 이것은 그 목표를 이루어서 행복해졌다는 것을 의미하는 것 같다.
- 첫 번째 페가수스는 아저씨 근처에서 날고 있는 것으로 보아 아저씨가 정한 목표를 아직은 도달하지 못한 것 같다. 두 번째 페가수스는 아저씨 근처에 있으므로 점점 목표를 이루는 것 같고, 마지막에는 페가수스를 안고 있는 것으로 보아 목표에 도달한 것 같다.

『행복한 청소부』에 나오는 '페가수스'에 대한 학생들의 대화 흔적을 살펴보면, 작품 속에 등장하는 '페가수스'의 모습과 청소부 아저씨와의 거리가 멀고 가까움을 그림을 통해 매우 자세히 관찰했다. 그리고 그림이 주는 상징적 의미를 생각하면서 '페가수스가 의미하는 것이 무엇일까?', '상징하는 의미는 무엇일까?' 등의 지적 호기심이 발현되었다는 것을 알 수 있다. 충분히 천천히 깊게 읽는 경험과 친구들과 생각을 나누며 하나에서 둘이 더해진 것 그 이상으로 파생적이고 확산

『행복한 청소부』 생각 나누기

적인 사고가 일어났다.

특히 아래 학생들의 생각 나눔을 보면 궁금한 지점을 그림과 함께 꼼꼼하게 관찰하고 이를 작품 속 맥락과 관련지어 추론적 사고 확장이 일어났음을 알 수 있다.

[청소년 작가님들의 슬로리딩 흔적]

- 청소부 아저씨가 음악을 접할 때 페가수스가 날아다니고, 책을 읽으면서 페가수스가 또 등장하는데 아저씨가 새로운 배움에 임하고 행복한 그 순간에 등장한다. 그러다가 마지막에는 페가수스를 안고 있는 모습을 보면서 청소부 아저씨가 진정한 행복을 찾는 순간을 깨닫는 것을 상징한다고 생각한다.
- 음악이 흘러나오는 레코드판과 책 속에서 페가수스가 등장하는데, 청소부 아저씨가 음악과 책을 접하면서 마지막에는 그 음악과 책을 자신이 마음껏 발견하고 갖게 된 것을 의미한다고 생각한다.

나는 수업 시간에 학생들에게 이런 말을 자주 한다.

'글로 이루어진 작품만 텍스트가 아니다. 음악을 듣기만 하는 것이 아니라, 읽을 수 있다. 그림을 보기만 하는 것이 아니라, 읽을 수 있다. 영화를 관람하기만 하는 것이 아니라, 읽을 수 있다. 날씨를 느끼기만 하는 것이 아니라, 읽을 수 있다. 세상의 모든 것은 배움을 주는 텍스트이다. 텍스트의 한계에서 벗어나라.'

그래서 나는 학기 말이나 자유학년의 프로그램을 운영할 때, '그림을 읽다', '영화를 읽다', '음악을 읽다'라는 배움 활동을 학생들과 함께한다. 그림책을 슬로리딩할 때는 반드시 그림을 꼼꼼히 읽어야 한다. 그림을 통해 작가는 말하고자 하는 의도를 상징적으로 표현한다. 그림을 작품의 내용과 연결하여 해석해야 제대로 감상했다고 할 수 있다.

『행복한 청소부』 슬로리딩 캠프를 마치면서 함께했던 학생들이 했던 말 중에 인상적인 것이 있다. 처음에는 그림책이라고 해서 금세 끝나겠다 싶었다고 한다. 이미 알고 있는 작품이기에 내용도 다 알고 있으니 새로 발견할 게 있을까 의구심도 들었다고 한다. 그러나 슬로리딩은 같은 작품을 어떻게 접근하고 어떤 생각으로 마주하는가에 따라 이전에는 보이지 않던 새로움이 발견된다. 함께 나누고 생각을 공유하는 과정에서 더해지고 곱해지며 몇 배나 거듭나는 사고의 경험이 일어나는 묘미를 갖고 있다. 단어 하나를 통해서도 작품 안팎으로 넘나들며 생각이 풍부해지고, 사회와 문화를 인식하는 경험에서부터 문제의식까지 발현된다. 하루종일 온전히 작품을 마주하고도 시간이 부족하다는 생각이 들 정도였다고 한 학생들을 지켜보면서 역시 슬로리딩은 학생들의 성장을 위해서 나아가야 할 길이라는 생각이 들었다.

셋.
개성만점 내 맘대로
제목을 달다

나는 시를 슬로리딩할 때 대체로 그 시의 제목을 지우고 학생들에게 작품을 제시한다. 시의 제목은 시인이 시를 통해 말하고자 하는 주제와 의도, 비유와 상징의 총집합체이자 대표적인 전달 매개이다. 독자는 시를 감상하기 전에 시의 제목을 먼저 접하면서 어떤 내용이 나올지, 어떤 감성으로 접근할지 등 자신도 모르게 어느 정도 예측하며 한 행 한 행 읊게 되는 경향이 있다.

한 편의 시에 제목이 없다면 독자인 학생들이 직접 시를 요모조모 깊이 이해하고 파헤쳐 가면서 적절한 제목을 달아야 할 책임과 당위성을 은연중에 부여하게 된다. 강제적인 시 제목 짓기가 아닌, 하나의 즐거운 작업을 위한 시 감상의 명분을 주는 셈이다. 자신이 시를 파헤치고 그 시에 어울리는 제목을 적절히 지어 주어야 할 것 같은 동기가 마련된다. 의외로 매우 어려운 작업이면서 동시에 작품을 깊이 있게 이해할 수 있는 좋은 배움 활동이기도 하다. 그러기 위해서 철저히 낯선 작품일 필요가 있다. 학교나 학원에서 익히거나 들어본 적 없는 시가 적절하다. 자신의 힘으로 파헤치고 이해해야 진정으로 고민한 끝에 도출된 개성만점 제목 달기가 가능하다. 낯선 작품을 만나 자신의 길을 하나하나 개척하길 바랐기에 나는 교과서 작품보다 교과서 외 작품을 선호한다. 당해 교과서에 없는 시와 소설 중에서 이번 학기의 교실철학과 배움의 방향을 고민한 끝에 작품을 선정한다. 처음 접한 작품을 만나며 아이들은 각자의 호미와 곡괭이를 가지고 흙을 고르고 돌을 치우는 작업을 했다. 누군가가 쉽게 포크레인으로 땅고르기한 길을 걷는 것이 아니라, 힘들지만 모호하고 알 수 없는 어떤 것을 향해 스스로 하나하나 찾아 가는 과정을 익혔다. 익숙하고 편안한 현재의 자리를 벗어나 알 수 없고 불안한, 무엇이라 이름 짓기 전인 상태, 그것이 무엇일지, 그곳에 무엇이 있는지 아직은 모호한 곳을 향해 자기만의 방식으로 돌도 치우고 흙도 골랐다. 그 과정에서 손도 아프고 상처도 났을 것이다. 그러다가 어느새 자기만의 방식을 터득하게 된다. 그러다 문득 오던 길을 돌아보니 자신만의 길을 닦는 창조적 활동을 한 자신을 발견했을 것이다. 그렇게 교실 속 서른 명의 학생은 각자 자신만의 빛깔이 담긴 길을 만들었다. 이때 교사의 개입은 최소화하고 학생들이 헤맬 시간을 충분히 주는 것, 그리고 항상 곁에 있으며 함께하는 것, 그것이 바로 나의 역할이다.

2019년, 중학교 2학년 학생들과 김광섭의 「성북동 비둘기」를 시 감상 슬로리딩할 때였다. 모르는 단어는 학생들이 각자 나만의 단어장에서 정리하고, 함께 살펴볼 만한 시어들은 프로젝트 TV를 통해 같이 찾고 시에 반영된 사회문화적 배경과 시대적 특성을 이해했다. 그리고 '시의 향기가 내 가슴에 스미다'라는 활동으로 시에서 인상적이거나 마음에 남는 구절을 필사하고 그 이유를 발표했다.

요즘 학생들이 1960년대, 1970년대 산업화와 도시화의 과정을 이해하기는 쉽지 않다. 그래서 이 시의 시대적 배경 등과 연관 지어 '환경'의 문제를 다룬 짧은 영상을 통해 무분별한 자연 파괴가 불러온 우리 삶의 모습과 피해를 당하는 동식물의 실태, 그리고 환경 회복에 애쓰는 시민단체와 국제기구 등을 함께 살펴보는 시간도 가졌다. 그래서 시가 창작된 당시의 상황이 2019년 현재의 과제와도 관련되며, 작품과 우리의 삶을 연관 지어 접근하도록 했다. 새롭게 시의 제목을 짓는 것은 학생들이 작품을 읽고 자신의 생각을 끊임없이 다듬어야 하는 과정이라 자연스럽게 시를 곱씹어야 한다. 그리고 교사 입장에서는 학생이 시를 어떻게 해석하고 접근하는지 살펴볼 수 있다는 점에서 의미 있었다.

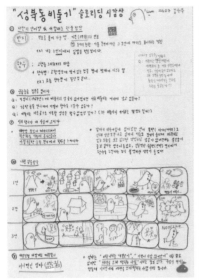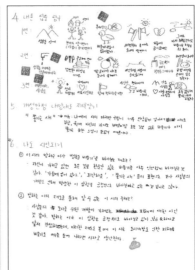

「성북동 비둘기」 슬로리딩 개성만점 제목 달기

📓 [청소년 작가님들의 슬로리딩 흔적]

[시의 향기가 내 가슴에 스미다]

• 제목: 사랑과 평화의 사상까지 낳지 못하는 쫓기는 새가 되었다

오랫동안 살던 고향에서, 무분별한 인간의 개발로 인해 한순간에 삶의 터전을 잃어버렸다니 매우 안타깝다. 나도 창원에서 이사 올 때 마음이 무거웠는데 이런 허망함은 동물도 마찬가지 아닌가 싶다. 원래 자리에서 잘 살다가 한순간에 집이 사라졌다고 생각해 보자. 우리도 너무 억울하지 않겠는가? 사랑과 평화의 사상까지 낳지 못하는데 쫓기는 것까지 더하면 그 아무리 사람이라도 미칠 것 같다. 잃긴 잃었으나, 아직까지 믿기지가 않아 허망하여 계속 그 자리에서 빙빙 도는 것 같다. 나도 몇 년 전에 인간관계에서 이런 일을 겪어 봐서 느낌을 잘 알겠다. 말로 여기에 설명하기는 좀 어렵지만, 이것처럼 거의 한순간에 잃었기에 나 역시도 믿기지 않고 거짓말 같은 이 상황에서 아

주 도망치고 싶겠다. 이렇게 비둘기랑 나를 놓고 비교해 보니, 비슷한 게 참 많이 있는 것 같다.

[개성만점 제목 달기]

• 제목: 향수병

시의 내용처럼 성북동이 재개발되고 있는데 숲이 베이면서 삶의 터전을 잃었던 그 비둘기가 불과 얼마 전이었던 그 생생한 삶의 현장이 너무나도 그리워 되돌아가고 싶은 그 심정을 잘 표현한 것이 이 향수병인 것 같다.

2019년 중학교 2학년 학생들과 『어린 왕자』를 슬로리딩하면서 학생들이 정한 '개성만점 내 맘대로 제목 달기'를 살펴보자. 『어린 왕자』는 27개의 장으로 구성되어 있으면서 각 장의 제목은 없이 1, 2, 3 등의 숫자로만 표시되어 있다. 이런 제목 없는 짜임이 오히려 학생들의 상상력과 몰입에는 훨씬 도움이 된다. 처음에는 학생들이 왜 숫자로만 표시되어 있을까 궁금해하는 것도 흥미 유발에 활용할 수 있다. 최근에는 『어린 왕자』의 각 장마다 친절하게 제목을 다 정해 출판한 책도 있는데, 나는 학생들에게 그런 책보다 가장 원작에 가까운 책을 준비하도록 한다. 제목을 짓기 위해서는 두세 쪽의 내용을 꼼꼼하게 읽고, 깊이 있게 생각하며 그 장에서 가장 인상적인 대사와 장면을 곱씹으며 다시 한번 자신의 삶을 작품과 연결하여 고민하는 작업이 거듭된다. 이를 친구들과 나누면서 한층 성장하는 과정의 끝자락에 '그래서 나는 이 장의 제목을 이렇게 지었다.'라고 할 수 있다. 그래서 여백이 있는 그림을 높이 평가할 때가 있듯이 작품도 생각할 여백이 있는 편이 학생들의 생각의 폭과 깊이를 더하는 데는 훨씬 훌륭하다. '개성만점 내 맘대로 제목 달기'에서 꼭 덧붙여야 할 것은 그렇게 제목을 짓게 된 이유를 작품 속에서 찾고, 그것과 관련된 경험이나 생각을 구체적인 근거로 제시하도록 해야 한다는 것이다. 자신이 그렇게 생각하는 이유를 설명할 수 있어야 그 생각이 진정 자신의 것이 된다. 적어도 슬로리딩하면서 다양한 측면에서 생각하는 것에 거침없고 깊이 있게 몰입한 학생이라면 '그냥', '좋아서'와 같은 대답이 왜 자신의 생각이 아닌지 알 수 있게 하자. 특히 같은 부분을 읽었는데, 친구들이 지은 개성만점 제목이 너무나 다양하고 그 이유 또한 분명해서 학생들도 상호 피드백을 하면서 매우 신선해했다. 그 나눔의 과정을 통해 '이렇게도 생각할 수 있구나.'라는 다양성에 대한 이해와 더불어 또 다른 배움의 교류로 단단해지는 시간을 가졌다.

📖 [청소년 작가님들의 슬로리딩 흔적]

[① 어린 왕자 제1장 개성만점 내 맘대로 제목 달기]

• 설명이 필요한 나이

어른들은 다들 보통 아이들을 '말을 한 번에 알아듣지 못하고 설명을 해 줘야 하는 나이'라고 생각하는 경우가 많다. 예를 들어, 어린 '나'가 그림 제1호를 그렸을 때처럼 어른들이 보기에 엉뚱한 행동을 했을 때, '이 책에서는 그걸 말하는 게 아니야', '그게 중요한 게 아니야' 하고 설명하려 한다는 것이다. 하지만 이 책에서는 반대로 어른들을 '설명이 필요한 나이'라고 표현하고 있다. 이 표현이 생소해서인지 눈에 확 들어오고 기억에도 많이 남았다. 그래서 제목을 이렇게 정해 본다.

• 꿈을 포기하면 분별 있는 사람이 될 수 있어

책 속의 '나'는 코끼리를 집어삼킨 보아뱀의 그림을 모자라고 하는 어른들에게 설명하고, 설명하다 지쳐 버렸다. 그때 어른들은 그런 하찮은 것보다는 그들에게 가치 있는 일을 하라고 충고한다. 그 후 '나'는 똑똑한 사람을 만날 때마다 그 그림을 보여 주지만 대답은 '모자로구먼'이다. 그럼 '나'는 원시림 이야기든, 보아뱀 이야기든 꺼내지 않고 그들이 좋아할 만한 트럼프 이야기, 골프 이야기, 정치 이야기, 넥타이 이야기를 하면 그들은 그만큼 분별 있는 사람을 만났다고 좋아했다. '나'는 꿈을 잃고 분별 있는 사람이 되었기 때문에 제목을 '꿈을 버리면 분별 있는 사람이 될 수 있어'라고 정했다.

[② 어린 왕자 제4장 개성만점 내 맘대로 제목 달기]

• 우리들은 어른들에게 너그러워야 한다

이 장에서 어른들은 숫자와 겉모습을 중요하게 여기기 때문에 새로운 사람에 대한 질문도 대부분 숫자로 물어본다. 하지만 중요한 것은 내면과 생각이기 때문에 오직 숫자와 겉모습을 중요하게 여기는 어른들에게 우리들은 너그러워야 한다고 생각한다. 그래서 제목을 이와 같이 지었다.

- 숫자에 속는 어른들

결과에 매겨지는 숫자만을 통해 남을 판단하는 어른들을 보고 '어른들은 숫자에 속고 있는 것이 아닌가?' 하는 의문이 들었다. 결과에만 집착하게 되면 속에 있는 진짜는 보지 못하기 때문에 사람들을 잘못 생각하는 경우가 많아 숫자에 속아 사람을 잘못 판단하는 어른들이 어리석다고 느껴졌기 때문이다. 돈이 많다고 다 착한 사람은 아니지 않은가?

[③ 어린 왕자 제21장 개성만점 내 맘대로 제목 달기]

- 여우가 알려준 나의 하나뿐인 장미

여우는 어린 왕자에게 자신을 길들여 달라는 말로 시작해서 이전에 본 장미들로 인해 자신의 장미가 가치 없다는 생각을 버리고 그 장미가 단 하나뿐인 소중한 장미라는 걸 깨닫게 해 주었다. '길들이다'로 '관계를 맺다'의 의미를 알려 줌으로써 어린 왕자는 장미에게 자신의 시간을 쏟았기 때문에 그 장미가 특별한 존재라는 것을 알게 되었다. 그래서 제21장의 제목을 '여우가 알려준 나의 하나뿐인 장미'라고 지었다.

- 길들이고 길들여진 모든 것에 갖는 책임

제21장에서 어린 왕자는 지구의 장미꽃들에게 "내가 불평을 들어주고, 허풍을 들어주고, 때로는 침묵까지 들어준 꽃이기 때문이야. 그것이 내 장미이기 때문이야."라고 얘기한다. 앞서 말했듯이, 장미꽃은 어린 왕자를 길들였다. 그런 장미에게 책임을 지지 않고 떠난 어린 왕자는 이때 자신이 장미꽃을 책임져야 한다는 생각을 갖게 된다. 장미꽃이 어린 왕자를 길들였기 때문에 서로에게 책임이 있으므로 제목을 이와 같이 지었다.

- 여우가 강에 던진 돌

강에 작은 돌을 하나 던지면 그 작은 돌로 인해서 강에 파동이 인다. 비록 돌은 작지만 강에게는 큰 자극이 되었을지도 모른다. 나는 제21장을 읽으면서 '여우의 말 몇 마디로 정말 많은 사람들을 바꿔 놨겠구나.'라는 생각을 했다. 여우가 말을 깊게 하지 않음으로써 사람들에게 그 의미가 무엇인지 생각하게 하고, 자연스레 깨달음을 얻게 하는 게 여우의 말 한 마디 한 마디가 돌이 된 것 같았다.

『어린 왕자』를 학생들과 함께 슬로리딩할 때는 줄거리와 사건에 중심을 두기보다 인생의 가치와 삶의 철학을 고민하고 곱씹으며 마주하는 게 좋다. 그래서 처음부터 끝까지 빨리 읽으면서 기본 줄거리를 파악하고 어떤 내용인지 이해하는 단계에 그치는 것은 알맹이는 모르고 껍데기만 만져 본 것과 같다. 그래서 각 장의 내용에 담긴 작가의 의도와 중요한 삶의 가치, 자신의 생각과 삶의 자세를 돌아보는 데에 '개성만점 내 맘대로 제목 달기'는 중요한 슬로리딩 활동이 된다. 이 외에도 학생들이 지어 본 『어린 왕자』 각 장의 제목은 다양했다. 제5장을 '바오밥나무를 조심하세요!', '부지런한 사람이 살아남는다' 등으로 짓거나 제6장을 '나는 해가 질 무렵이 제일 좋아', '아름다운 일몰', '외로움은 슬프다', '붉은 노을 아래서', '해가 지는 것이란? 슬픔과 기쁨' 등으로 감성이 물씬 풍기는 개성 어린 제목들도 있었다.

『어린 왕자』 개성만점 내 맘대로 제목 달기'는 제10장에서 제15장의 소행성에 살고 있는 다양한 인물들의 특성과 관련지어 각 소행성의 이름을 짓는 데도 활용할 수 있다. 어린 왕자가 자신의 별 B612를 떠나 여행을 다니며 찾게 된 여섯 개의 소행성에는 왕, 허영쟁이, 술꾼, 사업가, 가로등지기, 지리학자가 살고 있다. 각 소행성마다 인물들의 가치관이나 삶의 자세에 대해 어린 왕자는 "어른들은 참 이상해."를 계속해서 반복한다. 어린 왕자가 왜 그런 말을 했는지 생각해 보고, 어른들이 생각하는 세계를 여섯 개 소행성의 인물을 통해 풍자할 수 있다. 이를 통해 어린 왕자가 바라는 세상과 친구를 파악하고, 우리 자신이 각자 바라는 세상을 함께 고민해 볼 수 있다. 그리고 내가 살고 싶은 소행성의 모습, 내가 여행 가고 싶은 소행성을 샛길 탐구 활동으로 연결해 볼 수도 있다. 결국 여섯 개의 소행성 인물들의 특성과 세계관은 '나'의 삶을 들여다보게 하는 중간 다리가 된다. 이를 '개성만점 내 맘대로 제목 달기'와 연결하면 각 소행성의 인물들의 특성과 각자 중시하는 삶의 모습을 고민할 수밖에 없고, 그 과정에서 나의 삶의 철학이 은연중에 드러나게 된다. 그래서 제10장부터 제15장에서는 각 등장인물의 특징을 정리하고, 그렇게 생각하는 근거를 그 등장인물의 말이나 행동을 중심으로 구체적으로 적도록 했다. 이를 통해 각 등장인물이 중요하게 여기는 삶의 가치를 핵심단어로 한 '소행성 이름 짓기' 활동으로 풀어 보았다. 각 소행성의 이름은 등장인물의 특징과 관련지어 그들의 삶을 대하는 태도와 가치관이 드러나도록 짓게 했다. 그 과정에서 학생들은 각자 자신의 삶에서 진정 중요한 가치는 무엇일지 고민해 보는 시간을 가져 보았다. 학생들의 소행성 이름 짓기는 기대 이상이었다. 소행성의 이름을 짓기 위해서 반드시 그 소행성에 살고 있는 인물을 집중적으로 탐구해야 했기에 한 번의 활동으로 두 가지의 배움이 일어난 셈이다.

📓 [청소년 작가님들의 슬로리딩 흔적]

• 소행성 325 '왕'의 별 이름: 짐의 권위를 인정하길 명하노라 별

'짐은 ~을 명하노라'라는 말투를 반복하는 걸 봐서 왕은 다른 사람들이 자신을 높은 사람이라고 생각하고 그만큼 대우를 해 주길 바라는 것 같다. 또 모든 것을 다스린다고 하는 것을 봐서 자신이 세계 최고라고 생각하는 것 같기도 하다. 어린 왕자가 행성을 떠나려고 할 때 가지 말라고 애원하는 모습에서는 계속 자신을 인정해 줄 사람이 필요한 것 같아 보인다. 왕은 어른들의 인정받고 싶어 하는 모습을 나타낸 것 같다.

• 소행성 326 '허영쟁이'의 별 이름: 난 멋져 보이고 싶어 별

남의 말은 듣지 않고 무조건 자신을 숭배해 달라는 말밖에 하지 않는 허영쟁이의 행동으로 허영쟁이는 자신의 잘난 모습을 남에게 보여 주고, 자랑하며 만족하는 인물인 것 같다. 그러나 어린 왕자가 이유를 물으니 답이 없었다. 허영쟁이는 어른들이 아무 이유나 목적 없이 멋지고 싶고 겉모습이 번지르르해 보이고 싶어 하는 모습을 나타낸 것 같다.

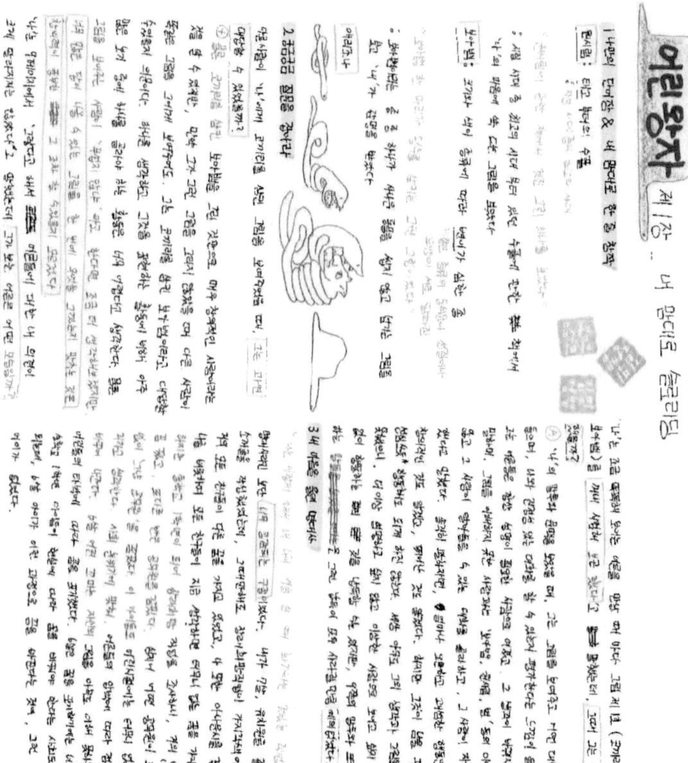

『어린 왕자』 슬로리딩 개성만점 제목 달기

- 소행성 327 '술꾼'의 별 이름: 회피의 소행성

술을 마신다는 게 부끄러운 술꾼은 그 부끄러움을 잊기 위해 술을 마셨고, 그는 이 행동을 무한 반복했다. 이 술꾼이 음주가 부끄러워 음주를 한다는 것이 참 생각 없다고 느껴졌고, 그저 어려운 상황에 부딪혀 보지도 않고 피하려고만 한다고 생각해서 '회피의 소행성'이라 이름 지었다.

- 소행성 328 '사업가'의 별 이름: 목적? 필요 없어. 많으면 그만이지! 별

사업가는 단지 자신이 뭔가를 소유하고 있다는 사실에 만족하는 것 같다. 왜 만족하는지도 모르는 채 그냥 무조건 많이를 원하는 것 같다. 또 그걸 사용하지도 않고 그냥 무의미하게 은행에 보관한다. 사업가는 어른들이 목적 없이 그냥 돈, 재산에만 집착하는 모습을 나타낸 것 같다.

- 소행성 329 '가로등지기'의 별 이름: 방황의 소행성

본인의 휴식보다 가로등을 껐다 켜는 명령을 더 중요시하고 정성 들이는 것으로 보아 아직 자신의 삶의 방향과 같은 것을 아예 찾지 못한 것 같다. 그래서 나는 이 소행성을 '방황 소행성'이라 지었다.

- 소행성 330 '지리학자'의 별 이름: 내 일 아니고 네 일이잖아 별

지리학자는 진짜 자신이 해야 하는 일이 뭔지를 모르고 있는 것 같다. 자신은 탐험가가 아니라서 돌아다니지 않는다는 건 말이 안 된다. 그러나 탐험가에게 어디에 뭐가 있는지 알려 달라는 말을 하는 건 무책임한 짓이다. 지리학자는 자기 일이 뭔지 제대로 모르고 직업의 이름에만 신경 쓰는 무책임한 어른들을 나타낸 것 같다.

이 외에도 왕이 살고 있는 소행성 325를 '꼭대기에서 바라보는 별', '내가 세상의 중심이야 별', '이 세상의 전부인 별', '권위 빼면 시체 행성', '명령하고 싶은 지도자별', '자기중심적 세계관의 별', 허영쟁이가 살고 있는 소행성 326을 '내가 듣고 싶은 것만 듣는 별', '속이 텅 빈 보물상자의 별', '사이비 교주 행성', '멋있는 게 가장 중요해 별', '내가 짱이야 행성', '공중에 떠 있는 허영쟁이별', '왕자병에 빠진 별', 술꾼이 살고 있는 소행성 327을 '부모님의 느낌을 알게 해 준 별', '잊기 위해

계속해서 마시는 별', '멈출 수 없어 행성', '뫼비우스의 별', '과거에 멈춘 별', '삶의 제자리걸음 별', '잊힌 별', 사업가가 살고 있는 소행성 328을 '저 사람은 본받으면 안 되겠다 별', '모든 별은 내 거야 행성', '모든 것은 나의 것인 별', '장난감 지폐의 별', '너 다 해라 별', 가로등 지기가 살고 있는 소행성 329를 '할 일은 끝까지 하는 끈기의 별', '끊임없는 명령의 별', '30분에 30일 시간이 중요해 별', '가장 부지런하게 살아가는 별', '외로운 1등 일꾼', '끝없는 지시의 별', 지리학자가 살고 있는 소행성 330을 '반쪽짜리 겉만 멋진 별', '영원한 지도를 만드는 별', '변하지 않는 게 최고 행성', '모든 것을 기록만 하는 별', '하나만 알고 둘은 모르는 별' 등으로 학생들은 개성 있게 자신만의 제목을 지었다.

평소 세계사와 역사에 관심이 많던 남학생은 다음과 같이 자신만의 생각을 펼치기도 했다.

📖 [청소년 작가님들의 슬로리딩 흔적]

소행성 325에는 왕이 살고 있다. 왕이 모든 것을 다스린다고 말하는 것으로 보아 '소행성 325에서의 왕'은 강한 권력을 가진 사람이라고 볼 수 있다. 또한, '왕'은 모든 말을 "~해라", "~하지 마라"라고 하지만 자신의 잘못된 판단에는 자신을 탓하고 잘못된 판단에는 혁명을 불러일으킬 수 있다고 말한다. '왕'은 제3자가 본 프랑스의 절대 왕정의 모습이라고 할 수 있다. 루이 14세는 베르사유 궁전을 지어 프랑스 국고를 거의 다 쓰고 만다. 결국, 프랑스의 국민들이 프랑스 혁명을 일으킨다. 여기서 아무리 강한 권력을 가진 왕이라도 잘못된 판단으로 혁명을 부르는 안 좋은 결과를 맞는다.

소행성 326에는 허영쟁이가 살고 있다. 허영쟁이는 칭찬 외의 말은 듣지 않는다. 자신이 원하지 않는 말은 무시하고 자신을 '숭배'하는 것이 자신만을 기쁘게 하는 것이라고 한다. 이것은 진실의 목소리는 무시하고 거짓의 탈을 쓴 사람처럼 느껴진다. 성인 (saint)의 뜻인 성인의 가르침을 무시하고 성인의 뜻이 아닌 성인이 주는 힘을 이용하여 농민들의 가난은 생각하지도 않고 자신의 이익을 불려 성인의 뜻과 다르게 자신만 기쁘게 하는 과거 성직자를 생각하게 한다. 또한, "어찌 됐든 나를 숭배만 해다오!"라고

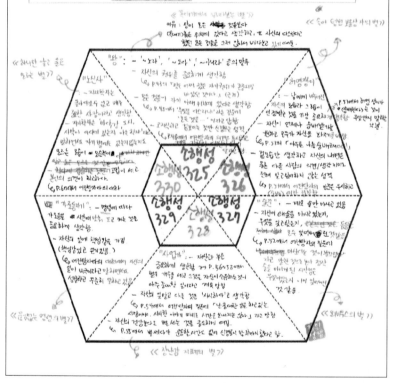

『어린 왕자』 소행성 인물탐구, 소행성 이름 짓기

허영쟁이가 말하고, "나는 아저씨를 숭배해요. 하지만 그게 아저씨한테 무슨 소용이 있는 거죠?"라고 어린 왕자가 말한다. '이것은 숭배받아야 할 사람은 당신이 아니고 숭배받는 것이 당신에게는 아무것도 아니다.'라고 말해 주는 느낌을 준다.

소행성 327에는 술꾼이 살고 있다. 술꾼이 창피함을 잊으려고 술을 마시지만, 그 창피함은 술을 마시는 것이 창피하다는 것이다. 우리는 그에게 술을 끊으라고 말해 주고 싶다. 그러나 그는 술에 중독되어 술을 안 마시지는 못한다. 또한, 술을 마시면 잠시라도 창피함을 잊을 수 있다 하니 술을 안 마실 수 없다. 이것은 프랑스가 많은 혁명을 일으키는 것이다. 혁명을 일으킨다는 것은 좋다고 볼 수도 있지만, 혁명이 일어날 만큼 사회가 불안정하고 불만이 많은 안 좋은 사회라는 것을 알 수 있다. 그런 안 좋은 사회가 프랑스인들이 생각했을 때 자신들의 사회가 자랑스럽고 떳떳한 사회일까? 답은 '아니다'. 그러나 안 좋은 사회를 개혁하려면 혁명이 필요하다. 작가가 말하는 술꾼의 술은 프랑스의 혁명이라고 할 수 있다.

소행성 328에는 사업가가 살고 있다. 사업가는 혁명 후 최고의 권력자이다. 사업가는 별의 개수를 세어 자신이 소유한다. "왕은 소유하는 게 아니야 지배하는 것이지." 왕과의 다른 계급이다. 과거 왕과 귀족은 지배층이라면, 사업가들은 소유하는 계층이다. "별들을 소유하는 것은 아저씨에게 무슨 소용이 있는데요?" 여기서 별은 노동자라고 볼 수 있다. 작가는 '많은 노동자를 가지면 무슨 소용이 있는데요?'라고 말하는 듯 "부자가 되는 것은 무슨 소용이 있는데요?", "내가 꽃이나 화산을 소유한다는 것은 그들에게 유익한 일인 것이에요. 하지만 아저씨는 별들에게 그다지 유익할 것이 없는데…" 라고 한다. 사업가는 마땅히 할 말이 기억나지 않았다. 과연 사업가가 노동자에게 유익할까? 답은 아니다. 사업가는 노동자들에게 최소한의 생계를 겨우 유지할 수 있게 적은 양의 돈을 준다. 이것은 근대 사회에서 자신의 돈만 생각하는 사람들에게 빈곤을 무시하는 모습을 풍자하고 있다.

소행성 329에는 가로등 관리자가 살고 있다. 가로등 관리자는 처음에는 일이 쉬웠다. 그러나 밤낮마다 가로등을 켜고 끄는 직업을 가진 가로등 관리자에게 점점 밤낮이 바뀌는 주기는 빨라지는데 명령이 바뀌지 않아 살기 힘들어졌다. 이것은 루이 14세의 사치, 루이 16세의 미국 독립전쟁 지원이 합쳐지며 프랑스 왕국이 엄청난 재정 적자를 기록하며 물가 폭등으로 인해 노동자들이 고통받은 것을 이야기해 준다. 어린 왕자는 다른 사람들이 우스꽝스럽게 생각하지만 가장 성실한 사람들이라고 생각한다. 이것은 유일하게 현대적 관점으로 봤을 때 선(善)이다. 그래서 유일하게 어린 왕자에 평판이 좋은 사람이라고 할 수 있다.

소행성 330에는 지리학자가 살고 있다. 소행성 330은 다른 별에 비해 훨씬 크다. 곧 사라질 수 있는 덧없는 것은 보지 않는다. 지리학자는 자신이 자연환경이 어디에 있는지 안다면서 어린 왕자가 의문을 가지게 만든다. 그러나 어린 왕자의 질문에는 대답하지 못한다. 작가는 무능한 프랑스 혁명 정부가 토지를 담보로 하여 돈을 빌렸는데 한계가 있다는 것을 파악하지 못하고 결국 경제 위기를 구하지 못하는 것을 뜻하고 있다.

 학생에게 이런 생각을 어떻게 했는지 물어보니, '생텍쥐페리가 프랑스 사람이고 작가의 입장에서 작품을 창작할 때, 독자들에게 꼭 전달하고 싶은 메시지와 내용이 한 가지만 있을 거라고 생각하지 않는다. 프랑스 역사 중에서 소행성의 여섯 명 등장인물과 연결해 볼 수 있는 것을 고민해 보니 프랑스 혁명과 연결해 볼 수 있었다. 물론 소행성의 여러 인물은 창작 당시에도 지금도 늘 우리가 사는 세상에 존재하는 인간형이지만, 프랑스 작가의 입장을 고려하여 나의 의견을 펼쳐본 것일 뿐이다.'라는 답변이 돌아왔다.

 『어린 왕자』 제10장부터 제15장의 등장인물을 분석하면서 각 소행성의 이름을 개성 있게 지은 후, 학생들과 꼭 해 보길 권하는 활동이 있다. 바로 학생들 각자 소행성 등장인물들을 통해 깨달은 가장 중요하게 생각하는 삶의 가치는 무엇인지, 그 이유도 함께 나누는 시간을 갖는 것이다. 특히 한 학기 핵심질문이 '우리는 소중하고 특별한 관계를 위해 어떤 노력을 할 수 있을까?'였고, 성취기준과 관련된 세부 질문이 '어린 왕자를 통해 깨달은 중요한 삶의 가치와 관계를 설명할 수 있는가?'였기에 작품 『어린 왕자』를 읽으며 각자 중요하게 생각하는 삶의 가치가 무엇인지 고민하는 것도 의미가 있었다.

슬로리딩은 결국 생각의 가지가 또 다른 영역과 연결되어 깊어지고 넓어지는 사고의 연속이다. 어떤 활동을 하느냐가 중요한 것이 아니라, 그 속에서 학생들이 어떤 생각을 펼치도록 하는지가 중요하며, 실현 방법은 작품과 학생들의 성향, 교사의 철학에 따라 다양한 방식으로 진행할 수 있다. 하나로 정해진 방법이 없기에 수업 구상하는 교사의 입장에서는 무궁무진하게 펼칠 수 있는 무한대의 배움 구상이 가능하며 동시에 지금 나의 교실에서 한 해 동안 학생들이 어떻게 성장하도록 고민해야 할지 더욱 고심하며 잘 녹여 내야 한다는 부담감도 생긴다. 슬로리딩 교실의 교사는 학생들이 천천히 깊게 생각할 환경과 더불어 옆으로 빠져 사고의 폭이 더 넓어질 수 있도록 그 장을 마련해 주어야 한다. 학생들의 사고가 무궁무진 뻗어 나가도록 교사가 깊이 있게 고민하는 교실이면 학생들은 마음 놓고 옆길로 새면서 자신을 채워 나갈 수 있다.

슬로리딩 기본 활동과 학생들이 도달해야 할 성취기준을 엮으면 더욱 풍성한 배움으로 깊어질 때가 많다. 『어린 왕자』를 슬로리딩하면서 '생각이나 느낌, 경험을 드러내는 다양한 표현을 활용하여 글을 쓴다.'라는 성취기준은 '개성만점 나만의 제목 달기'와 연결할 수 있다. 이 성취기준을 통해 학생들은 속담, 관용 표현, 격언, 명언, 창의적인 발상을 통한 참신한 표현을 사용하는 능력을 기를 수 있도록 해야 한다.[14] 『어린 왕자』를 대상으로 한 학기 한 권 읽기 연계 슬로리딩을 진행하면서 성취기준을 고려하여 교육과정을 재구성하는 것은 늘 고민

---

14) '[9국03-07] 생각이나 느낌, 경험을 드러내는 다양한 표현을 활용하여 글을 쓴다.'라는 성취기준은 다양한 표현의 종류, 생각이나 느낌을 표현하기에 알맞은 속담, 관용 표현, 격언, 명언, 창의적인 발상을 통한 참신한 표현을 사용하는 능력을 기르기 위해 설정하였다. 속담, 관용 표현, 격언, 명언 등을 제시하여 그 의미를 알아보고, 자신의 생각이나 느낌에 맞는 것을 찾아 인용하여 표현해 보도록 한다. 또한 창의적인 발상을 바탕으로 하여 생각이나 느낌, 경험을 참신하게 표현해 보도록 한다. 이때 창의적인 발상이 잘 드러나는 광고 문구를 모방하거나 참조하여 생각이나 느낌을 간결하고 효과적으로 표현해 보도록 할 수 있다(2015 개정 교육과정 성취기준 해설, 48쪽).

되는 큰 그림이다. 특히 2학기는 시간적으로도 학사일정이 촘촘한 편이라 효과적인 재구성이 필수적이다. 그래서 학생들이 『어린 왕자』를 읽다가 가장 마음에 드는 한 개의 '장'을 선택하고 인상적인 부분을 중심으로 글을 쓰는 활동으로 구상했다. 선택한 장의 제목을 개성적인 표현으로 짓도록 하고, 그렇게 제목을 정한 이유를 관용 표현, 격언, 명언, 속담, 참신한 표현 등을 활용하여 짧은 글을 쓰도록 설계했다. 이렇게 하면 학생들은 각자 좋아하는 『어린 왕자』의 '장'을 고르고 자신의 생각을 담은 제목을 지을 수 있고, 이를 다양한 표현을 활용할 수 있는 충분한 배움의 기회를 마주할 수 있다. 이를 위해 보조자료로 명언집, 속담사전, 관용 표현 관련 도서를 총 서른 권 정도 골고루 구입하여 학생들이 글을 쓰는 데 활용할 수 있도록 준비했다. 슬로리딩 교실에서는 국어사전을 비롯하여 작품과 관련된 도움자료를 충분히 갖추어야 학생들이 제대로 몰입하고 배울 수 있다. 또 슬로리딩 활동과 성취기준을 별개로 구분하여 수업을 운영한다면 결국 교과서 진도 빼랴, 책 읽으며 슬로리딩하랴, 그럴 시간이 확보되지 않기에 교사가 불편하고 부담스러울 수밖에 없다. 슬로리딩의 기본 활동은 한 학기 한 권 읽기와 연계하고, 그 외 성취기준은 기본 활동과 뒤에서 자세히 설명할 샛길 탐구 활동, 샛길 프로젝트 등으로 펼칠 수 있도록 교육과정 재구성과 평가의 연계성 확보가 필수적이다.

학생의 『어린 왕자』 개성만점 내 맘대로 제목 달기를 살펴보자. 어린 왕자와 장미꽃의 만남이 다루어진 제8장을 선택하였고, "소도 언덕이 있어야 비빈다."와 "모난 돌이 정 맞는다." 등의 속담을 활용하여 제8장의 제목을 '첫 생명'으로 지은 이유를 설명했다.

🖎 [청소년 작가님들의 슬로리딩 흔적]

- 내가 선택한 '장': 『어린 왕자』 제8장
- 활용할 관용 표현, 격언, 명언, 속담: "소도 언덕이 있어야 비빈다", "모난 돌이 정 맞는다"

- 주제: 꽃은 서투른 방식으로 어린 왕자에게 마음을 전달하였지만 어린 왕자는 알지 못했다.
- 인상적인 장면이나 구절: 어린 왕자가 생각하는 꽃의 진심과 진실의 내용
- 제8장 제목: 첫 생명

내가 이 장에 붙인 이름은 '첫 생명'이다. 이러한 이름을 붙인 이유는 말을 걸 존재도, 말을 걸어 줄 존재도, 대답을 해 줄 존재도 무엇도 아무것도 없는 조용하고 차디찬 별이었던 어린 왕자의 행성인 B612에 처음으로 말을 걸 수 있고 말을 걸어 줄 수 있고 대답해 줄 수 있는 따스한 존재가 생겨나서이다. 그 존재는 바로 장미꽃이다. 이 장미꽃은 감정을 공유할 수 있고, 길들이거나 길들여질 수 있는 존재이다. 삭막하던 어린 왕자의 사막 같은 행성에 처음으로 생기를 불어넣어 준 오아시스 같은 첫 생명이 바로 장미꽃이었고, 어린 왕자 제8장이 장미꽃과 어린 왕자의 첫 만남에 대해 다루고 있기 때문에 '첫 생명'이라 이름을 붙였다.

내가 이 장에서 인상 깊었던 부분은 어린 왕자가 생각하는 꽃의 진심과 진실이었는데, 여러 방면에서 어린 왕자의 마음이 잘 드러나서 좋았다. "소도 언덕이 있어야 비빈다." 라고, 허영심 많은 심술쟁이 꽃이라고 하지만, 사실은 그 행동이 사랑에서 우러나온 것인데 그것을 알지 못했던 어린 왕자에게 저런 속담을 이야기해 주고 싶다. 어린 왕자는 꽃이 의지할 만한 이가 어린 왕자, 자신 하나뿐이었다는 것을 몰랐던 것 같다. 더구나 별을 떠나기까지 했으니, 얼마나 장미꽃이 슬퍼할지 공감되기까지 한다. 이런 어린 왕자의 행동들은 꽤나 당돌하고 또 어리석다고 생각한다. 그 장미꽃은 어린 왕자의 별을 향기롭게 해 주었고, 여러 이야기들을 해 주기도 하였으나 어린 왕자는 그것을 즐길 줄 몰랐다고 뒤에는 자신의 입으로 이야기하며 한탄했다. 그런 바보 같은 행동을 한 어린 왕자에게는 "소도 언덕이 있어야 비빈다."라는 말과 같이, 장미꽃이 의지할 수 있고, 의지할 만한 이는 너 하나뿐이었다고 이야기해 주고 싶다.

그러면 왜 어린 왕자는 별을 떠났을까? 내 생각에는 어린 왕자는 꽃의 지나친 거짓말과 허영심에 지쳐서 떠난 것이라 생각한다. 이런 어린 왕자와 장미꽃의 이야기를 보면 "모난 돌이 정 맞는다."라는 속담이 떠오른다. 이 속담은 말과 행동에 모가 나면 미움을 받는다는 뜻인데, 내가 보았을 때 장미꽃의 말과 행동에는 모가 난 것처럼 차갑고

날카로운 느낌을 받았다. 그러므로 어린 왕자가 장미꽃을 떠난 것이겠지. 꽃은 지나친 거짓말과 허영심으로 어린 왕자에게 죄책감을 주려 했고, 그것을 통하여 어린 왕자에게 미움을 받게 되었고, 어린 왕자가 별을 떠나게 만들었다. 그런 행동들이 조금 적었다면 오히려 어린 왕자에게 큰 사랑을 받았을 것이다.

나는 이 장이 21장만큼 여러 가지를 생각할 수 있는 장이라고 생각한다. 어린 왕자의 후회가 담겨 있는 장이자 꽃의 베일에 감싸진 사랑이 담겨 있는 장. 이런 어린 왕자의 후회와 베일에 감싸진 꽃의 사랑을 통하여 나는 교훈을 얻고 깊이 있게 생각할 수 있게 된 것 같다.

　단순히 작품 『어린 왕자』를 읽고 이해하는 한 걸음이 아닌 서너 걸음의 배움과 성장이 드러난 학생의 글이다. 책을 통한 배움은 점에서 시작하여 다른 점으로 이동하고 이 점들이 선으로 연결되어 또 다른 세계로 이끈다. 어떤 힘이 궁금증을 놓지 않고 깊게 파고들어 생각을 확장하고 다른 세계와 맞물려 이해하도록 했을까? 이것은 천천히 깊게 읽는 슬로리딩이었기에 가능하다. 결국 슬로리딩은 각각의 책 읽는 과정과 관련된 활동들이 유기적으로 연결되어 있어서 단편적인 생각의 조각으로 머물지 않게 한다. 한 조각, 두 조각의 사고의 파편들이 결국 퍼즐이 맞추어지듯 하나의 줄기를 향해 연결된다. 슬로리딩을 하면서 이런 과정이 가장 놀라웠고 학생들이 부쩍 성장하게 되는 지점이라 흥미로웠다.

　『행복한 청소부』를 대상으로 슬로리딩 캠프를 했을 때도 학생들은 교사를 뛰어넘는 깊은 생각과 철학을 담은 개성만점 내 맘대로 제목 달기를 선보였다.

📓 [청소년 작가님들의 슬로리딩 흔적]

• '시와 음악을 사랑한 청소부'

→ 청소부가 누군가를 위해서가 아닌 자신을 위해서 시와 음악에 대해 배우고 알게 되

므로 시와 음악을 사랑한다고 표현했다.

- '고정관념을 깬 청소부'

→ 책에서 청소부는 노래를 못할 줄 알았다는 사람들의 고정관념을 깼기 때문이다.

- '청소부'

→ '(어떠한, 어떤) 청소부'로 단정 짓지 않고 모든 청소부가 시, 노래를 좋아할 수 있기
  때문이다.

- '청소부 아저씨의 또 다른 자아'

→ 페가수스는 이 책의 핵심을 알려 준다. 페가수스의 위치나 상태에 따라 글의 내용
  이 완전히 달라질 수도 있으므로 이 책의 제목을 이렇게 지었다.

- '1/2 나'

→ 왜냐하면 이 책의 주인공인 행복한 청소부가 청소부라는 자신이 맡은 직업에 충실
  한 '1/2 나'에서 더 나아가 직업이 아닌 진정한 '나' 자신의 가치를 찾음으로써 마저
  남은 1/2의 '나'를 찾아 완전하고 온전한 '나', 즉 ⑴이 앞에 생략된 '⑴ 나'를 찾았기
  때문이다.

특히 '1/2 나'라는 제목이 인상적이다. 한 인간으로서의 온전한 삶을
'⑴ 나'로 생각한 점과 직업과 관련된 나와 직업과는 관련 없는 나를
각각 '1/2 나'로 규정지은 사고의 과정이 신선하다. 슬로리딩에서 '개성
만점 내 맘대로 제목 달기'는 단순히 작품의 새로운 제목을 짓는다는
것에 의미를 한정할 수 없을 정도로 총체적 사고력과 작품에 대한 이
해를 요구한다. 학생들은 자신이 지은 제목을 통해 또 다른 시각으로
작품을 깊이 이해하게 되며, 그 과정에서 한 단계 높은 종합적인 사고
를 하게 된다. '1/2 나'도 단순히 제목을 신선하게 지었다는 데 시선을
고정하기보다 이 학생의 사고 과정과 작품에 대한 이해의 측면을 고
려하면 '창의적인 제목이구나.'라는 것이 아닌, '새로운 시선으로 작품
을 이해하며, 한 사람의 등장인물을 다양한 측면에서 이해하면서 진
정한 자아로서의 의미까지 고려하고, 분석적 사고와 동시에 총체적

사고력을 적절하게 표현했구나.'라는 피드백을 제공할 수 있다. 이처럼 슬로리딩은 전체가 연결되고 유기적으로 관련지어 학생이 탐구할 수 있도록 교사가 도와주어야 한다.

신경림의 「가난한 사랑 노래」의 '개성만점 제목 달기'도 시의 시대적 상황과 사회·경제적 배경 등에 대한 이해를 바탕으로 한 행씩 곱씹으며 작품 속 화자의 생각이나 가난한 젊은이의 심정을 이해해야 가능하다. 작품 속 인물이나 시의 화자를 이해하기 위해 자신의 경험과 연결한다면 훨씬 공감되는 제목을 지을 수 있다. 그래서 이 시에 나타난 사회문화적 상황과 말하는 이의 상황을 고려하여 나만의 제목을 개성 있게 지어 보도록 했다.

아래 학생의 슬로리딩 흔적과 같이 중학교 2학년은 가난과 고향에 대한 그리움, 연인과의 헤어짐을 온전히 이해하기는 어려운 나이이다. 그러나 시에 등장하는 젊은이의 상황을 상상하면서 이해해 보고, 젊은이의 선택과 미안함과 괴로움을 학생의 경험과 연결하여 감상했다. 작품과 나의 삶이 별개가 아니기에 몰입할 수 있다. 슬로리딩을 하면서 '개성만점 내 맘대로 제목 달기'로 작품을 마주하면 작품과 우리의 삶이 이어지고 깊이 공감되는 지점이 생긴다.

📓 [청소년 작가님들의 슬로리딩 흔적]

[개성만점 내 맘대로 제목 달기]
• 제목: '가난하기 때문에', '가난해서 버려야 하나요', '가난해도 알아요'
시 속에 등장하는 '젊은이'와 관련된 상황과 심리를 정리해 보면 '연인과 헤어짐', '고향이 그리움', '가난함', '두려움'이라고 할 수 있다. 가난 때문에 고향과 가족의 곁을 떠나 홀로서기를 해야 하므로 정말 고향이 그립고, 외로웠을 것이다. 낯선 곳에서 생활을 홀로 해야 한다는 점에서 또한 무섭기까지 했을 것이다. 가난한 이 젊은이는 가난 때문에 사랑하는 연인과의 사랑을 계속 이어 갈 수 없기에 밤새 괴롭고 연인에게도 미안함이 클 것 같다. 나도 꼭 나가고 싶은 대회가 있었지만 그때가 시험 기간이라 나가지 못한 적이 있다. 그때 나는 너무 아쉽기도 했지만 나중에도 나가지 못한 선택을 한 나의 행동이 후회가 될 것을 알았기에 무척 힘들었다. 그런 점에서 사랑하는 연인과 헤어짐을 선택한 가난한 젊은이도 자신의 행동을 후회할 것을 알지만 어쩔 수 없는 선택을 했을 것이라고 생각하니 무척 공감이 간다. 나는 개성만점 내 맘대로 제목 달기를 '가난하기 때문에', '가난해서 버려야 하나요', '가난해도 알아요' 등으로 짓고 싶다. 왜냐하면 1970~80년대에 가난하게 살아온 젊은이들이 농촌에서 도시로 와도 여전히 가난했다는 점과 그래서 가난 때문에 사랑, 정말 중요한 것들을 포함하여 모든 것을 포기할 것인지, 포기하지 않을 것인지 고민하는 감정과 그 모습을 담고 싶어서이다.

그러므로 슬로리딩 수업을 할 때는 학생들이 자신의 경험과 작품을 잘 연결해서 공감할 수 있는 시간이 충분해야 한다. 관련된 경험이 없다면, '만약 나라면 어떨까?'라는 가정을 제시하여 학생 스스로 자신의 문제로 인식할 수 있도록 도와주자. 나는 '개성만점 내 맘대로 제목 달기'를 중요하게 생각한다. 이 활동은 학생 한 명, 한 명의 생각의 깊이가 담겨 있는 의미 있는 슬로리딩 활동으로, 제목을 짓는 과정 자체가 배움이기 때문이다. 이해를 넘어 공감을 해 본 학생과 단순히 읽은 데 그친 학생의 성장은 말할 필요도 없이 다르다. 나만의 제목을 짓기 위해 자신의 생각을 다듬고 작품을 다시 면밀하게 파헤친 학생은 성장이 다를 수밖에 없다. 학생들에 따라 '개성만점 내 맘대로 제목 달기'를 쉽게 생각하는 경우도 있다. 그럴 경우, 그렇게 제목을 지은 이유를 학생이 구체적으로 설명하지 못한다. 제목이 그 작품의 중요한 내용과 전체적인 맥락, 작가의 전달 의도 등을 대표적으로 표현한 것처럼 '개성만점 내 맘대로 제목 달기'는 독자인 학생 스스로 깊이 있게 작품을 이해하고, 자신의 경험과 연결하여 공감한 그 과정을 대표하여 표현한 것이라는 점을 안내해야 한다.

[질문]

질문하는 힘, 생각하는 힘

하나.
'왜?'로 시작하고
'아하!'로 매듭짓다

지난날 우리 교실을 돌아보며 가장 가슴 아프고 안타까웠던 풍경은 질문 하나 없이 선생님의 말씀을 하나라도 놓칠세라 교과서에 빼곡하게 메모하고 있는 아이들의 모습이었다. 물론 불과 몇 년 전 나의 교실도 그러했기에 딱히 이상하다고 느끼지 못할 정도였다. 질문이 없는 교실, 아이들이 편하고 자유롭게, 언제 어디서든 친구와 선생님께 묻고 이야기할 수 없는 교실이라면, 우리는 아이들에게 어떤 성장을 도와주고 있는지 한 번쯤은 스스로에게 반문해 봐야 한다. 요즘은 많은 교실이 질문으로 시작하고 토의 토론 활동으로 채워지며 이전보다는 훨씬 자유로운 배움공간이 되었다. 그러나 여전히 더 많은 질문이 넘쳐 나는 교실을 동경하는 것은 나뿐만은 아닐 것이다.

질문은 삶의 원동력이다. 우리는 살아가면서 끊임없는 시련과 고난, 고민과 선택의 순간을 마주한다. 우리 삶에 존재하는 수많은 가치와 선택의 상황에서 스스로에게 질문을 던지며 산다. 당장 오늘 하루에도 우리가 생각한 많은 질문을 떠올려보면 알 수 있다. 나로 시작한 질문은 너와 우리, 세계로까지 확대된다. 그 세계를 담고 있는 작품을 마주한다면 수용적 자세로 읽고 넘어가지 못한다. 매 순간 등장인물의 상황이나 입장, 심리와 관련된 궁금증을 생각할 수도 있고, 인물과 관련된 사건에 대해 깊이 고민하는 질문도 던질 수 있다. 그리고 작품을 통해 작가가 말하고자 하는 의도와 작품의 주제에 끌려 질문하는 순간도 있다.

일반적으로 내 교실에서의 질문 만들기는 '궁금? 궁금! 질문을 잡아라'라는 활동으로 실시한다. 가급적 특별한 형태 없이 자유롭게 궁금한 내용을 말해도 좋다고 하지만, 질문 자체를 낯설어하는 학생들에게는 작품을 읽으며 '왜'를 가슴에 품고 생각하도록 한다. '왜 등장인물 ○○이 그런 행동을 했을까?', '왜 그런 상황이 생겼을까?' 등으로 연결하면 부담이 줄어든다. 또 '어떻게', '누가' 등의 육하원칙을 활용해도 좋고, 등장인물이나 중심 사건과 관련된 질문으로 무궁무진 펼쳐 보자. '만약 나라면 어땠을까?'를 떠올리며 질문해도 좋다. '나'를 질문과 연결하면 작품과 더욱 가까워지고, 등장인물의 심리와 행동에 대해 친근감 있게 혹은 그 등장인물이 바로 자신이 되어 몰입하게 한다. 질문은 작품 속에서 그 답을 쉽게 찾을 수 있거나 단편적인 생각을 하게 하는 닫힌 질문보다 다양한 생각으로 연결되는 열린 질문이나 앞뒤 문맥상 추론하고 예측하며 이해해야 답할 수 있는 질문, 새로운 시각으로 작품을 이해하고 상상하는 데 도움이 되는 질문을 권한다.

예를 들어, 『아홉 살 인생』의 제1장 '세상을 느낄 나이'에서 학생이 작성한 '궁금? 궁금! 질문을 잡아라'를 살펴보면, '자욱한 안개 속에 파묻혀 있는 느낌은 어떤 느낌일까?', '왜 하필이면 영도다리 밑에서 주워 왔다고 하였을까?', '아버지는 어느 정도로 유명한 깡패였을까?', '같은 학년의 아이들과 나이가 다른 채로 학교를 다니면 어떤 기분일까?', '주인공이 말하는 다른 아이들의 세계란 어떤 것을 말하는 것일까?', '나는 산꼭대기의 집이라고 하면 낡고 단칸방 같다는 생각이 드는데, 주인공은 왜 산꼭대기의 집을 신비롭고 긍정적인 이미지로 생각했을까?' 등이 있다. 주인공의 생각, 주인공을 둘러싼 상황이나 사건에 대한 의문, 작품에 드러나는 주요 상징 문구의 의미에 대한 고민 등이 주로 담겨 있다.

『행복한 청소부』의 '궁금? 궁금! 질문을 잡아라'에서는 '지나가던 아이가 엄마에게 작곡가의 이름에 대해 묻지 않았다면 이야기는 어떻게 흘러갔을까?', '자신이 닦는 표지판에 대해 청소부가 꼭 알아야 할까?', '왜 우리는 청소부라는 직업에 대해 선입견이나 고정관념이 있을까?', '아저씨가 음악에서 발견한 비밀과 도서관 책 속에서 발견한 비밀은 무엇일까?', '자신의 직업을 사랑하고 그 직업에 관련된 것을 사랑한다는 것은 무엇일까?', '주위가 긴장될 정도로 고요해져야만 부족한 것에 대한 깨달음이 생기는 것일까?', '아저씨가 사다리에서 강연을 할 때 다른 사람들은 무슨 생각을 했을까?', '아저씨는 배움에 대한 열정이 가득한데도 왜 이전에는 그렇게 하지 못했을까?', '인생에서 바꾸고 싶은 것이 있는지 없는지에 따라 행복을 정의할 수 있을까?', '말이 글로 쓰인 음악이라는 것은 무슨 뜻일까?' 등의 내용이 나왔다.

신경림의 「가난한 사랑 노래」를 감상하면서 학생들이 떠올린 '궁금? 궁금! 질문을 잡아라'에는 '가난하면 정말 결혼조차 못 하는 것일까? 가난 때문에 사랑하는 사람과 헤어지지 않고 그 가난을 함께 이겨 나갈 수는 없을까?', '그 시대 사람들은 메밀묵을 얼마나 많이 먹었을까?', '젊은이는 고향을 생각하며 얼마나 외로웠을까?', '왜 당시에는 고된 일을 오래 하고, 임금은 적게 받을 수밖에 없었을까?', '조금만 돌아보면 노동자의 권리나 인권은 전혀 보호받지 못했음을 알았을 텐데 왜 처음부터 법을 만들지 않았을까?', '우리나라 지방에도 방범대원은 많았을까?', '당시 지방과 시골에서 서울로 상경한 인구는 얼마나 많을까?', '시인은 시 속의 젊은이의 상황과 감정에 어떻게 공감할 수 있었을까?', '상경한 젊은이들이 당시 주로 했던 노동은 어떤 것일까?', '당시 우리나라의 경제, 사회 모습은 어땠을까?', '지금은 사라졌지만, 버스 안내원처럼 1970년대, 1980년대에는 있었던 직업, 앞으로 사라지게 될 직업은 무엇이 있을까?', '노동자들을 보호하는 노동조합 같은 것은 왜 없었을까?', '왜 두 점 치는 소리가 들릴 때까지 잠을 자지 못했을까?' 등이 있다. 학생들은 교사가 먼저 질문하고 답을 제시하기 전에 질문을 만들면서 시의 한 행, 한 구절을 자세히 들여다보며 교사의 도움자료와 도움말을 참고하여 끊임없이 작품 속으로 들어갔다 나오기를 반복했다.

「가난한 사랑 노래」의 '궁금? 궁금! 질문을 잡아라'에서 나온 질문들을 '자유 질문'과 '현실 질문'으로 구분하면 핵심 배움 요소인 작품에 반영된 사회문화적 상황과 슬로리딩이 자연스럽게 연결될 수 있다. '자유질문'은 시를 읽고 자유롭게 생각나는 질문으로 정했고, '현실 질문'은 작품에 반영된 사회문화적 현실 상황과 관련된 질문으로 정했다.

자유 질문의 예로는 '가난하면 정말 결혼조차 못 하는 것일까?', '시인은 시 속의 젊은이의 상황과 감정에 어떻게 공감할 수 있었을까?', '사랑하는 사람과 어쩔 수 없이 헤어져야 한다면 어떤 마음이 들까?', '시인은 왜 육중한 기계 소리라는 표현을 했을까?', '육중한 기계는 어느 정도의 크기였을까?', '왜 젊은이는 사랑하는 사람과 헤어질 수밖에 없다고 결정했을까?', '사람은 언제, 어느 상황에서 달빛이 새파랗다고 느낄까?' 등을 들 수 있다.

현실 질문으로는 '시 속 젊은이는 돈이 없어 돈을 벌기 위해 도시에서 일을 하는데, 화자가 돈을 벌 동안 고향에 계신 어머니의 생계는 어떻게 해결하는 것일까?', '그 시대에 메밀묵은 얼마 정도였고, 얼마나 많이 먹었을까?', '왜 당시에는 고된 일을 오래 하고, 임금은 적게 받을 수밖에 없었을까?', '우리나라 지방에도 방범대원은 많았을까?', '당시 지방과 시골에서 서울로 상경한 인구는 얼마나 많을까?', '상경한 젊은이들이 당시 주로 했던 노동은 어떤 것일까?', '1970년대, 1980년대 당시 도시근로자의 급여는 얼마 정도였을까?', '당시 우리나라의 경제, 사회 모습은 어땠을까?', '방범대원은 주로 무슨 일을 했고, 어떨 때 호각을 불까?' 등이 있다.

질문은 작품 속 이야기를 좀 더 깊게 몰입하게 하는 징검다리이다. 이런 질문은 호기심에서 출발한 것으로, 작품을 내적으로 파악하는 것에만 그치지 않게 한다. 질문을 자유 질문과 현실 질문 등으로 반드시 구분해야 하는 것은 아니다. 이 시를 슬로리딩할 때, 성취기준과 관련된 핵심지식이 '작품에 반영된 사회문화적 상황'과 '작가의 의도'였기에 시에 반영된 사회문화적 상황을 함께 생각해 보기 위해 질문을 세부적으로 구분한 것이다. 질문 만들기를 어떻게 활용할지는 학생들이 마주할 배움의 주제와 관련지어 구상하면 된다.

질문 만들기를 보고서 작성하기와 연결한 사례를 소개해 볼까 한다. 슬로리딩 기본 활동 후, 질문을 중심으로 확장하여 실시했는데, 질문을 통해 작품에 호기심을 갖고 탐색하는 시간을 가졌다. 작품을 읽으며 질문으로 깊이 탐색하기 위해 단편소설 「동백꽃」을 슬로리딩하면서 '궁금? 궁금! 동백꽃 질문 만들기' 활동을 했다. 질문의 생성 과정을 친구들과 나누는 과정에서 배움의 깊이와 폭이 두 배가 되기도 한다. 그래서 질문 만들기 활동은 모둠 활동으로 구상하는 편이 좋다.

우선 네 명의 모둠 구성에서 두 명씩 짝을 정하고 「동백꽃」을 한 문장씩 돌아가며 다시 읽고, 인상 깊은 장면이나 구절, 대사 등을 나누었다. 그 후, 「동백꽃」을 읽으며 떠오른 궁금했던 질문들을 등장인물, 중심 사건, 주요 소재, 그 외 다양하고 자유롭게 쏟아내도록 했다. 일단 질문을 만드는 것이 부담스러운 학생도 많아서 처음에는 작품을 읽으며 떠오르는 내용을 질문의 형태로 마구 쏟아내 보기로 했다. 그리고 그중에서 자신의 마음에 드는 질문을 골라 한 사람당 세 개 이상 포스트잇에 작성하고 모둠 친구들과 나누면서 다시 좋은 질문들을 골라 반 친구들과 나누었다.

작품의 내용과 직접적으로 관련이 있는 것은 '작품 질문', 작품 내용과 직접적인 관련은 적어 보이지만 궁금하고 탐구해 볼 질문은 '샛길 질문'으로 구분해 보았다. 반 전체 친구들에게 모둠에서 좋은 질문들을 발표하고 작품 질문과 샛길 질문을 함께 살폈다. 슬로리딩 활동에서 질문의 내용을 굳이 작품 질문, 샛길 질문이라는 이름을 짓고 반드시 구분해야 할 필요는 없다. 어떤 질문은 구분 자체가 어렵지만 좋은 질문도 있다. 그러나 이 활동은 '동백꽃 샛길 보고서'를 위한 전 단계로 질문을 활용하였기에 이런 과정을 거쳤다. '동백꽃 샛길 보고 서'는 뒤에 나올 [샛길] '엉뚱하게 낯설게, 샛길로 빠지다'에서 자세히 살펴보 도록 하자.

질문 만들기는 토론할 주제로 활용하기에도 유용하다. 1인 1토론 질문 포스트잇을 작성하여 두 명씩 짝을 이루어 간편하게 시작할 수 도 있고, 토론 질문을 작성한 포스트잇을 칠판에 부착했다가 자신이 작성한 것을 제외한 토론 질문 포스트잇을 선택하여 짝 토론 활동을 하기에도 좋다. 아래는 2018년 중학교 1학년 학생들과 자유학기 주제 선택 활동 슬로리딩반에서 실시했던 「동백꽃」 토론 질문의 예이다. 점 순이의 행동에 대해 '무단침입'에 해당한다는 의견과 고추장 물을 닭 에게 억지로 먹인 것을 동물 학대의 관점과 관련지어 과연 옳은 행동 인지 각자의 의견을 듣고 나누어 본 것이 흥미로웠다.

[청소년 작가님들의 슬로리딩 흔적]

- 현대사회의 사고에서 점순이가 닭을 해치러 '나'의 집에 들어간 것은 무단침입에 해 당하는데 당시는 이런 행동도 마름집이라고 해서 허용한 것일까?
- 고추장 물을 타서 닭에게 억지로 먹인 장면이 나오는데 이것은 동물 학대에 해당하 는 것이 아닐까?
- 점순이가 나의 닭과 점순이의 닭을 싸움 붙이는 장면이 나오는데 과연 자신의 사 랑을 표현하는 방법으로 닭싸움을 시키는 행동은 적절한가?
- 만약 '나'가 소작인이 아니라 점순이네보다 신분이 높은 입장이었다면 뒷이야기가 어떻게 바뀌었을까?
- '나'가 눈치가 없고 아둔한 것일까, 점순이의 사랑 표현이 과격하고 지나친 것일 까?
- 점순이가 한 행동과 비슷한 행동을 지금 내가 겪는다면 나는 그것을 이해하고 옳다 고 판단할 것인가?

- 점순이와 나가 싸울 때 그 싸움이 점순이의 잘못일까, 나의 잘못일까?
- 분명히 점순이가 싸움의 원인을 제공하고 시비를 걸었는데, 왜 나는 정당하게 항의하지 못할까? 그렇다면 나는 계속 점순이의 어떤 행동에도 참고 견뎌야 하는 것일까?
- 내가 점순이하고 일을 저질렀다가는 점순네가 노하고 땅과 집도 내놓고 해야 한다는데 왜 점순네가 노할까, 사랑하는 것이 죄는 아닐 텐데 사랑이 두 주인공에게는 죄가 되는 것일까?

　질문의 형태를 활용한 깊은 감상은 한 가지 배움의 형태에만 제한되지 않는다. 질문을 바탕으로 더 깊은 배움으로 확장하는 데 유용한 길잡이가 된다. 2016년 중학교 1학년 학생들과 기형도의 「엄마 걱정」이라는 시로 처음 슬로리딩했을 때도 한 단계 더 깊은 배움의 나눔이 필요했다. 그렇게 나온 활동이 '달팽이걸음 시 감상 생각 나누기' 연계 활동이었다. 우선, 학생들은 각자 가장 인상 깊고 의미가 있었던 부분과 내용을 모둠 친구들에게 소개하고 그렇게 생각하는 이유를 자신의 경험과 연결하여 발표했다. 모둠 친구들과 나눈 내용 중에서 다른 모둠과 더 이야기하고 싶은 것을 선택하고 각자 질문의 형태로 작성했다. 학생들은 자신이 제시한 것 외에 다른 질문을 선택하여 모둠에 돌아온 후, '배움의 질문 확장하기' 활동을 했다. 도화지 가장 안쪽에 각자 선택한 배움 질문을 한 개씩 붙이고, 종이를 돌려 가며 모둠 친구들이 각자의 생각과 경험을 적도록 했다. 그리고 도화지 바깥쪽 여백에는 각 질문에 대한 모든 친구들의 생각을 정리하거나 그 내용을 최종 종합하여 '나와 너의 생각 정리'라는 이름으로 마무리했다. 그리고 모둠별로 발표하면서 반 전체 친구들의 배움으로 확장하도록 했다. 학생들의 생각 중에서 인상적인 내용을 제시해 본다.

[배움 질문 ①] 왜 '찬밥처럼 방에 담겨'라는 표현에 많은 친구들이 인상 깊을까?

• '나'를 '식은 죽', '아픈 새'나 '시든 꽃'에 빗댈 수도 있을 텐데, 왜 하필 '찬밥'으로 표현했을지에 대해 친구들이 신기해서인 것 같다. 나는 '시든 꽃'으로 표현하면 어떨까 하는 생각이 든다. 나는 엄마께 혼이 나면 풀이 죽어 항상 시든 꽃처럼 방에 담겨 있었다. 그래서 시 속의 '찬밥'의 싸늘하고 외로운 심정이 이해되기도 한다.

• 자신을 밥솥에 든 따뜻한 밥이 아니라 식은 찬밥으로 표현한 상상력이 신기했고 아무도 쳐다보지 않은 덩그러니 남겨진 아이라는 인상으로 다가와 슬퍼서인 것 같다.

[너와 나의 생각 정리]

우리 모둠 친구들은 이 배움 질문에 대해 평소 듣지 못했던 새롭고 낯선 표현이기 때문에 인상 깊다고 느낀 것 같다. 이 시의 '찬밥처럼 방에 담겨'라는 표현 말고도 '식은 죽, 아픈 새, 시든 꽃'으로 표현하기도 했는데, 찬밥의 인상이 강렬하고 외로우며 서글프게 다가오기도 한다. 만약 내가 찬밥 신세라면 어떤 기분일까? 누가 찬밥에게 귀하게 대하고 살펴보겠는가. 여차하면 버려질 수도 있는 신세라고 생각하니 무섭기까지 하다.

[배움 질문 ②] '해가 시든 지 오래'를 다른 표현으로 바꾼다면, 어떤 것이 있을까?

• '해가 시든 지 오래'라는 것은 '해'를 '꽃'에 비유한 표현이다. 그냥 해를 해다운 표현으로 해도 좋을 것 같아서, '해가 저문 지 오래'로 하고 싶다.

• 이 시의 화자의 엄마가 시장에서 열무를 파시고, 지친 걸음으로 '배춧잎 발소리 타박타박' 내면서 집으로 온다는 것과 같이 이해하면 좋을 것 같다. 배춧잎이 시들고 열무를 다 팔지 못해 밤이 되면 풀이 죽고 시든다. 그것처럼 엄마가 아직 시장에서 열무를 다 팔지 못한 시간을 열무가 시든 시간, 해가 시든 시간 등으로 이해하고 싶다. 다른 표현으로는 '해가 꺼진 지 오래', '해는 잠든 지 오래' 등도 좋을 것 같다. 해를 '불'로 표현하거나 어린아이가 지쳐 잠든 모습처럼 표현해도 좋아 보여서이다.

• 나는 다른 표현보다 '해가 시든 지 오래' 그 자체로 인상 깊은 표현이라 시 속에서 아이의 엄마를 기다리다 지친 모습과 엄마의 피곤함을 나타내기에 가장 적절하다고 생각한다.

[너와 나의 생각 정리]

친구들의 생각을 정리해 보면서 다시 한번 '해가 시든 지 오래'를 감상해 보았다. 시인은 왜 하필 이런 표현을 했을까? 곰곰이 생각해 보니 다른 친구의 말처럼 시장에 열무를 팔러 가신 엄마의 상황이나 엄마를 기다리다 지친 아이의 모습 등이 떠올랐다. 그래서 어떤 친구는 이 표현 그 자체로 좋다고도 했고, '해가 꺼진 지 오래', '해는 잠든 지 오래' 등으로 다르게 표현하기도 했다. 이 부분을 다시 읽으면서 엄마를 기다리다 지쳤던 내 어릴 때가 생각이 났고, 이 시인의 표현이 인상 깊었다.

나는 중학교 1학년 학생들과의 그때 수업을 떠올리면 '왜?'로 시작해서 '아하!'로 마무리되는 수업이었다고 말하고 싶다. 아이들에게 자유로운 질문과 곱씹고 생각할 충분한 시간을 제공하면서 기다리고 함께한다면 얼마든지 생각은 깊고 넓어진다. 매번 학생들과 나눈 생각과 수업 기록은 나에게 깨달음과 성장을 동시에 주는 보물이다. 그 생각 속에 성장하는 아이들과 내가 있다.

『우리들의 일그러진 영웅』을 읽으면서 학생들은 자주 쉬어 가며 질문을 만드는 연습을 했다. 질문을 만들면서 생각이 펼쳐지고, 그것은 다시 책으로 눈을 돌리게 한다. 질문은 전체적인 맥락을 이해하고 자신의 생각과 의견을 정리하는 데도 도움을 준다. 주인공의 행동에 대해 이해되지 않는 부분은 분개하기도 하고, 엄석대나 담임선생님이 되어 '나라면 어떻게 했을까?'를 떠올리며 등장인물들을 둘러싼 사건들을 깊이 파헤치기도 한다. 결국 슬로리딩하면서 질문하는 경험은 독자가 스스로 작품 속에 포함되는 상태가 되도록 한다. 작품 속 이야기가 나와 동떨어진 세계가 아니라, 마치 지금 자신이 겪는 것 같은 현실감을 던져 주기도 한다. 나는 슬로리딩하면서 질문을 만들 때는 질문만 만들지 말고, 그 질문 중 한두 개는 선택하여 생각을 작성하도록 한다.

아래 학생의 슬로리딩 흔적을 통해 질문을 활용하면 작품 속 인물과 사건을 중심으로 훨씬 다각도의 면에서 생각할 수 있음을 알 수 있다.

📔 [청소년 작가님들의 슬로리딩 흔적]

[질문 ①] 병태는 과연 정의로운 아이일까?

[학생 생각] 내 생각에는 병태가 단순히 이 반에서 석대의 독재를 몰아내고 자유와 합리를 찾고자 하는 의지로 석대와 맞선 것은 아닌 것 같다. 자신이 이전에 살았던 서울과는 다른 아이들과, 실망스러운 학교, 그리고 반장의 정의를 그저 자신이 살고 있던 서울과 똑같이 만들고 싶었던 발악의 일종이었는지도 모르겠다. 석대를 추종하는 아이들도, 독재했던 석대도 이를 억지로 바꾸려고 성급하게 싸운 것이지 절대 정의로운 마음으로 행동한 것 같지는 않다.

[질문 ②] 석대는 자신의 행동이 잘못되었다는 것을 알고 있을까?

[학생 생각] 어른들의 눈을 감쪽같이 속이고, 다른 아이들을 치밀하게 강압시켜 독재를 하는 석대라면 이러한 행동이 잘못되었다는 것은 쉽게 아니 처음부터 알고 있었을 것이다. 하지만 이를 그만두지 못하는 것은 반장으로서 누릴 수 있는 권력과 권한, 특권, 자신에게 의지하는 아이들의 태도 때문이 아닐까 생각해 본다.

[질문 ③] 석대를 체벌한 6학년 선생님의 지도 방식은 올바른 것일까?

[학생 생각] 옳지 못하다. 오히려 이때 잘못된 체벌로 인해 미래의 석대(경찰에게 잡히는 모습)의 잘못된 모습이 벌어진 것 같다. 석대가 아무리 비상하다고 하지만 석대도 아직 어린아이에 불과하다. 이때의 체벌 방식이 시대적으로 전부 매를 맞는 시기였다고 해도 아이들 앞에서 처참하게 석대가 무너지는 모습을 보여 주고 더군다나 석대에게 받은 피해를 반 아이들에게 말하라고 함으로써 자신의 편이 아무도 없음을 각인시켜 주어 정신적으로 큰 타격과 상처를 주는 악영향을 끼친 듯하다.

『어린 왕자』 제4장을 읽으면서 '숫자'와 관련된 우리들의 삶을 돌아보고, 인생에서 진정 중요한 가치는 무엇일지 고민하는 시간을 가졌다. 삶을 들여다보고, 인생의 가치에 대해 성찰하려면 대화의 시간이 충분해야 한다. 그래서 질문과 관련지어 자유롭게 대화할 '책 대화 활동'을 별도로 만들고, 그 기록은 '책 대화 발자국'으로 안내했다. 학생들이 함께 이야기할 중심 주제는 단어나 문장, 핵심 키워드로 제시된 것을 접하는 것보다 질문의 형태가 배움의 핵심에 가까이 갈 수 있다. 질문을 통해 자신의 문제와 연결하여 생각해 보는 물꼬를 트기 쉬우므로 이 활동도 질문으로 진행했다. 우선 모둠 친구들과 같이 이야기해 보고 싶은 것을 한 개씩 돌아가며 말하고, '생각 질문'으로 적어 둔다. 그중에 대표 질문을 선택하여 모둠 친구들과 자유롭게 의견을 주고받은 후 중요한 내용을 정리하도록 했다. 친구들과의 의견을 대화하도록 만드는 것도 질문으로 출발하고, 서로의 의견을 깊이 있게 만드는 대화의 물꼬도 질문으로 시작한다. 특히 『어린 왕자』의 제4장은 숫자와 관련하여 학생들과 깊이 있는 이야기를 많이 했는데, 작품의 중심 내용에서 살짝 벗어나 우리들의 삶 속의 '숫자' 인생을 들여다보며 질문하고 이야기했던 의미 있는 순간이었다.

학생들에게 활동지를 제공하면 충분한 시간을 제공했더라도 일단 쓰는 데 더 집중하는 경향이 있다. '책 대화' 활동도 친구들의 질문들을 모두 적고 그중에서 대표 질문을 선택하는 데까지는 메모하고 기록하는 과정이 있다. 그 후 자유롭게 대표 질문에 대한 책 대화 단계에서는 일정 시간 동안 펜을 놓고 대화만 하는 시간으로 약속하는 것도 필요하다. 타이머를 활용하여 가시적으로 활동 시간을 제시하는 것도 좋다. 책 대화 활동을 짧게 끝내는 모둠이 있지 않은지 교사가 살펴보고, 돌아가며 학생들이 한 번씩 대화할 수 있도록 유도하거나 교사가 그 모둠에서 함께 책 대화를 하는 것도 필요하다.

[너와 나의 생각 질문] 4장

- 그렇다면 숫자는 우리 삶에서 중요한 것에 정말 영향을 미치지 않을까?

- 집의 평수가 가족의 화목함을 보장할 수 있을까?

- 숫자 없는 세상에서 우리는 살아갈 수 있을까?

[우리의 생각과 의견 정리] 4장

- 우리는 숫자 없는 세상에서 살아갈 수는 있지만 불편할 것이다. 남들과 비교되지 않고, 서열이 매겨질 수 없기 때문에 그나마 행복할지도 모른다. 하지만 여러 방면에서 숫자가 사용되기 때문에 물건을 살 때, 사람을 셀 때 조금은 불편할지도 모른다.

『어린 왕자』 책 대화 발자국

둘.
질문으로 등장인물 집중탐구

한 권의 작품을 마주하면서 꼭 파악해야 하는 요소 중 하나가 등장인물의 행동 탐구와 성격 분석이다. 작품에 따라 등장인물을 이해하는 방법은 교사가 다양하게 구상할 수 있다. 등장인물의 성격과 특징을 파악하기 위해 말과 행동을 다양한 맵을 활용해 정리하거나 등장인물의 특징을 찾아 책에 밑줄을 긋고 메모하는 형태도 할 수 있다.15) 등장인물의 상황과 입장, 심리를 이해하고 공감하기 위해 핫시팅16)을 활용할 수도 있다. 그중에서 '질문으로 등장인물 탐구하기'를 추천하고 싶다. 그 이유는 질문으로 등장인물을 파악하면 그 등장인물 주변의 다른 인물들과의 관계나 등장인물의 행동과 심리에 대한 이해, 사건과 관련지어 이해하는 데 좀 더 쉽고 종합적으로 접근할 수 있기 때문이다. 그리고 친구들과 그 질문을 공유하는 과정에서 더 폭넓은 이해와 해석이 가능하다는 점도 매력적이다. 특히 한 학급에 서른 명의 학생들과 슬로리딩하면서 각자의 생각이나 경험을 전체적으로 공유하기에는 시간적 한계가 많아 교사든 학생이든 허덕이게 된

---

15) 나는 주로 이 활동을 '내용집중탐구'로 이름 짓고, 인물을 중심으로 작품을 꼼꼼히 읽으며 주인공의 입장과 상황을 이해하고 자신의 생각을 만나는 시간으로 학생들에게 안내한다. 작품을 읽으며 '공감, 질문, 의견, 경험, 울림' 등 다섯 가지 키워드를 중심으로 책에 메모한다. '공감'은 '나도 ~라고 생각해', '질문'은 '왜~일까?', '만약~라면 어땠을까?', '의견'은 '나는 이렇게 생각한다. 왜냐하면~', '경험'은 '나도 ~한 적이 있었는데', '울림'은 '~가 인상적이다. 왜냐하면~' 등으로 정리할 수 있다. 키워드별로 두 가지 이상의 내용을 적도록 한다. 그 후 다섯 가지 생각들을 자기만의 방식(맵, 그림, 기호 등)으로 학생들이 스스로 구조화하고, ○쪽의 내용인지, 왜 그렇게 생각하는지 등 그 이유를 밝히도록 했다.

16) 학생들이 작가나 등장인물이 되어 의자에 앉고, 다른 인물들이 인터뷰 형식으로 질문하고 답하면서 인물의 생각이나 입장을 알아보는 교육연극의 한 기법이다.

다. 그러나 학생들이 등장인물에 대해 고민하는 시간을 질문과 연계하여 함께 시작하면 자연스럽게 생각이 공유되고, 각 모둠의 의견들을 나누면서 배움은 두 배가 되기에 질문을 활용한 등장인물 파악은 의미 있는 과정이었다.

2019년, 중학교 2학년 학생들과 함께한 『우리들의 일그러진 영웅』 '질문으로 인물 집중탐구'는 특히 기억에 남는 이유가 있다. 작품 속 주요 사건과 한병태와 엄석대, 두 담임선생님과 반 학생들의 행동을 곱씹어 보는 것은 현재 우리 아이들이 자신의 교실 속 삶을 들여다보기에 좋은 배움이 될 수 있을 거라는 고민에서 나왔기 때문이다. 질문을 만나면서 작품 속 등장인물이 되어 보고, 한 단계 더 나아가 현재 자신의 교실에서의 모습을 자연스럽게 연결할 수 있다면 두 마리 토끼를 다 잡는 셈이다. 엄석대의 행동을 통해, 한병태의 고민을 통해, 반 학생들의 변화를 통해, '지금', '여기', '나', '너', '우리'의 삶을 돌아보고 성찰할 수 있는 질문을 학생들 스스로 만들면 어떨까? 그 과정에서 현재 자신이 뛰고 구르는 삶과 교실 속에서 당연시했던 힘의 불균형에 대한 문제를 조금이라도 인식한다면 그것만으로도 충분히 가치가 있다고 생각한다.

우선, 모둠 친구들과 협의하여 탐구하고 싶은 등장인물을 선택하고 가장 안쪽에 등장인물의 이름을 적는다. 등장인물과 관련된 사건, 상황, 행동, 말 등을 중심으로 다시 작품을 들여다보며 질문을 만든다. 처음부터 질문을 바로 적는 것은 다소 부담스러울 수 있어서 포스트잇을 충분히 제공하고, 한 개의 포스트잇에 한 개의 질문을 작성하도록 했다. 질문은 많을수록 좋으며, 모둠원들이 작성한 질문 중에서 좋은 질문 네 개를 선택하도록 했다. 선택한 질문에 대해 자유롭게 이야기한 후, 모둠원 네 명이 돌아가며 질문에 대해 자신의 생각과 그 이유를 구체적으로 적는다. 모둠 활동지를 돌려 가며 각자 모든 질문에 대한 생각과 이유를 작성하는데, 친구가 작성한 의견에 자신의 생각을 댓글로 이어가도 좋다. 학생들이 『우리들의 일그러진 영웅』을 읽고, 각 모둠에서 친구들과 함께 집중탐구한 등장인물 질문들을 살펴보면, 집중탐구한 인물을 중심으로 작품 속 다양한 등장인물들 간의 관계나 사건과 연관된 질문들이 많았고, 특히 '나라면', '내가 만약 등장인물 누구였다면' 등을 통해 작품 속 다양한 상황에 깊숙이 들어가 자신의 삶을 들여다볼 수 있는 계기를 가지는 질문이 좋았다.

🖊 [청소년 작가님들의 슬로리딩 흔적]

[질문으로 인물 집중탐구] 엄석대

- 만약 석대가 가진 권력을 한병태가 갖게 되었다면 이야기가 어떻게 전개되었을까?
- 석대는 6학년 담임선생님께서 석대를 매질하고 석대의 잘못을 반 아이들에게 묻는 상황에서 왜 교실을 나가 버리는 선택을 했을까? 다른 방식의 행동은 어떤 것이 있을까?
- 엄석대는 어떤 계기로 아이들을 괴롭히고 자신이 가진 힘으로 통제하려고 했을까?
- 엄석대가 가진 권력은 혼자만의 힘으로 가능할까? 학급의 어떤 분위기가 그렇게 만들까?
- 엄석대에게는 죄책감이라는 감정이나 도덕성이 없는 것일까?

[질문으로 인물 집중탐구] 한병태

- 한병태가 다른 사람의 입장이나 시선을 먼저 고려한 후, 상황을 판단하고 행동했다면 어땠을까?
- 한병태가 전학을 오자마자 처음부터 엄석대에게 복종했다면 둘의 관계는 어떻게 되었을까?
- 왜 한병태는 마지막에 반 아이들이 모두 엄석대의 잘못을 말할 때, 혼자 '모른다'고 했을까?
- 나라면 우리 반에 석대와 같은 아이가 있다면, 어떻게 행동할까? 저항할까? 순응할까?
- 한병태가 끝까지 엄석대에게 반항하였다면 어떻게 되었을까?

[질문으로 인물 집중탐구] 5학년 담임선생님

- 왜 5학년 담임선생님은 자신의 반에서 일어나는 석대의 만행을 알지 못했을까?

- 석대의 만행이 다른 선생님들께 알려지는 것이 싫어서 석대의 만행을 감추려고 한 것은 아닐까?

- 왜 선생님은 학생인 엄석대를 믿고 학급의 모든 일을 맡겼을까?

- 정말 5학년 담임선생님은 엄석대의 만행들을 몰랐던 것일까? 아니면 귀찮아서 묵인한 것일까?

[질문으로 인물 집중탐구] 6학년 담임선생님

- 왜 6학년 담임선생님은 엄석대에게 피해받은 반 학생들을 모두 때렸을까?

- 나라면 과연 6학년 담임선생님처럼 아이들의 시험지 바꿔치기를 알고 반 아이들이 엄석대의 잘못을 말하도록 지도할 수 있을까?

- 내가 만약 6학년 담임선생님과 같이 이 반을 맡았다면, 아이들에게 용기를 끌어내고 잘못된 점을 바로잡기 위해 지도에 힘쓸 수 있었을까?

- 선생님은 엄석대의 만행을 모두 교실에서 폭로하도록 한 후, 반 아이들이 혼란을 겪으며 반장선거를 다시 하는데 왜 아무 말도 하지 않고 아이들이 알아서 해결하도록 내버려 두었을까?

[질문으로 인물 집중탐구] 반 아이들

- 나라면 그 교실에서 엄석대의 말에 복종하고 따를 것일까? 반항하고 저항할 것인가?

- 왜 반 아이들은 5학년 담임선생님께서 엄석대의 잘못을 적으라고 했는데, 한병태의 잘못만 들춘 것일까?

- 내가 그 반 아이들이었다면 한병태처럼 엄석대의 만행을 고발하고 바로잡으려고 애쓸 수 있을까?

- 반 아이들의 숫자가 엄석대와 그의 무리보다 많은데, 반 아이들은 다 같이 힘을 합하면 엄석대의 권력을 몰아낼 수도 있었는데, 복종한 이유는 무엇일까?

- 만약 반 아이들이 엄석대에게 저항할 힘이 있었다면, 그런 상황에서도 엄석대는 자신의 권력을 유지할 수 있었을까?

『우리들의 일그러진 영웅』 질문으로 인물탐구

　모두 작성한 후에는 친구들과 다시 한번 자유롭게 의견을 나누고, 집중탐구한 인물에 대한 각자의 최종적인 종합 의견을 '내가 생각하는 ○○○'으로 정리했다. 종합적인 의견을 작성할 때, '○○○ 인물은 □□□라고 생각한다. 그 이유는 이러하기 때문이다.' 등으로 그 인물이 한 행동이나 말, 사건 등과 관련지어 구체적으로 작성할 수 있도록 했다. 집중탐구한 인물에 대한 평가, 그 인물이 가진 가치나 덕목 혹은 갖추길 바라는 인성적인 측면까지 포함하도록 안내했다.[17] 집중탐구한 등장인물에 대한 평가를 하는 과정을 통해 결국 이것이 학생 스스로 자신의 삶을 들여다볼 수 있는 기회가 되도록 했다. 누군가 '이렇게 해야 한다', '이런 삶을 살아야 한다.'라고 강요한 인성과 덕목

---

17)　나의 달팽이교실 칠판 한편에는 항상 '가치덕목 자석카드'(학토재)가 부착되어 있다. 아이들은 언제든지 '공감', '나눔', '경청', '사랑', '격려', '배려', '즐거움', '겸손', '열정', '노력', '성실', '호기심', '끈기', '긍정', '근면', '소통', '절제', '효도', '약속', '우정', '자율', '평화', '행복', '용기', '감사', '자신감', '용서', '정직', '책임', '믿음', '예절', '존중', '창의성', '협동', '지혜' 등의 덕목을 살펴볼 수 있다. 이 덕목들은 작품 속 등장인물을 탐구하거나 작품에 담긴 주제 등을 이야기할 때 활용하기 좋았다.

이 아니라, 스스로 필요에 의해 찾아 가며 스며든 삶과 배움이 되길 바랐다.

작품 속 인물탐구 활동을 하면서 등장인물에 대한 평가나 판단을 전제로 한 글쓰기나 말하기를 할 경우, 가치덕목 키워드 등을 활용하면 학생들이 구체적으로 생각할 수 있고, 근거를 제시할 때도 유용하다. 등장인물에게 부족한 가치덕목을 함께 말해 보거나 등장인물이 가진 가치덕목을 생각해 보면서 그 인물과 관련된 사건과 인물의 행동, 성격 등을 한 단계 확장하여 사고할 기회도 된다.

[청소년 작가님들의 슬로리딩 흔적]

• 내가 생각하는 한병태는 자신감과 용기는 있지만, 눈치가 없는 인물이다. 왜냐하면 반 아이들이 모두 엄석대에게 복종하고 있는 분위기인데, 그 상황에서 치밀하게 계획하고 움직인 것이 아니라, 바로 맞서 싸우는 것을 보니 용기는 있다고 생각한다. 그러나 누가 봐도 엄석대라는 막강한 권력을 대상으로 혼자 맞서 싸우는 것은 힘든 싸움이 될 텐데 그런 상황을 제대로 파악하지 못하고 자신을 지지하는 아이들도 모으지 못한 채 바로 행동부터 옮겼기 때문에 눈치는 없다는 것이다. 그리고 한편으로는 이기적이고 불쌍한 면도 가진 인물이라고 생각한다. 왜냐하면 결국 한병태도 자신의 이익에 따라 생각하고 행동했으며 그럼으로써 반 친구들에게 미움받고 배척당하는 면도 있지 않았을까 하는 생각이 들기 때문이다. '한병태가 조금 더 반 친구들의 입장과 그동안의 일을 생각하고 일을 도모했다면 더 빨리 엄석대의 왕국을 지혜롭게 무너뜨릴 수 있었을 텐데.'라는 아쉬움이 남는다.

• 내가 생각하는 반 아이들은 커다란 권력 아래에 일사불란하게 움직이는 개미와 같다. 그러한 성향으로 뭉친 반 아이들이기에 새로운 권력인 6학년 담임선생님의 등장에 결국 혼자가 된 엄석대를 그 누구도 도와주지 않고 비난하기에 바빴던 것이다. 이런 반 아이들에게 판단할 수 있는 능력과 용기, 공감의 능력이 있었다면 학급의 상황을 살펴보고 무엇이 옳고 그른지를 정확히 판단하고 잘못된 것은 잘못되었다고 말할 수 있었을 것이다. 이런 일이 가능했다면 이 반은 큰 권력에 따라 이리저

리 움직이는 개미 떼가 아니라, 생각하고 판단하는 하나의 인간으로서의 모습들이 모인 반이 되었을 것이다.

- 내가 생각하는 6학년 담임선생님은 공평함과 정의로움을 추구하는 사람 같다. 5학년 담임선생님이 무능하고 형식적인 담임선생님의 모습이라면, 6학년 담임선생님은 반 학생들에게는 든든한 지원군이자 격려자의 비빌 언덕의 모습을 가졌다. 반에서 일어나는 잘못된 일에 대해 뿌리부터 고치려고 애쓴 점과 잃어버렸던 아이들 자신의 권리를 찾을 수 있도록 엄석대를 벌한 점이 그렇다. 특히 새로 반장선거를 할 때 아이들이 우왕좌왕하는 모습이 보기 힘들었을 텐데도 아이들 스스로 반장선거를 해결할 수 있도록 지켜봐 준 인내가 멋지다. 다만, 잘못된 부분을 고치는 과정에서 너무 엄했다는 점이 아쉽다. 부드러운 처벌을 하면 단단했던 엄석대의 권력을 아이들이 알지 못할 것이라 여겨서인지, 아니면 정의로움이 중요한 사람이어서인지는 고민을 좀 해 보고 싶다.

'질문으로 인물 집중탐구' 활동과 관련하여 등장인물들 간의 관계를 종합적으로 이해하고 배움의 깊이를 더할 수 있는 것으로 '인물 구조도 작성'을 추천한다. 인물 구조도를 통해 모둠에서 집중탐구했던 등장인물에 국한되지 않고, 등장인물들 간의 관계를 종합적으로 바라보고 감상할 수 있다. 작품에 등장하는 여러 인물의 관계를 이해하는 것은 사건과 관련지어 인물들의 유형과 양상을 이해하는 데도 도움이 되지만, 작품의 중요 맥락을 한눈에 익히고 종합적으로 파악하는 능력을 갖게 한다.

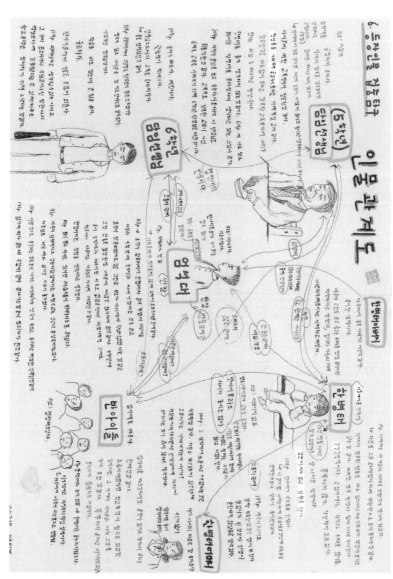

『우리들의 일그러진 영웅』 인물관계도

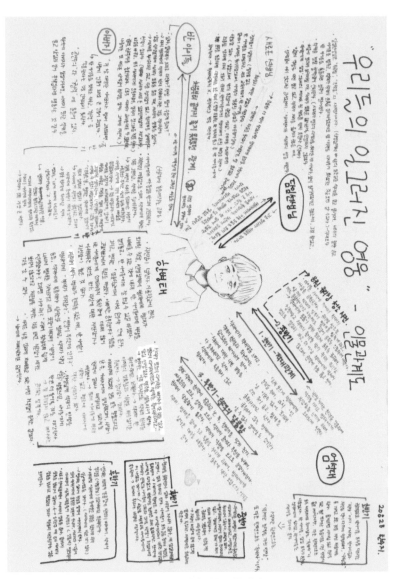

『우리들의 일그러진 영웅』 인물관계도

셋.
꼬리 물고 성장 질문 집중탐구

『우리들의 일그러진 영웅』 '질문으로 등장인물 집중탐구'를 하면서 학생들의 사고가 조금씩 깊어지고 있다는 생각이 들었다. 여기에서 멈추고 다른 배움으로 넘어가기에는 학생들이 머리를 싸매고 고민하며 파고든 과정이 아까웠다. 좀 더 꼬리를 물고 더 깊은 사고까지 끌어낼 성장 질문으로 연결해 보고 싶었다. 한 단계 깊은 성장 질문은 내가 다섯 개 만들어 제공하고 여섯 번째 질문을 비워 두어 학생들이 스스로 만들어 보도록 했다. 학생들이 『우리들의 일그러진 영웅』을 통해 꼭 다루고 싶은 주제로 만들거나 작품과 관련하여 확산적 사고가 가능한 질문도 좋다고 했다. 이 활동은 개별 활동에서 출발하여 모둠 친구들과 공유하고 반 전체 친구들과 갤러리 워크 등을 통해 나누었고, 수행평가 글쓰기와도 연계했다.

학생들에게 제시한 '꼬리 물고 성장 질문'은 '등장인물 중에서 가장 일그러진 영웅은 누구일까?', '정의로움이란 무엇일까?', '등장인물 중에서 가장 정의로운 인물은 누구일까?', '이 시대의 진정한 리더의 자질은 무엇이라고 생각하는가?', '만약 나라면 작품 속에 나오는 교실과 같은 불합리한 상황에서 어떻게 행동할 것인가?', '행복하고 건강한 교실을 위해서 나를 무엇을 할 것인가?'이다.

대부분의 학생들은 모둠 친구들과 협의하여 제시된 질문 중에서 한 가지 선택하였으나, '미래 사회에서 필요로 하는 진정한 리더의 모습은 무엇인가?', '정의로움과 정의롭지 않음의 기준은 무엇인가?', '모두가 존중받는 교실을 만들기 위해 꼭 바꾸어야 할 현재의 우리들의 모습은 무엇이 있을까?', '작품 속 등장인물 중에서 가장 정의롭지 않은 인물은 누구일까?', '나는 작품 속 등장인물 중에서 누구와 가장 닮아 있고, 왜 그렇게 생각하는가?' 등으로 '꼬리 물고 성장 질문'을 채워 나가기도 했다. 또 '이 시대의 진정한 리더의 자질은 무엇이라고 생각하는가?'라는 성장 질문에 대해 '이 시대'를 작품 속 시대적 배경과 현재 우리들이 살고 있는 현대로 각각 구분하여 생각하는 모둠도 있었다.

모둠당 도화지를 제공하고 모둠에서 선택한 '꼬리 물고 성장 질문'을 가운데에 크게 적고, 모둠원 친구들과 자유롭게 이야기하도록 했다. 그 후, 모둠원 각자의 위치에 해당하는 도화지 여백에 성장 질문과 관련된 메모를 자유롭게 하도록 했다. 자유로운 생각으로 꼬리에 꼬리를 물고 메모하되, 완벽한 문장으로 작성하지 않도록 안내했다. 일반적으로 아이들이 쓰기 활동을 하면 완벽한 문장으로 마무리해야 한다는 부담감을 가지는 경우가 많은데, 그렇게 되면 문장을 다듬는 데에 신경을 쓰느라 자유롭게 말하고 생각하기 어렵다. 그래서 지금은 자신의 생각을 간단히 메모한다는 정도로 부담 없이 적도록 했다. 핵심어를 연결해도 좋고, 마인드맵 형태로 구성하거나, 도표를 활용해도 좋다. 작품 속 등장인물들의 행동이나 작품 속 사건, 우리들의 생활 등을 연결하여 간단히 메모하도록 했다. 그리고 다시 모둠 친구들과 자신이 메모한 내용을 돌아가며 이야기하고 친구들의 의견 중에서 좋았던 점은 자신의 메모에 반영하거나 보완하도록 했다. 그 후 '꼬리 물고 성장 질문'에 대한 각자의 최종 의견을 정리하여 도화지 모서리 부분에 꼼꼼하게 짧은 글로 마무리하도록 했다. 그 후 자유롭게 교실을 돌아다니며 다른 친구들의 작성을 살펴보고, 궁금한 점은 질문하는 시간을 가졌다. 이 모든 일련의 과정은 수행평가로 연계되었다. 수행평가 진행 과정은 뒤에 나올 [성장] '슬로리딩 활동과 평가의 일체화'에서 자세히 살펴보고자 한다.

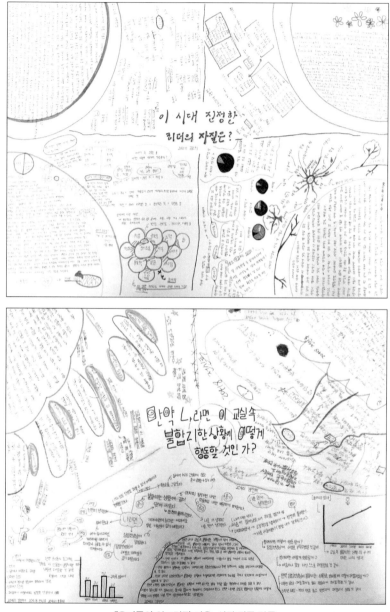

『우리들의 일그러진 영웅』 성장 질문 탐구

중학교 2학년 학생들이 작품을 깊이 이해하는 활동을 넘어 '정의로움, 시대가 요구하는 진정한 리더의 자질', '불합리한 상황에 대한 문제의식과 자신이 지향해야 하는 행동과 그 선택', '행복한 교실을 만들기 위한 우리들의 노력', '자신은 어떠한 인물형인지 등에 대한 성찰'을 깊이 있게 고민했다. 세대를 거듭할수록 그 사회가 발전하려면 물질적 풍요로움 외에 정신적 성숙을 갖추어야 한다. 경제적 성장보다 문화적 성숙이 더 중요한 사회의 밑거름이다. 이런 탄탄함이 다져지려면 청소년 시기부터 자신의 삶을 끊임없이 성찰하는 연습이 중요하다. 그 연습은 교실에서 선생님과 그리고 또래 친구들과 지속적으로 대화하며 소통하는 과정 속에서 이루어져야 한다. 그런 의미에서 '꼬리 물고 성장 질문'은 학생들 스스로 인지하지 못하는 사이에 자신의 삶과 우리 주변의 상황을 성찰하고 한 단계 넓고 높은 시선으로 돌아보는 기회가 되었다.

[샛길]

엉뚱하게 낯설게, 샛길로 빠지다

하나.
낯설게 바라보다

우리는 주변을 당연하게 여길 때가 많다. '당연하다'는 것은 무엇일까? '낯설지 않고 익숙하다'라는 의미가 될 것 같다. 이를 좀 더 자세히 알아보자. 국어사전을 찾아보면 '일의 앞뒤 사정을 놓고 볼 때 마땅히 그러하다'라는 뜻이다. 유의어로 '적합하다', '합당하다', '마땅하다'가 있다. 자신의 삶과 주변을 돌아보며 우리는 얼마나 '적합하고 합당하며 마땅하게', 즉 당연하게 받아들이는지 한번 생각해 볼 필요가 있다. 현재 자신의 모습을 '당연하고 적합하게', '합당하고 마땅하게' 수용적으로 받아들이는 것이 습관화되어 자신의 삶이나 주변의 다양한 모습에 대해서도 작은 의문이나 호기심조차 품지 못하게 된 것은 아닐까?

교실에서 학생들에게 의문을 품고 낯설게 바라보도록 하기 이전에 교사부터 세상을 낯설게 볼 수 있어야 한다. 당연함이 아니라, 의문을 품고 마주할 수 있어야 한다. 낯설게 바라보려면 '주변', '삶', '낯섦', '의문', '호기심', '새로움', '질문', '욕구', '연결' 등의 키워드를 고려할 필요가 있다. 늘 지나다니던 길목에서부터 질문을 던지며 '왜'를 가슴에 품고 낯섦을 찾다 보면 세상은 온통 의문투성이에 신기한 것 천지였다. 마치 '빨간 머리 앤'이 된 것처럼 세상은 새롭고 신기하게 다가오기 시작했다.

근처 대형 마트를 둘러보다가 화장실에 갔다. 화장실 문에 붙어 있는 '용변을 본 후에는 오른쪽 뒤편의 레버를 내려 주세요.'라는 작은 문구가 눈에 띈다. '왜 화장실의 버튼이나 레버는 뒤편에 있을까?'라는 의문이 들기 시작한다. 좌변기 오른쪽 벽면과 발아래에 버튼이나 레버가 있다면 훨씬 위생적이고 편리할 텐데 왜 항상 뒤편에 있을까? 그 순간 또 다른 의문이 꼬리를 물고 등장한다. 이때 단순히 화장실 구조의 문제로 끝내지 않고 한 나라의 문화적인 영역으로 사고를 확산해 본다. 우리 사회가 비용과 경제적인 측면에서 본다면 다소 비효율적이지만 국민들의 편의가 우선 고려되는 곳인지, 또는 기존의 구조를 유지함으로써 설치상의 효율성이나 비용 절감의 경제성이 우선 고려되는 곳인지에 생각이 머문다. 그렇다면 새로운 문화를 창출하기 위해서 기존의 시선과 사고, 의식을 어떻게 변화시켜야 할 것인가? 발상의 전환을 통해 우리나라가 주도하는 문화적 콘텐츠가 창출되고 그것이 세계화되려면 그 속에 어떤 철학적 사고가 필요할까? 그것의 확고함과 강렬한 정도에 따라 우리로부터 시작한 선진적, 선도적 문화가 현실화된다면 그것은 어떤 모습이며 여기에서 우리가 해야 할 일들은 무엇이 있을까? 하나의 의문이 여러 개의 꼬리 질문으로 이어지며 생각은 끝없이 펼쳐진다. 우리 아이들도 낯섦을 찾아 끊임없이 질문하고 의문을 쫓아 발상을 전환해 보는 배움을 우리 교실에서 해 보고 싶어진다.

　미용실의 출입문 위쪽에 새겨진 글을 쳐다본다. '시간이 갈수록 깊어지는 아름다움'. 이 문구를 보고 함께 있던 동료 선생님과 저 글에 담긴 뜻이 무엇일지에 대해 한참 얘기했다. '우리 매장에 오시면 당신을 더욱 아름답고 건강하게 지켜드리겠습니다', '미용실에서 몇 시간이나 투자하느라 고생하셨겠지만 그 시간만큼 멋지게 변신한 당신의 아름다움을 우리 매장이 책임집니다', '지금 당장은 변신한 자신의 머리 모양이 마음에 들지 않더라도 일주일이 지나 자연스럽게 자리 잡을 헤어스타일을 기대하시라.' 아니면 혹시라도 머리 스타일에 당장 불만이 생길지도 모를 경우에 대비하여 고객 불만을 잠재우기 위한 의도는 아닐지 둘이서 한참 생각했다. 평소 같으면 당연하게 생각하고 스쳐 지나갔을 문구들이 의문을 품고 생각하다 보니 궁금증이 계속 이어졌다. 이 문구 속에 미용실 운영 방침이나 경영 철학이 담겨 있는지, 단순히 소비자의 방문 욕구를 자극하기 위한 의도인지 등의 물음으로까지 이어졌다.

'당연한 것에 의문을 품는 것'은 의문과 더불어 질문으로부터 시작된다. 내게 가장 큰 진동을 주었던 질문은 "선생님의 꿈은 무엇입니까?"였다. 그 질문을 받는 순간 그것은 지금까지의 나의 삶, 나의 교실, 나의 주변 모든 것을 되짚어 보는 계기가 되었다. 그와 동시에 혼란 속의 고민이 시작되었다. 그동안 당연히 너무나 자연스럽게 여겼던 수용적인 삶, 안정적인 삶이 새로움과 의문 덩어리로 내 가슴에 '쿵!' 던져지는 순간이었다. 당연했던 모든 것이 의문투성이로 다가오고 주변을 새롭게 인식하게 됐다. 질문이란 늘 당연하다고 여기던 습관과 인식을 흔들고 깨우는 실마리이다. 기존의 견고했던 틀을 다시 인식하고 의문을 갖게 하며 그 의구심을 기반으로 한 '왜'로부터의 출발점이다. 질문을 통해 삶은 변화하고 그 변화의 출발점은 이미 시작된 것이다.

교사로서의 나의 삶에 의문과 궁금증이 발생하면서 나의 삶, 나의 생각, 내 교실의 이유와 역할, 교사로서 나만의 존재가치, 내 교실의 지향점을 굳건히 하기 위한 시작과 끝에 여러 질문이 존재함을 깨달았다. 내 교실이 가야 할 방향과 그 속에 녹아 있어야 할 나의 신념을 나만의 색으로 채워 나가기 위해 오늘도 나는 질문하고 의문을 품는다. 내 교실은 지금 어떤 모습인가? 나만의 색채로 채워진 교실은 만들어지고 있는가? 우리 아이들은 나의 교실에서 무엇을 배우고 있는가? 우리 아이들은 자신의 배움을 스스로 설명하고 말할 수 있는가? 자신의 배움 과정을 자기만의 방식으로 표현할 수 있는가? 나는 학생들의 다양한 표현방식을 인정하고 있는가? 나는 나의 교실에서 우리 아이들이 어떤 성장과 발전을 하기 원하는가? 우리 아이들이 살아가는 힘을 기르기 위해 나는 무엇을 해야 하는가?

우리 아이들도 자신의 삶을 한 번쯤은 깊이 들여다보며 당연하게 받아들이는 자세가 아닌, 낯설게 바라보고 움직이는 힘을 가졌으면 좋겠다. '이것은 당연히 그런 것이었고, 저것도 늘 그렇게 해 오던 것이니까.'라는 것이 아니라, '이것은 이렇게 해 보면 어떨까? 저것은 왜 그렇게 생각해야 할까? 이렇게 생각해 보면 어떨까?' 등으로 자신이 배움의 진정한 주체가 되어 의문을 품고 움직이도록 교사인 우리도 함께 고민했으면 좋겠다.

『행복한 청소부』를 슬로리딩 하고 난 후, 배움일기로 작성한 학생의 기록을 보면, 낯설게 바라보는 자세가 작품을 깊이 이해하는 것을 넘어 어떻게 생각을 확장시키고 사고의 전환을 가져오는지 확인할 수 있다.

[청소년 작가님들의 슬로리딩 흔적]

['궁금? 궁금! 질문을 잡아라'와 연결한 '호기심 가득 샛길 활동'의 생각과 흔적들]

[궁금? 궁금! 질문을 잡아라]

• 아저씨가 동전 뒤집기를 할 때 사용했던 동전은 무엇일까?

[호기심 가득 나만의 샛길 활동 1]

• 독일의 동전은 어떻게 생겼을까?

  ※ 독일은 유럽에 속해 있으므로 유로를 사용한다. 검색해 보니, 1유로: 한화 약 13원이다.

[호기심 가득 나만의 샛길 활동 2]

• 우리나라의 10원과 1유로의 차이점은 무엇이 있을까?

1유로	10원
지름 16.25㎜/두께 1.67㎜/무게 2.3g	지름 18.0㎜/두께 1.92㎜/무게 1.22g
결론: 지름과 두께, 즉 크기는 10원이 더 크지만 무게는 1유로가 더 무겁다 10원은 크지만 가볍고, 1유로는 작지만 무겁다.	

[궁금? 궁금! 질문을 잡아라]

• 아저씨는 오전 7시~오후 5시, 10시간 일해서 한 달에 얼마를 벌까?

[호기심 가득 샛길 활동 3]

• 독일의 최저 임금은?

(2017년 기준) 8.84유로=한화 약 11,000원	아저씨의 일급: 110,000원(11만 원) 주급: 770,000원(77만 원) 월급: 3,080,000원(308만 원)

[호기심 가득 샛길 활동 4]

• 독일의 물가가 궁금해!

- 사과 1kg: 한국 4,800원/독일 2.99유로(=약 3,850원)

- 바나나 1kg: 한국 3,500원/독일 1.69유로(=약 2,200원)

☞ 결론: 과일값만 비교하면 독일의 물가가 한국의 물가보다 약 1.3배 정도 저렴하다.

[활동 소감]

'궁금? 궁금! 질문을 잡아라' 활동에서는 언제나 그렇듯이 샛길 활동할 거리가 많다. 이 활동에서 나는 문득 든 생각이 있는데, 슬로리딩은 이 책에게 계속 말을 거는 것 같다. 내가 궁금했던 점을 적어 놓고 보면 나도 몰랐던 질문에 대한 답이 떠오르기도 한다. 그리고 샛길 활동을 했을 때 책과 전혀 상관없는 내용 같아 보일지라도 샛길 활동을 한 후면 주인공의 마음과 입장, 그리고 책의 내용이 더 확 와닿는 느낌이다. 이 활동에서 또 하나 배웠던 점은 샛길 활동에서 또 꼬리를 물어 또 다른 샛길 활동을 할 수 있다는 것이다. 나는 처음에 독일 동전을 조사하다가 문득 1유로와 10원의 차이점이 궁금해져서 두 개의 차이점을 비교해 보았다. 이렇게 샛길 활동은 궁금한 것을 해결해 주기도 하지만, 나의 또 다른 궁금증을 자꾸자꾸 만들어 주는 것 같다. 이런 점에서 나는 '궁금? 궁금! 질문을 잡아라'에서 했던 질문들과 샛길 활동이 연결되면서 너무 재미있었고 유익했다고 생각한다.

청소부의 동전 던지는 모습을 별생각 없이 당연하게 생각하고 스쳐 지나갔다면 의미 있고 재미있는 샛길 활동의 시작은 출발조차 하지 못했을 것이다. 또 '어려운 선택의 상황에 사람들은 왜 동전 던지기를 할까?', '자신의 운명을 동전 던지기로 결정해도 괜찮을까?' 등의 의문도 가능하다. 우리 주변의 삶이 당연해지면 새로움과 신선함은 생기지 않는다. 특히 '궁금? 궁금! 질문을 잡아라'는 작품을 내적으로 깊이 이해하는 데도 도움이 되지만, 샛길로 생각하고 낯설게 바라보는 태도를 갖게 하는 원동력이 된다. 학생들의 다소 엉뚱한 질문과 시각을 낯설게 바라보는 시선으로 인정하고 그 궁금증과 생각을 계속 펼칠 장을 우리 교실에서 만드는 것이 필요하다.

『아홉 살 인생』을 슬로리딩하던 해, 2학기는 일주일에 두 시간이 아닌, 한 시간으로 학생들과 수업해야 하는 상황이었다. 내가 맡은 성취기준만 네 개였는데, 그야말로 진도 걱정만 해도 답이 나오지 않았다. 아무리 머리를 굴려 이리저리 궁리해도 교육과정 재구성으로도 해결되지 않아 슬로리딩을 포기해야 할 상황이었다. 그러다 샛길 프로젝트가 떠올랐다. 그렇다. 2학기 전체를 샛길 프로젝트로 연결하여 학생들과 함께할 배움의 핵심 키워드와 핵심질문을 생각해 보면 되지 않을까? 이 생각이 유일한 돌파구였다.

1학기에 『아홉 살 인생』을 슬로리딩하면서 '나는 우리 동네에 대해서 얼마나 알고 있을까?'라는 의문이 들었다. 작품『아홉 살 인생』초반부를 살펴보면, 주인공 여민이가 아홉 살의 시선으로 바라본 세상, 바로 자신의 동네에 대해 자세히 묘사되어 있다. 자신의 집이 어떤 의미인지, 자신이 살고 있는 산동네의 오밀조밀한 구조와 산 동네 사람들의 성격과 특징까지 자세히 나타나 있다. 우리 학생들은 과연 자신이 살고 있는 동네에 대해 얼마나 잘 알고 관심을 갖고 있는지, 동네 구석구석을 자세히 살펴본 적은 있는지, 함께 살고 있는 이웃들은 잘 알고 지내는지, 자기만의 비밀 장소는 없는지, 소개하고 싶은 우리 동네 자랑거리는 무엇일지 궁금했다. 늘 학교와 학원을 오가며 스쳐 지나갔을 동네를 친구들과 직접 발도장 찍으며 방문하고 그곳을 찾은 이웃들을 면담하며 동네 속으로 풍덩 빠지는 살아 있는 경험을 주고 싶었다. 마침 성취기준과 관련된 핵심지식이 '면담하기'와 '영상매체 활용하기'이기에 성취기준을 연결한 슬로리딩 샛길 프로젝트로 진행하게 되었다. 샛길 프로젝트는 '동네방네 탐험기'라는 이름으로 '동네방네 구석구석 발도장 찍기' 활동과 '나는 우리 동네 홍보대사' 활동으로 구성하였다. '동네방네 구석구석 발도장 찍기'와 '동네 홍보물' 관련 제작물은 교내 축제에 전시하고 시청 지역 홍보 관련 부서에 발송하여 자신이 살고 있는 우리 동네 '장유'의 숨은 매력을 알리는 기회를 갖고자 했다. 이런 학생들에게 앎과 삶이 연결된 샛길 프로젝트는 오며 가며 늘 봐 오던 우리 동네 일상을 낯설게 바라보며 신선한 각도로 성장할 수 있는 배움 활동이 된다.

학생들은 자신이 살고 있는 동네의 문화, 역사, 경제, 주거 환경, 놀이 문화, 편의 시설, 자랑거리 등을 조사하고 직접 찾아가서 그중 한 곳에서는 면담하기를 실시했다. 발도장을 찍는 과정에서 보고 듣고 느낀 점을 사진과 동영상으로 촬영하여 국어밴드에 게시하여 전교생이 함께 공유하도록 했다. 그리고 그 과정에서 조사한 내용과 면담하고 보고 느낀 것은 '동네방네 탐험기 보물지도'에 정리하도록 했다. 보물지도를 작성하면서 조사하고 직접 발도장을 찍은 경험을 바탕으로 우리 동네 홍보물까지 제작하였다.

발도장 미션을 수행하면서 동네 이름의 유래와 역사, 우리 동네의 유명한 역사적 인물까지 발견하면서 놀라운 정보를 알게 되었다며 감격하는 학생들도 있었고, 집 주변 도서관이나 공원을 다시 한번 꼼꼼히 찾아보며 낮과 밤에 따라 달라 보이는 시각적인 변화를 녹화해 온 학생도 있었다. 그리고 자신만이 아는 보물 같은 장소를 소개하거나 자신의 일에 최선을 다하는 동네 이웃 주민으로 문구점 아저씨를 소개했다. 학생들은 늘 뛰어다니던 등하굣길 길목과 익숙한 사람들에 대해 낯설게 바라보면서 새로운 발견을 계속했다. 특히 집 주변 도서관에 방문한 유아 동반 아주머니를 인터뷰한 내용까지 소개하면서 도서관을 가까이 두고 지내는 주거 환경 자체가 얼마나 유익하고 감사한 환경인지 다시 깨달았다며 자신이 살고 있는 동네를 무척 자랑스러워했다.

동네방네 구석구석 발도장 찍기를 통해 수집한 객관적인 정보, 직접 방문한 경험과 자료, 면담한 결과를 바탕으로 우리 동네 홍보물도 제작했다. 홍보물의 종류는 광고나 포스터, 안내 책자, 영상물, 만화, 시화(시 포함), 산문(글), 홍보 신문, 홍보 스토리텔링(음성 파일) 등 학생들이 자유롭게 선택하도록 하였고 그 외 다른 형식도 허용하였다. 율하천을 홍보하는 영상을 만들면서 율하천의 특성과 자랑거리에 집중하던 학생이 제작을 마무리하면서 내게 이렇게 묻는다. "선생님, 우리는 건의하기 언제쯤 배워요?" 그래서 궁금한 이유를 물었더니, 홍보물 제작이라 장점을 중심으로 제작했지만, 막상 자세히 보니 율하천에 사람들이 버린 쓰레기도 눈에 띄고, 하천 근처 풀들이 정리가 안된 곳도 있어서 이런 내용을 동네 주민이나 공공 단체에 건의하는 게 필요해 보였다고 한다. 늘 오가며 당연하게 여겼던 일상의 풍경이 '동네'라는 배움의 키워드로 낯설게 바라보는 순간, 자발적인 배움의 의지가 솟구친 것이라 생각한다.

그리고 홍보물 발표를 통해 '타당성 판단하며 듣기' 학생 상호 평가를 실시하여 자신이 조사하고 발표한 내용 외에 새로운 동네 이야기를 함께 나누었다. 친구들에게 발표하는 과정에서 자신의 자료를 다시 점검하고, 친구들의 발표를 평가하는 과정에서 홍보 자료의 적절성과 타당성을 판단하는 형식으로 진행했다. 이렇듯이 내 주변의 모든 것은 나의 스승이 된다. 그것을 신선한 시각과 새로운 시선으로 낯설게 바라볼 수 있고 그것을 허용할 수 있는 교실이라면 교실에서의 모든 배움은 그 자체로 스승이다.

『아홉 살 인생』 샛길 프로젝트 동네방네 탐험기 보물지도

'호기심 찾아 샛길 활동'은 달팽이교실에서 자주 접하게 되는 슬로리딩 수업의 한 줄기이다. 호기심을 찾아 떠나는 샛길 여행이 되려면 모든 것에 의문을 가지고 새롭게 마주해야 한다. 교실 안과 밖의 배움이 이어질 수 있는 연결 고리도 샛길 활동에서 얻을 수 있다. 작품 속 등장인물이 되어 실제로 체험해 보고, 궁금한 것은 다양한 영역의 지식으로 빠져 확장해 보기도 가능하다. 직접 요리를 해서 주인공이 먹었다는 음식을 친구들과 같이 맛보기도 하고, 1970년대에 아홉 살 여민이가 동네에서 했을 놀이를 조사하고 운동장에서 친구들과 실제로 해 볼 수도 있다.

『어린 왕자』를 읽으면서 더 조사하고 알아보고 싶은 탐색주제나 친구들과 체험하고 싶은 활동을 학생들과 함께 자유롭게 제안해 보는 것도 유익하다. 학생들이 제안한 샛길 탐색주제를 소개하면, '중국과 애리조나의 지형적 특성 비교하기', '뱀이나 구렁이의 소화 기관 알아보기', '사하라 사막의 환경과 규모 조사하기', '내가 살고 있는 곳에서 수천 마일씩 떨어진 곳 찾아보기', '미국에서 프랑스까지 거리 알아보기', '우주에 소행성이 몇 개나 있고 어떻게 생겼는지 알아보기', '실제로 자연환경에 매우 민감하고 까다로운 꽃의 종류 조사하기', '불이 꺼져 있는 화산이 폭발한 사례 찾아보기', '장미의 가시는 초식동물과 해충으로부터 꽃의 피해를 방지하기 위한 것으로 추정되므로 이런 정보를 어떻게 어린 왕자에게 알릴지 친구들과 의논하기', '바오밥나무의 크기를 찾아보고 어린 왕자가 살고 있는 행성 크기 유추해 보기', '여러 출판사의 『어린 왕자』 책을 서로 비교해서 내가 생각하는 가장 어린 왕자다운 도서 찾기', '나라마다 해가 지는 시간이 다른 이유를 과학적으로 좀 더 자세히 살펴보기', '꽃에게 가시가 있는 이유와 가시의 역할 찾아보기', '어린 왕자처럼 반 친구들과 각자의 꽃을 키우는 체험하기', '어린 왕자 별에 있는 세 개의 화산을 상상해서 그리거나 작은 모형으로 직접 만들기', '바오밥나무의 성장 과정이나 열매의 효능 등

바오밥나무와 관련된 상식이 들어 있는 보드게임 만들기', '내가 가고 싶은 행성과 행성에 가서 하고 싶은 일 상상하기', '내 행성 이름 짓고 꾸미기', '가시가 있는 식물 찾기', '석양을 보고 느낀 점과 기분을 친구들과 돌아가며 말해 보기', '작가 생텍쥐페리의 다른 작품들 읽어 보기', '코끼리를 소화하고 있는 보아뱀처럼 나도 동물이 소화시키고 있는 모습을 그려 어른들은 내가 그린 그림을 어떤 그림으로 생각할지 어른들의 생각 들어 보기' 등 학생들과 샛길로 빠져 즐겁게 배우고 익힐 내용은 무궁무진하다.

처음부터 무리할 필요는 없다. 우선 새롭고 낯설게 바라보는 경험부터 함께해 보자. 작품을 읽다가 궁금해서 직접 조사해 보고 싶은 것, 실제 체험해 보고 싶은 것 등을 정해 보는 수준으로 배움의 줄기를 잡아도 좋다.

[청소년 작가님들의 슬로리딩 흔적]

• 어린 왕자가 사는 별 추리해 보기

[학생 생각] 양을 풀어 둬도 양이 도망갈 공간조차 없는 좁은 별, 지구와 가까운 행성, 사람 수가 적은 행성, 생물체가 거의 없는 행성, 작지만 잘 사는 행성일 것 같다.

• 좋고 나쁨의 기준은 무엇인지 고민해 보기

[학생 생각] 우리 지구에서는 바오밥나무가 좋지만 어린 왕자의 별에서는 나쁜 쪽에 속한다. 좋고 나쁨의 기준은 상황에 따라 달라지는 것 같다.

• 지구가 바오밥나무로 뒤덮인다고 상상해 보기

[학생 생각] 지구 안에는 마그마가 있으니까 바오밥나무로 인해 산산조각 나기 전에 화산폭발이 먼저 날 것 같다.

• 망원경의 종류를 알고 싶다!

[학생 생각] 망원경의 종류는 다양하다. 예를 들어 굴절망원경은 갈릴레이식과 케플러식으로 구분되고, 반사망원경은 뉴턴식, 특수망원경, 반사망원경 등이

있다.

- '뿌리'라는 단어를 들었을 때 나의 머릿속은?

[학생 생각] 그냥 책을 넘기다 보았을 때 나는 양파 뿌리나 머리카락 뿌리가 떠올랐다. '나의 뿌리는 언제부터 시작되었을까?', '어린 왕자는 어떻게 그렇게 홀로 B612에서 살게 되는 뿌리를 갖게 되었을까?' 등이 생각이 난다. 사람에게도 식물에게도 뿌리는 참 중요한 존재이다.

- '눈을 뜬 씨는 기지개를 켜고'에 대한 나의 생각

[학생 생각] '눈을 뜬…'이라 하니 갓 태어나서 눈을 뜬 아이가 생각난다. 아기도 씨앗처럼 처음에는 배 속에 있다가 싹이 쏙 나오면 아기도 어머니의 배 속에서 나오고 싹이 잎을 이룰 때쯤이면 아기도 걸어 다닐 수 있고 눈을 뜰 수 있고 말을 할 수 있는 때가 온 것 같아서 싹을 아기로 비유해서 글을 적어보는 것도 좋을 것 같다.

- '어린싹'이라는 단어와 관련된 나의 추억

[학생 생각] 어린싹이라고 하니 나의 어릴 적이 생각난다. 처음으로 싹을 피우게 한때, 5살쯤 유치원에서 방울토마토를 키워 오라 하여서 부모님과 함께 키우던 중 하루하루를 보내며 '내일이면 싹이 나오겠지?'라는 마음으로 잠이 든 때가 생각난다.

- 인생에 관한 명언 BEST

[학생 생각]

- 인생은 외국어이다. 모든 사람이 그것을 잘못 발음한다(크리스토퍼 몰리).
- 인생은 지긋지긋한 일의 반복이 아니라 지긋지긋한 일의 연속이다(에드나 밀레이).
- 인생에서 원하는 것을 얻기 위한 첫 번째 단계는 내가 무엇을 원하는지 결정하는 것이다(벤스타인).

- 숫자 1, 2, 3 등을 쓰지 않은 1~10일 쓰기(순우리말)

[학생 생각] 1일(하루), 2일(이틀), 3일(사흘), 4일(나흘), 5일(닷새), 6일(엿새), 7일(이레), 8일(여드레), 9일(아흐레), 10일(열흘)

- '포기'라는 단어를 보고 떠오른 생각, '포기'를 하면 나에게 남는 것은 무엇일까?

[학생 생각] 만약 힘들고 지쳐서 포기하고 고개를 들어 보면 남는 것은 무엇이 있을까? 힘들게 쌓아 놓은 것도 무너지고 사라져 버리면 남는 것은 있을까? 내가 힘들게 쌓았던 기억과 한 번의 무너짐으로 인해 포기한 나의 삶? 지금 나의 모습? 나는 모든 것을 버리고 포기해 버릴 때에는 그냥 다시 모든 것을 되찾고 지금보다 더 행복한 삶을 위해 나아가는 길이 되면 좋겠다.

• 어린 왕자와 나의 '슬픔해소법'

[학생 생각] 어린 왕자가 해가 오길 기다리듯이 나도 아침에 일어나자마자 빨리 학교와 학원을 마치고 집에 돌아오기를 기다린다. 어린 왕자는 슬픈 일이 있을 때 해를 보지만 나는 노래를 듣거나 잠을 잔다. 왜냐하면 잠을 자면 슬픈 기억을 잊어버릴 수 있고, 노래를 들으면 즐거워지기 때문이다.

책 속의 어린 왕자와 관련된 주변 상황이나 어린 왕자의 생각과 입장, 심리 등을 살펴보면서 '당연하다', '그럴 수 있다'라는 생각보다 '왜'라는 의구심을 가지고, 작품 속 내용에 궁금증을 가지고 '낯설게 바라보기'를 했다. 어떤 배움이든지 학생들과 교사가 함께한 배움의 중심이 무엇인가에 따라 구체적인 내용은 달라진다. 내 교실에서 어떤 배움 줄기로 샛길 활동의 낯설게 바라보기를 적용하는가에 따라 실제로 펼쳐지는 내용은 조금씩 달라진다. 함께하는 학생들이 다르다면 샛길 활동의 접근 방향도 그에 맞게 구상해야 한다. 올해 수업 시간에 아이들과 해 본 좋았던 수업을 다음 해에 똑같이 했다고 해서 동일한 과정과 결과가 나오지 않듯이, 배움의 중심에 있는 학생들의 관심과 성향, 학생들과 나의 관계, 교사의 고민 지점이 다를 수 있으므로 어찌 보면 당연한 결과이다.

특히 샛길 활동은 학생들의 욕구를 최대한 반영하는 것이 좋다. 호기심을 자극하고, 작품을 통해 자신의 삶이나 주변을 새로운 시선으로 인식하며, 작품 속 단어와 문장을 단순히 읽는 데서 그치지 않고 낯설게 바라볼 수 있는 교실의 자유롭고 허용적인 분위기도 중요하다. 학생 스스로 '내가 이런 궁금증이 생겨도 될까?'라는 주저함을 최대한 적게 가지도록 해 보자.

둘.
엉뚱한 상상의 힘,
쉬어 가는 매력

샛길 활동은 생각만으로도 신나고 자유롭게 상상할 수 있으며, 실제 다양한 체험을 친구들과 함께해 보거나 놀이를 통해 즐겁게 익힐 기회를 만들어 준다. 작품을 읽다가 중심 생각에서 살짝 빠져나와 하는 다소 엉뚱해 보이는 상상이라도 결국 즐기고 맘껏 탐색한 힘으로 읽어 오던 작품 속으로 다시 깊이 몰입하게 한다. 작품 속에 나온 등장인물의 놀이를 친구들과 해 보기도 하고, 먹거리 등을 직접 요리하면서 자신이 마치 등장인물이 된 듯 동일한 상황에 처한 느낌마저 들게 하는 묘한 매력을 지닌 배움의 경험이다.

『행복한 청소부』를 슬로리딩하면서 잠시 숨 고르고 쉬어 가는 시간으로 학생들과 의논하여 실시해 본 엉뚱한 상상의 힘, 샛길 탐구가 있다. 청소부가 매일같이 거리에서 표지판을 열심히 닦는 장면에서 '나만의 거리 이름 짓기'를 했다. 2018년은 지번주소에서 도로명주소로 활발하게 변경되는 시점이기도 했고, 청소부처럼 자신이 청소를 맡은 거리는 아니더라도 '나만의 거리'를 정해 보고 싶다는 샛길 활동을 학생들이 제안했다. 작품 속 청소부의 거리와 관련지어 자신이 사는 곳의 거리 혹은 정성스럽게 직접 의미를 담아 이름 지은 거리를 가진다는 상상만으로도 학생들은 신나 있었다.

학생들이 직접 이름 지은 거리에는 학생들 각자의 취미, 흥미, 관심사 등이 그대로 드러났다. 예를 들어, '오버워치 거리', '판타지 책 거리', '발레 거리', '코스메틱 거리', 'K-pop 거리', 'BTS 거리', '영화의 거리', '애니의 거리', '수학의 거리', '수학자의 거리' 등 다양했다. 어느 여

학생은 자신의 이름 '○○'을 걸고 '○○의 거리'를 만들어 자신이 좋아하거나 관심 있는 분야를 중심으로 거리를 1번길에서 5번길까지 구분하고, 그중 한 구역은 1동부터 10동까지 만들어 세분화하기도 했다. 어떤 학생은 자신이 좋아하는 색깔을 중심으로 '보라 거리'를 만들고, 그 속에 보라색의 종류와 관련된 단어들을 모아 1로부터 7로까지 행정구역을 나누기도 했다. 특히 수학의 거리로 이름을 지은 남학생은 덧셈의 거리, 곱셈의 거리, 나눗셈의 거리로 구분하고 그중 곱셈의 거리는 집값이 두 배인 비싼 동네이고 모든 것이 '1+1'이라고 설명했는데, 이 남학생의 발상이 신선하고 재미있었기에 모두가 웃음을 터트리기도 했다.

그리고 『행복한 청소부』를 읽다가 어떤 장면과 어떤 상황에서 무엇이 궁금한지 친구들과 이야기하고 샛길 활동의 주제를 정해 보도록 했다. 작품에서 출발한 샛길 주제가 되도록 하고, 그것이 자신의 배움과 성장에 도움이 되는지 함께하는 친구들과 검토하도록 안내했다.

학생들이 스스로 정한 샛길 활동의 주제는 행복한 직업 탐구 활동으로 "'행복한 소방관, 행복한 경찰관' 조사해 보기", "『행복한 청소부』라는 제목에서 '행복한'이 아닌 '게으른 청소부, 욕심 많은 청소부'로 작품의 일부 다시 쓰기", '청소부'라는 이름에서 엉뚱한 샛길로 빠져 우리 몸도 청소가 필요하다는 생각에 "우리 몸 속 혈관을 깨끗하게 하는 올리브오일, 해조류, 발효음식, 등 푸른 생선, 과일, 현미, 꽃송이 버섯 등 혈관 청소부의 대표적인 음식 찾아보기", "'페가수스'를 통해 '추상적'이라는 단어를 떠올리고 '크리스마스 트리'를 보면서 '기념일'이라는 단어를 생각하여 이 두 단어를 합한 '독일의 추상적인 기념일'에 대해 알아보기" 등이 있었다. 이 외에도 작품 속에 등장하는 음악가와 작가들을 두 명이 모둠이 되어 조사하고, 그 음악가의 음악을 직접 소개하거나 작가들의 작품을 일부 읽어 주는 활동도 했다. 이 샛길 활동은 자신이 작품 속의 행복한 청소부가 된 감흥을 주어 인물의 행동과 입장, 심리를 다시금 곱씹게도 한다. 사실 학생들은 자유로운 배움의 기회만 잘 다듬어 만들어 주면 교사가 생각한 그 이상의 상상력과 기발함으로 더 큰 감동을 준다.

작품 속 등장인물의 상황이나 시의 화자가 처한 입장을 가장 잘 이해할 수 있는 샛길 활동으로 내가 자주 하는 것은 작품 속 인물이 되어 '일기 쓰기'이다. 일기는 나 자신의 일상으로 시작하여 내 삶의 모습으로 마무리되는 솔직한 마음의 소통 창구이다. 작품을 감상하면서 등장인물이 되어 일기를 쓰면 마치 내가 그의 삶을 살고 있는 착각마저 들고, 작품 속 여러 사건과 관련된 심리를 체험하게 된다. 이 또한 상상의 힘으로 날개를 펼칠 수 있다.

「성북동 비둘기」를 슬로리딩하면서 '작품 속으로 풍덩 샛길 활동'으로 성북동 비둘기가 되어 일기 쓰기를 했다. 이 시에는 1960~70년대의 도시화, 산업화로 인한 자연 파괴가 비판적으로 드러나고 그로 인해 피해를 입는 동물로 비둘기가 등장한다. 관찰의 대상으로 바라보는 비둘기의 삶이 아니라, 자신이 비둘기가 되어 하루를 돌아보며 이야기를 풀어 보면 인간의 욕심으로 인해 삶의 터전이 사라져 버린 동물의 입장을 절감할 수밖에 없다. 한 학생은 하루 일과를 요일별, 시간별로 구분한 성북동 비둘기의 하루 일과표까지 가상으로 작성하기도 했다. '아침 7시 기상, 둥지 확인, 이사할 새로운 나무 찾기, 아침 9시 먹이와 물 찾아 둥지 나서기, 낮 12시 날개 다듬고 씻기, 오후 3시 둥지에 돌아와 알 품고 새끼 지키기, 밤 12시까지 부부가 격일로 돌아가며 주변 경계하고 망보기' 등으로 작성한 것이다. 이 학생은 이 활동을 통해 단조로워 보이던 비둘기의 삶 속에 잠시 들어가 집을 잃은 심정이 어땠을지 상상해 보는 시간이 되었다고 활동 소감을 밝혔다.

📓 [청소년 작가님들의 슬로리딩 흔적]

1969년 ○월 ○일 ○요일 제목: '사라져 버린 나의 삶'

이른 아침부터 사람들의 웅성거리는 소리가 들려왔다. 잠이 덜 깬 채 눈을 떠 보니 하얀 모자를 쓴 사람들과 큰 소리를 내는 노란 금속의 거대한 물체들이 눈에 띄었다. 어리둥절한 나는 상황 파악도 하지 못하고 나뭇가지에 멀뚱거리며 앉아 있는데, 나의 잠을 깨운 포성이 또 들려오기 시작한다. 돌 깨는 소리부터 나무 자르는 소리, 땅을 파는 기계적인 소음이 불협화음을 이루며 온 산에 울려 퍼졌다. 듣기 싫고 거북했지만, 날개를 펴고 날아올라 나무 꼭대기 가지에 앉았다. 돌 깨는 산울림에 머리도 아프고 몸도 마음도 이제는 지칠 대로 지쳐 가슴에 금이 간 것만 같았다. 무너져 힘없이 쓰러져 가는 옆의 나무들을 보니 내 가슴이 쿵 내려앉았다. 우리 둥지 속 내 알들, 헐레벌떡 둥지로 내려 앉으려는 찰나에 우리 나무도 땅으로 쿵 꺼져 버린다. 너무 놀라 나도 모르게 피해 날았다가 다시 돌아와 둥지를 찾았지만, 깨진 알껍데기만 가득했다. 갈 곳 없이 뒷걸음치며 날아간 곳은 성북동 어느 집 지붕 위였다. 굴뚝에서는 매캐한 냄새가 풍겼고, 내 머리도 깨질 듯이 아파 왔다. 다시 우리 동네로 날아가 봤지만, 어디가 우리 집이었는지, 어디가 우리 둥지였는지도 알 길이 없이 망가져 버렸다. 이제 나는 돌아갈 둥지도 새끼도 가족도 없어 하늘이 무너져 내릴 것만 같다. 눈물을 훔치며 있자니 깨진 돌 한 조각이 눈에 들어왔다. 저건 우리집 앞 내가 좋아하던 바위의 조각, 흐르는 눈물을 어쩌지도 못 하고 돌조각에 부리를 닦고 또 닦으며 고향을 가슴에 묻었다. 언제쯤 다시 나의 터전을 가질 수 있을까?

작품 속 등장인물이 되어 다른 등장인물에게 '편지 쓰기'도 작품을 새롭게 이해하고 잠시 쉬어 가기에 적절하다. 그와 동시에 작품 속 등장인물의 입장을 상상해 보면서 몰입하는 좋은 샛길 활동 중 하나이다. 「수난이대」를 슬로리딩하면서 등장인물 아버지 '박만도'나 아들 '박진수'가 되어 두 인물이 집으로 돌아온 후, 그날 저녁 서로에게 하고 싶은 말을 편지로 써 보도록 했다. 학생들이 처음에는 중학교 2학년이나 되었는데, 쑥스럽게 무슨 편지를 쓰냐고 볼멘소리를 했다. 중학교 이후 부모님께 문자나 카톡도 잘 하지 않는 아이들에게 사실 낯설고 불편한 활동이었을 수도 있다. 그러나 선생님의 강요 아닌 강요에 못 이겨 아이들은 등장인물이 되어 다시 작품을 읽기 시작하고, 한 문장씩 고심하며 편지를 쓴다. 한 여학생은 아들이 되어 편지를 써 보니 작품 속 아버지께 정말 죄송하고, 다리 하나로 앞으로 어떻게 세상을 살아갈지 막막할 것 같다며 눈물을 흘리기도 했다. 중학교 시절 단편소설을 친구들과 읽고 생각을 나누면서 등장인물의 입장과 마음에 풍덩 빠져 본 '내가 등장인물 되어 편지 쓰기'는 상상의 나래와 몰입을 선물한 값진 경험이었을 것이다.

📓 [청소년 작가님들의 슬로리딩 흔적]

제목: 우리 불쌍한 아부지께

아부지요, 저 진수입니더. 제가 이레 다쳐가 다리 한 짝 없이 돌아온 거 보신 아부지한테 진짜 면목이 없습니데이. 목숨이 붙어 있어가 살아는 가겠지만, 앞으로 어찌 할까 막막하기는 매한가지고예, 병원에 있으면서도 아부지 까무라지실까비 사실은 칵 죽을라 캤심더. 진짜 쥐구멍이라도 있으면 들어가겠구만 그것도 못하고 이레 왔심더. 아부지요, 아부지도 팔 하나 없고 내도 다리 한 짝 없고 세상 사람들이 우리 보믄 놀릴까예? 빙신 부자라꼬…. 아부지는 저를 보고 오죽 속이 상하시겠심니꺼. 진짜 죄송하고 또 죄송합니데이….

제목: 우리 착한 내 아들 진수에게

진수야, 아부지다. 다친 데는 마이 안 아프나? 이 집 저 집 전부 전사하고 아들 나라에 바쳤다꼬 맨날 한숨 쉬고 사는 사람들 천지다. 내는 진수 니가 살아 돌아온다 캐서 얼마나 기뻤는지 모른다. 이리 다리 한 짝 없이 기차역에서 니를 볼 때는 하늘이 무너지는 줄 알았다. 내 니한테 뭐라 카는기 아니다. 내 속이 상해서 너무 마음이 아파서 니한테 싫은 소리핸 기다. 니가 무슨 죄가 있노. 어지러분 세상에 니를 낳은 아부지 죄다. 사람들이 손가락질 하믄 하라 캐라, 우리는 아무 잘못 없다. 집에서 하는 거는 니가 좀 하고, 밖에 나다님서 하는 일은 내가 하고 그라믄 되제. 몸이 불편타꼬 마음까지 병들면 쓰겠나? 아부지가 살아 보니께 남 보기 쪼까 그럴 때도 있긴 하지만도, 못 살 정도는 아니다. 죄송할 거 없다. 이 아부지가 미안테이….

『우리들의 일그러진 영웅』을 학생들과 함께 슬로리딩하면서 '작품 속에 풍덩, 호기심 찾아 샛길 활동'을 학생들 스스로 제안한 적이 있다. 학생들의 궁금증과 샛길 탐색은 생각보다 훨씬 구체적이고 유의미한 배움으로 연결되어 있었다. 수업 구상의 한 자락을 학생들의 생각으로 채울 수 있도록 여유를 만들어 보자. 학생들이 신이 나서 자신이 수업의 주인으로 참여하는 기쁨과 동시에 자신의 의견이 귀하게 수업에 쓰이는 모습으로 자존감까지 상승한다. 학생들은 구체적인 활동 방법과 규칙까지 마련하며 친구들과 할 각양각색의 아이디어를 마구 뿜어 댔다. 이러한 샛길 활동은 잠시 쉬어 가는 시간을 통해 작품을 더 즐겁게 탐험할 에너지를 준다. 샛길 활동은 이렇게 때로는 탐색의 길로, 때로는 쉼을 주는 슬로리딩의 귀한 활동이다.

[청소년 작가님들의 슬로리딩 흔적]

[작품의 시대 속으로]

- 활동 방법: 9쪽에서 작품의 시대적 배경이 '자유당 정권이 마지막 기승을 부리던 해'라고 했다. 이때 학생들에게 그 시대가 몇 년대 즈음인지를 알려 주지 않고, 인터넷이나 도서관 자료 등을 활용하여 스스로 그 시대적 배경이 언제즈음인지를 알아내도록 한다. 그 후 정치적 상황, 당시 유행한 것들, 교육적 특성 등 그 시대와 관련된 내용을 자유롭게 조사하여 친구들과 함께 이야기를 나누거나 발표한다.
- 이 샛길 활동을 통해 얻게 되는 좋은 점: 작품의 시대적 배경이 언제인지 알게 됨으로써 작품의 이해를 돕는다. 예를 들어, 교사의 체벌이 당시에는 자유로운 분위기였으나 지금은 아닌 것처럼 그 시대에만 해당되는 특징은 바로 이해하기 힘들 수 있는데 이런 내용을 쉽게 이해할 수 있도록 한다는 장점이 있다.

[등장인물과 하나 된 우리]

- 활동 방법: 작품 속 마음에 드는 장면을 골라 조별로 역할극을 한다. 이때 등장인물의 감정을 표정으로 적절히 묘사하고 등장인물 간의 대사를 실감 나게 표현한다. 대사나 행동은 문맥에 맞게 추가하여도 된다.
- 이 샛길 활동을 통해 얻게 되는 좋은 점: 직접 등장인물이 되어 봄으로써 등장인물의 감정과 생각을 더 꼼꼼하게 파악할 수 있다. 또한, 인물이 처한 상황을 직접 경험하면서 상황이해에도 도움이 되고, 인물과 인물 사이의 관계를 파악하는 데 도움이 된다.

[일그러진 영웅 찾기 파헤치기]

- 내가 생각하는 일그러진 영웅이란?

  내가 생각하는 일그러진 영웅이란, 양면성을 가진 사람이라고 생각한다. 엄석대를 예로 든다면, 한 면에서 보았을 때는 반의 질서를 유지하고 반을 모범적으로 만들어 준 '영웅'으로 보일 수도 있지만, 다른 한 면에서 보았을 때는 반의 권력을 독차지하고 그 권력을 악용하여 자신에게 대항하는 아이를 괴롭히는 '일그러진 부분', 즉 '비뚤어진 부분'이 보이기도 한다. 이처럼 내가 생각하는 일그러진 영웅은 다른 사람에게 도움을 주는 '영웅'으로서의 모습과 그 이면에서 영웅으로서는 보이지 않는, 도덕적으로 옳지 않은 행동을 하는 '비뚤어진 부분'을 모두 지닌 사람이다.

- 내가 생각하는 일그러진 영웅과 연결되는 역사적인 인물은?

  먼저, 나는 역사 속에서 내가 생각하는 '일그러진 영웅'을 찾아보았다. 내가 찾은 인물은 '김부식'이다. 이 인물은 『삼국사기』를 편찬한 사람이자 묘청의 난을 진압한 것으로 유명하다. 나는 그중에서 묘청의 난을 진압할 때 김부식의 행동에 집중해 보았다. 우선 '영웅으로서의 행동'은 국가의 관리로서 반란을 진압하여 국가를 안정시켰다는 것이다. 당시 서경에서 일어났던 묘청의 난은 1년 2개월이라는 긴 시간을 거쳐 진압되었는데, 그 긴 시간 동안 끈기 있게 노력하여 마침내 난을 진압한 것은 영웅으로서의 행동이라 보기 충분하다. 반면 '일그러진 부분'은 바로 너무 불필요하고 과도한 진압이 이루어졌다는 점이다. 김부식은 당시 '서경 거주민들의 뿌리를 뽑아야 한다.'라며 묘청의 반란군 외에도 일반 서경(평양)의 주민들까지 살해했다. 과연 이것이 반드시 필요한 행동이었을까. 나는 그렇지 않다고 생각한다. 이것은 내 개인적인 의견이지만, 묘청의 난 이전에 개경 세력과 서경 세력의 대립이 심했는데, 이 때문에 약간의 개인적인 감정이 들어가지는 않았을까 하는 생각이 든다. 이러한 양면성을 지닌 '김부식'이 일그러진 영웅에 부합하고 어울리는 인물이라고 생각한다.

또한 이러한 일그러진 영웅은 현재 우리 사회에서도 찾아볼 수 있다. 앞서 말한 것과 마찬가지로 일그러진 영웅이란 다른 사람에게 도움을 주지만 그 이면에 도덕적으로 옳지 않은 행동을 하는 사람이라고 생각한다. 현재 우리의 주변의 생활과 연관 지어 살펴볼 수 있다. 예를 들어, '어려운 이웃을 돕기 위해 돈을 훔쳐 사용하는 사람'을 들 수 있다. 나는 이런 사람들이 책임, 평화, 배려 등 다양한 도덕성 중에서 '한 가지에만 치우친 인간형'이라고 생각한다. 한 가지에 치우쳐 있어서 비뚤어진 생각을 가지게 되는 것이 아닐까?

[모두가 YES라고 할 때, NO라고 하는 나는!]
- 활동 방법: 어떤 상황에서, 반 안에 만들어진 분위기를 전환하는 활동

　① 자신이 한 행동과 원래 반의 분위기, 자신이 이루어 낸 점 등을 기록할 수 있는 활동지를 반 학생들과 나누어 가진다. ② 어떤 활동이나 어떤 상황 속에서 반 분위기가 부정적인 쪽으로 맞춰졌을 때, 그에 반대되는 긍정적인 행동을 한다(예: 아이들이 떠드는 상황에서 침묵하기). ③ 행동을 한 후, 활동지에 기록한다(1가지 행동당 활동지 1개). ④ 매주 금요일 활동지를 추첨 박스에 넣고 하나를 추첨하여 상품을 준다(활동을 많이 하여 활동지를 많이 넣을수록 유리). ⑤ 당첨된 활동지의 주인이 그 내용을 발표하고 반에서 토의하여 그때 그 상황에서 만들어진 부정적인 분위기를 반성하는 시간을 가진다.
- 이 활동을 통해 견고해진 분위기를 깨는 것을 두려워하는 학생들에게 연습의 기회를 줄 수 있으며, 이는 반 분위기를 긍정적인 방향으로 만드는 데 도움이 된다.

[등장인물들의 뇌 구조 그리기]
- 활동 방법: 『우리들의 일그러진 영웅』의 등장인물들의 뇌 구조를 자신의 생각대로 그려 보는 활동
- 이 활동을 통해 등장인물을 더 잘 파악할 수 있고, 그 인물이 어떤 생각을 하는지, 무엇을 하고 싶은지 등을 내 생각대로 정리할 수 있다.

[대사 말하며 눈치게임]
- 활동 방법: 눈치게임과 같은 방법으로 진행하되, 숫자 대신 책 속에 나왔던 인물들의 대사를 말하며 게임을 한다. 대사가 달라도 동시에 일어날 경우 탈락이고 오래 살아남는 팀이 승리한다.
- 이 활동을 통해 생각 없이 지나쳤던 인물들의 대사나 대화 내용을 한 번 더 생각하고 직접 찾아 말함으로써 기억에 도움이 된다.

[인물 감정 퀴즈]
- 활동 방법: ① 4~6명 정도 팀을 구성한다. ② 등장인물을 파악한다. ③ 쪽지에 그 인물들의 이름을 적어 이름이 보이지 않도록 종이를 접는다. 다른 종이에는 중요한 사건을 적어 둔다. ④ 가위바위보로 순서를 정한 후, 한 명이 쪽지 하나를 뽑는다 (인물 종이 하나, 사건종이 하나). ⑤ 자신이 뽑은 종이에 적힌 인물이 그 사건에서 느꼈을 감정을 설명한다. 이때 인물 종이는 보이지 않게 하고 사건 종이만 공개한다. ⑥ 다른 사람들은 설명하는 인물이 누구인지 맞힌다. ⑦ 맞힌 사람이 점수를 가져가고 점수를 가장 많이 획득한 사람이 이긴다.
- 이 퀴즈를 통해 그 인물이 느꼈던 감정에 대해 다시 생각해 볼 수 있으므로 여러 등장인물의 입장에서 사건을 생각해 볼 수 있고 공감하며 작품을 읽을 수 있다.

[생각 릴레이]
- 활동 방법: ① 전체 학생에게 1~30번을 지정하고 ○번 자리에 앉아 있는 학생이 작품과 관련 있는 핵심단어를 이야기한 후, 특정 자리의 번호를 지목한다. ② 지목당

한 친구가 그 단어와 관련된 사건, 인물, 자신의 생각 등을 이야기한 후, 또 다른 번호를 지목한다.

- 예를 들어, 엄석대는 → 자신의 권력을 → 지키기 위해 → 폭력을 → 사용했기 → 때문에 → 영웅이 → 아니고 → 한병태는 → …
- 벌칙: 작품 중 일부분을 선택하여 아주 실감 나게 읽기(한 바닥 정도)
- 자신이 예상하지 못한 변수를 통해 또 다른 생각이 가능하며 문장을 중간에 끊기게 하면 안 되므로 어휘력도 향상된다. 또한, 예상하지 못한 변수를 통해 다른 친구들의 생각도 들을 수 있다. 벌칙 수행자는 자신이 읽는 부분을 더욱 정확하게 이해할 수 있으며 이를 듣는 학생들은 재미있게 내용을 이해할 수 있다.

『어린 왕자』 제4장을 슬로리딩하면서 '삶과 숫자'와 관련한 샛길 토론활동을 했다. 『어린 왕자』를 학생들과 함께 읽으면서 '삶에서 중요한 가치와 진정한 행복은 숫자와 어떤 관련이 있을까?'라는 질문을 중심으로 진행해 보았다. 우리 삶에서 숫자는 어떤 것인지, 숫자가 있어야 할 때와 없어도 될 때, 더 나아가 각자 중요하게 여기는 삶의 가치는 무엇인지 『어린 왕자』 제4장을 읽으며 함께 고민해 보았다.

학생들은 『어린 왕자』 제4장과 교사가 발췌해 온 도움자료 김수현의 『나는 나로 살기로 했다』 중에서 '인생에서 숫자를 지울 것'을 함께 읽으며 나라별 중산층의 기준을 살펴보았다. 그리고 '자신이 정한 숫자 없는 중산층의 기준'을 세 가지씩 적어 발표하는 시간을 가졌다. 그 도움자료는 다른 나라에 비해 우리나라 사람들이 '숫자'를 훨씬 중시하는 삶을 산다는 내용을 담고 있었다.

그 내용을 본 학생들은 돈과 성적을 중시하는 사회 분위기로부터 벗어나고 싶다는 생각을 했을 것이고, 자신 역시 어떻게 살아가고 있는지 고민하고 싶었을 것이다. 학생들에게 자신이 정한 숫자 없는 중산층의 기준을 세 가지씩 말해 보자고 했다. '불가능을 가능으로 바꾸도록 노력한 적이 단 한 번이라도 있는 사람', '자신의 말과 행동에 책임을 다할 수 있는 사람', '자신의 꿈에 자부심을 가지고 살아갈 수 있는 사람', '내가 무엇을 해야 행복한지 아는 사람', '옳고 그름을 스스로 판단할 수 있는 사람', '사람들에게 피해가 가지 않는 선에서 하고 싶은 일을 하면서 사는 사람', '자신이 하고 있는 것에 대해 부끄러움이 없고 자신감이 많은 사람', '많은 사람들에게 인정받고 다양한 사람들을 이해할 수 있는 사람', '자신이 하는 일을 즐기고 행복하다고 생각하는 사람', '내 행동을 반성하고 잘못을 인정하며 남의 의견을 수용할 수 있는 사람', '여가 활동을 일주일에 한 번 이상 할 수 있는 사람', '인생 친구를 두고 고민을 나눌 수 있는 사람' 등 다양한 의견을 제시했다.

도움자료로 제시한 영국과 프랑스의 중산층 조건에 비해 대한민국은 '부채 없는 아파트 평수 30평, 월 급여 500만 원 이상, 자동차는 2,000cc급 중형차, 예금액 잔고 1억 원 이상, 해외여행은 1년에 몇 번 [18]'인 것에 학생들이 적지 않은 충격을 받은 것 같았다. 그래서 『어린왕자』 제4장과 도움자료 『나는 나로 살기로 했다』의 '인생에서 숫자를 지울 것'을 읽고 인생에서 숫자가 가지는 의미와 진실, 진정한 행복이란 무엇인지, 삶에서 진정 중요한 가치가 무엇인지를 고민해 보는 '내 인생의 숫자' 생각해 보기를 샛길 활동의 쉼터로 마련했다.

학생들과 함께한 쉬어 가는 샛길 활동으로 '숫자와 상관없는 순수한 나 소개하기'와 친구들과 토론하고 싶은 숫자와 관련된 주제를 한 가지씩 제안하고 모둠에서 함께 이야기했다. 지금까지 자신의 삶 속에서 알게 모르게 숫자를 향해 무작정 노력했던 점은 없었는지 성찰하고, 진정한 자아를 찾아보는 시간으로 힐링 음악과 함께 자신의 내면을 들여다보며 순수한 자신의 모습을 떠올리기도 했다. 음악과 함

---

[18]   연봉정보사이트 직장인 대상 설문결과. 김수현, 『나는 나로 살기로 했다』, 마음의 숲, 28~31쪽.

께 점점 진지해진 아이들의 모습이 기특하고 대견했다. 어떤 학생들은 '지금이 국어시간인지 도덕시간인지 모르겠다', '도덕시간에도 이런 활동은 안 해 봤다', '도덕시간보다 더 도덕시간인 것 같다.'라며 즐기는 모습까지 보였다.

[청소년 작가님들의 슬로리딩 흔적]

• 숫자와 상관없는 순수한 나 소개하기

나는 피아노 치는 것을 좋아한다. 왼손과 오른손이 서로 다른 음을 치지만 그 음들이 서로 어울리는 음이고, 맞아떨어지는 박자로 곡이 진행되는 것을 느낄 때 난 재미를 느낀다. 즐거운, 슬픈, 신나는 소리를 내가 만들어 내고 있다는 것을 깨달으며 곡에 집중할 때 '즐겁다'라고 느낀다. 가장 행복한 순간은 내가 좋아하는 사람이 나를 보며 웃고, 나 덕분에 재미있다고 해 줄 때와 주말 아침에 늦게 일어나 시계를 확인했을 때 10시가 넘었을 때다. 일주일간 제대로 자지 못했는데 그렇게 늦잠을 자고 일어나면 행복하다. 없었으면 하는 순간은 상대방이 나 때문에 불쾌해지거나 기분이 나빠지는 순간이다. 마음대로 되는 것은 아니지만 타인이 나 때문에 불편해지는 것을 싫어한다. 못하는 것은 공감하며 위로해 주거나, 기분 좋게 해 주는 말을 잘 못 한다. 예전에는 잘 몰랐는데, 상대방이 내가 하는 말을 듣고 기분 나빠하는 것이 싫어지니 요즘은 그것을 깨닫고 말하는 버릇을 고치려고 노력하고 있다.

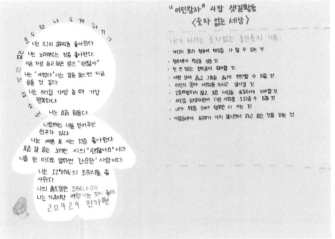

『어린 왕자』 제4장 샛길 활동

셋.
샛길로 빠지면서
질문하고 탐구하다

슬로리딩을 모르던 때의 내 교실이라면 상상도 할 수 없었을 신선한 의문과 지적 호기심이 지금의 교실에서는 일상이 되었다. 세상에 당연한 것은 없다. '왜 그럴까?'라는 의문을 품으면 세상의 모든 것은 낯설고 흥미로워진다. 그 낯섦은 새로운 탐험의 세계로 이어진다. 그 의문들을 서로 연결하고 반복하면서 근본적으로 자신을 긍정하고 낯섦을 두려워하지 않는 자세가 필요하다. 샛길로 빠져 꼬리에 꼬리를 물고 탐구하다 보면 오롯이 즐기는 몰입의 경험을 하게 된다.

쓸데없는 질문으로 치부되던 누군가의 사소한 궁금증이 끝을 알 수 없는 지적 탐험의 세계로 펼쳐진다는 것은 상당히 흥미로운 경험이다. '당연함'이 '낯섦'으로 다가오는 순간, 이미 이전의 '나'에서 '성장하는 나'로 변화하기 시작한다. 그렇기에 교사는 교실에서 학생들의 그 변화를 민감하게 관찰하며 학생들의 삶의 시선이 한 걸음 높아질 수 있도록 마음껏 샛길로 빠지고 마음껏 질문하고 탐구하는 교실 문화를 만들어야 한다.

정규 국어시간에 슬로리딩을 처음 할 때 나의 목표는 너무 무리하지 말고 한 학기에 시 한 편, 단편소설 한 편을 실천해 보는 것이었다. 교사의 철학과 엄선된 좋은 작품을 오롯이 깊게 이해하면서 양적 성취보다 질적 성장을 도모하고 싶었다. 그때 학생들과 슬로리딩 한 작품이 김유정의 「동백꽃」이다. 나의 교실에서 슬로리딩을 멈추지 않고 시도하면서 '당연한 것에 의문을 품는 수업' 하면 가장 먼저 떠오르는 작품도 「동백꽃」이다. '한 학기 한 권 읽기'가 도입되기 전인 2009 교육과정이었고, 성취기준이 '보고서의 작성과정을 알고 조사, 실험 등의 보고서를 작성한다.'여서 샛길 활동과 연결한 「동백꽃」 샛길 보고서'를 시도했다.

소설 「동백꽃」에서 '나'에게 관심을 가진 '점순이'가 갓 구운 감자 세 개를 아무도 몰래 '나'에게 건네는 장면이 있다. 일반적으로 이 장면의 '감자'는 점순이가 '나'에게 가지는 관심과 호감을 표현한 중심소재로 해석한다. 학생들과는 겨우 세 달 정도 함께했고, 자유롭게 질문하고 생각을 존중하는 허용적인 교실 문화를 경험하도록 무던히 노력했지만 아직은 갈 길이 먼 상태였다. 그래서 다소 엉뚱해 보여도 지적 호기심을 자극할 만한 의문과 질문을 유도하는 것이 필요했다.

「동백꽃」 샛길 보고서 작성을 위해 '궁금? 궁금! 질문을 잡아라' 활동으로 질문하는 연습부터 시작하고, '작품 질문'과 '샛길 질문'이라는 이름으로 학생들의 다양한 질문들을 두 가지 유형으로 구분했다. 작품 질문은 작품 속 인물의 상황이나 심리, 사건 전개, 소재와 주제, 작가의 의도 등 작품 속 내용과 직접적인 관련성이 있는 질문으로 분류했다. 예를 들면, '점순이는 왜 감자를 줄 때 "느 집엔 이거 없지?"라고 했을까?', '나의 가족은 왜 점순이네에게 신세를 지게 되었을까?', '나는 자신의 닭이 점순이네 닭에 당했을 때 어떤 기분이었을까?' 등이 해당한다.

그에 비해 샛길 질문은 작품 속의 내용과는 직접적인 관련이 적어 보이고 작품에서 살짝 벗어나 보이지만 흥미를 갖고 탐구할 만한 것으로, 작품과 관련된 당시 문화, 시대와 사회 및 역사적 특징, 경제, 생활 풍습, 의식주 등과 관련된 질문으로 유도해 볼 수 있다. 예를 들면, '소설 「동백꽃」이 창작된 1936년도에는 감자가 비쌌을까?', '지주, 마름, 소작인 등으로 구분된 일제강점기 토지 관리 체계는 구체적으로 지금과 어떻게 달랐을까?', '등장인물 나와 점순이는 작품 속에서 열일곱 살인데 일제강점기와 지금의 열일곱 살의 신체적 특징은 얼마나 차이가 있을까?', '점순이와 등장인물 나는 당시 학교에서 어떤 교육을 받았을까?', '고추장에 어떤 성분이 있기에 닭이 고추장을 먹고 힘이 나는 것일까?' 등이 있을 수 있다.

작품을 깊이 있게 감상하다 보면 지적 호기심을 자극하는 지점을 만나게 된다. 특히 그 호기심이 한 사회를 인식할 수 있는 문화, 경제, 정치, 풍습에 기반한 것이라면 언뜻 보기에는 작품 감상과는 거리가 멀어 보일지라도 독자의 사고영역이 확장됨은 물론 다양한 사고 능력이 신장된다. 그리고 작품을 감상하느라 자칫 지쳐 있을 심신에 재미와 흥미를 갖게 하여 다시 신나게 읽을 힘을 만들어 준다. 샛길 질문은 그런 유의미한 고민에서 시작된 활동이다. 얼핏 보기에는 작품 속 내용과 직접적인 관련이 적어 보이고 다소 엉뚱해 보인다. 그러나 작품 내용에서 한 단계 벗어나 생활 풍습, 경제, 정치, 사회문화, 역사적 상황, 의식주 등과 관련된 궁금증과 호기심은 작품을 총체적으로 이해할 수 있는 힘을 준다.

이런 샛길 질문들을 모둠 친구들과 나누고, 모둠 친구들이 함께 탐구하여 보고서로 작성할 '샛길 탐험 주제'를 정하도록 했다. 이제 겨우 생각이 말랑해진 학생들에게 처음부터 샛길 탐험 주제를 제시하도록 하기에는 다소 무리일 수 있기에 '궁금? 궁금! 질문을 잡아라'와 연계하여 자연스럽게 탐구해 보고 알아보고 싶은 샛길 주제를 정하도록 한 것이다.

학생들이 만든 '작품 질문'과 '샛길 질문'을 살펴보면 쉽게 이해할 수 있을 것이다.

📝 [청소년 작가님들의 슬로리딩 흔적]

[「동백꽃」 궁금? 궁금! 작품 질문]

- 점순이는 '나'를 좋아하면서 왜 생색을 내며 "느 집엔 이거 없지?"라고 했을까?
- '나'의 가족은 왜 점순이네에게 신세를 지게 되었을까?

- 점순이네 부모는 '나'와 점순이의 사랑을 허락하실까?
- 점순이가 '나'를 계속 괴롭혔다면 '나'는 점순이에 대한 호감이 완전히 사라졌을까?
- '나'는 자기 집 닭과 어떤 추억이 있었을까?
- '나'가 다음부터는 그러지 않겠다고 했을 때, 점순이는 어떤 마음이었을까?
- '나'가 일할 때, 점순이는 무엇을 할까?
- 점순이는 복수와 관심의 수단으로 왜 닭싸움을 시켰을까?

[「동백꽃」 궁금? 궁금! 샛길 질문]

- 1930년대에는 보통 몇 살에 결혼을 했을까?
- 고추장을 먹으면 정말 힘이 세질까?
- 고추장에는 어떤 성분이 들어 있을까?
- 소작인이 받은 배재에는 주로 무슨 내용이 기록되어 있을까?
- 강원도 방언과 경상도 방언의 공통점은 무엇인가?
- 일제강점기인데 이 작품은 너무 평화롭다. 강원도 출신 독립운동가는 누가 있을까?
- 봄감자가 다른 감자보다 정말 맛있을까?
- 시대별 결혼 풍습에는 어떤 차이가 있을까?
- 당시에 '배냇병신'과 같은 비속어 외에 어떤 비속어가 있을까?
- 일제강점기 10대들의 놀이 문화는 어떠했을까?
- 좋아하는 사람에게 자신의 마음을 표현하기 적당한 선물에는 무엇이 있을까?
- 감자를 촉촉하게 먹으려면 물을 얼마나 넣어야 할까?
- 감자로 할 수 있는 세계 요리의 종류와 비법은 어떤 것이 있을까?
- 동백꽃 결말의 알싸하고 향긋한 꽃 냄새를 작가 김유정은 맡아 보았을까?
- 제목 「동백꽃」은 강원도 방언으로 생강나무꽃이라는데, 생강나무꽃(동백꽃)의 꽃말은 무엇일까?

학생들은 지금까지 당연하게 여겼던 작품 속 상황과 소재들을 색다른 시선으로 바라보았다. 기존의 틀을 깨고 또 다른 호기심을 품고 의문을 갖기 시작했다. '왜'라는 중요한 키워드를 저마다 가슴에 품고 각자의 샛길 궁금증을 표현했다. 수업 시간에 주요 학습 요소와 관련이 멀어 그동안 궁금했지만 용기 내어 질문하기도 어려웠던 것이 사실인데 맘껏 샛길로 빠져 보라니, 이게 웬 떡인가 싶었는지도 모르겠다. 친구들과 기발하고도 색다른 샛길 질문을 나누느라 아이들의 목소리로 교실이 꽉 찼다.

사실 성취기준은 '보고서의 작성과정을 알고 조사, 실험 등의 보고서를 작성한다.'이므로 보고서의 주제를 생활 속에서 알고 싶은 것을 조사하거나 실험해 보는 것도 의미가 있을 것이다. 그러나 함께 슬로리딩을 하고 있는 「동백꽃」을 읽으며 알고 싶고, 찾고 싶고, 실험해 보고 싶은 것을 주제로 보고서를 작성하는 것은 색다른 배움의 확장이 되기에 시도해 보았다.

3, 4교시에 수업한 반은 배가 고픈 시간이어서인지 점순이가 '나'에게 호감의 표시로 가져온 '감자'에 꽂혀 감자로 할 수 있는 우리나라 요리, 감자의 유래와 레시피, 언제부터 우리나라는 감자를 키우고 먹었는가, 세계 여러 나라의 감자 요리 등에 관심을 두기도 했다. 이때 교사는 마음껏 샛길에 빠지도록 하면서 작품 속 점순이가 왜 감자를 주인공 '나'에게 주었을지도 넌지시 던지면 생각의 가지가 다시 한편에 마련된다. 그러면 이미 마음껏 샛길 여행에 빠져 있던 아이들은 시대별 사랑 고백법부터 센스 있게 호감을 표현하는 방법 등을 소개하는 샛길 보고서로 구체화하기도 한다. 친구들을 대상으로 짝사랑하는 사람에게 어떻게 고백할 것인지, 어떤 표현을 할 것인지, 어떤 소재를 활용하면 좋을지 등을 설문조사를 통해 자료를 취합하여 보고서를 작성한 모둠도 있었고, '내가 만약 점순이라면', '우리 반 친구들이 동백꽃 점순이에게 조언하는 사랑 고백법' 등으로 샛길 보고서를 작성하는 모둠도 생겼다.

성취기준과 관련지어 두 마리 토끼를 잡아야 하므로 학생들은 보고서 작성 방법을 준수해야 한다. 그중에서 특히 보고서 작성 동기를 자세하게 적도록 했다. 「동백꽃」의 어느 부분을 보고 무엇이, 왜 궁금해서 샛길 보고서 주제를 잡게 되었는지 질문했고, 작품 감상의 연계성을 염두에 두면서 보고서를 작성하도록 했다. 샛길 활동의 궁금증은 「동백꽃」이라는 작품에서 출발해야 한다는 점을 강조한 것이다. 이를 통해 배움과 성장이 기반이 된 샛길 탐구와 작품과의 끈을 유지하면서 더 깊고 넓은 탐구가 가능하도록 하고 싶어서였다. 그와 동시에 그것이 작품 감상에 도움이 되거나 탐구할 만한 샛길 질문인지도 점검해 보도록 한 것이다. 보고서의 기본적인 작성 내용으로 '보고서의 제목', '동기와 목적', '기간과 대상', '방법', '관찰·조사·실험한 내용 정리 분석', '소감' 등이 들어가되, 작성 형식은 모둠별로 자유롭게 제작하도록 했다.

'동백꽃 샛길 보고서' 하면 떠오르는 인상적인 내용이 있다. 샛길 보고서 제목이 '우리나라 고추장의 위엄, 사람이 고추장을 먹으면 신체에 변화가 있을까?'였는데, 「동백꽃」에서 닭이 고추장을 먹고 힘이 난 것을 보고 정말 고추장을 먹으면 힘이 나는지 궁금해서 실험해 보고 싶었다고 한다. 학생들은 이 실험을 위해 직접 집에서 고추장을 담은 생수 몇 병을 준비하고, 체육 선생님께 악력계를 빌려서 같은 반 친구들에게 고추장 물을 먹기 전과 먹은 후 각각 악력을 재어 유의미한 변화가 있는지 정리했다. 결과적으로는 미세한 차이가 있었으나, 악력계에서 조금 더 힘이 세진 것은 확실하다며 반 친구들에게 발표했다. 발표자가 설명을 듣는 친구 중 한 명과 팔씨름을 하더니, 팔씨름 도중에 그 친구의 팔을 꼬집는 돌발 행동을 했다. 친구의 힘이 꼬집기 전보다 더 세졌다고 하면서 통증이 있으면 생명체는 순간적으로 에너지를 발산하게 된다며 고추장의 매운맛은 일종의 통증에 속하기 때문에 일시적으로 힘이 세질 수 있다는 가설을 내놓았다. 그래서 작품 속 '나'의 닭이 고추장을 먹고 점순이의 닭을 이길 수 있었던 것이라고 자신 있게 말했다. 설령 그 가설이 잘못된 것이더라도 「동백꽃」을 읽으며 궁금했던 지점을 마음껏 실험하고 그 과정에 집중하며 자기만의 가설을 펼쳤던 경험은 평생 잊지 못할 배움의 한 페이지이다. 잘못된 가설이고, 잘못된 결론이라면 그 또한 수정하면서 새로운 배움의 과정을 익힐 수 있는 귀한 기회가 된다. 작품 「동백꽃」을 읽으며 궁금했던 탐구심을 맘껏 펼쳤던 중학교 2학년 국어시간을 가슴에 간직하면서 또 다른 작품을 만났을 때도 깊이 탐구하려는 자세가 뿜어져 나오길 바란다.

또 다른 「동백꽃」 샛길 보고서로 '보았는가, 이것이 우리나라의 파손이다!'가 있다. 얼핏 보기에는 「동백꽃」에서 '패션'이 왜 나왔을까? 아무리 샛길이라도 작품에서 출발한 궁금증이 맞는지 의구심이 들어 조심스럽게 물어보았다. 그랬더니 「동백꽃」의 점순이가 남자 주인공 '나'를 좋아하는 모습이 여러 군데 보이는데, 그 당시에 좋아하는 사람에게 잘 보이고 싶었을 점순이를 생각하니, 일제강점기 때는 무엇을 입고, 어떻게 자신의 외모를 꾸몄을지 궁금했다고 대답했다. 처음에는 일제강점기 강원도를 고려하여 당시의 패션에 한정하려고 했으나, 시대별 의복과 화장술에까지 관심이 생겨 삼국시대부터 조선, 일제강점기, 현대에 이르기까지 핵심 정보를 조사하여 작성했다. 그 내용이 우리나라의 패션의 역사를 전문적인 내용으로 깊이 있게 조사한 것이어서 다른 친구들로부터 박수를 받기도 했던 모둠이다.

「동백꽃」을 읽으면서 파악했던 강원도 방언 '거진', '면두', '멈씰하다', '대강이', '열벙거지' 등을 보면서 강원도 방언의 예를 조사하거나 같은 단어에 대한 강원도 방언과 경상도 방언을 비교한 샛길 보고서도 있었다. 점순이가 "너 배냇병신이지?"라고 한 것을 읽으면서 일제강점기에 주로 사용한 비속어와 현대의 비속어를 비교 조사하거나 점순이의 주인공 '나'에 대한 호감을 표현한 소재 '감자'를 본 후 소설이나 영화, 그림 등 감자를 소재로 활용한 예술 작품들을 조사하기도 했다. 작품의 제목 「동백꽃」이 흔히 생각하는 겨울에 빨갛게 꽃이 피는 '동백나무'가 아니라, '생강나무꽃'의 강원도 방언이며 잎이나 가지를 꺾으면 생강 냄새가 실제로 나서 부르게 된 것이고, 봄에 노란색 꽃이 피는 '산동백나무'라고도 불리는 것임을 알고 아이들은 일제히 놀라는 표정을 짓기도 했다. 그제서야 「동백꽃」 뒷부분에서 '나'와 점순이가 왜 빨간 동백꽃이 아니라 노란 동백꽃 속으로 쓰러졌는지, 그리고 왜 '알싸하고 향긋한 향기'를 맡았는지 알겠다며 고개를 끄덕이기도 했다. 이런 놀라움을 놓치지 않고 '노란 동백꽃', '생강나무꽃'을 조사한 모둠도 있었다. 작품 속 두 주인공이 '왜 학교를 다니지 않을까?'라고 궁금해했던 학생들은 일제강점기의 학교의 모습과 교육 제도에 대해 알아보기도 했다.

'일제강점기 배재와 현대의 토지임대계약서 비교하기'라는 탐구 주제로 보고서를 작성한 모둠도 있었다. 「동백꽃」에 나오는 점순이네와 '나'의 집은 서로 평등하지 않은 것 같다고 느낀 아이들은 마름과 소작인의 계급적 차이와 위치가 두 남녀 주인공의 성향과 태도에도 영향을 많이 주었다고 생각했다. 도대체 당시 배재에는 어떤 내용이 적혀 있었기에 주인공 '나'가 점순이의 당돌한 태도를 계속 참아 주는지가 궁금했다고 한다. 학생들은 일제강점기 소작권계약서를 찾기 위해 국립민속박물관을 샅샅이 뒤져 김○태와 신○갑이라는 두 인물 간의 소작권계약을 확인했다. 배재는 대체로 세로의 형태에 한자가 많으며 소작료로는 주로 쌀을 지급하는 지주와 소작인 간의 계급성 임대문서임을 찾아냈다. 이에 반해 현대의 토지임대계약서는 가로의 형태로 한글로 작성되며, 임대료로 돈을 지불하는 임대인과 임차인 간의 재물 유무성 임대문서라고 정리했다. 학생들은 현재의 토지임대계약서의 작성 항목을 알아보기 위해 문구점에서 '부동산 임대계약서'를 구입하여 국립민속박물관에서 찾은 자료와 비교했다.

작품을 읽다가 한 남학생이 짝과 대화를 한다. "일제강점기 때 강원도는 평화로웠을까? 점순이랑 남자 주인공의 연애 이야기만 나오고

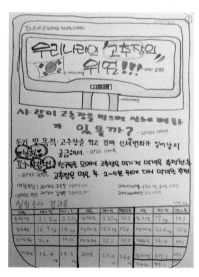

「동백꽃」 샛길 보고서

일본의 수탈 같은 건 안 나와 있네?" 그러자 짝이 대답한다. "그럼, 우리 모둠은 일제강점기 강원도에서의 독립운동을 찾아볼까?" 그래서 그 모둠은 「동백꽃」 샛길 보고서'의 주제를 '강원도에서의 독립운동은 어떻게 진행되었는가'로 정했고, 내친김에 '일제강점기 알려지지 않은 독립운동가들의 업적 조사'로 보고서 조사 범위를 수정하고 진행했다.

학생들과 함께 「동백꽃」 샛길 보고서로 작성해 본 샛길 탐구 주제는 그 외에도 '강원도 산골 마을을 배경으로 한 우리나라 작품들', '감자를 맛있게 먹는 방법', '감자를 활용한 세계 요리 종류', '지주-마름-소작인의 관계와 관리 방법', '일제강점기 때의 귀한 음식들', '강원도 방언-표준어-경상도 방언 비교조사', '일제강점기 산골 마을의 변화흐름과 현상조사', '일제강점기 신분 제도와 교육 제도', '일제강점기 때의 주거 형태', '문학평론가들의 「동백꽃」에 대한 평가', '일제강점기 때의 토지관리 방법', '「동백꽃」은 생강나무꽃이래!', '생강나무 탐험', '1930년대 강원도 지역의 생활 모습', '강원도를 대표하는 작가, 김유정의 모든 것' 등이 있다.

샛길로 빠져 질문하고 끊임없이 탐색하며 알아보고 싶은 것은 깊이 있게 탐구하던 아이들에게는 무엇이 남아 있을까? 교사가 강요한 길이 아니라, 스스로 개척하고 탐험한 자신만의 길이 남아 있을 것이다. 그 속에 자신이 쏟아부어 온 에너지가 한 땀, 한 땀 가득 채워져 있을 것이다.

『아홉 살 인생』을 읽으면서 학생들과 함께한 샛길 질문과 샛길 탐구 활동도 있다. 『아홉 살 인생』을 읽다가 작품 속 시대적 상황, 경제 상황, 사회 풍습, 1970년대와 현대의 다양한 차이, 그 외 알고 싶은 궁금한 것을 샛길 탐구 질문으로 만든 후, 이를 모둠 친구들과 협의하여 모둠별 샛길 탐구 주제로 정리했다. 모둠별로 선택한 샛길 주제를 포스트잇에 적어 교실 게시판에 부착하여 1학년 전체 학생들과 공유했다. 어떤 샛길 주제도 좋으나 작품에서 출발한 것으로, 작품 감상에 도움이 되고 학생들의 배움과 성장에 도움이 되는 것이어야 한다고 범위를 정해 주는 것도 좋다. 요즘 중학생들이 1970년대의 사회문화적 상황을 이해하기에는 한계가 있다. 샛길 탐구 활동에 도움이 될 연결독서로 당시 사회적 특징과 문화가 담긴 그림책을 모둠별로 세 종류, 각 한 권씩 배부했다. 작품 속 이사 문화와 관련된 참고 자료를 국어밴드에 게시하여 함께 살펴보는 시간도 가져 보면서 학생들은 작품을 마주하면서 궁금했던 탐구 질문을 하나씩 제시하기 시작했다.

『아홉 살 인생』을 읽으며 "자, 바로 여기가 우리 집이다."라는 말에서 1970년대 우리나라의 집과 2018년 현재의 집이 어떤 차이가 있는지 궁금해했던 아이들도 있고, "귀신이 나오는 흉가꼴"이라는 말에서 전 세계 흉가에 대한 정보를 조사한 아이들도 있었다. 『아홉 살 인생』의 시대적 배경과 관련하여 1970년대 정치와 현대의 민주주의 정치의 차이를 조사하기도 하고, "어머니는 밀가루로 파전을 부쳐 이웃에 돌리기로 했다."라는 부분에서는 이런 질문도 했다.

"선생님, 다른 나라도 이사를 가면 동네 사람들에게 음식을 나눠 주고 인사를 할까요? 여민이네는 가난해서 밀가루로 파전을 만들어 돌렸지만, 보통 떡을 돌리잖아요. 우리나라는 왜 이사하면 동네 사람들에게 떡을 나눠 줄까요? 그리고 우리 집도 이번에 이사했는데요, 이사 나가면서는 청소를 깨끗하게 하는 거 아니라고 하시고요. 또 어른들이 먼저 이사 갈 집에 밥솥이랑 숟가락 같은 거를 전날 가져다 두고 할머니, 할아버지가 하룻밤 먼저 주무신 후에 이사 가는 거래요. 이런 것도 다 우리나라 풍습인가요? 저는 미신 같은데…."

작품을 읽으면서 궁금한 것을 자유롭게 말하는 교실 분위기는 샛길로 뻗어 나갈 다른 차원의 배움을 준다. 결국 이 모둠 아이들은 우리나라 이사 풍습을 조사하면서 이것이 사람들의 어떤 믿음이 담긴 유래인지 발표했다. 또 "'언덕 위의 하얀 집'이란 대중가요 가사를 떠올리기도 했다."라는 부분을 읽고 〈언덕 위의 하얀 집〉을 친구들에게 소개하고 1970년대 대중가요의 특징을 파악하여 샛길로 빠져 탐구하기도 했다. 이와 같이 학생들이 작품을 읽으며 같이 고민해 볼 과제는 무궁무진하다. 주인공 여민이 엄마가 집 옆의 산을 '임자 있는 땅'이라고 말한 부분에서 우리나라 건축 허가법에 관심이 생겨 산동네에 집을 지으려면 어떤 건축 허가법에 허용되어야 할지 궁금해했던 학생도 있었다. 1970년대 초등학생들은 방과 후에 무엇을 하며 놀았을지 궁금해하다가 그 시대 초등학생들의 놀이에 대해 알아보면서 '우리 부모님께서 이런 놀이를 하며 어린 시절을 지냈겠구나.'라며 공감하기도 했다.

특히 기억에 남는 것은 『아홉 살 인생』의 내용 중에서 "그동안 우리는 아버지의 친구네 집에서 퍽 오래 얹혀살아야 했다. 그 집은 우리 집이 아니었다. 우리 집이란 더 이상 누구의 눈치를 보지 않아도 좋음을 의미한다."라는 부분을 읽으며 주인공 여민이네의 가난한 정도가 궁금했고, 지금도 내 집 마련이 어려운데 1970년대에는 얼마나 어려웠는지 호기심이 생긴 모둠의 조사였다. 이 모둠 학생들은 1970년대 당시의 물가와 집값을 현대와 비교했다. 학생들이 집값을 구체적으로 조사하기 어려워하여 지가로 대체하였고, 지가와 물가를 비교하며 당시 물가를 현대와 비교하고 가늠했다. 학생들의 조사에 따르면 물가가 상승할 때마다 지가도 상승하며, 1960년대부터 1980년대까지 지가와 물가에 가장 큰 변동이 있었다는 것을 그래프로 제시했다. 주요 생필품으로 물가를 비교하기도 했는데, 담배 한 갑은 10원, 소고기 한 근은 375원, 시내버스 요금은 10원, 라면은 20원, 택시 기본요금은 60원 등으로 알아냈다. 1970년대 경제 위기의 한 원인으로 제1차 석유파동을 제시했고, 이에 민감하게 대처하지 못한 기업들이

대출로 무리하게 사업을 확장했던 당시 상황을 발표했다. 특히 학생들은 1970년대가 빈부의 격차가 매우 심한 시대였다고 하면서 『아홉 살 인생』의 여민이네의 생활 모습을 추측하기도 했다. 중학교 1학년 학생들이었음에도 작품을 읽고 샛길로 빠져 질문하고 이를 깊이 있게 탐구하는 모습이 매우 인상적이었다.

이 외에도 학생들이 정한 『아홉 살 인생』 샛길 탐구 주제는 '1970년대 우리나라 생활상에 대하여', '1970년대 어린이들의 놀이 종류와 규칙', '1970년대와 2018년의 패션 비교', '1970년대 초등학생과 현대 초등학생의 생활의 모든 것', '1970년대부터 시대별 애니메이션 조사', '1970년대 새마을운동에 대하여', '1970년대와 현대 주거 환경의 차이점', '1970년대 초등학교(국민학교)에서는 무엇을 배웠을까?', '베트남전쟁의 모든 것', '1970년대의 정치와 현대 정치의 다른 점', '시대별 선호했던 이름 조사', '1970년대부터의 물가의 흐름 변화를 조사하다', '1970년대 지폐와 현대 지폐의 특징', '1970년대부터 현재까지 직업들의 종류와 변화 알아보기', '1970년대 초등학생들은 방과 후에 무엇을 하고 놀았을까?', '작가 위기철에 대하여' 등이 있었다.

슬로리딩의 샛길 활동은 궁금함을 단순히 호기심과 의문을 갖는 것에 그치지 않고 지속적으로 해답을 찾아 나서는 탐구 여행이다. 학생들이 만나는 많은 텍스트는 사회문화적 상황 외에도 시대적 상황과 관련된 삶의 인식이 함께 얽혀 있다. 그 얽힌 실타래를 하나씩 풀어 가는 과정 속에 샛길 탐구가 더해지면 한 페이지의 글을 읽더라도 학생들이 얻는 배움과 성장은 열 배 이상이 된다. 그런 의미에서 슬로리딩 교실에서는 가능한 한 많은 의문을 던져 주고 궁금증을 가질 수 있는 다양한 삶의 모습이 담긴 작품을 선택하여 학생들과 함께 읽는 것이 중요하다. 그것이 문학이든 비문학이든 상관없다. 곁가지로 뻗어 가는 학생들의 의문을 배움 주제와 연결하여 마음껏 좇아가도록 교실에서 펼쳐 보기를 바란다.

넷.
성취기준을 녹여 낸
배움의 확장

　작품을 깊이 있게 읽으면서 학생들과 함께할 배움의 나침반이 되는 것은 바로 성취기준이다. 한 학기 교육과정 재구성 지도를 만들 때 반드시 고려해야 할 중심 내용 중 하나이며, 학생들이 익히고 배워 반드시 도달해야 할 기준이 된다. 학기 시작 전 2월과 8월은 다음 학기 수업 구상으로 고민이 두 배가 된다. 한정된 시간 동안 교실철학을 큰 줄기로 한 배움이 학생들에게 유의미하게 스며드는 수업을 디자인하기 위해 노력해야 한다. 처음에는 실수투성이로 출발할 수도 있다. 실제 수업에 적용하면 수업한 첫 반은 의도하지 않은 실험의 상태가 되기도 한다. 어떻게 하면 주어진 상황에 맞는 최선의 수업을 진행할 수 있을지 고민을 거듭하다가 내가 결론지은 것은 슬로리딩의 샛길 활동을 성취기준과 연계하는 것이었다. 이것은 수행평가, 지필평가와도 자연스레 연계되므로 일주일에 한 번씩 만나는 11개의 반 학생들과 현실적으로 할 수 있는 가장 최선의 방법이다. 내용면에서는 학생들의 자유롭고 의미 있는 샛길 사고를 열어 두면서 형식면으로는 성취기준과 연결하는 것이다. 그렇게 슬로리딩 샛길 탐구 활동으로 배움을 디자인하면 두 마리의 토끼를 다 잡을 수 있다는 결론을 내렸다.

　'동백꽃」 샛길 보고서'는 「동백꽃」을 읽으며 궁금해서 조사하거나 실험하고 싶은 샛길 주제를 학생들은 마음껏 탐색하고 친구들과 나누면서 성취기준인 '보고서의 작성과정을 알고 조사, 실험 등의 보고서를 작성한다.'를 녹여 낸 형식으로 보고서를 제작한 것이다. 『아홉 살 인생』의 샛길 탐구는 학생들이 조사해 보고 싶은 샛길 주제를 성취기준인 '다양한 자료에서 내용을 선정하여 통일성을 갖춘 글을 쓴다.'와 연계하여 『아홉 살 인생』 샛길 탐구 통일성 있게 글쓰기'를 실시하였다.

『아홉 살 인생』 샛길 탐구 통일성 있게 글쓰기'는 학생들이 『아홉 살 인생』이라는 작품을 감상하면서 궁금한 샛길 질문에서 나온 샛길 주제를 자유롭게 정하여 학생 스스로 다양한 매체를 활용하여 관련된 정보를 정리하면서 순수한 지적 탐험의 세계를 경험하도록 하고 싶었다. 작품을 교사의 지시대로 혹은 암기하듯 정해진 방식대로 감상하는 것이 아니라 학생들 스스로 궁금증을 가지고 자발적 욕구를 바탕으로 적극적으로 감상할 수 있는 능동적이고 주체적인 독자로 자리매김하는 시간을 가져 보는 것이다. 이런 경험은 또 다른 면에서 참된 몰입으로 이어진다. 학생들이 개인별로 궁금하고 알고 싶은 샛길 탐구 주제를 성취기준과 연결하여 통일성 있게 글을 쓰는 과정도 함께 익혔다. 학생들은 모둠에서 정한 샛길 주제에 대해 다양한 자료에서 적절한 내용을 풍부하게 선정하고, 통일성을 갖추어 주제가 명료하게 드러나도록 글을 썼다. 기본적인 글쓰기의 과정을 이해하고 계획하기, 내용 선정하기, 내용 조직하기, 초고 쓰기, 고쳐쓰기를 통해 통일성 있게 샛길 탐구 글쓰기를 진행했다.

「성북동 비둘기」와 『우리들의 일그러진 영웅』을 슬로리딩하면서 성취기준인 '작품에서 보는 이나 말하는 이의 관점에 주목하여 작품을 수용한다.'를 연결했다. 「성북동 비둘기」는 '나도 시인 되기' 활동으로 성취기준과 연계했는데, 말하는 이를 '성북동 비둘기'로 재설정하여 같은 상황을 새로운 시각에서 창작해 보도록 했다. 시는 말하는 이에 따라 동일한 내용도 다른 관점과 시각이 생길 수 있고, 동일한 상황도 말하는 이의 관점에 따라 작품의 의미와 분위기 형성에 미치는 효과가 다르다. 그러므로 「성북동 비둘기」의 말하는 이를 바꿔 창작한 후, 친구들과 피드백하며 학생들이 작품을 제대로 수용하는 경험

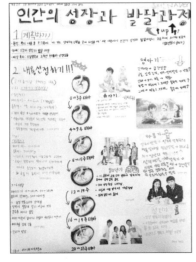
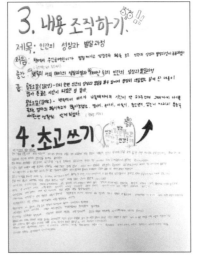

『아홉 살 인생』샛길 탐구 통일성 있게 글쓰기

을 마련했다. 「성북동 비둘기」의 말하는 이를 비둘기로 설정하여 새로운 시를 창작해 보고 원작과 어떤 차이점과 공통점이 있는지, 주제는 어떻게 효과적으로 드러나고 있는지 등을 학생들이 직접 시인이 되어 창작해 보는 샛길 활동이었다. 이 샛길 활동을 위해 학생들은 성북동 비둘기가 되어 하루의 일기를 먼저 쓴 후, 이를 시의 형태로 바꾸었다.

📓 [청소년 작가님들의 슬로리딩 흔적]

성북동의 찢어진 평화

오늘도 나는 먹이를 찾기 위해
마을 한 바퀴를 휘 돌았다.
매일이 다르게
성북동이 망가져 가고 있다.

조금 쉬려 지붕 위에 앉다가
돌 깨는 소리에 깜짝 놀라서
굴뚝 연기를 잘못 삼켜
기침을 두어 번 한다.

목이 타 물을 마시려
산골짜기로 갔더니
마른 낙엽밖에 없네.
날갯짓 할 때마다
날개 사이에 묻은 먼지를
어디서 씻어야 할까.

내일도 그렇겠지.

내일도 그렇겠지.

『우리들의 일그러진 영웅』도 이 성취기준을 연결하여 소설의 서술자를 바꿔 쓰는 '나도 작가 되기' 활동을 했다. 소설 속 보는 이의 관점을 달리하면 동일한 사건도 새로운 시각으로 다시 이해하고 바라볼 수 있는 경험을 주기 위한 샛길 활동이다. '나도 작가 되기'는 같은 사건과 상황에 대해 서술자 한병태의 입장이 아니라 다른 등장인물의 입장에서 새롭게 다시 써 보거나 작품 밖에서 사건이나 장면을 관찰 또는 다른 등장인물의 심리까지 전해 주는 존재로 바꿔 새롭게 작성하는 것으로 진행했다.

활동하기 전까지는 학생들이 엄석대를 서술자로 선택하여 시각이 한쪽으로 너무 편중되고 제한되면 어쩌나 하는 걱정도 있었다. 그러나 이는 기우에 불과했다는 것이 금세 드러났다. 역시 아이들의 상상력은 나의 걱정을 무색하게 만든다. 학생들이 새롭게 정한 작품 '안' 서술자는 정말 다양했다.

엄석대에게 아버지의 라이터를 빼앗겼던 윤병조가 그날 사건에 대해 어떻게 생각하고 심리적 변화가 어떠했는지 서술한 학생, 같은 반 친구 중 한 명이 엄석대와 관련된 여러 사건을 담담하게 관찰하는 것으로 서술한 학생, 미래의 한병태의 아내가 형사에게 잡혀가는 엄석대를 보며 남편인 한병태의 어린 시절 이야기를 듣는 것으로 서술한 학생, 한병태가 아버지께 엄석대의 만행을 이야기하고 도움을 구하는 장면을 한병태의 아버지를 서술자로 설정하여 아들을 꾸짖는 아버지의 입장을 서술한 학생, 두 담임선생님이 작품 속 서술자가 되어 동일한 사건을 다르게 이해할 수 있도록 한 학생, 수학 시험지에 자신의 이름 대신 엄석대로 바꿔 제출한 박원하를 서술자로 설정하여 엄석대에게 자신의 점수를 빼앗긴 억울한 심정을 드러낸 학생, 윤병조의 라이터나 회초리 등 작품 속에 등장하는 소재가 서술자가 되어 교실의 상황과 사건을 객관적으로 관찰하도록 서술한 학생, 작품 밖 누군가의 시선으로 교실의 아이들을 서술한 학생 등 다양한 작품이 탄생했다.

이런 서술자의 변화만으로도 엄석대의 입장에서 새로 전학 온 한병태의 태도가 왜 거슬렸는지, 박원하의 입장에서 엄석대와 시험지를 바꿔 주면서 느꼈을 심정을 생각하게 했고, 5학년 담임선생님의 무기력함과 무책임한 태도와 그 이유, 6학년 담임선생님이 느낀 불합리한 교실의 모습과 변혁이 되기까지 유도한 내용이 반영되어 있었다. 작품 안 서술자 중 1인칭 관찰자 시점을 활용했던 회초리 서술자를 통해 엄석대의 붕괴 상황을 객관적으로 바라볼 수 있게 했고, 윤병조의 라이터가 바라본 불합리하고 불균형적인 힘과 권력이 지배하는 교실 상황 등으로 작품을 새롭게 해석할 눈이 만들어졌다. 학생들은 자신이 작가가 되어 작품 속 특정 장면에 대해 새로운 서술자를 설정하고 창작하면서 다각도의 측면에서 사건을 바라보게 되었고, 원작과 비교하며 시선의 이동에 따라 작품을 다른 관점에서 파악하는 경험을 했다.

📝 [청소년 작가님들의 슬로리딩 흔적]

• 새로운 서술자: 박원하(석대의 수학 시험을 대신 쳐 준 반 친구)

아마 12월 초순의 일이었을 것이다. 그때, 우리 학교에서는 기말시험을 치르고 있었다. 이번 기말시험은 내가 석대의 시험을 대신 쳐 주는 차례였다. 나는 솔직히 이번에는 나의 진짜 수학 점수를 받고 싶었다. 하지만, 내 차례였기 때문에 어찌할 도리가 없었다. 너무 속상했다.

두 번째 시간, 수학 시험 시간이 시작되었다. 수학 과목은 내가 가장 자신 있었던 과목이었기 때문에 일찍이 시험을 끝냈다. 이제 내 이름을 지우고 석대의 이름을 써넣어야 한다. 솔직히 너무 적기가 싫었다. 나는 시험 감독으로 들어온 다른 반 선생님의 눈치를 살폈다. 이때다! 나는 적기 싫은 마음을 뒤로한 채 결국 시험지의 이름을 바꾸어 썼다. 이름을 바꾸어 쓰니 조금 기분이 그랬지만, 한동안 나는 석대의 괴롭힘을 피할 수 있다. 그때, 병태와 눈이 마주쳤다. 나는 순간적으로 매우 당황하였지만, 병태도 석대의 미술 실기를 대신 쳐 주고 있었기 때문에 그냥 웃음을 지어 주었다.

시험이 끝나고 내가 속상해하고 있을 때, 병태가 나에게 물었다. "너 아까 뭐 했니?" 나는 석대의 시험을 대신 쳐 주었다고 얘기했다. 병태는 그런 것을 처음 듣는다는 듯이 무척 놀라워하는 표정이었다. 하지만 뭐, 상관없었다. 어차피 걔도 석대의 그림을 대신 그려 주는 앤데 뭐, 미술 시험을 대신 쳐 주는 공범이니까.

병태와의 얘기가 끝나고, 내가 받을 석대의 낮은 수학 점수가 머릿속을 스쳐 지나갔다. 나도 원래 나의 진짜 수학 점수를 받고 싶은데…. 석대에게 아무런 얘기도 못 하고 혼자서만 속상해하고 억울해하는 내가 참 한심하다고 여겨지던 하루였다.

• 새로운 서술자: 6학년 때 담임선생님

나는 30여 년간 일을 해 온, 퇴직을 앞둔 교사이다. 퇴직을 할 때가 다가오니 많은 것이 생각난다. 처음 수업했던 시간, 아이들과 함께했던 활동들, 그리고 지금까지 만났던 수많은 아이. 그중 가장 생각이 많이 나는 아이들이 있다. 가장 버거웠던 아이들이자, 내가 교사를 하면서 가장 교사다웠고 보람 있던 시간을 준 아이들이었다.

처음 그 반에 들어섰을 때 뭔가 모르게 냉랭한 느낌을 받았다. 그리고 가장 먼저 눈에 띄던 아이가 있었다. 다른 아이들보다 덩치가 크고 나이도 몇 살 많아 보이는 아이었다. 엄석대. 이름도 아직 기억난다. 그 전해 담임선생님한테 들은 모범적이고 착실한 아이가 그 아이인 것 같았다.

그리고 며칠 뒤, 반장 선거를 했는데 석대가 몰표를 받았다. 정말 말도 안 되는 일이었다. 그때 처음으로 공개 투표인 듯 보이지만 아이들이 석대의 눈치를 보고 억압받는 것이 느껴졌다. 몇 차례 더 선거를 했지만 여전히 결과는 같았다. 석대를 바라보니 내 눈치를 보고 있는 것이 느껴졌다. 아, 무언가가 있구나. 우선 지금은 넘어가고 자세히 알아보기로 결심했다.

그리고 중간고사 날 아이들이 시험을 치고 방과 후, 시험지를 검토하고 채점을 하였다.

놀랍게도 수업 시간에 매번 딴짓을 하고 문제를 시키면 하나도 풀지 못하던 석대는 만점을 맞았다. 아무리 생각해도 이상했다. 그리고 다른 과목들은 다 높은 점수를 받고 딱 하나씩만 매우 낮은 점수를 받은 몇몇 아이가 있었다. 순간 촉이 왔고, 석대의 시험지를 자세히 보았다. 석대의 시험지에서 이름 칸에 지워진 연필 자국을 발견하였다. 순간 소름이 끼쳤다. 지금까지 당연히 이렇게 해 왔고, 또 어떤 일들을 해 왔을까 하는 생각이 들었다. 그리고 이 일을 어떻게 처리할지 생각에 잠겼다. 이 아이들이 절대 자의로 엄석대와 시험지를 바꿨을 리가 없다. 그러면 석대의 강압이 들어갔다는 뜻이고, 이 아이들은 엄석대 하나가 자신들 몫을 강제로 가져가는데도 가만히 있어 왔다는 뜻이다. 이것은 엄석대 혼자만의 문제가 아니라 모든 아이의 문제이다. 이런 시스템을 바로잡으려면 엄석대 외의 다수가 엄석대를 몰아낼 수 있는 용기를 가지게 해 주어야 한다고 생각했다.

그리고 다음 날, 교실에 들어서기 전 심호흡을 하고 문을 세게 열고 들어섰다. 그리고 들어서자마자 시험지를 들고 따져 묻기 시작했고, 최대한 겁을 먹게 하기 위해 아이들을 불러 진실을 말하게 했다. 결국 아이들은 엄석대 앞에서 사실을 털어놓았고, 나는 엄석대를 불러 매질을 하였다. 사실 내가 화가 나서라기보다는 아이들 보여주기식이었다. 너희가 지금까지 복종해 오던 애가 지금 이렇게 맞고 있다고. 너희가 이 애한테 복종할 필요가 없다고.

그리고 아이들 한 명, 한 명씩 엄석대에게 당해 왔던 일들을 말하라고 했다. 생각보다 충격적이었다. 들으면 들을수록 이런 일들을 참아 온 아이들에게 화가 났지만 참았다. 우선 엄석대의 판을 깨뜨리는 게 먼저라고 생각했다.

그러나 많은 아이 중 한 명이 자신은 모른다고 했다. 아이들에게 많은 비난을 받았고, 그 아이를 보고 그 아이가 보는 쪽을 보았을 때는 미소를 짓고 있는 엄석대가 있었다. 정말 모르는 것인지 이렇게까지 해도 못 말하는 건지 알 수 없었기에 어쩔 수 없이 넘어갔다. 그리고 반장 선거를 다시 진행했고, 석대의 표는 하나도 없었다. 그 아이들 입장으로는 기나긴 강압에서 벗어난 것이다.

진심으로 이 아이들이 인생을 살면서 또다시 석대 같은 아이들을 만나서 자기 몫이 뭔지도 모르고 뺏기며 살지 않았으면 한다. 이러한 아이들이 소수가 아니라 다수가 되어

그러지 않은 아이들도 피해가 가는 '끔찍한 세상'이 되지 않았으면 한다. 세상을 먼저 살아 본 사람으로서 세상을 먼저 겪어 본 아이들이 그러한 세상으로 만들지 않았으면 한다. 석대는 지금 뭐 하면서 살려나. 그때를 생각하니 그 아이들이 보고 싶다.

「수난이대」를 슬로리딩 하면서 '문학작품에 등장하는 인물의 말과 행동, 인물들 간의 관계, 다양한 사건 등을 통해 작품이 창작된 사회·문화·역사적 상황을 파악할 수 있다.'와 '작품의 내용 혹은 배경이 되는 사회·문화적 상황을 바탕으로 작품의 창작 의도를 추측하여 작품을 수용할 수 있다.'라는 성취기준으로 작품 속 등장인물인 아버지와 아들을 집중탐구하였다.

「수난이대」 인물을 통해 작가의 생각 속으로 풍덩'이라는 슬로리딩 활동이었다. 학생들은 두 인물의 말과 행동, 특성과 성격, 인물들이 가진 삶의 자세와 두 인물과 관련된 역사적 사건 등 다양한 정보를 정리했다. 특히 작품 후반부에 아버지 박만도가 아들 박진수에게 한 말과 행동을 통해 작가의 창작 의도를 추측해 보는 시간을 가졌다. 짝 활동으로 작품을 꼼꼼하게 읽으며 더블버블맵의 형식을 활용하여 두 인물의 특징과 공통점을 정리하고 그렇게 생각하는 근거와 이유를 작품 속 인물의 말과 행동을 중심으로 제시하도록 했다. 학생들은 불편한 다리를 한 아들을 팔이 하나 없는 아버지가 업고 아들은 고등어를 들어 주며 조심스럽게 외나무다리를 건너는 부자의 마지막 모습을 놓치지 않았다. 예전 같으면 교사의 설명에 의존하기 쉬웠을 텐데, 두 인물을 천천히 깊게 파악하는 과정에서 작품의 여러 요소가 총체적으로 이해되고 작가의 창작 의도까지 추측하게 된 것이다.

또 '수난이대 사건 전개 속 작가의 창작 의도 생각해 보기'라는 활동으로 앞선 성취기준과 '영상 언어의 특성을 설명할 수 있다.', '일상적 경험이나 사회적 사건을 이야기로 구성할 수 있다.'라는 성취기준을 교과 내 통합으로 재구성하여 실시했다. 우선 내용에 따라 발단, 전개, 위기, 절정, 결말의 구성으로 구분했다. 각 구성 단계는 발단 S#1, 전개 S#2, 위기 S#3, 절정 S#4, 결말 S#5 등으로 장면 설정을 한 후, 두 명씩 협의하여 각 단계별 줄거리, 그림, 대사, 효과음을 정리하여 스토리보드로 제작했다. 줄거리, 그림, 대사, 효과음 등을 정리하려면 작품을 다시 꼼꼼히 읽어야 한다. 그리고 스토리보드 제작을 통해 작품이 눈에 들어오도록 설계하고 장치한 것이다. 특히 효과음과 알맞은 음악 설정은 각 단계별 사건과 상황, 그와 관련된 인물의 심리를 잘 이해해야 적절히 표현할 수 있다. 줄거리 요약의 양이 너무 많거나 다소 어려워하는 학생들에게는 육하원칙을 중심으로 조금씩 줄여 보도록 안내하고, 주요 사건을 줄이고 또 줄이는 과정에서 세 줄 요약을 권장했다. 그리고 작품에 반영된 역사적 사실, 사회문화 상황과 연관 지으면서 작가의 창작 의도가 담긴 부분을 함께 찾고 추측하는 시간을 가졌다.

소설을 감상하면서 작가의 창작 의도를 파악하는 것은 종합적인 사고력을 요구한다. 작품의 총체적 맥락을 이해하고, 작품 속 다양한 소재와 분위기를 파악하면서 등장인물을 둘러싼 사건과 상황을 정리해도 부족할 수 있다. 등장인물의 성격과 특징을 고려하면서 인물들 간의 관계를 유기적으로 연결하는 종합적인 감상이 뒷받침되어야 가능하다. 슬로리딩하면서 성취기준을 연결할 때는 어떤 지점을 선택할 것인지, 어떤 배움에 중점을 둘 것인지 고민하는 교사의 눈과 판단이 필요하다.

'요구 사항과 문제 해결 방안을 담아 건의하는 글을 쓸 수 있다.'라는 성취기준은 「수난이대」 샛길 건의문 쓰기' 활동으로 엮었다. 하근찬의 「수난이대」에는 일제강점기 징용과 6.25 전쟁이라는 우리의 아픈 역사와 사회문화적 상황이 반영되어 있다. 마침 그 무렵 영화 〈군함도〉가 개봉되어서 작품과 연결할 수 있는 방법을 고민했다. 우선 학생들과 건의문을 쓰는 이유를 자유롭게 이야기했다. 「수난이대」가

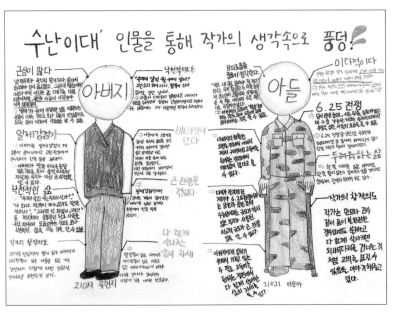

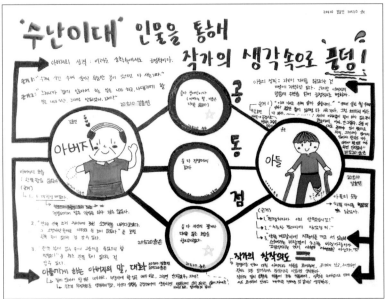

「수난이대」 인물탐구

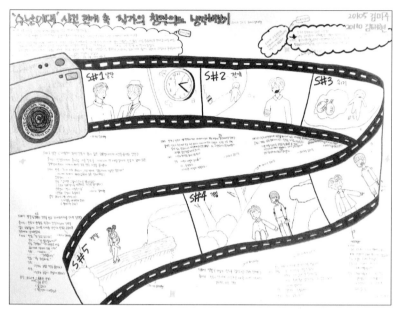

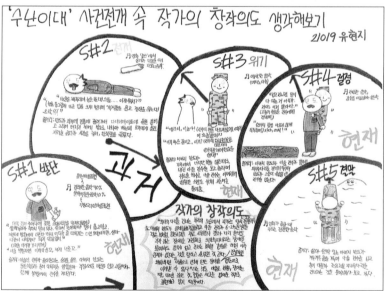

「수난이대」 주요 사건 탐구

오늘날에도 의미가 있는 이유는 일제강점기의 역사적 과제가 해결되지 않은 삶의 문제이기 때문이다. 이 문제를 해결하기 위해 노력하는 것은 현재를 살고 있는 우리들의 숙제이기도 하며, 중학생인 우리 아이들도 함께 고민해야 할 부분이다. 일제강점기 우리 민족의 참혹했던 삶을 역사적 사실의 증거로서 제대로 알아야 하는 것은 물론이고 우리가 꼭 바로잡아야 할 역사 왜곡도 남아 있다는 것을 인식해야 한다. 일본은 우리나라 사람들이 강제 징용되었던 사실은 전혀 언급하지 않은 채 군함도를 세계 근대 산업의 상징적 유물로 유네스코에 등재했다. 이와 관련한 자료들을 찾아 우리가 풀어야 할 일을 찾고 다양한 방법으로 유네스코에 건의하는 작업도 해 볼 만했다. 이 고민을 바탕으로 「수난이대」 샛길 프로젝트 건의문 쓰기인 '나의 생각과 의견을 세상에 건의하다'로 수업해 보았다.

건의문을 쓰는 방법과 과정을 이해한 후, 학생들에게 두 가지 유형의 샛길 건의문 쓰기를 제안했고, 학생들은 한 가지를 선택하도록 했다.

첫 번째 유형은 「수난이대」에 숨어 있는 역사와 사회적 문제 찾기로 접근했다. 즉, 「수난이대」를 읽다가 현재까지도 해결하지 못한 불합리한 상황이나 바로잡아야 할 문제점, 문제 상황 등을 역사적, 사회적으로 고민한다. 이와 관련된 자료를 수집하여 자신만의 방식으로 정리하고 구조화한 후, 문제 상황에 대한 합리적이고 수용 가능한 해결 방안을 제시한다. 그리고 정부, 공공기관, 특정 사람에게 '나의 생각과 의견을 건의하는 글'을 작성하는 것이다.

학생들과 나는 다시 「수난이대」를 읽으면서 작품 속에서 발견한 문제 상황을 핵심 키워드로 정리해 보았다. 학생들은 아버지 박만도와 관련하여 일제강점기 강제 징용과 위안부 문제에 대해 현재까지도 해결하지 못한 문제 상황이라고 하며 높은 관심을 보였다. 그래서 '징용 문제, 위안부 문제'로 핵심 키워드를 잡았다. 또 아들 박진수와 관련하여 6.25 전쟁 이후 상이군인의 처우 문제가 제대로 안 되어 있거나 두 인물의 신체적 특징의 공통점인 '장애'를 핵심 키워드로 잡고 장애인에 대한 우리나라 사람들의 인식이나 복지 문제에 대한 문제 상황을 분석하기도 했다. '전쟁'을 핵심 키워드로 삼아 통일에 대한 현대인들의 태도, 실향민에 대한 사회적 인식, 안보에 대한 국민 의식 등과 관련된 문제 상황을 분석해 보자는 의견들도 있었다.

이와 관련하여 학생들은 수집한 정보를 통해 해결되지 못한 사회문제를 직면하는 경험을 가졌다. 상이군인의 처우에 대해 국가적 재난사고와 관련된 유가족들의 보상이나 처우 문제와 비교하는 자료를 제시하면서 '실제 생활 속에서 이해하기 힘들 정도로 우리나라가 보상하지 않았다.'라며 '국가를 위해 희생한 국민에 대한 귀함이 턱없이 부족하다.'라고 울분을 터뜨리는 남학생도 있었다.

두 번째 유형은 '유네스코에 나의 생각과 의견을 건의하다'라는 활동 제목으로 제시했다. 이 활동은 우선 일본이 일제강점기 우리나라 사람들의 징용에 대한 역사적 사실을 제외한 채 유네스코에 군함도를 근대화 유적지로 등재했다는 점을 문제 상황으로 분석했다. 그리고 이와 관련한 정보를 수집하여 자기만의 방식으로 구조화하고 정리한 후, 해결 방안을 몇 가지 제시하고 유네스코에 직접 건의하는 글을 제출하는 것으로 안내했다.

두 번째 유형은 2017년 2학기 수업을 구상하던 중, '군함도'와 관련된 영상과 영화 〈군함도〉를 보면서 「수난이대」의 역사적 배경과 관련지어 문제의식을 갖고 연결하면 좋은 배움이 될 거라는 생각에서 나온 것이다.

나는 우리 학생들이 살아가면서 마주할 불합리한 상황에 대해 적어도 묵인하거나 모른 척하지 않았으면 좋겠다. '내가 나선다고 해결되겠어? 누군가가 나서 주겠지.'라는 생각을 하지 않았으면 좋겠다. 무엇인가 잘못되었다는 의식이 생겼다면 숨지 않고 용기 내어 움직였으면 좋겠다. 문제를 끝까지 해결하기 위해 노력하는 어른으로 자랐으면 좋겠다. 그리고 그 연습을 학교와 교실에서 치열하게 하면서 성장하면 좋겠다. 이 활동이 가지는 중요한 가치는 '문제 상황 인식', '행동으로 옮기는 실천과 용기'이다. 우리 학생들이 '내가 건의해서 안 되면 어떡하지?'라는 걱정을 하지 않고 최소한 '나는 옳지 못한 일에 움직인다', '나는 나의 생각을 당당히 건의할 수 있다', '나는 문제 상황을 지혜롭게 해결하기 위해 노력하고 용기 내어 실행하는 사람이다.'라는 신념을 가지기를 바랐다.

학생들 중 누군가 유네스코에 건의해도 안 바뀔 거라고 낙담하듯 내뱉을 때, 나는 이렇게 말했다.

"중요한 것은 그게 아닙니다. 적어도 여러분은 문제 상황에 움직였습니다. 그리고 비판적인 시각을 가졌습니다. 용기를 내어 실천했습니다. 그것이 바로 가장 큰 힘입니다."

그렇게 아이들은 작품 속 아들을 통해 상이군인의 처우 문제를 정부에 건의하는 글을 썼다. 아버지와 연결한 일제강점기를 군함도 징용의 역사적 사실과 관련지어 샛길 탐색을 해 보았다. 일본이 유네스코에 군함도를 등재하면서 징용이라는 역사적 사실을 배제한 점을 초점으로 유네스코 유적지 담당자 또는 일본 정부, 우리 정부에게 건의문을 작성하기도 했다.

샛길의 샛길로 빠지는 것도 허용하면서 그 외 위안부 문제, 독도 문제, 전쟁 문제 등에 대한 다양한 건의문도 작성하며 현실의 여러 문제 상황을 인식하는 좋은 기회가 되었다. 학생들은 그렇게 한 작품을 오롯이 이해하고 깊이 슬로리딩하면서 현실과 작품을 넘나들며 조금씩 성장했다. 다만 아쉬웠던 점은 12월 말과 2월 말에 끝까지 마무리하지 못하고 건의문 작성에 그쳤다는 것이다. 원래 계획은 주제별로 묶

「수난이대」 샛길 활동 건의문 쓰기

어 건의문을 실제 전달하고 그중 몇 편은 건의 영상으로 제작하기로 했는데 그러지 못했다. 그러나 애초 중요시했던 수업의 가치와 학생들의 경험은 충분한 성장을 주었을 것을 믿기에 다음을 기약한다.

『어린 왕자』는 '생각이나 느낌, 경험을 드러내는 다양한 표현을 활용하여 글을 쓴다.'와 '재구성된 작품을 원작과 비교하고, 변화 양상을 파악하며 감상한다.'라는 성취기준을 통합하여 '내 맘대로 책 만들기 작가 활동' 샛길 활동을 구상하고 진행했다.

이 활동은 학생들이 슬로리딩을 하면서 얻은 자기만의 생각을 작은 책으로 보관하면 좋겠고, 제작의 과정이 유의미하고 종합적인 샛길 활동이길 바라는 고민에서 나왔다. 자기만의 생각이 담긴 나만의 작은 책 한 권, 그 책 속에 『어린 왕자』라는 작품을 감상하면서 느낀 내용을 깊이 있게 담을 수 있다면, 생각하는 과정 자체가 얼마나 소중하겠는가? 그래서 20쪽 스크랩북을 활용하여 자신만의 『어린 왕자』 감상 책을 제작하는 것으로 풀어 보았다.

'어린 왕자 내 맘대로 책 만들기'는 '어린 왕자 책 광고', '내 가슴에 스민 명대사 명장면', '나도 작가 되기 어린 왕자 대본 작성'으로 구성하였다.

첫 번째 구성요소인 '어린 왕자 책 광고'를 만들면서 참신하고 개성 있는 표현과 인상적인 장면이나 대사를 활용하기 위해 다시 작품을 만나게 되며, 스크랩북을 넘긴 1쪽과 2쪽에 작성했다. 연결한 성취기준은 '생각이나 느낌, 경험을 드러내는 다양한 표현을 활용하여 글을 쓴다.'이므로 학생들은 『어린 왕자』를 읽으며 참신하고 개성적인 광고 문구를 모방하거나 창작하는 과정을 거쳤다. 이렇게 하면 『어린 왕자』 속 인상적인 장면과 기억에 남는 부분을 중심으로 책 광고를 하면서 성취기준도 함께 도달할 수 있다.

두 번째 구성요소인 '내 가슴에 스민 명대사 명장면'은 『어린 왕자』 속 명대사 명장면을 세 개 선택하여 스크랩북 3~8쪽 작성했다. 마주

보는 왼쪽 면은 명대사 명장면을 그대로 필사하고, 오른쪽 면은 그 명대사가 왜 인상적이었고 가슴에 남는지 그 이유를 관용 표현, 속담, 명언, 격언 등을 활용하여 설명하도록 했다. 이 활동도 관련 성취기준이 '생각이나 느낌, 경험을 드러내는 다양한 표현을 활용하여 글을 쓴다.'이므로 학생들은 자신이 마음에 드는 명대사 명장면을 설명하는 과정에서 다양한 표현을 활용하여 오른쪽 면에 작성하면 되었다.

세 번째 구성요소인 '나도 작가 되기 어린 왕자 대본 작성하기'는 성취기준 '재구성된 작품을 원작과 비교하고, 변화 양상을 파악하며 감상한다.'와 연결한 활동이다. 스크랩북 9쪽부터 자유롭게 작성하고, 학생들이 각자 연극 대본으로 작성하고 싶은 『어린 왕자』의 장면을 선택하도록 했다. 특히 연극 대본으로 작성하고 싶은 주요 장면은 『어린 왕자』를 읽고 진정한 삶의 가치를 이해하게 된 부분이나 관계의 소중함에 대해 알게 된 부분을 중심으로 진행하도록 권했다. 9쪽부터의 1면은 제목과 주제 정하기, 2면은 등장인물 소개하기, 3면은 '주요 장면 1' 정리하기, 4면은 '주요 장면 2' 정리하기, 5면은 '주요 장면 1'과 '주요 장면 2' 중에서 하나를 선택하여 연극 대본으로 작성하도록 했다. 이후 원작과 재구성한 연극 대본을 비교하며 소설과 연극 대본의 변화 양상의 차이를 익혔다.

가장 마지막에는 표지 앞면과 뒷면을 꾸미도록 했는데, 앞면은 『어린 왕자』와 관련한 표지로, 뒷면은 '내가 생각하는 어린 왕자' 뇌 구조도 그리기로 마무리했다. 뇌 구조도의 형식은 학생들의 취향에 맞게 자유롭게 하고, 『어린 왕자』에서 배운 점이나 기억에 남는 대사, 자신의 삶에 미친 영향, 핵심 키워드 등 다양하게 표현할 수 있도록 했다. 이 모든 과정을 거쳐 학생들이 손바닥만 한 작은 책 속에 『어린 왕자』에 대한 감상 내용을 담은 자신만의 책을 가지도록 했다.

분절적인 개별 활동의 나열이 아니라, 성취기준을 잘 해석하고 교사의 철학을 담아 학생들에게 바라는 결과를 바탕으로 평가를 먼저 설계하면 교육과정 재구성의 그림이 그려진다. 그리고 이것은 포괄적이고 종합적인 사고력을 기르는 일종의 프로젝트가 된다. 그래서 슬로리딩은 성취기준과 연계하여 샛길 탐구 활동, 샛길 프로젝트로 구상하면 더욱 풍성한 배움으로 이어진다.

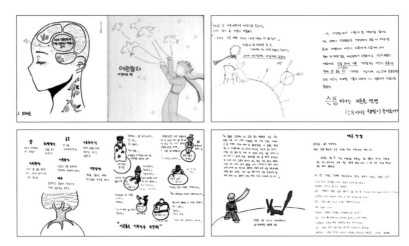

『어린 왕자』 내 맘대로 책

📓 [청소년 작가님들의 슬로리딩 흔적]

• 제목: 어린 왕자와의 특별한 만남
• 주제: 세상에 쓸모없는 것은 없다. 누군가가 쓸모없다고 말하더라도 누군가에게는 꼭 필요한 것이 될 수도 있다.

[등장인물 소개]

• '나': 사하라 사막에서 비행기 사고를 만난 조종사로, 어릴 때 꿈을 포기하고 다른 사람들과 다를 바 없는 삶을 살아왔음.
• 어린 왕자: 소행성 B612를 떠나 여기저기를 여행하고 있는 순수한 여행자.
• 어린 '나': 화가의 꿈을 가지고 있는 순수한 아이.
• 어른들: 창의적이거나 순수한 것보다 산수, 지리 등을 중요하게 여김.

[주요 장면]

- 배경: 사하라 사막, 해 뜰 무렵 즈음 새벽.
- 주요 사건: '나'와 어린 왕자가 만나서 '나'가 어린 왕자에게 양을 그려 줌.
- 주요 대사: "이건 상자야. 네가 갖고 싶어 하는 양은 그 안에 들어 있어."
- 배경음악(음향): 어린 왕자가 걸어오는 발소리, 만년필 사각거리는 소리.
- 의상/소품: 어린 왕자 의상(초록색 코트, 흰 상의 & 바지, 파란 부츠), '나'의 의상(주머니가 있는 옷), 만년필, 종이, 드라이버, 비행기 모터 모형.

[대본 작성]

- 등장인물: '나', 어린 왕자, 어린 '나', 어른들.
- 배경: (공간적 배경) 사하라 사막, (시간적 배경) 해 뜰 무렵 즈음 새벽.

아무것도 없는 사막을 보여 주는 그림이 무대 뒤쪽에 걸려 있다. 무대의 가운데에 '나'가 누워 있다. '나' 옆에는 부서진 비행기 잔해들이 널부러져 있고 공구 상자도 열린 채 놓여 있다.

| 제2장 | 사막 한가운데

무대 뒤쪽에서 혼자 스포트라이트를 받으며 어린 왕자가 '나' 쪽으로 걸어온다. '나'는 아직 잠들어 있다.

어린 왕자: ('나'를 바라보며) 저… 양 한 마리만 그려 줘!

나: (뒤척이며 눈을 깜박이다 어린 왕자를 보고 깜짝 놀라는 표정으로) 뭐?

어린 왕자: (작은 목소리로) 양 한 마리만 그려 줘….

'나'가 벌떡 일어나 주위를 살핀다. 눈을 휘둥그레 뜬 채로 '나'가 계속 어린 왕자를 응시한다. 잠시 정적이 흐르고. 진정된 듯한 '나'는 힘이 빠진 듯 털썩 주저앉는다.

나: 그런데… 넌 거기서 뭘 하고 있니?

어린 왕자: (나직한 목소리로) 저기… 양 한 마리만 그려 줘….

'나'는 잠시 머뭇하다, 주머니에서 종이와 만년필을 꺼낸다.

나: (언짢은 듯한 표정으로 작게) 미안하지만… 나는 그림을 그릴 줄 몰라. 내가 배운 것이 라곤 지리, 역사, 산수… 이런 것밖에 없다고.

대사가 끝난 후 '나'는 씁쓸한 표정으로 고개를 숙인다. 잠시 조명이 꺼지고 무대 뒤쪽에서 한 아이가 달려와 무대 앞쪽에 엎드려 눕는다. 조금 떨어진 옆쪽에는 어른들이 무리 지어 서서 웃으며 이야기를 나눈다. 이후 조명이 다시 켜지고, 아이를 비춘다.

아이: (스케치북을 펴고 색연필을 든 채로 고민하는 표정을 지으며) 어떻게 그릴까?

아이는 잠시 고민하더니 슥슥 그림을 그린다. 그러고는 만족한다는 표정으로 관객 쪽으로 그림을 보여 주고, 스케치북에는 코끼리를 삼킨 속이 보이지 않는 보아뱀, 그림 제1호가 그려져 있다. 다시 한번 자신의 그림을 보고 아이가 웃는다. 그리고 옆쪽의 어른들에게 달려가 그림을 보여 준다.

아이: (자신만만한 표정으로) 이 그림 너무 무섭지 않아요?
어른 1: (빙긋 웃으며) 아니, 모자가 왜 무섭니?

아이는 실망한 표정으로 터덜터덜 다시 자리로 돌아가 다른 그림을 그린다. 그리고는 다시 관객들에게 그림을 보여 주고, 스케치북에는 코끼리를 삼킨 속이 보이는 보아뱀, 그림 제2호가 그려져 있다. 그러고는 아이는 어른들에게 달려가 다시 묻는다.

아이: 아니, 정말 무섭지 않다고요?
어른 2: (귀찮은 듯한 목소리와 표정으로) 이런 그림은 집어치우고, 차라리 역사를 공부하

는 게 어때? 아니면 산수라든지….

아이가 상처받은 표정으로 고개를 끄덕이며 어른들과 함께 무대 뒤로 걸어간다. 다시 '나'와 어린 왕자에게 조명이 비치고, 과거를 회상하는 듯 '나'는 하늘을 바라보고 있다.

나: (어린 왕자에게 그림 제1호를 그려 보여 주고 한숨을 내쉬며) 하지만 나는 이런 그림밖에 그려 본 적이 없는걸.

어린 왕자: (고개를 저으며) 아냐, 아냐! 난 보아뱀의 배 속에 있는 코끼리는 싫어. 보아뱀은 아주 위험하고 코끼리는 아주 거추장스러워. 내가 사는 데는 아주 작아서, 나는 양을 갖고 싶어. 양 한 마리만 그려 줘.

나: (깜짝 놀라 눈이 휘둥그레지며) 이 그림이 무슨 그림인지 알아보겠어?

어린 왕자: 응, 보아뱀의 배 속에 있는 코끼리잖아. 저기… 나는 양이 필요해. 양 한 마리만 그려 줘.

나: (얼떨떨한 표정으로 어린 왕자에게 양을 그려 보이며) 어… 이런 양?

어린 왕자: (고개를 저으며) 아냐! 이건 몹시 병들었는걸. 다른 걸로 하나 그려 줘.

나: 이런 건 어때?

어린 왕자: (살풋 미소를 지으며) 아이참… 이게 아니야. 이건 숫양이야. 뿔이 돋고….

나: (고민하는 표정을 짓다가 다시 그려 보이며) 이건?

어린 왕자: 이건 너무 늙었어. 나는 오래 살 수 있는 양이 필요해.

나: (조급한 듯 얼굴을 찡그리고 빠르게 그려 보여 주며) 이건 상자야. 네가 갖고 싶어 하는 양은 그 안에 들어 있어.

어린 왕자: (매우 밝은 미소로) 내가 원한 건 바로 이거야! 이 양을 먹이려면 풀이 많이 있어야 할까?

나: (살짝 놀란 표정으로 갸웃거리며) 그게 걱정이야?

어린 왕자: 내가 사는 데는 아주 작아서….

나: 아마도 충분할 거야. 내가 그려 준 건 아주 조그만 양이거든.

어린 왕자: (그림을 내려다보며) 그렇게 작지도 않은데…. 이것 봐! 벌써 잠이 들었어….

조명이 점점 어두워지며 막이 내린다.

지금까지 내가 정규 국어시간에 학생들과 함께한 작품별 성취기준 연계 슬로리딩 기본 활동과 샛길 활동을 소개하면 다음과 같다.

슬로리딩 작품	관련 성취기준	슬로리딩 활동, 샛길 활동
「엄마 걱정」 (기형도)	2955-2. 화자나 시점의 변화에 따라 작품의 분위기와 내용이 달라짐을 설명할 수 있다(2009 교육과정).	• 나도 시인 되기 • 화자를 '엄마'로 바꿔 새로운 시 창작하기
「동백꽃」 (김유정)	2933-2. 관찰, 조사, 실험한 내용을 절차와 결과가 드러나게 내용을 구성하여 보고하는 글을 쓸 수 있다(2009 교육과정).	• 「동백꽃」 샛길 보고서 쓰기
「가난한 사랑 노래」 (신경림)	2956-2. 작품이 창작된 사회·문화·역사적 상황을 바탕으로 작품의 의미를 설명할 수 있다(2009 교육과정).	• 시 감상 슬로리딩 기본 활동
	2957-1. 작품의 내용 혹은 배경이 되는 사회·문화적 상황을 바탕으로 작품의 창작 의도를 추측하여 작품을 수용할 수 있다(2009 교육과정).	• 현대 젊은이들의 삶을 반영한 영상시 제작을 위한 시 스토리보드 만들기 샛길 활동
	2928-1. 글의 다양한 표현방식을 알 수 있다(2009 교육과정).	
	2938-3. 영상 언어의 특성을 살려 영상물을 만들 수 있다(2009 교육과정).	
「수난이대」 (하근찬)	2956-1. 문학작품에 등장하는 인물의 말과 행동, 인물들 간의 관계, 다양한 사건 등을 통해 작품이 창작된 사회·문화·역사적 상황을 파악할 수 있다(2009 교육과정).	• 소설 감상 슬로리딩 기본 활동
	2957-1. 작품의 내용 혹은 배경이 되는 사회·문화적 상황을 바탕으로 작품의 창작 의도를 추측하여 작품을 수용할 수 있다(2009 교육과정).	
	2938-1. 영상 언어의 특성을 설명할 수 있다(2009 교육과정).	• 「수난이대」 스토리보드 만들기
	2938-2. 일상적 경험이나 사회적 사건을 이야기로 구성할 수 있다(2009 교육과정).	

	2935-3. 요구 사항과 문제 해결 방안을 담아 건의하는 글을 쓸 수 있다(2009 교육과정).	• 「수난이대」 샛길 활동
		  - 작품 속 사회 문제 관련 건의문 쓰기
		  - 나의 생각과 의견을 세상에 건의하다

「스며드는 것」 (안도현)	[9국02-10] 읽기의 가치와 중요성을 깨닫고 읽기를 생활화하는 태도를 지닌다.	• 한 학기 한 권 읽기 연계 • 시 감상 슬로리딩
『아홉 살 인생』 (위기철)	[9국03-06] 다양한 자료에서 내용을 선정하여 통일성을 갖춘 글을 쓴다.	• 『아홉 살 인생』 샛길 탐구 통일성 있게 글쓰기
	[9국02-10] 읽기의 가치와 중요성을 깨닫고 읽기를 생활화하는 태도를 지닌다.	• 한 학기 한 권 읽기 연계 슬로리딩

	[9국01-03] 목적에 맞게 질문을 준비하여 면담한다.	• '동네방네 탐험기' 샛길 프로젝트
		  ① 우리 동네 발도장 찍기
		  ② 동네 주민 면담하기
		• '나는 우리 동네 홍보대사' 샛길 프로젝트
		  ① 동네 홍보물 제작하기
		  ② 홍보물 판단하며 듣기

	[9국03-08] 영상이나 인터넷 등의 매체 특성을 고려하여 생각이나 느낌, 경험을 표현한다.	
	[9국01-10] 내용의 타당성을 판단하며 듣는다.	
「성북동 비둘기」 (김광섭)	[9국05-01] 작품에서 보는 이나 말하는 이의 관점에 주목하여 작품을 수용한다.	• 나도 시인 되기 - 말하는 이를 '성북동 비둘기'로 바꾸어 시 창작하기
『우리들의 일그러진 영웅』 (이문열)		• 나도 작가 되기 - 새로운 서술자로 작품 다시 쓰기
	[9국03-02] 대상의 특성에 맞는 설명 방법을 사용하여 글을 쓴다.	• 『우리들의 일그러진 영웅』 샛길 탐구 - 설명 방법 활용하여 讀讀 인물탐구 글쓰기
	[9국02-10] 읽기의 가치와 중요성을 깨닫고 읽기를 생활화하는 태도를 지닌다.	• 한 학기 한 권 읽기 연계 슬로리딩
『어린 왕자』 (생텍쥐페리)	[9국03-07] 생각이나 느낌, 경험을 드러내는 다양한 표현을 활용하여 글을 쓴다.	• 『어린 왕자』 개성만점 나만의 제목 짓고 글쓰기
	[9국02-10] 읽기의 가치와 중요성을 깨닫고 읽기를 생활화하는 태도를 지닌다.	• 한 학기 한 권 읽기 연계 슬로리딩 • 『어린 왕자』의 '길들이다'와 김춘수의 「꽃」 • 샛길 시 탐구 활동

	[9국03-07] 생각이나 느낌, 경험을 드러내는 다양한 표현을 활용하여 글을 쓴다.	• 『어린 왕자』 샛길 활동
		  - 내 맘대로 책 만들기
		  - 1장 『어린 왕자』 책 광고

	[9국05-08] 재구성된 작품을 원작과 비교하고, 변화양상을 파악하며 감상한다.	- 2장 내 가슴에 스민 명대사 명장면 - 3장 '나도 작가 되기' 연극 대본 쓰기

[연결]

읽과 삶을 연결하다, 글로 풀어내다

슬로리딩 교실의 초반부는 작품의 단어와 문장 하나하나에 담긴 내용들을 깊이 있게 파악하는 것부터 시작한다. 빨리 읽어서 기본적인 줄거리만 파악하는 데에 익숙한 학생들이라면 한 번 더 곱씹고 생각할 시간이 필요하다. 사소한 것 한 가지에도 호기심을 갖고 고민하면서 작품의 줄거리와 등장인물에 대해서도 파악하다가 점차 샛길 활동을 통해 학생들의 호기심과 탐구심을 끌어낸다. 이 과정은 궁금한 것은 지나치지 않고 끝까지 찾아보고 탐구하여 자신의 것으로 만드는 경험을 제공한다. 더 나아가 그 경험은 현재 그 작품을 감상하는 우리 아이들의 삶이 연결되도록 고리를 만든다.

텍스트만 깊이 파악하고 그것에만 그치면 학생들의 시야와 사고는 그 속에 머물게 된다. 인간이 가진 다양한 희로애락의 감정과 삶에서 마주할 숱한 사건, 다양한 인간 유형은 삶의 지혜와 교훈을 동반한 감동과 경험을 준다. 그러나 책을 통해 단순한 문해나 작품 이해, 해석하는 힘을 기르는 것에서 한 단계 넘어서야 한다. 삶을 살아가는 깨달음과 지혜를 얻고 현재의 삶을 깊이 성찰하는 데까지 연결해야 한다. 그래야 삶이 변화하고 성장한다. 책을 읽으며 마지막 책장을 덮을 때는 나 자신의 삶으로 돌아와 거울처럼 들여다볼 시간이 필요하다. 결국 책을 제대로 읽는다는 것, 책을 제대로 읽는 독자는 그 작품과 '지금', '여기'라는 현실을 넘나드는 사람이며 동시에 자신의 생생한 삶과 연결하고 마주하면서 그 깊이를 몇 배 단단하게 만들 수 있는 주체적인 인간이다.

우리 교실을 한번 들여다보자. 학생들에게 작품을 통해 알게 된 것을 나누고 자신의 생각을 조리 있게 표현하며 앎과 삶을 넘나드는 책 읽기를 하고 있는지 나부터 묻고 싶다. 이런저런 핑계로 주저할 때도 많고, 과도한 업무에 담임이나 부장까지 겸하게 되면 처리해야 할 일들이 산더미라 '이 정도에서 멈추고 싶다.'라는 생각을 할 때가 정말 많다. 330명의 아이들과 복닥거리는 매시간마다 피드백까지 하려면 시간은 그야말로 쏜살같이 지나가 버린다. 정독, 미독, 지독의 슬로리딩을 하고 있는데 아이들이 이 정도 따라와 주는 게 어딘가 싶고, 배움과 성장이라는 이름하에 공부 노동을 시킨 것은 아닌가 싶을 때도 있다.

그러나 작품 감상으로만 끝난 채 『우리들의 일그러진 영웅』의 한병태와 윤병조, 박원하, 엄석대, 두 담임선생님의 모습을 단순히 1960년대쯤 있을 법한 할아버지 시대의 이야기로 치부해 버린다면 무엇을 깨달았다고 할 수 있을까? 2020년 현실 속에도 한병태와 엄석대는 존재하고 우리 자신이 윤병조와 박원하일 수도 있다. 그 깨달음을 얻지 못한다면 반쪽짜리 슬로리딩에 그칠 뿐이다. 슬로리딩은 결국 앎과 삶을 넘나드는 책 읽기로 확대되어야 학생들이 삶 속에 켜켜이 스며들어 성장으로 이어진다.

하나.
마음과 눈이 머무는 곳,
글로 풀어내다

  슬로리딩을 하면서 작품을 꼼꼼하게 읽어 나가면 마음과 눈이 머무는 인상적인 부분이 여러 군데 발견된다. 나는 인상적인 부분을 '파닥파닥 나만의 물고기 낚기', '내 가슴에 스민 명대사 명장면', '심쿵, 내 마음이 울려', '내 마음을 울린 구절 필사하기' 등의 활동명으로 학생들과 함께했다. 물론 활동의 이름이 중요한 것이 아니기에 활동의 이름 자체는 자유롭게 학생들이 바꿀 수 있도록 한다. 다만 어떤 내용이 인상적이었는지 찾고 적는 데 그치지 않고, 반드시 왜 인상적인지 등을 자신의 생각과 함께 경험을 곁들여 구체적으로 이왕이면 예까지 들어가며 적도록 한다.

  요즘 학생들은 어떤 질문이든 대답이 비슷하게 나오는 경향이 있다. 바로 '그냥', '좋으니까', '재미있으니까', '몰라요.'이다. 자신의 생각을 전문가 마냥 논리정연하고 완벽하게 표현할 수는 없더라도, 적어도 왜 그런지에 대한 이유가 '그냥', '재미있으니까', '몰라요.'인 사람으로 가르치고 싶지는 않다. 나는 우리가 교실에서 마주하는 학생들이 최소한 자신의 마음과 눈이 머문 부분이 왜 인상적인지에 대한 고민과 생각은 해 보고 말이나 짧은 글로 표현할 수 있는 사람으로 성장했으면 좋겠다. 그래서 1년 정도 나와 함께한 아이들은 글쓰기에 두려움이 적은 편이고, 짧더라도 근거와 이유를 들어 친구들에게 설명하기에 주저함이 적다. 1년을 작품을 통해 읽고, 쓰고, 말하고, 듣기를 수도 없이 반복해 왔기에 자신도 모르게 풀어낼 수 있는 힘이 생긴다. 슬로리딩하고 마음과 눈이 머무는 곳을 글로 풀어내는 것은 그렇기에 남다른 의미가 있다.

특히『우리들의 일그러진 영웅』은 우리 학생들의 삶의 현장인 교실 속 이야기를 다룬다. 나는 우리 학생들이 이 작품을 읽으면서 '과연 나는 어떤 등장인물과 비슷하고 맞닿아 있는지' 고민해 보기를 바랐다. 특히 자신이 속해 있는 현재 학급의 모습이 몇 명의 소수 학생들에 의해 특정 분위기가 형성되어 있거나 평등함, 공정함이 필요한 상태라면 자신의 삶을 돌아보고 이전과는 다른 행동의 방향으로 삶을 변화시킬 수도 있을 것이다. 학생의 글 중에서 엄석대와 그를 추종하는 무리의 아이들을 읽으면서 학급의 분위기가 얼마나 중요한지 깨달아 가는 과정이 인상적이었다. 작품을 읽으며 이와 같은 고민을 할 수 있다면 현재의 상황을 비판적으로 판단하고, 앞으로 자신과 학급이 발전적으로 변화해야 할 이유와 방법을 고민할 소중한 배움의 장이 된다.

[청소년 작가님들의 슬로리딩 흔적]

책에 나온 등장인물이라고 하기는 애매하지만, 나는 학급의 분위기가 이 책의 주인공이라고 할 수 있을 만큼 중요하고 이 작품이 주는 교훈을 이해하기 가장 적절하다고 생각한다. 대부분의 분위기는 권력이 있는 한 사람과 그를 따르는 여러 사람에 의해 만들어진다고 생각한다. 학급의 분위기가 한 사람, 한 사람에게 주는 영향력을 강렬하고 그 분위기는 바꾸기 어렵다. 여러 사람의 힘이 모여 만들어지기 때문이다. 나는 이 작품의 엄석대를 대장으로 모시는 듯한 학급의 분위기가 엄석대 혼자 힘으로 만들어진 것은 절대 아니라고 생각한다. 작품 초기의 엄석대를 지지하는 반 아이들과 5학년 때 담임선생님으로부터 만들어진 것이라고 생각한다. 하지만 초반의 이런 분위기는 윤리적으로 옳지 못했고 피해를 입은 사람은 늘 존재했다. 전체의 힘이 모여 만들어진 분위기가 한 사람을 죽이는 것은 어렵지 않다. 이 작품 속 분위기는 한병태뿐만이 아니라 학급 학생들 전체에게 피해를 주어 왔다. 그럼에도 불구하고 그들은 여전히 학급의 그러한 분위기를 이어 갔다. 과연 진정한 자유가 없는 분위기가 권력자 한 사람의 잘못만으로 이루어진 것일까 묻고 싶다.

또 아래 학생의 슬로리딩 흔적을 살펴보자. 『우리들의 일그러진 영웅』의 인상적인 부분에 대한 이유가 학생들이 관심을 가질 수밖에 없는 성적 손해와 부당함에 대한 분노였는데, 이를 작품 속 6학년 선생님의 대사 "당연한 자신의 몫을 빼앗기고도 분한 줄 몰랐고 불의한 힘 앞에 굴복하고도 부끄러운 줄 몰랐던"을 인용하고 연결하여 작품 속 아이들의 행동과 사고에 분개하였다. '만약 나라면 어땠을까?'라는 질문을 던졌다면 더 큰 공감과 불의에 대한 분개를 구체적으로 표현했을 것이다.

📖 [청소년 작가님들의 슬로리딩 흔적]

[내 마음속 보물찾기 & 필사하기]

"그렇다면 이번 수학 시험의 경우, 너는 15점 이상 손해 보잖아?"

"할 수 없지 뭐, 다른 애들도 다 그러니까. 게다가 석대는 차례를 공정하게 돌리기 때문에 손해는 모두 비슷해. 따라서 석대만 빼면 우리끼리의 성적순은 실력대로야. 너같이 재수 좋은 애가 우리 앞에 끼어들지 않는다면 말이야."(95쪽)

- 인상적인 부분은 박원하가 병태에게 "할 수 없지 뭐"라고 말하는 부분이다. 이 부분이 인상적인 이유는 공부로는 반에서 상위권인 아이가 '15점'이라는 큰 점수를 손해 보고도 크게 대수롭지 않게 여기고 있었기 때문이다. 나는 1점만 실수하더라도 속상하고 아쉬운 마음이 들 때가 많은데, 95점 이상을 받을 수 있는 아이가 80점 안팎의 점수를 받아도 '어쩔 수 없다'라고 생각하다니, 정말 이해할 수가 없었다. 115쪽에서 선생님의 말씀처럼, "당연한 자신의 몫을 빼앗기고도 분한 줄 몰랐고 불의한 힘 앞에 굴복하고도 부끄러운 줄 몰랐던" 그 아이들의 모습이 한편으로는 안쓰러워 보이면서도 다른 한편으로는 화가 났다. 6학년 담임선생님의 마음이 이해가 되고 공감된다. "손해는 모두 비슷해"라는 말도 모순적이다. 엄석대는 공부를 열심히 한 것도 아닌데 엄청난 이득을 본다. 석대가 있는데 손해가 비슷하다는 말은 성립될 수가 없다. 이처럼 박원하가 석대의 이익은 당연하게 생각하고 자신의 손해도 당연하게 생각하는 모습과 이 모습이 아주 자연스러워진 교실 문화가 내 머릿속에 오래 남는다.

작품을 감상하면서 인상적인 부분을 찾고 이유를 생각하다 보면 작품 속 대사, 인물들의 행동, 전체적인 분위기 등이 자신의 생각이나 경험과 연결되어 더욱 구체적으로 사고하고 표현할 수 있다. 단순히 작품 속 감동적인 장면이나 기억에 남는 부분이 아니라, 그 장면과 관련된 독자의 경험과 연결하는 순간 등장인물의 감정은 바로 내 것이 된다. 그래서 자신의 경험과 생각을 구체적으로 작성하면서 이유를 쓰고 말하는 연습이 필요하다.

　『어린 왕자』는 학생들에게 익숙한 명대사가 많은 편이다. 우리 학교 복도 모니터 게시판에도 학생들에게 안내하는 많은 명언 중 『어린 왕자』의 대사들이 있다. 명언이나 격언의 문구 자체로 접하는 것도 물론 학생들에게 울림이 있겠지만, 작품의 전반적인 내용과 그 명언과 관련된 사건, 상황, 등장인물의 생각과 심리, 작가의 의도 등을 곱씹으며 자신의 마음에 머문 대사 한 마디, 구절 하나가 청소년 시기에 잊지 못할 감동으로 남게 된다. 그리고 그 감동의 내용을 자신의 경험과 연결하고 생각을 담아 되새겨 보는 글쓰기 활동은 그 내용을 더욱 풍성하게 한다. 『어린 왕자』를 깊이 있게 읽고 단어와 문장을 천천히 음미하며 『어린 왕자』를 통해 알게 된 인생의 진실과 중요한 삶의 가치를 작품 속 대사와 장면과 연결하고 가슴에 새기는 일은 감성의 풍요로움과 인성 교육과도 연결되는 중요한 지점이다. 다른 사람들이 모두 인정하는 명대사라도 누군가에게는 큰 감동이 없을 수도 있다. 그래서 활동하기 전에 학생들에게 자신의 생각과 마음, 상태에 따라 각자의 울림과 감동을 찾도록 안내했다. 그리고 그렇게 생각하는 이유를 자세히 글로 풀어 쓰는 시간을 가졌다.

📓 [청소년 작가님들의 슬로리딩 흔적]

[『어린 왕자』 내 마음을 울린 명대사 모음]

- "나는 눈길 한 번에 중국과 애리조나를 구별할 수 있었다."
- 이유: 이 대사가 인상 깊었던 이유는 주인공이 어릴 때 그림을 그리던 것을 포기하고 어른들이 좋아하는 지리, 역사, 산수, 문법 공부를 해서 자신이 좋아하든, 좋아하지 않든 상관없이 목표를 정해서 한 분야의 전문가가 될 수 있었다는 사실에 놀랐고 주인공의 이러한 노력이 드러나는 문장이라고 생각하여 감동을 주었다.

[『어린 왕자』 오늘의 감상]

- 느낀 점: 어린 왕자 1장을 읽으면서 주인공과 내가 비슷하다는 생각을 해 보게 되었다. 주인공은 어려서부터 그림 그리는 것을 좋아하였고 그림을 그리고 화가가 되고 싶다는 목표가 있었지만 주변 어른들은 화가보다는 지리, 산수, 이런 것을 중시하였고 더 좋아하였다. 이 때문에 주인공은 화가라는 꿈을 포기하게 되었다. 나는 어릴 때 이런 창의적인 꿈이 많았지만 주변 사회 분위기 때문에 지리, 산수, 이러한 공부를 하다 보니 분명 열심히 하고 있지만 과연 무엇을 위해서 이렇게 열심히 하고 있는가에 대해 생각해 보게 되었고 어렸을 때 많았던 내 꿈이 다 사라진 것을 알게 되었다. 주인공은 비록 자신의 꿈을 이루지 못하게 되었지만 나는 지금부터라도 내 꿈을 생각하고 정해서 이제부터는 그것을 위해 노력해야겠다.

📓 [청소년 작가님들의 슬로리딩 흔적]

[『어린 왕자』 내 마음을 울린 명대사 모음]

- "어른들은 숫자를 좋아한다."
- 이유: 예전부터 살아오면서 어른들이 숫자를 대고 비교하면서 사는 것이 너무 익숙해서 공감이 잘 되었다. 예를 들어, '너희 친구들은 키 크니?', '어디 아파트 사니?', '부자니?' 등등. 또한, 이 구절이 아이들의 가능성에 대한 무궁무진함과 가능성을 막아 두고 딱 정해진 기준에 맞춰 모든 것을 걸고 달려 나가는 지구인의 모습이 보여 참 안타까웠다. 나도 커서 혹시나 그런 어른들처럼 숫자에만 관심을 가지고 살까 봐 걱정이 된다. 그런 어른이 되지 않기 위해 나만의 길을 만들며 살아야겠다.

『어린 왕자』 오늘의 감상

- 어렸을 때부터 숫자에 매우 익숙해져 있어서 이 책을 읽기 전까지는 숫자가 단지 편리함(계산)을 위한 것인 줄로만 알았다. 하지만, 요즘 시대에 숫자를 사용하는 주된 목적은 '비교'라고 생각한다. 왜냐하면 숫자는 직접적으로 수치를 한눈에 제공하기 때문이다. 예를 들어, '가연' 같은 결혼 정보 회사에서도 나이, 성별, 키, 자산, 연봉 등만 입력하면 결혼 확률을 쉽게 알려 주기 때문이다. 또한, 점수도 마찬가지이다. 시험 점수로 사람들을 판별하고, 그 사람에 대한 인성까지 판단한다. 그래서 숫자는 정말 편리하면서도 불편한, 양면적인 존재라고 생각한다.

둘.
나, 너, 우리의 삶을
들여다보다

「가난한 사랑 노래」가 오늘날까지 많은 사람의 가슴에 감동을 주는 이유는 그 시에 담긴 젊은이의 치열한 삶과 고민을 지금 우리도 공감하기 때문이다. 어제의 철수와 영희가 오늘의 우리 옆집, 우리 집에도 존재하기 때문이다. 나는 학생들과 그들의 눈물에 위로와 격려를 주고 싶었다. 시에 반영된 사회문화적 상황에 대한 문제의식과 비판적 시선을 가져 보길 바랐다. 시 속의 젊은이의 고단한 삶을 공감하고 용기 내어 함께 극복하는 이야기를 하고 싶었다. 시에 등장하는 그 시절 젊은이들의 삶과 가난으로 포기해야 했던 안타까운 모습이 오늘 우리 사회에서는 어떤 모습으로 존재하는지 들여다볼 수 있어야 한다. 그래야 그 시가 나의 삶으로 스며든다. 시를 감상하는 것이 이해와 해석에 그치지 않고 나의 삶으로 들어와 내가 깊이 공감할 수 있을 때 비로소 빛을 발한다. 작품은 작품으로만 보는 것이 아니라, 나의 삶을 들여다볼 거울로 제공할 수 있을 때, 성장과 함께 내면으로부터 진정한 변화가 생길 수 있다.

그래서 시를 깊이 이해하고 천천히 곱씹는 데 그치지 않고, 오늘날 사회에서도 시의 상황과 비슷한 사회 현상과 문제에 대해 논의해 보았다. 시 속의 젊은이의 고민처럼 현대 젊은이들이 갖고 있는 고민에 대해 학생 스스로 찾아보고 탐색하며 새로운 관점에서 시를 마주한다는 것은 결국 오늘날 나의 삶을 깊이 들여다볼 수 있는 계기가 된다.

「가난한 사랑 노래」 슬로리딩 관련 성취기준은 '작품이 창작된 사회·문화·역사적 상황을 바탕으로 작품의 의미를 설명할 수 있다', '작품의 내용 혹은 배경이 되는 사회·문화적 상황을 바탕으로 작품의 창작 의도를 추측하여 작품을 수용할 수 있다', '글의 다양한 표현방식을 알 수 있다', '영상 언어의 특성을 살려 영상물을 만들 수 있다.'이므로 교과 내 통합을 시도했다.

밑그림으로 구상한 활동은 「가난한 사랑 노래」와 연관성이 있는 현대 사회 젊은이들의 현실적 문제를 신문 기사, 영상, 노래에서 찾아 핵심 키워드로 정리하기', '위로가 필요한 현대의 젊은이들에게 나도 시인 되기 슬로리딩 활동으로 희망과 격려를 주거나 현실 비판적 시를 작성하기', '영상시로 제작하기 위해 시 스토리보드 제작하기'였다. 특히 학생들이 '나도 시인 되기'에서 직접 창작할 시는 창작 의도를 고려하여 현대의 사회문화적 상황을 반영하고, 비유하기, 변화 주기, 강조하기의 표현방식을 한 가지 이상 활용하는 것으로 가닥을 잡았다. 그리고 그 내용을 시 스토리보드로 제작하고 영상시로 만들도록 구상했다. 학생들이 모둠을 구성하여 만든 시를 모둠끼리 서로 돌아가며 감상하는 시간을 통해 각 시의 창작 의도를 서로 이야기하면서 피드백하는 시간도 의미 있는 배움으로 연결하고자 했다.

실제 수업 내용을 구체적으로 살펴보면, 우선 슬로리딩 기본 활동을 한 후 단계별로 샛길 시 창작 활동 모둠을 구성하였다.

1단계로 모둠 내에서 협의하여 현대 사회의 다양한 사회문화현상 중 젊은이들의 삶과 관련된 것을 핵심 키워드로 찾고 그중에서 한 가지 주제를 선택했다. 학생들이 청년 실업의 문제에만 국한하지 않을까 하는 걱정도 있었다. 그러나 학생들이 선택한 주제는 청년 실업 외에도 성소수자 문제, 저출산 문제, '금수저'와 '흙수저', 물질만능주의, 돈과 취업을 위해 꿈을 버리거나 미루는 세태, 외모 중심의 사회 비판, 직장맘들의 육아 문제, 아르바이트생 인권 보장과 처우 문제, 양성 불평등 문제, 성적과 공부 중심의 학교생활 등 다양했다. 그리고 모둠원 각자 주제와 관련된 자료를 노래 가사나 광고 문구, 신문 기사 등에서 다양하게 조사했고, 이를 바탕으로 어떤 시를 쓸지 구상하면서 말하는 이의 상황과 창작 의도 등에 관한 개인 계획서를 각자 작성했다.

2단계로 모둠원들의 개인 계획서를 모아 협의하고 종합하여 모둠 계획서를 항목별로 정리했다.

3단계에서 모둠시를 작성했는데, 시의 제목은 독자들에게 주고 싶은 내용을 대표하는 것이므로 고민하고 또 고민하여 가장 마지막에 짓도록 하고, 모둠의 계획서를 바탕으로 1연에서 4연까지 어떤 내용을 넣을지 말하는 이의 상황을 한두 줄로 간단히 적었다. 그리고 각자 각 연의 말하는 이의 상황을 고려하여 비유, 변화, 강조의 표현방식 중 한 가지씩 골라 1행씩 작성했다. 작성지를 돌리거나 모둠원들이 자리 이동을 하여 새로운 연의 2행을 동시에 작성하는 방식으로 총 4연 4행의 시로 완성하도록 했다. 그리고 다시 표현방식이 골고루 들어가 있는지 점검하고 고쳤다.

4단계는 스토리보드를 별도로 작성하지 않고 모둠시 각 연에 장면별 그림과 음악 및 효과음을 정리하는 식으로 실시했다.

5단계는 영상시 제작이었는데, 그때 미술 시간에 아이들이 스톱모션 만들기를 하고 있다는 이야기를 뒤늦게 듣게 되었다. 만약 같은 학년 선생님들과 주제를 미리 공유하고 통합하여 교육과정을 재구성했다면 아이들이 이중고를 겪지 않고 훨씬 알차게 진행되었을 텐데, 결국 컴퓨터실 공유도 여의치 않고 아이들에게도 영상 제작은 이미 익힌 것이라 창작시 스토리보드 제작으로 마무리했다.

청년 실업, 시럽!

복학 후 다시 온 학교는 너무 낯설다.

예전에 본 나무, 예전에 본 학교

어렸을 때 키우던 금붕어도 처음엔 이런 기분이었을까.

취직은 왜 이렇게 하늘에 별 따기 같은지

오늘도 내 사진이 붙은 이력서를 넣어 본다.

이력서만 넣고 있는 내 모습을 생각하면

먹구름 같은 한숨이 푹푹 쉬어진다.

이력서에 붙은 내 사진은 힘없는 나뭇잎처럼 왜 이리 초라한지

마지막으로 넣은 이력서가 드디어 붙었다.

내 마지막 희망이다.

아침부터 일어나 면접 보러 간다.

대기실에서 만난 사람들은 왜 다 멋진 건데?

앞 사람의 꽃밭 같은 면접 분위기가 나는 불안하다.

내게는 왜 변변찮은 질문이 오지 않는가.

청년 실업, 외모지상주의, 나는 극복할 수 있을까?

이미 바위같이 단단해진 내 마음

우린 언제쯤 편하게 살 수 있을까

오늘도 희망 없는… 면접실로 뛰어간다….

[청소년 작가님들의 슬로리딩 흔적]

3미터(부제: 흙과 금의 차이)

오늘 엄마랑 싸웠다.

준비물 살 돈을 달라고 했을 뿐인데

준비물 살 돈만 주면 되는데

내가 왜 그렇게 화낼 짓을 했을까.

같은 반 금수저가 나보고 거지 아니냐며 놀린다.

불난 집에 부채질하는 것도 아니고 어이가 없다.

화가 나서 때렸다. 화가 나서 때렸다. 홧김에 때렸다.

우린 싸우고 또 싸웠다.

복도에서 잔뜩 화가 난 선생님이 우리를 부르신다.

선생님이 나만 교무실로 데려가 혼내려고 한다.

근데 이게 무슨 일인가 왜 금수저는 하회탈처럼 내 앞에서 웃는가.

결국 나만 맞고 나만 혼났다.

돈만 있으면 되는 사회

난 왜 이런 사회에 태어났을까.

이 세상은 누가 만들었을까.

이 세계는 돈이 기본이고 돈이 권력이고

돈이 진리며 돈에 의한 바닥을 깔고 있다.

너와 나의 거리는 가까워질 수 없는

흙과 금의 차이, 3미터 거리.

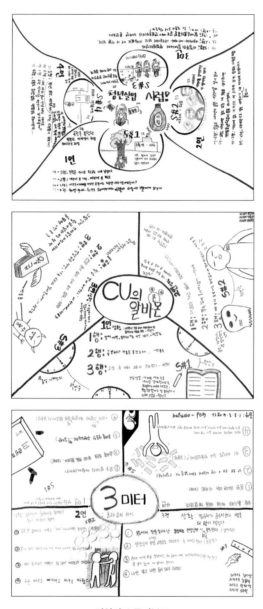

영상시 스토리보드

이와 같은 과정을 통해 시에 반영된 사회문화적 상황과 작가의 창작 의도를 이해하면서 그와 연계한 오늘날 우리들의 삶을 고민하고 돌아보는 기회를 가져 보았다. 특히 「가난한 사랑 노래」에 등장하는 젊은이의 상황이나 고민은 현대 젊은이의 고민과도 여러 면에서 공통점이 있고, 시를 문학적 감상에 그치지 않고 자신의 삶과 주변을 돌아보는 징검다리로 깊이 몰입하는 경험을 하기에 적절했다. 이 과정에서 학생들은 시인이 되어 지금의 젊은이, 청소년들의 삶을 돌아보고 현대의 사회문화적 삶에 대해 나름의 주제와 의도를 갖고 창작해 볼 수 있다면 학생들의 심미적 역량은 자연스럽게 내면화할 것이다. 앎과 삶은 작품을 마주하는 과정에서 어느 지점에서나 있다. 작품을 감상 그 자체에 그치면 내가 살고 있는 삶과 현실은 결국 작품과는 동떨어진 곳이 된다. 그러나 작품을 통해 너와 나의 삶을 고개 돌려 살펴보고, 그 안의 소리에 귀 기울이며 들여다볼 수 있는 계기를 만들어 주는 것이 진정 앎과 삶이 넘나드는 배움이 아닐까? 슬로리딩은 이렇듯이 결국 삶의 이야기와 맞물리며 작품을 다시 들여다보게 하고, 나의 삶으로 연계하여 생각을 펼칠 수 있도록 한다.

셋.
앎을 연결하고
삶을 풀어 쓰다

『우리들의 일그러진 영웅』을 슬로리딩할 때, 가장 어려웠던 고민은 성취기준 '대상의 특성에 맞는 설명 방법을 사용하여 글을 쓴다.'를 작품과 어떻게 연결할 것인가였다. 이때 한 학기 동안 학생들과 함께할 배움의 가치와 방향, 이 작품을 선택한 이유를 떠올렸다. 나는 『우리들의 일그러진 영웅』을 읽으며 학생들이 현재 자신의 교실의 모습과 자신의 삶을 돌아보며 더욱 성장하는 고민과 지점을 주고 싶었다는데 생각이 멈췄다. 그리고 그 생각들을 글쓰기와 연결하면 더 깊게 고민해 볼 기회가 될 것이라는 판단이 섰다.

『우리들의 일그러진 영웅』은 반에서 일어나는 여러 사건과 여러 등장인물의 행동을 중심으로 감상하기 좋은 작품이다. 그래서 학생들과 작품을 이해하며 여러 각도에서 생각하게 하는 슬로리딩 기본 활동을 한 후 앞서 [질문] 장에서 소개한 질문으로 등장인물 집중탐구 활동과 성장 질문 탐구를 모둠별로 한 후, 설명 방법으로 글 쓰는 활동과 통합하였다. 그렇게 하면 등장인물들의 특징을 근거로 다양한 설명 방법을 활용하여 성장 질문에 대한 생각을 제시하는 과정을 거침으로써 자신의 삶을 돌아볼 수 있는 샛길 과정까지 경험할 수 있을 터였다.

학생들은 이미 모둠 친구들과 성장 질문 탐구를 마친 상태로 정의, 예시, 비교, 대조, 분류, 구분, 인과 등의 다양한 설명 방법을 익혔다. 그리고 『우리들의 일그러진 영웅』 속 등장인물의 특징과 행동, 관련된 사건 등을 설명 방법을 활용하여 설명하도록 했다.

예를 들면, 엄석대가 반 친구들에게 한 잘못된 행동들을 예시를 활용하여 나타내거나 엄석대와 한병태의 공통점과 차이점을 비교와 대조로 설명할 수 있다. 인과를 통해 한병태가 전학 와서 교실에서 외롭고 힘든 시간을 보내게 된 원인과 결과를 설명할 수 있고, 대조를 활용하여 5학년 담임선생님과 6학년 담임선생님의 차이점을 말할 수 있다. 반 친구들의 행동 특성을 일정한 기준으로 나누거나 묶어 구분하고 분류할 수도 있다. 자신이 생각하는 반장의 역할을 상황에 따라 구분하거나 이를 다시 엄석대의 반장으로서의 행동과 비교하고 대조하여 공통점과 차이점을 드러낼 수도 있다.

'꼬리 물고 성장 질문' 모둠 활동에서 접한 성장 질문인 '등장인물 중에서 가장 일그러진 영웅은 누구일까?', '정의로움이란 무엇일까? 등장인물 중에서 가장 정의로운 인물은 누구일까?', '이 시대의 진정한 리더의 자질은 무엇이라고 생각하는가?', '만약 나라면 작품 속에 나오는 교실과 같은 불합리한 상황에서 어떻게 행동할 것인가?', '행복하고 건강한 교실을 위해서 나는 무엇을 할 것인가?' 중에서 한 가지 선택하여 개인별 글쓰기 논제로 활용하도록 했다. 이 내용은 이미 모둠 활동을 통해 학생들이 충분히 고민하고 정리하는 과정을 거쳤기에 설명 방법을 활용하여 글쓰기는 개별 활동으로 하는 것이 가능했다.

개별 활동지에는 학생이 선택한 논제, 자신이 쓰고자 하는 주된 내용과 주제, 글쓰기 주제와 관련된 『우리들의 일그러진 영웅』속 등장인물의 특성과 정보를 메모하고 이를 어떤 설명 방법을 통해 서술할 것인지 자유롭게 적도록 했다. 그리고 글의 개요에 처음, 중간, 끝의 내용과 함께 각 단계에서 활용할 설명 방법을 기록하도록 했다. 물론 이 내용은 다시 수정할 기회도 있었다. 이를 통해 학생들은 자연스럽게 비판적이고 창의적인 역량과 자료 정보 활용 역량까지 기를 수 있다. 그렇게 탄생한 것이 바로 『우리들의 일그러진 영웅』讀讀 인물탐구 글쓰기'이다.

우리들의 일그러진 영웅 <讀讀 인물탐구 글쓰기-준비학습지> [교사 김민정]

수남중학교 2학년 (2)반 (18)번 이름(배민경)

논제 (선택 1)	• 작품 속 등장인물 중, 가장 일그러진 영웅은 누구일까? • 내가 생각하는 정의로움이란 무엇이며, 작품 속 등장인물 중 가장 정의로운 인물은 누구일까? • 이 시대의 진정한 리더가 갖추어야 할 자질들은 무엇일까? • 만약 내가 작품 속 교실에서 생활한다면 불합리한 상황에 대해 어떻게 행동할 것인가? • 행복하고 건강한 교실을 만들기 위해 나는 어떤 실천을 할 것인가?
조건	• 자신의 생각에 대한 근거를 '우리들의 일그러진 영웅'에 등장하는 인물을 통해 서술할 것 • 자신이 선택한 등장인물의 특징(관련한 사건, 말과 행동, 성격 등)을 작품에서 찾아 **적절한 설명방법을** 활용하여 제시할 것 (예: 인물 간의 공통점 비교, 차이점을 대조, 인물의 행동 예시, 시간에 대한 인과 등을 활용) • '정의, 불합리, 굴종, 복종, 타협, 폭력' 등 작품 속에 등장하는 단어들을 적절히 활용할 것 • 단순한 정보나 사실만 제시하지 않고 자신의 생각과 경험을 바탕으로 이해하고 새로운 관점이나 해석 등을 제시할 것

글쓰기 계획하기

내가 선택한 논제	이 시대 건강한 리더의 자질은 ?
글의 주제	건강한 리더의 자질은 소통과 배려하고 생각한다.

글을 주제와 관련된 작품(우리들의 일그러진 영웅) 속 등장인물에 대한 자료 / 적절한 설명방법 등 메모하기

리더 = 지도자 -< 예시 >

'소통, 배려'
'정의, 리더십, 거리, 경험'
'책임감, 인정, 신뢰, 실력'
[노력, 굴종, 협동, 순종, 정직]

리더 항목
↳ 오후 산가게
↳ 리더숭요!
만승= 참되고 올바름

이시대? → 2020년 (현재) → 1960년 (과거)
시절: 타고난 성품과 바탕
→ 완성: 소통.

리더에게 필요한 자질 비중.
새대적 흐름, 사람들이 의식변한다.

리더 & 리더의 성향
오후의 책임 <인과>
완벽한 리더?
→ 꺼리었다.

한병태 - 폭력, 가담 / 소통 X <비교, 대조>
엄석대 - 힘, 책임감 / 소통 X, 배려X
5,6학년반선생 - 거부 / 리더십X, 책임감X, 소통X
↕
4학년반선생 - 폭력, 정직, 소통, 책임감, 응원X
경험, 훈련법, 순차
→ 6학년 선생님이 건강한 리더에 가까움.
반려항목 - 기만감, 횡기 X, 협박·완력X.

글의 개요 작성하기

글의 구조	내용	사용할 설명방법
처음	리더의 뜻, 지혜의 뜻, 건강한 리더 ~이고 가장은 ~이다.	정의
중간 1	리더에게 필요한 자질들 (소통, 배려, 책임감, 거리, 경험, 노력 등)	예시
중간 2	이 시대에 대한 요점. 리더의 중요성. (모두의 책임)	리더(중시·책임감) ~ 완벽함 한병태-(소통 문제) ~ 책임감 중요성	구분, 인과 비교와 대조.
중간 3	'우리들의 일그러진 영웅' 속 등장인물	(반려항목, 한병태, 엄석대, 5,6학년 선생님) 그 중 건강한 리더 ~	비교와 대조, 분석.
끝	리더에게 필요한 자질 . ~ 더불어 내가 ~ 하고 생각하게 되었다.	인과

『우리들의 일그러진 영웅』讀讀 인물탐구 글쓰기

우리들의 일그러진 영웅 <讀讀 인물탐구 글쓰기> [교사 김민정]

수남중학교 2학년 (10)반 (14)번 이름(이주미)

제목	내가 원하는 리더?

우리가 살아가는 사회는 끊임없이 변화하고 있다. 1960년대에는 우리나라 최초의 정부가 설립이 되어 서름으로 정치가 시작되었다. 당시 대통령이었던 이승만은 국가의 모든 권력을 한 사람이 장악하여 모든 정치를 하는 독재정치를 하였다. 독재정치를 시행함에 따라 사람들은 자유롭지 못했고 정치방식에 대해 여러 반발이 많았지만 그 누구도 나서서 얘기할수 없었다. 하지만 현재, 우리나라에서 시행하고 있는 정치는 민주정치, 즉 주권이 국민에게 있어 행해지는 정치이다. 민주정치가 시행됨에 따라 우리는 자유로웠고, 정치방식이 불만이 있다면 언제든지 얘기할수 있게 되었다.

그렇다면 1960년대에 교구되던 리더의 자질은 무엇이었을까. 배慮? 용기? 공감력? 통솔력? 아마 그 무엇도 아닐것이다. 1960년대에는 독재정치가 이루어지고 있었다. 정부에 어떤 반발을 못했던 시절, 그것이 1960년대였을 것이다. 이러한 독재정치의 영향은 1960년대 사회를 배경으로한 「우리들의 일그러진 영웅」이라는 책 속에서도 볼수 있듯이 담임에도 영향을 미쳤다. 내가 석대라면 전학 온 병태에게 학교 규율을 시켜주거나 도시락을 나누어 수며 새 학교에 적응을 하도록 옆에서 도와주었을 것이다. 하지만 석대는 도시락 반찬을 먹거나 물을 떠 오라는 등 전학온 병태를 전혀 도와주지 않았다. 이를 통해 석대는 반장이라는 사회적 지위에 책임을 지지 않으며, 아이들을 포용하지 않았다는 걸 알수있었다. 게다가 자신의 시험을 다른 아이들에게 대신 시키며 자신의 성적을 위조하였다. 이러한 행동을 보니, 1960년대에따르면, 아이들을 위로하거나 격려해주는 공감력, 남의 상황을 이해하고 허용하는 통솔력이 아닌, 억민방법으로 아이들을 이끌수 있는 능력이 필요했던것 같다.

첫째, 우리 사회에서는 국민이 주인이 되어 이루어지는 민주정치가 시행되고있다. 발에 문제가 있으면 이를를 제기할수 있고, 직접 토론에 참여할수 있으면, 자신이 원하는 일을 할수있게 되었다. 이렇게 현재 사회에서는 개인의 권리가 중요시되었다. 개인의 권리가 중요해지고 있기 때문에 우리사회에서는 1960년대라는 다른 리더의 자질을 요구하고있다. 『우리들의 일그러진 영웅』에서 알수앗듯 반장이라는 사회적 지위에 책임을 지지 않으며, 아이들을 억압적으로 지배하였는데, 개인의 권리가 중요해지면서 우리사회에서는 자신이 맡은 지위에 대해

3

책임을 지는 책임감과 아이들의 감정이나 생각에 공감할수있는 공감력 등을 요구하고 있다.

이렇게 과거에 교구하던 리더의 자질과 현재 교구되는 리더의 자질은 계속 변화하고 있다. 리더한 즉, 지오자신이 남을 가르쳐 이끄는 사람을 의미한데. 변화하는 리더의 자질, 리더의 의미를 보아 나는 아이들의 감정에 공감할수있는 공감력, 어떤 일에 대한 알든 결정, 힘들일에도 포기하지 않는 끈기, 언제나 바르게 행동하는 정직함이 진정한 리더의 자질이라 생각한다.

(석대와 다르게 아이들을 이해해봐라고, 아무리 힘든일이어도 우리 신 노력하여야하다라고 생각한다.)

『우리들의 일그러진 영웅』讀讀 인물탐구 글쓰기

[청소년 작가님들의 슬로리딩 흔적]

• 제목: '과연 우리들의 일그러진 영웅은 누구인가?'

세상 모든 곳에는 어두운 부분이 존재한다. 질서가 잘 유지된 초등학생들에게조차 밝고 아름다움만 존재한다고 단언할 순 없다. 선생님 없이도 질서가 유지되던 우등반인 병태의 반도 어둠이 빗겨 나가진 못했다. 어쩌면 어둠이 존재했기 때문에 질서가 유지되었을지도 모른다. 어두운 분위기를 만들고 질서를 유지해 오던 인물은 누구일까? 이 책의 제목인 『우리들의 일그러진 영웅』은 누구를 가리키는 것일까?

영웅이란 말은 남녀노소 모두 알겠지만, 막상 우리가 살아가며 생활 속에서 쓰는 모습은 드물었던 것 같다. 대신 영화를 보게 되면 영웅이 자주 등장하곤 하는데, 영웅과 관련된 장르가 따로 있을 만큼 흔하게 쓰인다. 영화 속에서 말하는 영웅은 대게 악당을 물리치고 세상을 구하는 역할을 한다. 남을 위해 목숨을 걸고 싸우는 역할을 한다는 것은 연약하고 생명이 하나밖에 없는 인간에게 쉬운 일은 아니다. 그래서 내가 영웅이란 말을 실생활에서 잘 듣지 못했을 거다. 하지만 사전에서 말하는 영웅은 '재능과 지력 또는 용맹과 담력이 뛰어나 대업을 성취할 사람'이다. 영화 속에서 말하는 영웅과 비슷한 듯하지만, 매우 큰 차이가 있다. 영화 속에서 영웅은 '세상을 구하고자 한다.'라는 긍정적이고 이타적인 목적을 가지고 있지만, 사전적 의미를 보았을 때는 영웅이 어떤 목적을 가지고 있는지는 중요하지 않다. 그가 나쁜 목적을 가지고 있든 이기적인 마음으로 행동을 하든 상관없이, 그저 능력적으로 출중하다면 그는 영웅이다. 영화 속에서의 뛰어난 능력과 좋은 목적 모두를 가지고 있는 영웅은 보기 힘들었지만, 사전적인 영웅은 우리 주변에서 흔히 볼 수 있다. 이 책에서도 사전에서 말하는 '재능과 지력, 용맹과 담력이 뛰어난 사람'은 존재했다. 엄석대와 6학년 시절의 담임.

엄석대는 그 나이에 비해 보기 드물게 현명했다. 그의 눈빛과 목소리에서는 카리스마가 넘쳐흘러 한 번 봤을 뿐인데 기억할 정도였다. 또한, 뛰어난 상황 판단으로 적절한 처신을 했다. 6학년이 되어 담임선생님이 바뀐 후, 의심하는 담임선생님의 시선을 피하기 위해서 그는 강압적이었던 행동을 줄이기 시작했고 자신에게 반항하던 한병태마저 포섭했다. 그의 모든 행동은 계획적이었고, 정확한 목적이 있었으며, 그는 늘 달성해 냈다. 별생각 없이 행동해도, 자신의 목적을 이루는 방향으로 나아갈 만큼 태생부터 지력이 넘쳤고 무서울 것이 없었다. 영웅의 사전적 정의를 엄석대를 보며 만들었다고 해도 과언이 아니다. 6학년 시절 담임선생님 또한 영웅 중 영웅이었다. 특히나 눈치가 매우 빨라, 자신의 역할을 잘 판단했다. 한병태와 엄석대의 반에서 첫 수업을 하자마자, 어두운 분위기를 알아차렸고, 무서울 정도로 빠른 추진력으로 변화를 만들어 냈다. 사전에서 말하는 뛰어난 재능을 가진 사람이 분명했다. 이러한 이유로, 엄석대와 6학년 담임선생님을 사전적 영웅이라고 판단했다.

하지만 앞에서 말했듯이, 사전에서 말하는 영웅은 인성과는 별개이다. 따라서 영웅이라는 긍정적인 느낌을 주는 단어가 '일그러진(마음이 한쪽으로 바르지 않게 기울어진 모습)'이라는 부정적인 느낌의 단어와 함께 있어도 전혀 모순될 것이 없다. 재차 강조해 오듯이, 영웅은 그저 능력적 측면에서 뛰어난 사람이므로 충분히 일그러질 수 있다. 그렇다면 과연 엄석대와 6학년 선생님은 '일그러진' 영웅일까?

솔직히 말해서 일그러진 행동을 단 한 번이라도 안 하는 사람은 없다. 동전에는 양면이 존재하므로 어떻게 보면 모든 행동이 일그러졌을 수도 있다. 정말 좋은 목적으로 한 행동이고 실제로 누군가에게 매우 큰 도움을 준 행동이라고 해도, 이 행동이 다른 어떤 누군가에겐 큰 피해를 주었을 수도 있다. 그래서 내 주관적인 생각으로 그들이 한 행동이 일그러졌는지 판단해 보려고 한다. 어떤 기준으로 '일그러졌는가'를 판단해야 할지 고민을 많이 했다. 아무래도 이 책 속에서 '일그러진'은 내면을 가리키고 있어서 등장인물의 마음씨를 알 수 있는 기준을 만들고자 했다. 끝내, '행동의 목적이 무엇이었는가?'라는 기준으로 일그러진 행동을 판단해 보았다. 먼저, 엄석대. 그는 아이들이 자신에게 점심 반찬을 바치고 물을 떠 주도록 했다. 거의 모든 반 학생들이 피해를 받았다. 그리고 오로지 자신만을 위한 행동이었다. 친구의 라이터도 빼앗았으며 이 또한 자신의 이익이 목적이었다. 늘 죄가 들킬 위기에 처하면 선의였던 척하며 비굴하게 죄를 덮었다. 엄석대는 자신을 위한 쪽으로만 마음이 바르지 않게 기울어졌다. 엄석대는 자신을 위한 쪽으로 일그러졌다. 일그러진 영웅이었다. 6학년 담임선생님 또한 영화에서 볼 수 있던 선한 영웅은 아니었다. 내가 담임선생님이 선하지만은 않았다고 판단한 이유는 폭력을 사용했기 때문이다. 너무 단순해 보일지도 모르지만, 나는 어떤 이유든지 폭력은 나쁜 것이라 생각한다. 폭력보다 납득할 수 있도록 설명해 주는 것이 더 효과적이라고 판단할뿐더러, 학생들에 따라 그 폭력이 절대 잊히지 않는 상처가 될 수도 있다. 그럼에도 불구하고, 나는 6학년 담임선생님을 일그러진 영웅이라고는 하고 싶지 않다. 온전히 내가 앞에서 정한 기준인 '행동의 목적'을 생각해 보았기 때문이다. 6학년 담임선생님의 폭력의 목적은 '학생들'이었다. 엄석대가 일그러진 이유는 자신의 이익이었지만, 담임선생님은 자신이 아닌 학생들을 위해 일그러졌다. 아이들이 조금 더 뼈저리게 잘못을 깨닫기 바라는 마음에서, 엄석대에게 분노하고 스스로 자신의 권리를 챙길 수 있는 어른으로 성장하길 바라는 마음에서 일그러졌다.

엄석대는 반의 분위기를 자신에게 복종하도록 만들었고, 그 분위기에 휩쓸려 결국 모든 학생이 그에게 복종하기 시작했다. 자신의 이익만을 위해서 부정적인 반의 분위기를 만든 엄석대는 이 책의 제목이 가리키는 '일그러진 영웅'이다. 이렇게 능력이 뛰어난 '영웅'이 일그러지게 되면 피해는 더욱 커진다고 생각한다. 일그러진 영웅의 능력이 뛰어나면 뛰어날수록, 더욱 많은 사람이 일그러지게 된다. 세상 모든 영웅은 이 점을 유의할 필요가 있다. 또한, 세상 모든 사람은 이 점을 유의할 필요가 있다. 보잘것없어 보이는 사람도 어딘가에선 영웅이며 큰 영향력을 행사한다고 생각한다. 이 책을 읽고 나는 어떤 영웅이었는지 생각해 보게 되었다. 내가 엄석대이지는 않았을까?

『우리들의 일그러진 영웅』을 읽고, '아, 이런 교실도 있을 수 있구나. 자유당 정권 때 교실 풍경에 그 당시 사회에 대한 비판적 시각이 담겨 있는 작품이구나.'라는 것에서 멈추는 것이 아니라, '그래서 나는, 그렇다면 지금 나는 어떻게 할 것인가?'라는 생각을 항상 학생들의 머리와 가슴에 심어 줄 수 있어야 진정한 삶의 변화가 일어난다.

학생들은 이미 『우리들의 일그러진 영웅』 속 한병태와 엄석대, 반 친구들 중 한 명, 두 담임선생님이 되어 보면서 현재의 자신의 삶을 어느 순간엔든 만났다. 그리고 제목이 가지고 있는 상징성을 '일그러지다'와 '영웅'의 사전적 의미부터 파헤쳐 가며 각 등장인물과 연결하여 다시 고민하고 글로 풀어냈다.

그러나 천천히 깊게 읽는 작업에만 그치기에는 학생들의 삶에 반성과 성찰의 물음표만 던져 주고 말 것 같았다. 그래서 작품 속 등장 인물을 대상으로 '일그러진 영웅'이 아니라 교실 속 '빛나는 영웅'으로 재탄생하여 거듭나도록 하여 학생들의 삶에 긍정적이고 희망적인 방향을 스스로 만드는 경험을 주었다. 작품 속 다양한 상황에 대한 문제의식으로 자신의 삶을 되돌아보며 용기를 가지고 실천을 통해 움직이는 삶을 경험해 보기를 바랐던 것이 『우리들의 일그러진 영웅』 샛길 활동 세 번째 프로젝트 '일그러진 영웅에서 빛나는 영웅으로 거듭나기(부제: 행복하고 건강한 교실을 만들기 위해 우리는 어떻게 해야 할까?)'이다.

작품 속 등장인물들을 전과 후로 구분하여 변화된 모습을 보고, 그 과정에서 자신들이 작가가 되어 건강하고 행복한 교실을 만들기 위해 작품 속의 각 등장인물들이 어떻게 노력하고 변화하면 좋을지 생각해 보도록 했다. 이는 결국 현재 학생들이 생활하는 교실에서 자신의 노력과 행동 변화를 실천하는 기회가 될 수 있다고 생각한다. 교실에서 앎과 삶은 지속적인 경험으로 학생들이 끊임없이 자신의 삶을 돌아볼 순간들을 마주하도록 해야 한다. 그 속에 성취기준 '작품에서 보는 이나 말하는 이의 관점에 주목하여 작품을 수용한다.'를 반영하여 앎이 녹아들도록 하는 것도 중요하다.

1단계는 '인물 집중탐구 활동'으로 모둠원 1인 1명 등장인물을 배정하여 『우리들의 일그러진 영웅』에서의 교실 속 불합리한 상황과 관련된 사건에 대해 그 등장인물이 한 말과 행동, 성격 등의 특징을 분석하고 정리하도록 했다. 분석한 내용을 중심으로 모둠원 각자 등장인물 분석 내용을 스티키[19]에 작성한다.

2단계는 '빛나는 영웅으로 거듭나기 위한 가치덕목 찾기 활동'으로

---

19) 사람 모양의 스티커로, 여러 학습교구 관련 사이트에서 구입이 가능하다.

모둠 친구들과 가치성장 카드[20]를 펼쳐서 살펴본 후, 행복하고 건강한 교실을 만들기 위해 각 인물들이 가져야 할 가치덕목을 탐색하는 시간을 가졌다. 또 가치성장 처방을 통해 각 인물이 어떤 모습으로 거듭나고 재탄생하기 바라는지를 새로운 스티키에 편지를 썼다. 그 편지에는 학생들 각자 선택한 인물의 변화된 성장의 모습을 적고, 등장인물들에게 가치처방을 하기 전의 모습과 후의 모습을 비교하도록 했다.

3단계에서는 갤러리 워크를 통해 반 전체 친구들의 의견을 살펴보는 공유의 시간을 가졌다.

4단계는 '우리들의 빛나는 영웅 나도 작가 되기 활동'으로 작품에서 바꾸고 싶은 장면이나 사건을 선택하고 모둠원들과 협의하여 새로운 서술자를 정하여 '우리들의 빛나는 영웅'을 공동으로 창작하였다.

'우리들의 빛나는 영웅' 창작 활동

---

[20] 55개의 가치성장 목록을 활용하여 수업 시간에 활용할 수 있고 사단법인 '생명평화마중물'에서 구입이 가능하다.

학생이 작가가 되어 '우리들의 빛나는 영웅'으로 재탄생하여 창작하는 활동은 『우리들의 일그러진 영웅』이 나아가야 할 방향을 고민하도록 한 것이다. 단순히 작품을 이해하는 과정과 자신의 삶을 들여다보는 단계를 넘어 긍정적인 삶의 전환과 발전 가능성을 스스로 개척하도록 한 것이다. 누군가가 강요하여 만들어진 삶이 아니라, 스스로 필요하다고 느껴 갖추어야 할 덕목이 무엇인지 고민하고, 내가 그 인물이라면 어떻게 할 것인지 생각하면서 자신이 처방한 등장인물의 변화된 모습을 추구하는 과정은 학생 스스로 내면의 알이 깨지기 시작하는 전환점의 첫 단추가 된다. 나는 그런 점에서 이 과정의 수업이 학생들의 마음속에 삶을 흔드는 작은 시작점의 물수제비가 되었을 것이라 믿는다.

[성장]

평가와 피드백, 슬로리딩으로 빛나다

모든 배움은 자신의 성장을 위해 애쓰는 태도, 의지가 가장 중요하다. 그렇다면 교사들은 무엇을 해야 할까? 학생들이 막막한 미지의 길을 더듬거리며 탐험할 때, '이 길로 가라', '저 길이 맞다.'라는 정답을 주는 게 아니라, 곁에서 학생들이 가는 길을 믿고 지지하며 끊임없이 피드백해야 한다. 피드백을 하는 과정에서 방향성에 대한 안내가 자연스럽게 포함되고, 교사가 학생들과 함께한다는 것만으로도 든든한 힘이 되고, 제 역할은 충분히 한 것이다.

천천히 깊게 읽으며 아이들의 변화와 성장이 지속적으로 유지되려면 끊임없는 피드백은 필수이다. 교사 피드백, 학생 상호 피드백, 자기 성찰과 점검을 위한 자기 피드백에 이르기까지 슬로리딩 활동과 학생들이 작품을 넘나들며 익히고 알아 가는 배움의 과정과 각 단계 속에 피드백이 스며들고 녹아 있어야 학생들이 조금씩 성장할 수 있다.

교육과정, 수업, 평가, 기록의 일체화는 물론이고 역량중심 평가, 성장중심 과정형 평가는 이미 우리들에게 익숙해진 지 오래다. 학생들에게 의미 있는 배움이 이루어지도록 학기가 시작하기 전에 교사는 한 학기 교육과정 재구성에 교사의 철학과 성취기준을 녹여 학생들에게 바라는 결과를 명시한 평가를 설계하고 이를 바탕으로 수업디자인을 해야 한다. 수업과 평가가 별개가 아닌, 하나로 일체화되며 평가는 일련의 배움의 과정 속에 또 다른 배움의 요소로 이루어져야 한다.

지식을 가르치고 배우고 익히고 평가받는다는 시선에서 벗어나 실제 생활 속에서 적용하고 얼마나 활용할 수 있는지가 중요하고 필요한 시대이다. 교실에서 익히고 배운 것이 실생활에서 매 순간 자신의 삶과 마주하면서 활용할 수 있는 역량으로 갖추어지도록 수업과 평가가 긴밀히 맞물려 있어야 한다.

평가를 바라보는 이러한 패러다임의 변화가 오히려 슬로리딩 교실에는 자유로움을 줄 수 있다. 학생들과 만날 수 있는 실제 시간이 많지 않은 상태에서 수업과 평가가 슬로리딩과 연계하여 유의미한 배움과 성장으로 연결하려면 교육과정 재구성에 교사가 공을 들여야 한다. 물론 어느 교실에서든 수업과 평가, 피드백이 완벽하기는 쉽지 않다. 그러나 학생들도 나도 수업은 곧 평가이며, 그 속에 피드백이 적절히 투입되어 있다고 인식하고 있다.

학생들은 나와의 배움을 내 교실에서만 하게 되고, 자신의 모든 기록과 활동 과정물은 달팽이교실에 제출하고 다른 배움을 향해 이동한다. 학생들의 활동과 피드백은 곧 수행평가이며, 지필평가를 대비하기 위해 별도로 암기하거나 준비할 것이 거의 없다. 시험 전 자신의 기록물을 잠시 들여다볼 시간이 필요하다면 내 교실에서 점심시간과 방과 후 시간을 활용해 살펴보거나 사진을 찍어 가도록 허용하지만 지금까지 별도의 요청을 한 학생은 열 명도 안 된다. 어느새 학생들에게 배움과 평가가 하나로 연결되어 수업 시간을 곧 배움이자 평가로 인식하는 것이다. 지필평가라 하더라도 수업 시간 익혀 왔던 방식 그대로 수행하면 되므로 큰 부담이 되지 않는다.

하나.
피드백, 한 뼘 성장의 힘

[배움과 성장의 피드백은 이렇게] 친절하게 & 구체적으로 & 도움이 되도록
- 칭찬하기 - "나는 ○○○ 부분이 좋다. 왜냐하면 ~ 하기 때문이다."
- 질문하기 - "나는 ○○○ 부분이 잘 이해되지 않는다."
　　　　　　 "나는 ○○○ 부분이 궁금하다."
- 보완하기 - "나는 ○○○ 에 대해 ~ 한다면 더 좋을 것 같다."[21]

　나의 교실 게시판에는 피드백 활동 방법이 항상 부착되어 있다. 학생들은 슬로리딩이 끝나면 일대일 짝 활동 피드백을 실시한다. 친구들과 일대일 짝으로 맺어 자신의 배움 과정을 설명하고 포스트잇을 활용하여 칭찬, 질문, 보완 중 한 가지 활동을 작성하여 짝의 활동지에 부착하여 돌려준다. 이와 같은 방법으로 몇 차례 반복한다. 그리고 학생 개별 피드백 활동지에는 자신의 배움과 성장에 도움이 된 피드백 내용을 몇 가지만 간략히 작성한다.
　피드백에는 학생의 성장 과정에 있어 꼭 필요한 교사의 철학이 내재되어 있다. 피드백은 '틀렸다', '못한다'를 지적하고 보완하도록 하는 것이 아니라, '아직은 ~한 점을 보완할 필요가 있는 과정과 단계에 있다.'라는 생각, 바로 'Not Yet'의 철학이 담겨 있어야 한다. '아직은 자신의

---

21)　칭찬하기, 질문하기, 보완하기의 피드백 활동은 수남중학교 최가영 선생님의 피드백 방법을 활용한 것임을 밝힌다.

주장에 대한 근거를 구체적으로 들 필요가 있다', '아직은 문장을 논리적으로 쓰기 위해 이러이러한 노력을 해야 한다.' 등의 성장의 기회가 열려 있음을 학생 스스로 인지할 때, 다음의 도약을 위해 애쓸 에너지가 생긴다.

교사의 성장형 피드백 철학은 매 수업 시간에 학생에게 스며들어 결국 학생은 자신이 틀리고 못하는 것이 아니라, 어떤 요소를 보완하면 되겠다는 희망적 메시지를 통해 스스로 배움을 점검하고 들여다보게 된다. 학생들 간의 일대일 짝 활동 피드백도 역시 친구를 결과로서 평가하는 것이 아니라, 현재의 과정을 서로 살펴보며 서로의 생각을 통해 함께 성장하는 배움의 과정이어야 다음의 도약이 이루어진다.

나는 학생들이 서로 포스트잇 칭찬 피드백할 때 단순히 잘한 점을 말하는 것이 아니라, 어떤 점에서 왜 좋았는지, 구체적인 이유와 근거를 꼭 말하고 적어 주도록 지도한다. 보완 피드백도 마찬가지이다. 상대방에게 도움이 될 수 있는 부분을 단순히 한 문장으로 말하거나 적고 끝맺는 것이 아니라, 반드시 어느 부분이 왜, 어떤 이유에서, 어떻게 보완하면 좋을지 구체적으로 전달하도록 안내한다. 학생들이 친구들과 처음 상호 피드백할 때는 낯선 경험이고, 서로를 평가한다고 생각하는 경향이 있기에 활동 전에 반드시 이 활동은 서로가 배우고 익히는 과정이라는 기본 철학과 취지를 안내하고 시작한다.

국어 교사들의 피드백이라고 하면 글쓰기의 첨삭 지도를 떠올리는 경향이 있다. 물론 글쓰기의 과정에서 첨삭 지도도 학생의 성장에 무척 도움이 되는 피드백이다. 그러나 그것 역시 교사가 마주하는 교실의 상황에 따라 조율하고 선택할 수 있어야 한다.

현실적으로 330명을 대상으로 내가 한 선택은 '첨삭 피드백'이 아니라 '구두 피드백'이었다. 구두 피드백이 학생들의 성장에 도움이 되려면 학생들의 개별 활동 시간을 민감하게 관찰해야 한다. 글을 읽으면서 글 내용을 이해하고 있는지, 질문 만들기를 왜 어려워하는지, 자신의 생각을 표현하는 것에 어떤 두려움이 있는지, 논리적 사고와 표현력이 부족한 것인지, 기본적인 문해력은 있는지, 추론적 사고를 갖추도록 어떤 도움을 주어야 하는지 등 학생 개별의 상태를 자세히, 애정을 갖고 관찰해야 한다.

한 시간에 서른 명을 대상으로 내가 세운 피드백 목표는 열 명 내외였다. 학생들에게 어떤 부분이 잘되고 있으며, 어떻게 조금 더 바꿔 보면 좋을지 등을 중심으로 한 아이를 마주하며 한 번에 한 가지씩, 수업 시간 내에 얼굴을 보며 피드백을 하면 학생들에게 스며듦이 더 쉽다. 전체를 대상으로 이미 설명하고 안내한 것들도 학생들은 선생님께서 일대일로 자신의 얼굴을 보고 눈을 맞추며 알려 주길 바란다. 자신이 필요한 그 순간, 선생님을 찾았을 때 함께해 주길 기다린다. 그 순간의 피드백이 그 어떤 것보다 효과적이다. 그 피드백이 곧 배움이고 성장이다.

학생 상호 피드백 활동은 위와 같이 간단히 포스트잇을 활용하여 서너 명의 친구들과 실시하기도 하고, 별도로 활동지를 제작하여 실시할 수도 있다. 활동지에는 '내가 친구에게 칭찬한 점', '내가 친구에게 궁금한 점', '내가 친구에게 준 도움의 말', '친구가 나에게 칭찬한 점', '친구가 나에게 궁금했던 점', '친구가 나에게 준 도움의 말', '친구와 함께한 상호 피드백 활동을 통해 내가 배운 점이나 성장했다고 생각하는 점' 등이 있어서 학생 상호 피드백 활동을 한 후, 각자 정리하도록 했다. 자신에게 꼭 필요한 친구들의 피드백은 다음 단계에 조금씩 변화한 모습으로 거듭나는 데 도움이 된다. 또래 친구들의 언어로 마주한 것이라 거부감이 적고 편하게 이해할 수 있다.

📓 [청소년 작가님들의 슬로리딩 흔적]

[포스트잇 학생 상호 피드백 작성]
- 내 가슴속 작품 속의 보물찾기에서 나는 이렇게 깊게 생각하지 못했는데 네가 고민

했던 내용을 보면서 나의 감상까지 깊어졌어.

- 작품 속 샛길 활동에서 네가 '얹혀산다'라는 것을 표현할 때, 그림으로 얹혀산다를 설명하니 이해가 훨씬 잘 되었고 나도 얹혀산다는 의미를 한 번 더 곱씹을 수 있었어.
- 샛길 활동에서 작성한 내용을 보아 자신이 왜 그렇게 느꼈는지를 잘 설명해 주고 이유를 구체적으로 안내한 점이 좋았어.

📓 [청소년 작가님들의 슬로리딩 흔적]

- 내가 친구에게 칭찬한 점은?

  '개성만점 제목 달기'에서 내가 상상하지 못한 생각을 한 점과 단어장 만들기에서 유의어, 반의어, 동의어 등을 꼼꼼하게 조사하여 정리한 점을 칭찬했다.
- 내가 친구에게 궁금한 점은?

  친구의 개성만점 제목이 왜 '비둘기 번지'일까 그 이유가 궁금했다.
- 내가 친구에게 준 도움의 말은?

  제목을 정한 이유를 더 구체적으로 작성하면 좋겠고, '나도 시인 되기'의 시에서 연을 구분하면 읽기 더 쉬울 것 같다.
- 친구가 나에게 칭찬한 점은?

  '궁금? 궁금! 질문하기'에서 비둘기의 선입견을 잘 표현했고 시를 이해하기 좋은 질문이 많아 좋다고 했다.
- 친구가 나에게 준 도움의 말은?

  '궁금? 궁금! 질문하기'에서 궁금한 점에 나의 생각을 더해 적은 것이 좋다고 해서 다음에도 나의 생각을 전하면서 동시에 더 깊은 생각을 하도록 해야겠다고 생각했다.
- 친구와 함께한 상호 피드백 활동을 통해 내가 배운 점이나 성장했다고 생각하는 점은?

  친구들이 나의 활동에 대해 칭찬과 보완할 점을 말해 주니 지금 이 활동은 잘하고 있고 저 활동은 어떤 점에서 보완해야겠다는 생각을 하게 되어 나의 배움을 되새기는 기회가 된다.

나는 수업 종료 5분 전에 학생들에게 성장형 사고방식을 강조하며 자기성찰을 위한 배움 성장일기를 작성하도록 한다. 이는 2015 개정 교육과정 국어과 역량 중 자기성찰 계발역량과 관련되며 학생 스스로 성장하고 무한히 발전할 수 있는 존재임을 인식하는 기회가 된다. 학생 스스로 자신의 배움의 과정을 돌아보고 점검하며 자신의 발전 가능성을 인식하는 것은 자기관리 역량을 기르는 데도 도움이 된다. 실수와 실패를 거듭하더라도 스스로 성찰하는 과정은 꼭 필요하다. 그리고 그것은 수업 시간에 배움을 익히는 과정 속에서 이루어져야 한다.

자기성찰은 2015 개정 교육과정에서 중시하는 '자기관리 역량'과 연결됨을 안내하고 수업 시간이 끝나기 5분 전에 스스로 그날의 배움을 돌아보고 자신의 성장을 위해 어떤 노력을 더 해야 할지 계획할 수 있도록 지도한다. 자기성찰을 위한 배움 성장일기 작성은 학생 상호 피드백 활동을 통해 자신의 슬로리딩 활동을 돌아보고 작성할 수 있다.

배움 성장일기의 내용은 새로 알게 된 점, 어떤 변화와 성장을 했다고 생각하는지, 슬로리딩 활동 소감 등을 작성하며 학생의 개별 슬로리딩 포트폴리오 앞쪽에 누적하여 보관하고 수행평가에 반영하였다. 배움 성장일기는 자유서술형과 체크리스트형으로 두 가지 유형을 제공하여 슬로리딩 수업 내용에 따라 적절히 활용했다.

[배움 성장일기 자유서술형 1]

날 짜	( )년 ( )월 ( )일	( )년 ( )월 ( )일
오늘의 배움 활동 정리		
새로 알게 된 것은 무엇인가?		
어떤 변화와 성장을 했다고 생각하는가?		
오늘의 배움의 소감은?		

[배움 성장일기 자유서술형 2]

날 짜	( )년 ( )월 ( )일	( )년 ( )월 ( )일
오늘의 배움 활동 정리		
나의 성장에 도움이 되는 나의 강점		
나의 성장을 위해 더 갖추어야 할 점		
나의 성장을 위해 구체적으로 실천할 행동 2가지		
오늘 배움의 소감		

[배움 성장일기 체크리스트형]

날짜	( )년 ( )월 ( )일 ( ).요일					
슬로리딩 활동 작품		슬로리딩 활동 제목				
• 문장과 단어를 집중하여 하나하나 꼼꼼하게 읽을 수 있다.			5	4	3	2	1
• 낱말의 뜻, 비슷한 말, 반대말, 관련되는 말, 그 낱말에 대한 자신의 느낌이나 생각, 떠오르는 것 등을 자기만의 방식으로 정리하고, 그 낱말을 활용하여 한 줄 창작을 할 수 있다.			5	4	3	2	1
• 각각의 문장과 문단이 무엇에 대해 쓰고 있는지 설명할 수 있다.			5	4	3	2	1
• 작품 속 인물의 상황이나 사건 등 작품 이해에 도움이 되는 질문이나 작품의 내용과 직접 관련이 없더라도 사고의 확장에 도움이 되는 샛길 질문을 할 수 있다.			5	4	3	2	1
• 인상적이고 감동적인 부분을 고르고, 그렇게 생각하는 이유를 설명할 수 있다.			5	4	3	2	1
• 작품 속 주요 사건을 단어, 문장, 간단한 그림(이미지) 등 자신만의 방식으로 표현할 수 있다.			5	4	3	2	1
• 각 장의 새로운 제목을 정하고 그렇게 정한 이유를 작품의 내용과 연관 지어 설명할 수 있다.			5	4	3	2	1
오늘의 변화와 성장, 슬로리딩 소감을 적어 봅시다.							

체크리스트형은 각 활동에 대해 학생이 스스로 '5-4-3-2-1점'으로 자기성찰을 점검하고 간단히 소감을 작성하도록 지도하였다. 자유서술형은 오늘의 배움 활동을 정리하고, 배움의 과정 속에서 발견한 '자신의 강점'을 학생 스스로 성찰함으로써 배움에 대한 자존감을 높게 가지도록 유도했다. 또한, 배움의 과정 속에서 발견한 자신의 부족한 점

을 단점의 형태로 제시하지 않고 '자신의 성장을 위해 더 갖추어야 할 점'으로 기술하여 긍정적인 자아를 형성하는 데 도움이 되도록 노력했다. 더 나아가 '자신의 성장을 위해 구체적으로 실천할 행동 두 가지'를 스스로 작성하는 기회를 제공하여 매시간 배움의 과정을 제한하지 않고 자신의 다음 배움과 성장을 위해 어떤 노력을 할 것인지를 스스로 계획해 보도록 했다. 슬로리딩의 배움 성장에 대한 자기점검 체크리스트는 수행평가 채점기준에 근거하여 다음 표와 같이 학생들에게 제공해도 좋다. 학생들이 자기점검 체크리스트를 개인별 슬로리딩 포트폴리오 앞쪽에 넣어 두고 시간이 될 때마다 스스로 자신의 배움을 점검하기 좋았다.

[청소년 작가님들의 슬로리딩 흔적]

학생 개별 배움 성장일기

오늘의 배움 활동 정리	우리들의 일그러진 영웅 슬로리딩
새로 알게 된 것은 무엇인가?	문단 내용을 정리하는 방법을 알게 되었고, 등장인물 탐구를 더 깊게 할 수 있는 '인물관계도' 작성 방법을 알게 되었다.
어떤 변화와 성장을 했다고 생각하는가?	모르는 단어의 의미를 찾고 그 단어가 작품 속에서 어떻게 쓰였는가를 파악하는 부분이 조금 더 자연스러워졌다.
나의 성장에 도움이 되는 나의 강점	작품의 서술을 통해 알 수 있는 인물의 행동과 말을 꼼꼼하게 파악한다. 책을 읽으면서 질문을 한다.
나의 성장을 위해 더 갖추어야 할 점	인물들의 행동과 대사를 통해 인물들 간의 관계를 파악하는 것을 익혀야 한다. 모르는 단어를 찾아 알고 넘어가야겠다.
나의 성장을 위해 구체적으로 실천할 행동 2가지	인물의 대사와 행동을 통해 알게 된 공통점 찾기, 인물들 간의 대사와 행동에 밑줄을 치고 그 내용을 바탕으로 관계 추측해 보기, 문단 정리하는 습관 기르기, 각 쪽마다 질문 1가지씩 생각해 보기.
오늘의 배움의 소감은?	전 시간보다 조금 더 능숙해졌고 작품 파악과 이해를 쉽게 하게 된 것 같아 뿌듯하다. 우리들의 일그러진 영웅이라는 책 한 권을 조금씩 깊이 읽으니 작품 이해에 훨씬 도움이 되고 자세히 알 수 있다.

[슬로리딩 자기점검 체크리스트]

활동명	체크리스트 (1)		
슬로리딩 활동	나만의 단어장 & 내 맘대로 한 줄 해석	① 궁금한 낱말의 뜻을 찾아 정리했는가?	1 2 3 4 5
		② 그 낱말이 쓰인 문장을 『어린 왕자』 작품 이해와 관련되도록 해석하거나 풀이했는가?	1 2 3 4 5
	궁금? 궁금! 질문을 잡아라	① 『어린 왕자』를 감상하면서 궁금한 질문을 3가지 이상 작성하였는가?	1 2 3 4 5
		② 한 가지 이상 질문에 대해 자신의 생각을 작성하였는가?	
		③ 중요한 삶의 가치, 관계에 대한 자신의 생각을 질문으로 드러냈는가?	
	내 마음을 울린 명대사 모음	① 『어린 왕자』를 감상하면서 인상적이거나 마음을 울린 명대사나 구절, 장면 등을 작성하였는가?	1 2 3 4 5
		② 그 이유를 자신의 생각이나 경험을 바탕으로 구체적으로 설명하였는가?	
		③ 중요한 삶의 가치, 관계에 대한 자신의 생각을 나타냈는가?	
	호기심 찾아 샛길 활동	① 끝말잇기, 과학 실험 상상하기, 요리 레시피 작성, 퀴즈 게임, 창작 글쓰기, 작품 속 상황이나 단어와 관련된 노랫말 적기 등 재미있게 샛길로 빠졌는가?	1 2 3 4 5
		② 『어린 왕자』를 감상하면서 더 알아보고 싶은 탐색주제나 체험하고 싶은 활동 등을 제시하였는가?	
	오늘의 감상	① 오늘의 느낀 점, 알게 된 점, 소감 등을 문장, 간단한 이미지, 그림 등으로 자유롭게 표현하고 설명할 수 있는가?	1 2 3 4 5
		② 『어린 왕자』를 통해 깨닫게 된 중요한 삶의 가치와 소중한 관계에 대한 고민과 성찰을 담고 있는가?	
	개성만점 내 맘대로 제목 달기	① 『어린 왕자』의 1개 이상의 '장'을 선택하여 창의적 발상을 통한 참신하고 개성 있는 제목을 달았는가?	1 2 3 4 5

체크리스트 (2)	
• 단순히 내용을 나열하지 않고 작품과 자신의 경험이나 생각을 연결 지어 해석하였는가? • 자신만의 방식으로 작품을 재해석하고 새로운 관점을 구체적이고 다양하게 제시하였는가? • 자신의 생각을 구체적으로 설명하고 다양한 표현방식으로 활용하여 효과적으로 나타낼 수 있는가?	1 2 3 4 5

활동명	체크리스트 (3)	
책 대화 활동	① 슬로리딩 활동 '궁금? 궁금! 질문을 잡아라' 질문 중 친구들과 대화하고 싶은 '생각 질문'을 1가지 이상 제시할 수 있는가? ② 친구들이 제시한 질문들을 활동지에 작성하고, 대표 '생각 질문'에 대해 자유롭게 주고받은 책 대화 내용을 정리할 수 있는가? ③ 『어린 왕자』를 읽고 더 깊이 책 대화할 '성장 질문'에 대해 친구들의 '꼬리 질문'을 구조화하여 정리할 수 있는가? ④ '성장 질문'에 대해 자유롭게 주고받은 책 대화 내용을 바탕으로 자신의 생각을 정리하고 제시할 수 있는가?	1 2 3 4 5

활동명	체크리스트 (4)	
배움성장 활동	① 배움 성장 일기를 작성하면서 새로 알게 된 점, 배움과 관련된 소감, 오늘의 배움 활동을 정리하며 성찰하였는가? ② 배움 성장에 도움이 되는 자신의 강점과 더 갖추어야 할 점을 파악하고 자신의 성장을 위해 구체적으로 실천할 내용을 계획하고 이를 실천하기 위해 최선을 다했는가? ③ 배움 성장 활동 체크리스트 자기평가 및 동료평가, 학생 상호 피드백을 통해 성장형 사고를 바탕으로 자신의 변화와 성장을 정확히 인식하고 다음 배움을 위해 노력하였는가? ④ 과제수행 시간에 성실하게 참여하였으며 주어진 시간을 적절히 안배하여 계획, 실행, 피드백과 수정의 과정을 체계적으로 이행하였는가?	1 2 3 4 5

날짜	(7) 2019년 (6)월 (18)일	(8) 2019년 (6)월 (25)일
오늘의 배움활동 정리	'쏙쏙 인용탐구 글쓰기' - 설명 방법을 활용한 글쓰기 -	'나도 작가되기' - 다른 등장인물 의 입장에서 '저기들의 일그러진 영웅' 이어 써보기 -
새로 알게 된 것은 무엇인가?	설명 방법 종류가 각 무엇인지 알게되었고 그 설명 방법들을 내가 선택한 글에 적용하는 방법을 알게되었다.	소설 속 서술자나 시점이 대하여 새로 알게되었다. 1인칭/전지 관찰자 시점이라는 처음 들어보는 시점을 알게 되었다.
어떤 변화와 성장을 했다고 생각하는가?	글을 쓸 때 설명 방법들을 이용하면서 조금 더 자세히 쓰고 자연스럽게 글을 쓸 수 있도록 성장했다. 또한 내가 쓴 글을 쉽게 쉽게 생각하고	등장인물의 입장에서 글을 써서 직접 이해가거나 하니 사건의 내용을 더 깊이 자세하게 이해할 수 있게되었다.
오늘의 배움의 소감은?	처음 글을 쓰려할 때 막막하고 어떠한 것이 떠오를까 걱정인 것 같다. 만족스럽게 완성된 것 같아서 기분이 좋다.	작가들이 손에서 보니 일상적인 것들이 참 신기했다. 책의 시점들도 생각보다 다양하고 신기하기도 하고 활동들도 맛보내린다는 재밌는 활동이 있었던 것 같다!!

날짜	(9) 2019년 (7)월 (2)일	(10) 2019년 (8)월 (21)일
오늘의 배움활동 정리	'나도 작가되기' - 다른 인물을 서술자로 정해 다시 글 써보기 -	'어린왕자' ①장 슬로리딩 하기
새로 알게 된 것은 무엇인가?	1인칭 주인공 시점과 1인칭 관찰자 시점의 차이에 대해 정확히 알게되었다. 또한 서술자의 의미가 정확히 무엇인지도 다시 알게되었다.	초코라 에리나가 바쁘게 생활다는것을 알게 되었다. 또 '원소개'나 '심벌' 이라는 새로운 단어도 알게 되었다!
어떤 변화와 성장을 했다고 생각하는가?	인물의 입장이 되어 글을 전개하는 능력을 키울수 있었던 것 같다. 내가 글을 다시 써보며 서술자로서 자신의 감정을 표현하며 적어볼 수 있었던 것 같다. 다양한 입장에서 이야기를 풀어나가	'곰곰 찬찬히 잡아라' 부분에서 깊게를 생각 하내려고 계속 깊게 생각하고 꼼꼼히 찬찬히 읽어나가니까 생각의 폭이 넓어진 것 같다.
오늘의 배움의 소감은?	더 깊게 이해하고 생각해볼 수 있었다. 한 장면을 다양한 입장에서 상쳐 본다보니 훨씬 재밌었고 집중이 잘 되었다. 여러번 다시 써보면서 글을 다듬는 것이 중요하며 내용을 완성하고자 노력했다.	어린왕자를 처음 읽어보았을 때는 사실 이렇게 꼼꼼히 읽지 않았는데 찬찬히 꼼꼼히 읽어보니 내용이나 의미가 다르게 느껴졌던 것 같다.

	(11) 2019년 (9)월 (25)일	(12) 2019년 (10)월 (16)일
오늘의 배움활동 정리	어린왕자 ②장 슬로리딩하고 생각글 담기 하기	어린왕자 ⑩장 '길들이다 & 길들여지다' 생각 시 낭구 활동 & 생각알구 활동
나의 성장에 도움 되는 나의 강점	인물의 대사나 행동을 꼼꼼하게 보고 의미와 마을 파악할 수 있는 것 같다.	깊게 생각할 수 있고 내 생각을 글로 잘 표현해볼 수 있는 것 같다.
나의 성장을 위해 더 갖추어야 할 점	내 생각을 체계적으로 정리하는 능력이 더 필요한 것 같다.	과제를 주어진 시간 안에 책정할 수 있는 능력이 필요한 것 같다.
나의 성장을 위해 구체적으로 실천할 행동 2가지	① 내 생각을 말만이 아니라 그것을 글귀에 메모 해본다. ② 메모한 내용을 요약하고 정리해보는 노력하기	① 꾸준히 분류 내대마 다른 사람 2분 동안 한 대의 스럽게보는 사람이며 남은 시간을 생각하며 ② 한문장에 내용을 한 가지씩만 집중하며 처리할 끝내기
오늘 배움의 소감	친구들이 글을 읽으면서 궁금했던 것을 묻고 또 그 궁금 점을 풀고 다함께 다양한 생각을 들어볼 수 있어서 좋았다. 또 선생님께서 인상적 깊은...	지금껏 이전 활동들이 리상에 대해서 생각한 것들이 여러 독해활동을 생각났었고 생각도 정도 생각하고 깊었었다. 그래서 나의 주변들의 인제에 대해 다시 한번 생각해볼 수 있었다.

배움성장 일기

민정쌤과 함께 하는 달팽이교실 슬로리딩 배움성장 일기

수남중학교 2학년 (1)반 (21)번 이름 (이다은)

날짜	(1) 2019년 (3)월 (18)일 (월)요일					
슬로리딩 활동 작품	생택동 네동기	슬로리딩 활동 제목	생택동 네동기 슬로리딩 시간상			
▪ 문장과 단어를 집중하여 하나하나 꼼꼼하게 읽을 수 있다.			⑤	4	3	2	1
▪ 낱말의 뜻, 비슷한 말, 반대말, 관련되는 말, 그 낱말에 대한 자신의 느낌이나 생각, 떠오르는 것 등을 자기만의 방식으로 정리하고, 그 낱말을 활용하여 한줄 창작을 할 수 있다.			⑤	4	3	2	1
▪ 각각의 문장과 문단이 무엇에 대해 쓰고 있는지 설명할 수 있다.			⑤	4	3	2	1
▪ 작품 속 인물의 상황이나 사건 등 작품이해에 도움이 되는 질문이나 작품의 내용과 직접 관련 없더라도 사고의 확장에 도움되는 샛길질문을 할 수 있다.			⑤	4	3	2	1
▪ 인상적이고 감동적인 부분을 고르고, 그렇게 생각하는 이유를 설명할 수 있다.			⑤	4	3	2	1
▪ 작품 속 주요사건을 단어, 문장, 간단한 그림(이미지) 등 자신만의 방식으로 표현할 수 있다.			⑤	4	3	2	1
▪ 각 장의 새로운 제목을 정하고 그렇게 정한 이유를 작품의 내용과 연관지어 설명할 수 있다.			⑤	4	3	2	1
오늘의 변화와 성장. 슬로리딩 소감을 적어봅시다.	오늘 서버 단어를 정확하게 찾았 수 있도 내가 생택동 네동기를 다시 그냥보니 이전보다 쉽게 맑았다며 내용을 집중해서 탐구할수 있었다 또 화자의 너이 세동기서 시작 생했나 하니까 흐름이 이해되어서 내 머릿속에 정리되거나 이 서사 내용이 한눈에 들어오는 느낌이다. 같은 상징 이야기 연결고 했었을 별로 모르던 보였다

날짜	(2) 2019년 (4)월 (1)일 (월)요일					
슬로리딩 활동 작품	우리들의 일그러진 영웅	슬로리딩 활동 제목	우리들의 일그러진 영웅 슬로리딩			
▪ 문장과 단어를 집중하여 하나하나 꼼꼼하게 읽을 수 있다.			⑤	4	3	2	1
▪ 낱말의 뜻, 비슷한 말, 반대말, 관련되는 말, 그 낱말에 대한 자신의 느낌이나 생각, 떠오르는 것 등을 자기만의 방식으로 정리하고, 그 낱말을 활용하여 한줄 창작을 할 수 있다.			⑤	4	3	2	1
▪ 각각의 문장과 문단이 무엇에 대해 쓰고 있는지 설명할 수 있다.			⑤	4	3	2	1
▪ 작품 속 인물의 상황이나 사건 등 작품이해에 도움이 되는 질문이나 작품의 내용과 직접 관련 없더라도 사고의 확장에 도움되는 샛길질문을 할 수 있다.			⑤	4	3	2	1
▪ 인상적이고 감동적인 부분을 고르고, 그렇게 생각하는 이유를 설명할 수 있다.			⑤	4	3	2	1
▪ 작품 속 주요사건을 단어, 문장, 간단한 그림(이미지) 등 자신만의 방식으로 표현할 수 있다.			⑤	4	3	2	1
▪ 각 장의 새로운 제목을 정하고 그렇게 정한 이유를 작품의 내용과 연관지어 설명할 수 있다.			⑤	4	3	2	1
오늘의 변화와 성장. 슬로리딩 소감을 적어봅시다.	책에 나오는 단어의 뜻을 모두 내것으로 만든 느낌이다 단순 국어사전을 보면 내 단어로 만들뒤 다시 한번씩 내용대로 창작 해보니 처음 관련이 없었던더 같았어도 장 수없 단어 처럼 느껴지게 된다. 주어에 유창결 하니 더 성장한 것이다

날짜	(3) 2019년 (4)월 (8)일 (월)요일					
슬로리딩 활동 작품	우리들의 일그러진 영웅	슬로리딩 활동 제목	우리들의 일그러진 영웅 슬로리딩			
▪ 문장과 단어를 집중하여 하나하나 꼼꼼하게 읽을 수 있다.			⑤	4	3	2	1
▪ 낱말의 뜻, 비슷한 말, 반대말, 관련되는 말, 그 낱말에 대한 자신의 느낌이나 생각, 떠오르는 것 등을 자기만의 방식으로 정리하고, 그 낱말을 활용하여 한줄 창작을 할 수 있다.			⑤	4	3	2	1
▪ 각각의 문장과 문단이 무엇에 대해 쓰고 있는지 설명할 수 있다.			⑤	4	3	2	1
▪ 작품 속 인물의 상황이나 사건 등 작품이해에 도움이 되는 질문이나 작품의 내용과 직접 관련 없더라도 사고의 확장에 도움되는 샛길질문을 할 수 있다.			⑤	4	3	2	1
▪ 인상적이고 감동적인 부분을 고르고, 그렇게 생각하는 이유를 설명할 수 있다.			⑤	4	3	2	1
▪ 작품 속 주요사건을 단어, 문장, 간단한 그림(이미지) 등 자신만의 방식으로 표현할 수 있다.			⑤	4	3	2	1
▪ 각 장의 새로운 제목을 정하고 그렇게 정한 이유를 작품의 내용과 연관지어 설명할 수 있다.			⑤	4	3	2	1
오늘의 변화와 성장. 슬로리딩 소감을 적어봅시다.	이 글품에 등장하는 인물들의 외도, 성격, 특징, 상황등 구체적으로 나타낼수 있었고 상황을 국어사건을 중심으로 파악할수 있는 능력이 성장 되었다

3

배움성장 일기

나는 매년 국어밴드를 운영한다. 국어밴드를 통해 학생들과의 소통과 피드백, 반별 슬로리딩 국어 활동을 전교생과 나눈다. 국어밴드에서도 학생의 자유 선택에 의해 국어 배움일기를 작성했다. 작성 방법은 한 주 또는 주제별 슬로리딩 활동이 끝난 후, 가장 인상적인 내용 몇 가지를 자유로운 형식으로 기록하는 것으로 했다.

학생들이 수업 시간에 슬로리딩한 활동 과정 기록물은 모두 달팽이 교실의 학급별 보관함에 제출하기에 주제별 슬로리딩이 끝나면 전 학급의 모든 학생의 기록을 사진을 찍어 학급별로 국어밴드에 게시해 둔다. 학생들은 수시로 국어밴드에 들어가 다른 반 친구들의 생각까지 들여다볼 수 있다. 학생들의 배움 기록을 복습의 형태처럼 되새겨 국어밴드에 게시하는 형태로도 운영했는데, 친구들의 국어밴드 배움 일기에 댓글의 형태로 피드백을 주고받기도 했다.

📖 [청소년 작가님들의 슬로리딩 흔적]

[국어밴드 학생 배움기록에 대한 학생 피드백 댓글]
○○아, 너는 간장이 스며드는 꽃게가 얼마나, 그리고 어떻게 아팠을까 궁금했구나. 나는 솔직히 '얼마나 아팠을까?'라고는 생각을 해 봤지만 '어떻게 아팠을까?'라는 생각은 안 해 봤는데 너의 생각을 통해 그렇게도 생각할 수 있다는 걸 알게 되어 좋았어. 나는 시인이 생각한 것처럼 꽃게가 진짜 알들을 지키려고 했을지 그게 궁금했어. 실제로는 알을 지키려고 그런 게 아니었을 수도 있다고 생각했거든. 그리고 너의 슬로리딩 활동 전의 생각과 후의 생각을 함께 적어서 좋았던 것 같아.

달팽이교실 국어밴드에 학생들이 자유롭게 국어일기, 배움일기의 형식으로 슬로리딩하면서 느꼈던 점이나 기억에 남았던 활동을 게시 글로 작성하면 댓글의 형식으로 교사 피드백 활동도 실시한다. 특히 학생의 작성 내용 중에서 좋은 점, 궁금한 점, 보완할 점 등을 중심으로 교사가 구체적으로 피드백하는 모습과 형식은 다시 수업 시간 학생들의 상호 피드백 활동에 녹아들어 다듬어진 피드백으로 돌아온다.

[국어 밴드 학생 배움기록에 대한 교사 피드백 댓글]

○○의 정성 들여 쓴 국어 배움일기를 보면서 선생님이 감동에 잠시 젖었어요. 여러분이 이제 1/100은 확실히 온 것 같아요. 겨우 1이냐고요? 그렇지 않습니다. 정말 무척이나 소중하고 값진 숫자 1이지요. 이제 시작의 문턱을 넘겼다는 뜻입니다. 그 1을 알아 가기 위해 노력하고 애쓴 한 달 남짓의 시간이었어요. 이제 10, 20은 금세 달려올 거예요. 가속도가 확 붙어서 이제 성장할 일만 남았어요.

○○의 국어 배움일기는 일단 매우 꼼꼼하고 하나하나 낱낱이 자신의 생각과 감성을 흔들고 일깨운 것 같습니다. 책 속의 장면이나 주인공의 생각, 입장과 처지 등의 내용은 물론이고 주변 환경의 이야기까지 속으로 곱씹고 또 곱씹어 다양한 물음을 던지고 그 물음이 산꼭대기의 집을 상상해서 그리게 했고 그 그림은 작품 속에 마치 풍덩 ○○이 빠진 것 같은 몰입의 힘을 맛보게 하였어요. 정말 훌륭합니다. 제대로 빠져 보았군요. 이 맛을 본 ○○은 이제 배움의 즐거움과 노력의 값어치를 한껏 느껴서 한 뼘 아닌 두 뼘 이상 성장한 것 같습니다. 다만 제목을 그렇게 단 이유는 좀 더 고민하고 그 이유를 잘 생각해 본다면 훨씬 구체적이면서 감성적 논리적 근거가 충분한 제목으로 설명이 가능할 것으로 생각해요.

  학생들이 모둠으로 활동을 한 후, 자신이 한 역할과 배움을 돌아보고, 친구들의 배움을 상호 평가하며 자신의 배움을 스스로 성찰하는 기회를 가질 필요도 있다.

  『아홉 살 인생』을 읽고 샛길 탐구 주제로 '통일성 있게 글쓰기' 활동을 한 후, 모둠 내에서 함께한 친구들에 대한 평가를 10개 항목으로 선정하여 실시하고, 자신의 역할과 배운 점 등을 돌아보며 각자 자신의 배움을 평가하는 시간을 가졌다. 그리고 교실에 여덟 개의 모둠 자리를 정해 학급당 열다섯 개 내외의 샛길 탐구 주제 글쓰기 지식을 살펴보고 평가항목에 대해 학생 상호 평가 및 자신의 배운 점, 새로 알게 된 지식, 활동 소감 등을 작성하며 슬로리딩 샛길 활동에 대해 점검했다. '갤러리워크'와 '지식시장'의 형식을 묶어 다른 모둠의 샛길 탐구 활동을 둘러보고 그 모둠에 피드백을 한 후, 작품을 감상하는 데 도움이 된 좋은 지식들을 정리하고 배움 소감을 정리하는 시간으로 전체 공유와 피드백을 겸할 수도 있다.

둘.
슬로리딩 활동과
평가의 일체화

    나의 슬로리딩 수업은 수행평가, 지필평가와 항상 연계되어 있다. 학기 초가 되면 학생들에게 이번 학기 수업철학과 의도, 배움의 주제와 핵심질문을 제시하고 성취기준을 녹여 낸 배움과 평가를 안내한다. 첫 주에 수행평가 계획과 평가기준을 미리 안내하여 매 수업 시간 슬로리딩이 적용된 국어 수업이 이루어짐을 인식하게 한다.

    수행평가의 기본 틀은 2018년부터 국어과 교육과정에 새롭게 도입된 '한 학기 한 권 읽기' 활동과 연계한 슬로리딩 포트폴리오 활동과 또 다른 성취기준이 적용된 '샛길 탐구 활동'이다. 한두 시간만 열심히 참여해서 수행평가 점수를 잘 받을 수 있는 상황이 아니며, 학생들은 교과서에 없는 낯선 작품으로 정규 수업 시간에 꾸준히 배움에 임해야 한다. 그 과정은 학생의 포트폴리오와 교사의 관찰 기록지, 피드백 과정으로 누적되도록 경험하므로 수업 시간에 열중할 수밖에 없다. 방과 후 다른 교육으로 보완할 기회가 없으며, 선생님의 피드백도 수업 시간 중에 이루어지기에 집중해야 한다. 학생들의 머릿속에 국어 시간은 매시간 수행평가가 이루어지는 것으로 깊이 박혀 있을 정도이다. 물론 점심시간이나 방과 후에 선생님께 질문하거나 자신의 수업 시간 슬로리딩 작성지를 보완할 기회를 제공하여 학생 개인별로 자신의 배움에 열중할 수 있으나 집으로 가져갈 수는 없다. 학생들 입장에서는 수업 시간에만 열중하여 표현하고 생각을 드러내고 함께 논의하면 된다. 가끔 조사한 내용을 모둠 친구들과 협의하여 공동의 샛길 작업을 할 때가 있는데, 이럴 경우 개인별로 각자의 역할에 맞게 조사 내용을 가정에서 준비해 오기도 하지만 그 외에는 별다른 준비물 없이 모든 슬로리딩 활동이 수업 시간에 이루어진다. 지필평가 역시 수업 시간에 친구들과 협의하고 슬로리딩하면서 익힌 내용이 100% 서술형으로 출제되므로 학생들은 수업 시간마다 충실히 슬로리딩하고 익히는 것으로 충분하다.

한 학기 한 권 읽기 연계 슬로리딩 수행평가는 대체로 슬로리딩 활동에 대한 구체적인 작성과 점검, 배움의 과정에 대한 학생의 성찰과 피드백 활동을 중심으로 했다. 슬로리딩에 대한 기본적인 과정 외에 학생 상호 피드백, 교사 피드백, 그리고 배움성장 일기를 작성하는 과정에서 학생 스스로 성찰하는 자기 피드백이 있어야 배움이 보완되고 더욱 성장할 수 있다는 생각을 반영했다.

성취기준을 고려한 샛길 탐구 활동의 수행평가는 성취기준을 고려하여 학생들의 배움 도달점을 정하였고, 구체적인 세부 채점기준과 내용은 학생들이 한 학기 수업 시간 동안 꾸준히 실행해 나가는 과정과 배움의 주요 요소를 담았다. 특히 배움성장 활동이나 과제수행력, 자기관리 능력 등을 별도의 평가요소로 제시하여 교사 입장에서는 학생의 배움 과정을 꾸준히 피드백하고 관찰하며 도움을 줄 수 있도록 했고, 학생 입장에서는 자신의 배움을 점검하고 확인하면서 성찰하는 것에 중점을 두었다.

2019년 실시한 슬로리딩 관련 수행평가를 통해 자세히 살펴보자. '슬로리딩'과 '讀讀 인물탐구 글쓰기'로 구분하여 각 20%씩 성적에 반영했다.

첫 번째 수행평가 '슬로리딩'은 매 학기 학생들과 함께 하는 과정형 수행평가이고, 주로 '슬로리딩 활동'과 '자기관리 능력' 또는 '배움 성장 활동' 등의 평가항목으로 구성하였다.

'슬로리딩 활동'은 수업 시간에 실시한 시 「성북동 비둘기」, 소설 『우리들의 일그러진 영웅』과 『어린 왕자』 슬로리딩을 중심으로 작품에 맞게 평가기준을 정리하여 학생들에게 제시했다. 2019년 1학기의 경우, '슬로리딩 활동'의 평가기준은 '작품 속 궁금한 낱말의 뜻, 비슷한 말이나 반대말, 관련되는 낱말 등을 사전과 인터넷을 통해 찾아 정리하고 그 낱말을 활용한 짧은 문장을 작성했는가?', '작품 속 일부분(또는 전체)의 내용을 이해하고 개성 있는 새로운 제목을 작성할 수 있는가?', '작품을 감상하다가 떠오르는 질문을 세 개 이상 작성하였는가?', '주요 사건이나 각 문단의 중요내용을 자기만의 방식으로 정리하였는가?', '작품을 읽다가 인상 깊은 부분을 찾고, 그 이유를 설명하였는가?', '등장인물(또는 시의 말하는 이)의 특징을 알고, 작품 속에서 등장인물들의 관계를 이해하였으며, 내가 등장인물의 상황이라면 어떻게 할 것인지, 그 이유를 구체적으로 설명할 수 있는가?', '작품을 읽다가 궁금한 것은 인터넷이나 자료를 활용하여 찾아 정리하였는가?', '작품의 내용을 자신만의 언어(단어와 문장, 그림, 이미지, 맵, 표와 기호 등)로 말하거나 쓸 수 있는가?' 등으로 학생들에게 미리 제시하고, 포트폴리오를 수시 평가하고 슬로리딩 활동 과정을 관찰하여 반영하였다.

　'자기관리 능력'은 '배움의 과정에 대한 성장형 사고를 바탕으로 자신의 배움을 돌아보고 새롭게 알게 된 것을 잘 인식하였는가?', '자신의 성장을 위해 구체적으로 실천할 내용을 계획하고, 이를 실천하기 위해 최선을 다하였는가?', '자신의 변화와 성장을 인식하고 다음 배움을 위해 노력하였는가?', '과제수행 시간에 성실하게 참여하였으며 주어진 시간을 적절히 안배하여 계획, 실행, 피드백과 수정의 과정을 체계적으로 이행하였는가?' 등의 평가기준을 학생들에게 미리 제시하였다. 이를 바탕으로 학생들은 수업 시간에 배움성장 일기를 작성하면서 자신의 성장과 배움을 구체적으로 성찰할 수 있었다. 또 학생 상호 피드백 활동도 포함하여 매시간 자신의 성장을 돌아봄으로써 궁극적으로 자기관리 역량을 키울 수 있도록 하였다.

　2019년 2학년 1학기『우리들의 일그러진 영웅』을 대상으로 한 '讀

讀 인물탐구 글쓰기'는 '글쓰기 구성 능력'과 '과제수행력'의 평가항목으로 구성하였다. 특히 '글쓰기 구성 능력'은 성취기준과 관련지어 작품 속 등장인물의 특징을 다양한 설명 방법을 활용하여 글을 쓰는 과정이다. 학생들에게 이 활동을 진행하기 전에 미리 '주제, 목적에 적합한 작품 속 등장인물을 한 명 이상 선택하여 예상독자를 고려한 글쓰기 계획을 적절히 세웠는가?', '작품 속 등장인물의 특성을 통해 자신의 생각과 말하고자 하는 바를 명확히 제시했는가?', '자신이 선택한 등장인물의 특징을 작품에서 찾아 적절한 설명 방법을 활용하여 구체적으로 제시했는가?', '글의 처음-중간-끝 각 부분의 내용을 체계적으로 개요 작성했는가?', '단순한 정보나 사실만 제시하지 않고 자신의 생각과 경험을 바탕으로 이해하고 새로운 관점이나 해석을 제시하였는가?', '정의, 불합리, 굴종, 복종, 타협, 폭력 등의 작품 속 단어를 적절히 활용했는가?', '작성한 개요를 바탕으로 주제와 목적에 맞게 글을 썼는가?', '글의 내용이나 어법을 고려하여 적절히 고쳤는가?'와 같은 평가기준을 공개했다. 학생들에게 공개한 이 평가기준은 총 8차시에 걸친 수업 시간 중에 학생들이 계속 해결해야 할 배움 줄기였다. 이렇게 수업 시간 슬로리딩 샛길 탐구 활동과 연계하여 讀讀 인물탐구 글쓰기 수행평가가 마무리되도록 했다.

슬로리딩 교실 운영을 하면서 서술형 평가는 어떻게 연계하는지 궁금해하는 선생님들이 많다. 그리고 내가 출제한 서술형 평가 문항을 보면서 학생들이 제대로 쓸 수 있는지 의아해하는 분도 계시다. 그러나 한 학기, 한 해 동안 수업 시간에 시나브로 익힌 것이라 학생들에게는 유별난 문제로 다가오지 않았다.

서술형 평가는 수업 시간 학생들과 함께한 슬로리딩 활동이나 샛길 탐색 활동에 대한 학생의 이해 정도를 확인하는 과정이다. 서술형 평가 문항의 성격은 학생들이 늘 수업 시간에 고민하고 탐색하고 친구들과 서로 피드백하며 배우고 익힌 것이어서 생각보다 부담이 적은 편이다.

　최근에는 수행평가를 60% 반영하면서 지필평가는 서술형으로만 출제하게 되었다. 한 번의 지필평가만 경험해 보면 학생들은 '아, 수업 시간에 정말 제대로 해야겠다.'라는 생각을 하게 된다. 그 수업 시간에 익힌 내용이 수행평가뿐 아니라, 지필평가로 연계되는 것은 당연한 것이다. 수업 시간 자신의 배움과 익힘을 소홀히 하면 다른 방법으로 보완하기 어렵다는 인식을 학생들에게 줄 필요가 있다. 서술형 평가의 채점은 그 문제에서 요구하는 〈조건〉을 항목별로 점수화하여 기준으로 삼았다. 그리고 서술형 평가 각 문항의 〈조건〉은 관련 성취기준과 연계하도록 하였다. 여러 서술형 평가 문항 사례를 살펴보면 수업 시간 학생들이 한 슬로리딩 활동과 성취기준의 도달 정도를 알 수 있다.

　2019년 2학년 1학기 서술형 평가는 아래와 같이 학생들이 시 감상 슬로리딩 활동으로 경험한 「성북동 비둘기」를 출제하였다. 성취기준인 '작품에서 보는 이나 말하는 이의 관점에 주목하여 작품을 수용한다.'를 바탕으로【서술형 1】은 시의 주제나 말하는 이의 태도를 고려하여 시의 제목을 새로 짓는 '개성만점 내 맘대로 제목 달기'와 관련지어 출제했다. 【서술형 2】는 말하는 이를 '성북동 비둘기'로 바꾸어 새로운 시를 창작하는 것으로 '나도 시인 되기'과 관련지어 출제했다. 학생들이 수업 시간 익힌 시 감상 슬로리딩 활동이 그대로 서술형 평가로 연계된 것이다. 학생들은 수업 시간에 '나도 시인 되기'를 통해 말하는 이를 바꾸어 창작하면서 시의 주제와 말하는 이를 이해했다. 동일한 주제일지라도 말하는 이의 관점에 따라 작품의 분위기가 달라지며 그에 따라 새롭게 이해하고 감상하는 경험을 했다. 암기하여 일률적으로 도출되거나 정답을 요구하는 문제가 아니기에 학생들이 작성한 답은 330여 개다. 그러나 문항별 제시된 〈조건〉을 중심으로 살펴보면 객관적이고 공정하게 채점할 수 있었다.

[서술형 평가 문항 사례]

【서술형 1】이 시의 제목을 주제와 관련지어 새롭게 짓고 그렇게 정한 이유를 〈조건〉에 맞게 서술하시오. [13점]

   (1) 새로운 시 제목 [4점]:

   (2) 그렇게 정한 이유 [9점]:

                               〈조건〉

- 말하는 이가 성북동 비둘기를 바라보는 태도와 관련지어 서술할 것. [4점]
- 이 시의 주제와 관련지어 서술할 것. [4점]
- 50자 이상 작성할 것. [1점]

【서술형 2】시인이 되어 새로운 시를 창작하려고 한다. 빈칸을 〈조건〉에 맞는 시의 내용으로 작성하시오. [12점]

                               〈조건〉

- 말하는 이 '나(성북동 비둘기)'로 시작할 것. [1점]
- 3행 이상 창작할 것(' / '로 행을 구분하여 작성 가능). [6점]
- 원래 시의 주제와 관련지어 작성할 것. [2점]
- 원래 시의 형태를 모방하지 말고 창작할 것. [2점]
- 총 35자 이상 작성할 것. [1점]

울창했던 성북동 산은 옛 모습을 잃었고/정든 친구들의 지저귀는 소리는 자취를 감추었네./평화롭던 숲 속 풍경 대신 돌 깨는 소리만 가득하네./사람들이 나무를 베어가자 둥지 잃은 나는 잘 곳이 없네.	오래전, 사람과 웃으며 정겹게 날갯짓하던 시절./산, 사람, 사랑, 평화를 누리던 그 시절이 그리워/오늘도 성북동 하늘 하염없이 날아보네./채석장 무너진 돌무더기, 쓰러진 나무들 사이/둥지 속 깨진 내 알들을 생각하며 오늘도 가슴이 서늘해지네./나는 언제쯤 쫓기는 새 신세를 면할 수 있을까.

    2019년 2학년 2학기에는 『어린 왕자』 슬로리딩 활동 중 21장 '길들이다'에 대한 샛길 토론 활동과 김춘수의 「꽃」 샛길 시 탐구 활동을 연

계한 내용을 중심으로 서술형 문제를 출제하였다. 학생들은 수업 시간에 '길들이다'와 '꽃'을 구체적으로 연결하였다. 그리고 자신은 '누군가를 길들이거나 길들 수 있는 존재인지' 생각하고 그 근거를 제시하여 자신의 생각을 확장하는 경험을 했다. 학생들이 수업 시간에 한 '여우가 말한 길들이다의 의미', '어린 왕자와 여우의 길드는 과정', '어린 왕자와 장미꽃의 길든 관계 이해', '김춘수의 시「꽃」과 길들이다의 연관성 이해와 해석'을 출제한 것이다. 학생들은 〈물음〉에 대한 근거로 〈조건〉에 제시된 네 가지 항목을 활용하여 작성할 수 있다. 자신이 누군가를 길들일 수 있는 존재라고 생각하는지, 그렇지 않은지에 대한 근거로『어린 왕자』의 '길들이다'와 김춘수의「꽃」의 시어 등을 통해 설명하는 것이다. 수업과 평가는 배움의 연장선에 있다. 수업 시간에『어린 왕자』를 슬로리딩한 내용을 말이든 글이든 표현하고 친구들과 의견을 주고받은 경험이 있는 학생들은 특별히 준비하거나 암기할 것 없이 자신의 생각을 펼칠 수 있다. 그것이 설령 지필평가라 하더라도 예외는 아닐 것이다.

[서술형 평가 문항 사례]

【서술형 1】 다음 물음에 대해 〈조건〉에 맞게 서술하시오.

〈물음〉

여러분은 자신이 누군가를 길들이거나 누군가에게 길들 수 있는 존재라고 생각하는가? 또는 그럴 수 없는 존재라고 생각하는가? 그렇게 생각하는 이유는 무엇인가?

〈조건〉

- 여우가 말한 '길들이다'의 의미를 말하고, 이에 대한 자신의 생각을 예로 들어 구체적으로 서술할 것. [5점]
- 어린 왕자와 여우가 서로 '길들이는' 과정을 활용하여 서술할 것. [5점]
- (가) 시의 '이름을 불러주다', '몸짓', '꽃', '눈짓' 중 두 가지 이상 활용하여 '길들이다'에 대한 자신의 생각을 서술할 것. [5점]
- 어린 왕자가 장미꽃이 자신을 길들였다고 생각한 이유와 관련지어 서술할 것. [5점]

[2019년 2학년 2학기 지필평가 학생 답안 작성 사례]

[작성 사례 1]

　나는 누군가를 길들이거나 길들 수 있다고 생각한다. 『어린 왕자』에서 여우가 말하는 '길들이다'는 '관계를 맺는다'는 것으로, 이것은 '서로를 필요로 하게 되는 것', '세상에서 하나밖에 없는 특별한 존재가 된다는 것'을 의미한다. 내가 생각하기에 '길들이다'라는 것은 (가) 시의 '이름을 불러주어 누군가에게 잊혀지지 않는 눈짓이 된다'는 것과 유사한 의미인 것 같다. 예를 들어, 새 학기를 시작했을 때, 선생님과 제자 사이는 서로 이름도 모르는 처음 본 사이였지만, 시간이 지나면서 서로의 이름을 알아 가고, 그 이름을 부르며 서로를 조금씩 이해하고 익숙해져서 한 학기가 끝날 때쯤에는 서로가 서로를 필요로 하게 되고 하나뿐인 제자와 선생님이라는 특별한 관계를 맺어 가는 것처럼 '길들이다'라는 것은 서로 없어서는 안되는 세상에 하나뿐인 의미 있는 소중한 존재가 되는 것을 말한다고 생각한다. 여우와 어린 왕자는 '기다림'을 가지며 서로에게 시간을 주고 조금씩 가까워졌고 자꾸 생각나게 되면서 여우를 길들이게 되었다. 그리고 어린 왕자에게 장미꽃은 벌레를 잡아 주고, 유리덮개를 씌워 준 유일한 꽃이기 때문에 그러한 특별한 관계로 인해 장미꽃은 어린 왕자에게 세상에 단 하나뿐인 '나의 꽃'이 되었다. 그래서 어린 왕자는 장미꽃이 자신을 길들였다고 생각했다. 이를 바탕으로 나는 가족과 관계를 맺었고 이미 서로 하나뿐인 그리고 하나의 눈짓이 되었기에 나는 누군가를 길들이고 길들 수 있는 존재라고 생각한다.

[작성 사례 2]

　여우가 말한 '길들이다'는 '관계를 맺는다'는 것이다. 나는 이 '길들이다'가 '서로 시간과 정성을 들여 서로가 서로에게 특별한 관계를 맺는다'를 의미한다고 생각한다. 예를 들어, 나와 우리 반 친구들은 서로 길들이기 전에는 전혀 모르는 상태에서 아무 상관도 없는 특별하지 않은 평범한 사람들에 불과했지만, 우리 반에서 처음 만난 이후 조금씩 서로가 시간과 정성을 쏟아 길들이고 익숙해지면서 결국은 지금과 같은 특별한 친구들이 되었다. 어린 왕자와 여우는 처음에는 조금 떨어져 있다가 매일 조금씩 가까이 앉는 노력의 과정을 거쳐 서로를 길들이게 되었다. (가) 시에서 '이름을 불러주다'는 이러한 '길들이는' 과정과 같고, '몸짓'은 길들이기 전, '꽃'은 '길들인 후'의 변화된 서로의 특별한 관계를 의미한다고 생각한다. 어린 왕자가 장미꽃이 자신을 길들였다고 생각한 것은 어린 왕자가 물을 주고, 유리덮개를 씌워 주고, 바람을 막아 주고 벌레를 잡아 주고, 허풍과 불평과 침묵까지도 들어 주면서 장미꽃에게 정성을 들였기 때문이고 그 과정에서 서로에게 시간을 들이면서 다른 장미들과는 다른 특별한 관계를 맺었기 때문이다. 따라서 나는 이미 친구들이나 주변 사람들과의 관계에서 시간과 정성을 들여 '길들이다'라는 과정을 거쳤기 때문에 특별한 관계가 될 수 있었던 것이고, 또다시 시간과 정성과 노력을 쏟는다면 다른 누군가와도 특별한 관계가 될 수 있을 것이므로 나는 내가 누군가를 길들이거나 누군가에게 길들 수 있는 존재라고 생각한다.

[작성 사례 3]

나는 내가 누군가에 의해 길들 수 있고, 누군가를 길들일 수 있다고 생각한다. 글 (나)에서 여우는 '길들이다'가 '관계를 맺는다'라는 것이라고 이야기했다. 나 또한 '길들이다'라는 것은 여우가 한 말과 유사하게 서로가 서로에게 도움을 주고 도움을 받는 것이라 생각한다. 왜냐하면 부모님은 나를 길들였고 부모님은 나에게 많은 도움을 주셨고 나 또한 부모님께 도움을 주었기 때문이다. 어린 왕자와 여우의 관계에서 어린 왕자는 여우가 있는 언덕을 찾아가고 여우는 그러한 어린 왕자를 기다리는 과정에서 서로 길들었다. 어린 왕자에게 길든 여우는 그동안 관심 없던 밀밭을 지나가면 금발의 어린 왕자가 떠오르게 되는 것이다. 이렇게 어린 왕자에게 길든 여우는 어린 왕자에게 장미꽃이 얼마나 특별한 존재인지를 일깨워 주는 등의 도움을 주었다. 내가 앞에 쓴 '길들이다'의 의미에 나의 생각을 더 추가한다면 (가) 시에서 '이름을 불러주다'라는 것도 서로가 서로에게 특별한 존재가 되는 것을 의미한다고 생각한다. 그리고 '잊혀지지 않는 하나의 눈짓이 되고 싶다'는 것은 그 사람에게 기억에 남고 필요한 존재가 되고 싶다는 것을 의미한다고 생각한다. 어린 왕자는 자신이 장미에게 있는 벌레를 잡아 주고, 바람을 막아 주는 등의 도움을 주었고 장미는 어린 왕자가 외롭지 않게 해 주었기 때문에 장미꽃이 자신을 길들였다고 생각하게 했다. 따라서 '길들이다'는 서로에게 소중하고 특별한 존재가 되고 필요한 존재가 되는 것이라고 생각한다.

2018년 1학년 1학기 실시한 『아홉 살 인생』 샛길 탐구 통일성 있게 글쓰기는 아래의 【서술형 1】과 같이 글쓰기의 과정을 〈보기〉로 제시하고, 이를 수업 시간에 모둠별로 탐구했던 주제를 바탕으로 글쓰기 과정으로 적용하여 작성하도록 했다. 통일성 있게 글쓰기의 과정 중에서 '내용 조직하기'를 학생들이 매우 어려워했기에 글쓰기의 과정 '계획하기-내용 선정하기-내용 조직하기-초고 쓰기-고쳐쓰기'의 이론은 이해하고, 이를 실제 활용할 수 있는 능력을 살펴보고자 한 것이다. 수업 시간에 탐색했던 『아홉 살 인생』 샛길 탐구 주제를 적용하여 글쓰기의 과정을 이해하고 있는지 점검하고자 했다. 자신이 알고 있는 것을 말이나 글로 설명할 수 없다면 제대로 아는 것이라 할 수 없기에 그 부분을 살피고자 했다.

[서술형 평가 문항 사례]

【서술형 1】여러분은 『아홉 살 인생』을 읽다가 각자 궁금한 샛길 탐구 주제를 정하여 통일성 있게 글쓰기를 했다. 〈조건〉에 맞게 그 과정을 설명하시오. [18점]

〈보기〉

※ 글쓰기 과정 ※

(1) 계획하기: 글의 목적, 주제, 예상 독자 정하기

(2) 내용 선정하기

   - 글에 들어갈 구체적인 내용 정하기

   - 주제와 관련된 다양한 자료를 찾고 그중에서 꼭 필요한 내용을 선정하기

(3) 내용 조직하기

   - 글의 개요 작성하기(처음-중간-끝)

   - 선정한 내용을 글의 흐름에 맞게 배열하고 주제에서 벗어난 내용이 없는지 살핌

(4) 초고 쓰기: 개요에 따라 글로 표현하기

(5) 고쳐쓰기: 초고를 다시 읽으며 다듬기

〈조건〉

- 글쓰기의 과정 중에서 '계획하기', '내용 선정하기', '내용 조직하기'를 작성할 것.
- 작성하는 '계획하기', '내용 선정하기', '내용 조직하기'는 서로 관련이 있어야 함.
- 계획하기는 글을 쓰는 목적, 주제, 예상 독자를 각각 구체적으로 밝힐 것. [6점]
- 내용 선정하기는 주제와 관련된 자료들의 제목만 세 가지 작성할 것. [6점]
- 내용 조직하기는 〈보기〉를 참고하여 '처음-중간-끝'으로 구분하되, 각 부분은 두 가지 이상 작성할 것. [6점]

이와 비슷한 관점을 '동백꽃 샛길 탐구 보고서' 관련 서술형 평가 문항에서도 살펴볼 수 있다. 2017년 2학년 1학기에 「동백꽃」을 슬로리딩하면서 학생들과 샛길 보고서를 작성하기 전 단계에서 '궁금? 궁금! 질문을 잡아라'와 연계한 작품 질문과 샛길 질문을 만드는 연습을 했다. 그리고 이를 바탕으로 모둠별로 「동백꽃」 샛길 보고서를 작성했던 배움을 스스로 설명할 수 있도록 출제했다. 그래서 아래의 【서술형 1】과 같이 「동백꽃」을 읽으며 할 수 있는 질문을 출제했다. 특히 【서술형 2】는 보고서의 구성요소를 암기하여 잘 알고 있는지 지식적

인 측면을 묻는 데 목적이 있는 것이 아니다. 보고서의 구성요소를 이해한 후, 실제 제대로 된 보고서를 쓸 수 있는지가 중요하다. 예전 같으면 보고서의 구성요소에 관한 객관식 문제를 출제했을 수도 있다. 그러나 평가의 목적이 보고서에 대한 지식적 측면이 아니라, 보고서 작성의 과정과 실제 적용할 수 있는 능력을 점검하는 데 있다. 그래서 학생들에게 수업 시간에 탐구 질문으로 자료를 수집하고 조사한 후, 보고서로 작성했던 일련의 과정을 짚어 보도록 했다. 보고서의 구성요소를 제시하고 실제 학생들의 보고서 작성의 측면을 점검하고자 한 문항이 【서술형 2】이다. 【서술형 2】의 〈조건〉 중에서 소감은 「동백꽃」 샛길 보고서' 작성을 통해 새로 알게 된 점이나 보고서 작성의 전 과정에 대해 무엇을 깨닫고 배웠는지 등을 작성하도록 했다. 이 내용도 배움의 과정에서 학생 스스로 성찰할 수 있는 기회를 교실에서의 수업과 평가의 과정에서 한 번 더 생각해 보도록 출제한 것이다. 그 평가가 교실에서 하는 수행평가로, 글이나 말로 표현할 수도 있다. 또한 지필평가, 특히 서술형 평가 문항을 통해 표현할 수도 있다.

[서술형 평가 문항 사례]

【서술형 1】위의 작품을 읽으면서 할 수 있는 질문을 '작품 질문'과 '샛길 질문'으로 구분하여 각각 한 가지씩 서술하시오. [8점, 각 4점]

> ──────── 〈조건〉 ────────
>
> • 작품 질문은 작품에 등장하는 인물, 사건, 소재, 주제, 작가의 의도 등 작품의 내용과 관련된 궁금한 질문들로 서술할 것.
> • 샛길 질문은 작품 속의 내용과 직접적인 관련이 적고 작품 내용에서 한 단계 벗어난 질문으로, 작품에 반영된 당시 사회나 문화, 역사, 경제, 생활 풍습 등 확장되고 샛길로 빠진 질문들로 서술할 것.

【서술형 2】여러분은 「동백꽃」을 읽다가 실제로 조사하고 싶은 '샛길 주제'를 한 가

지 정하고 '동백꽃 샛길 보고서'를 작성했다. 〈보기〉를 참고하여 〈조건〉에 맞게 '동백꽃 샛길 보고서' 작성의 과정을 서술하시오. [20점]

〈보기〉

[보고서의 구성요소]
일반적으로 조사 보고서는 조사의 동기 및 목적, 조사 과정(조사 기간, 조사 대상, 조사 방법 등), 조사 결과 정리 및 분석, 소감 등으로 구성된다.

〈조건〉

- 「동백꽃」 샛길 보고서'의 주제(제목)을 제시할 것. [4점]
- 동기 및 목적은 소설 「동백꽃」과 연관 지어 작성할 것. [4점]
- 조사 과정(조사 기간, 조사 방법)이 분명하게 드러나도록 작성할 것. [4점]
- 조사 결과 정리 및 분석은 작성했던 동백꽃 샛길 보고서 주제와 관련된 조사 내용으로 두 가지 이상 작성할 것. [4점]
- 소감은 '「동백꽃」 샛길 보고서' 작성을 통해 새로 알게 된 점이나 보고서 작성의 전 과정에 대해 무엇을 깨닫고 배웠는지 등을 작성할 것. [4점]

2017년 2학년 2학기 「가난한 사랑 노래」를 슬로리딩하면서 고려해야 할 성취기준은 '작품의 내용 혹은 배경이 되는 사회·문화적 상황을 바탕으로 작품의 창작 의도를 추측하여 작품을 수용할 수 있다.'와 '글의 다양한 표현방식을 알 수 있다.'였다. 따라서 서술형 평가 문항도 시와 관련된 사회문화적 상황과 관련지어 서술하도록 하였다. 학생들은 수업 시간에 말하는 이의 상황을 이해하기 위해 작품 속 말하는 이가 되어 그날 하루를 돌아보는 일기를 썼고, 그 일기의 내용 속에 말하는 이가 처한 상황과 이 시에 반영된 사회문화적 상황이 드러나도록 했다. 그 내용은 아래의 【서술형 1】과 같다.

[서술형 평가 문항 사례]

【서술형 1】여러분이 이 시의 말하는 이가 되어 집으로 돌아와 하루를 돌아보는 일기를 문장으로 서술하시오. [10점]

```
┌──────────────────── 〈조건〉 ────────────────────┐
│ • 이 시에 반영된 사회문화적 상황과 관련지을 것. [4점]    │
│ • 이 시의 말하는 이의 상황을 고려하여 작성할 것. [4점]    │
│ • 이 시의 말하는 이가 느끼는 감정을 한 가지 이상 드러낼 것. [2점] │
│ • 100자 내외의 분량으로 작성할 것(문장부호와 띄어쓰기는 제외). │
└──────────────────────────────────────────────┘
```

특히 아래의 【서술형 2】는 학생들이 샛길 활동으로 수업 시간에 작성한 모둠시와 관련된 것이다. 2017년 현대 젊은이들(청소년 포함)의 삶과 관련된 사회문화적 상황을 반영했던 것을 출제했다. 그리고 다양한 표현방식 중에서 한 가지 이상 활용하도록 했다. 【서술형 2】의 2)는 【서술형 2】 1)에서 〈조건〉에 맞게 창작한 시를 스스로 창작 의도를 밝히고 설명하도록 한 것이다. 앞에서 설명했던 다른 서술형 평가 문항과 같이 자신의 배움을 스스로 설명할 수 있어야 제대로 안다고 할 수 있다는 취지에서 출제한 문제이다. 즉 자신이 창작한 시가 어떤 내용을 말하고 싶은 것인지, 창작한 의도는 무엇인지, 어떤 사회문화적 상황을 반영하고 있는지 등 스스로 설명할 수 있어야 학생 스스로 올바른 배움의 도착점에 온 것으로 인식할 수 있다.

[서술형 평가 문항 사례]

【서술형 2】 2017년 젊은이들(청소년 포함)의 삶과 관련된 사회문화적 상황을 담은 시를 창작하고자 한다. 1) 〈조건〉에 맞게 시를 창작하고, 2) 창작한 시를 〈조건〉에 따라 문장으로 서술하시오. [20점]

1) 〈조건〉에 맞게 시를 창작하시오. [8점]

```
┌──────────────────── 〈조건〉 ────────────────────┐
│ • 2017년 현대 젊은이들(청소년 포함)의 삶과 관련된 사회문화적 상황이 드러날 것. │
│                                                    [3점] │
│ • 비유하기, 변화 주기, 강조하기의 표현방식 중 한 가지 이상 사용할 것. [3점] │
│ • 총 4행 이상의 시를 작성할 것(각 행은 '/'로 표시 가능). [2점] │
└──────────────────────────────────────────────┘
```

2) 창작한 시를 〈조건〉에 따라 문장으로 서술하시오. [12점]

〈조건〉

- 창작한 시에 반영한 2017년 현대 젊은이들(청소년 포함)의 삶과 관련된 사회문화적 상황을 설명할 것. [4점]
- 창작한 시의 말하는 이의 상황을 구체적으로 설명할 것. [4점]
- 위의 조건들을 서로 관련지어 설명하고 이를 바탕으로 자신의 창작 의도를 서술할 것. [4점]

나는 슬로리딩 수업을 지필평가와 연계할 때, 성취기준을 반영한 '개성만점 내 맘대로 제목 달기'를 많이 활용한다. 예를 들어, 「수난이대」의 경우, 학생이 지은 새로운 제목에 대한 이유는 성취기준을 고려하여 사회문화적 상황과 관련지어 서술하도록 했다. 「수난이대」도 「가난한 사랑 노래」와 동일한 성취기준을 바탕으로 슬로리딩한 작품이다. 그래서 서술형 문항에 사회문화적 상황과 창작 의도와 관련된 〈조건〉을 제시하여 학생들의 배움의 방향을 일관성 있게 유지하였다. 특히 편지 쓰기의 내용을 넣어 작품 속 등장인물이 되어 공감했던 수업에서의 배움을 그대로 서술형 평가 문항으로 만날 수 있도록 했다. 그리고 성취기준 '영상 언어의 특성을 설명할 수 있다.'와 '일상적 경험이나 사회적 사건을 이야기로 구성할 수 있다.'를 연계한 스토리보드 작성의 배움을 서술형 문항으로 작성해서 수업 시간에 익힌 배움이 평가와 연장선에 있도록 했다.

[서술형 평가 문항 사례]

【서술형 1】 여러분이 작가가 되어 이 소설의 제목을 새로 정하여 쓰시오. 그렇게 정한 이유를 작품에 나타난 사회문화적 상황이나 등장인물들의 상황과 연관 지어 설명하시오. [각 4점, 총 8점]

【서술형 2】 여러분이 작품 속 아버지 '만도'가 되어 아들 '진수'에게 편지를 쓰고자

한다. 〈조건〉에 맞게 작성하시오. [14점]

〈조건〉

- 이 작품에 나타난 역사적 사건이나 작품에 반영된 사회문화적 상황을 나타낼 것.
  [4점]
- 아들을 업고 집으로 돌아온 날 밤이라고 가정하여 작성하되, 작품에 나타난 아버지의 성격이 잘 반영되도록 할 것. [4점]
- 아들 '진수'가 가져야 할 삶의 자세에 대해 부모로서 조언 또는 격려하는 내용을 포함할 것. [4점]
- 아버지의 감정이 한 가지 이상 나타날 것. [2점]
- 날짜, 받는 사람, 보내는 사람 등은 생략 가능하며, 총 100자 내외(띄어쓰기 제외)로 작성할 것.

【서술형 3】 이 작품에 담긴 작가의 창작 의도를 〈조건〉에 맞게 문장으로 서술하시오. [20점]

〈조건〉

- 아버지와 아들의 신체적 피해와 관련된 우리나라의 역사를 각각 언급할 것. [4점]
- 작품에 반영된 당시 사회문화적 상황이 어떠했을지 구체적으로 설명할 것. [4점]
- 인물의 말이나 행동을 근거로 설명할 것. [4점]
- 작품 속 특정 사건이나 장면을 근거로 설명할 것. [4점]
- 위의 조건들을 서로 관련지어 설명하고, 이를 바탕으로 작가의 창작 의도를 당시 우리나라가 나아갈 방향과 관련지어 서술할 것. [4점]

【서술형 4】 (마)의 내용을 영상화하기 위해 스토리보드를 제작하고자 한다. 그 내용을 〈조건〉에 맞게 문장으로 설명하시오. [12점]

〈조건〉

- (마)의 주요 내용을 '누가', '어디서', '어떻게' 등을 중심으로 요약하여 줄거리로 작성할 것. [4점]
- (마)의 내용이 잘 드러날 수 있는 대사를 2개 이상 작성할 것. [4점]
- (마)에 어울리는 음악(노래 제목이나 '~한 분위기의 음악' 등으로 설명 가능)이나 효과음을 작성하되, 그렇게 정한 이유를 인물들의 심리나 사건의 상황과 관련지어 설명할 것. [4점]

내가 출제한 서술형 평가 문항을 보며 330명이 넘는 학생들의 다양한 서술형을 채점하는 것에 고되지 않은지 물어보시는 선생님도 계신다. 육체적으로 힘들지 않을 수는 없다. 학생들의 답안을 꼬박 일주일은 붙들고 또 읽고 또 읽어 가는 과정이 쉽지 않은 것은 사실이다. 그러나 수업 시간을 통해 피드백을 하며 한 명, 한 명에게 시간을 쏟아도 놓치는 부분이 혹여라도 있는지, 수업 시간에 내가 미처 발견하지 못한 학생들의 생각과 의견의 성장이 있는지 점검하는 과정이기에 고되기보다 흥미로웠다. 작성한 답안지 한 장, 한 장 읽어 가면서 '어떻게 이런 생각을 했을까?'라며 무릎을 칠 때가 한두 번이 아니다. 학생들의 생각을 구체적으로 파악하는 것만으로도 즐겁고 보람 있다. 그래서 육체적인 노동을 감수하더라도 정신적인 보람을 선택했는지도 모르겠다.

물론 학생들의 배움에 빈 곳이 발견되기도 한다. 그럴 때는 다음 학기의 슬로리딩 교육과정 재구성, 평가와 수업설계에 반영하여 보완해야 한다. 그리고 평가 이후에는 학생들에게 작성 내용에 대한 피드백으로 구멍 난 배움을 보완할 필요가 있다. 학생도 교사도 평가란 다음 단계 성장을 위한 발판이라는 인식을 가지면 좋겠다.

[빛깔]

학생들에게 묻다, 나에게 슬로리딩이란?

중학교 정규 수업 시간에 슬로리딩을 적용한다는 것이 낯설고 막막할 수도 있다. 굳이 그 길이 아니더라도 이미 닦여 있는 길은 많다. 내 교실 속 슬로리딩 수업은 매시간 학생들과 함께 한 걸음씩 도전한 시간 속에 존재한다. 모든 수업이 그렇듯이 모두가 만족하는 수업은 존재하기 어렵다. 나의 교실도 마찬가지다. 나의 움직임이 작은 파장이 되어 누군가에게는 큰 울림이 되었을 수도 있고, 그렇지 않을 수도 있다.

그러나 지금까지도 나를 도전하게 한 힘은 바로 내 교실 속 학생들의 성장과 변화에 있다. 조금씩 사고의 틀이 유연해지고, 입을 떼지 않던 학생이 친구에게 질문을 던지는 모습이 나를 여기까지 오게 했다. 단순한 답으로 마무리하던 학생이 어느새 자신의 생각을 책 속의 내용을 근거로 펼치는 변화를 보인다면, 그것이 나에게는 활력이다. 무심코 흘려 버린 단어 하나를 작품 속 인물의 상황과 관련지어 자유롭게 이야기하는 학생을 보면서 '바로 이거야.'라며 박수를 친다. 잊고 있던 경험을 떠올리며 작품 속으로 빠져드는 학생을 보고, 책을 통해 현재 자신의 모습을 조금이라도 돌아보는 순간이 내게는 기쁨이다. 샛길로 빠지며 다양한 정보를 접하고 생각을 넓히며 인식하는 힘을 가지는 학생들이 조금씩 늘어 가는 것이 눈으로 보이기에 나는 멈출 수 없다. '적어도 이 아이들은 자신의 세상을 살겠구나.'라는 생각에 커피 한 잔을 마시며 오늘도 책을 펼친다. 나에게 슬로리딩은 지금 이 순간의 배움이다. 나의 교실 속 삶이다. 나의 교실 속 아이들과 나의 발걸음이다.

학생들에게 슬로리딩은 어떤 의미인지 2년간 함께한 학생들을 대상으로 질문해 보았다. 교사가 규정한 정의가 아니라, 학생들이 2년 동안 교실에서 책을 통해 경험했던 슬로리딩에 대한 의견을 듣는 것이 '찐'이 아닐까 싶다. 그리고 슬로리딩을 통해 어떤 성장을 했는지 스스로 돌아보는 시간을 갖고 그 의견을 통해 슬로리딩의 참맛을 되새겨

보고자 한다.

[나에게 슬로리딩이란?]

- 나에게 슬로리딩은 책을 깊게 맛보는 일이다. 왜냐하면 대충 먹어 보면 짠맛이 나는데 신중하게 맛보면 단맛과 신맛 같은 여러 가지 오묘한 맛이 느껴지는 음식이 있는 것처럼 나에게 슬로리딩은 책 한 권을 신중하게 맛보는 것이기 때문이다.
- 나에게 있어 슬로리딩은 '일상 탈출'이다. 왜냐하면 슬로리딩은 평범한 수업에서 벗어나 책을 읽고 나의 생각을 정리하고, 궁금한 것을 찾고, 남들과 의견을 나누며 활동하는 시간이기 때문이다.
- 나에게 슬로리딩은 여행이다. 왜냐하면 여행을 가면 우리가 알고 있는 것 같던 나라도, 사진으로 책으로 혹은 얘기로 많이 들은 나라도 새롭게 느껴진다. 슬로리딩도 그렇다. 우리가 읽어 봤던 책들을 슬로리딩 해 보면 새로운 세계를 발견하게 된다. 미처 몰랐던 부분, 책 그 속에 있는 이야기까지 알 수 있고 책에는 없어도 그 책을 발판 삼아 새로운 생각을 개척해 나갈 수가 있기 때문이다.
- 나에게 슬로리딩은 자유여행이다. 왜냐하면 관광지만 찍는 투어와 달리, 계획한 것과 다른 방식으로도 가 보고, 날이 좋으면 박물관 견학을 취소하고 길을 걷기도 하는 자유롭게 여행하는 기분이 들기 때문이다.
- 나에게 슬로리딩은 캔버스이다. 왜냐하면 그림을 그리기 전에는 캔버스가 비어 있지만 내가 그림을 그려 낼수록 하나의 작품이 될 수 있는 것처럼 내가 생각을 펼쳐 낼 수 있는 밑바탕이기 때문이다.
- 나에게 슬로리딩은 비이다. 비가 오면 무지개가 피어나듯이 무지개가 피면 한없이 펼쳐 나가면서 색깔도 다양하다. 그것처럼 슬로리딩을 하면 조그마한 내 생각의 틀이 더 넓어지는 역할을 하게 되고 그러면 내 생각은 한층 더 성장하기 때문이다.
- 나에게 슬로리딩은 SNS이다. 왜냐하면 많은 사람의 생각을 알 수 있기 때문이다.
- 나에게 슬로리딩은 삶의 내비게이션이다. 왜냐하면 슬로리딩을 하면서 여러 가지 관점으로 생각해 보며 생각하는 힘을 기를 수 있기 때문이다.
- 나에게 슬로리딩은 나의 일부분이다. 왜냐하면 슬로리딩이 나에게 옴으로써 나는 지금의 나가 되었기 때문이다.
- 나에게 슬로리딩은 물이다. 왜냐하면 천천히 되짚어 가며 자신만의 속도로 나아간다는 것이 나에게 딱 맞춰진 것 같았고, 마음을 편안하게 해 주는 게

꼭 물 같았기 때문이다.

- 나에게 슬로리딩은 세상을 옳게 바라보게 하는 책 읽기이다. 왜냐하면 슬로리딩을 함으로써 책에서 말하고자 하는 내용이 무엇인지, 작가가 바라보는 세상은 어떤지를 생각하게 되고 이를 바탕으로 내가 생각하는 세상과 그 세상의 문제점, 옳은 점까지 함께 생각하게 하기 때문이다.

[나는 슬로리딩으로 이렇게 성장했다]

- 제일 처음 슬로리딩을 접한 때는 2018년 3월이었다. 중학교에 들어온 지 얼마 안 되었던 나는 중학교 생활의 모든 것이 낯설고 새로웠다. 교과 교실을 찾아 이동해야 하는 교과 교실제, 초등학교 때는 없었던 교복과 복장 단속. 하지만 그중에서도 눈에 띄게 새로웠던 것은 슬로리딩 수업이었던 기억이 난다. 수업을 할 때 교과서를 사용하지 않는다는 것, 일 년 동안 책 한 권으로 수업한다는 것은 중학생들에게는 매우 파격적인 수업 방식이었기에 나의 흥미를 끌기에 충분했다. 그때부터 나와 슬로리딩의 인연은 시작되었고 2년 동안 슬로리딩을 배우게 되었다. 지금에서야 슬로리딩이 나를 어떻게 변화시켰는지 알게 되었지만 그때는 선생님이 이런 수업을 하는 이유를 명확하게 알 수 없었다. 나는 책 1권을 읽는 데에는 7~8시간이면 충분하다. 만약 그 책이 마음에 들면 가족이나 친구에게 추천하고 가볍게 독후감을 쓰는 정도였다. 그러나 그 책이 마음에 들지 않는다면 책을 덮은 순간부터 그 책과의 인연은 끝이었다. 하지만 국어시간에 슬로리딩 수업을 하면서 작가의 의도, 인물들이 이러한 행동을 한 이유, 이 책의 배경을 살피며 혼자 책을 읽을 때와는 달리 책을 더 섬세하게 읽을 수 있게 되었다. 더 나아가, 그 책에 대해 이해하게 되면 책을 떠나 더 많은 지식을 습득할 수 있었다. 그러한 수업들은 세상 모든 책은 소중하며 가치 있다는 것을 알게 해 주었다. 한 사람의 삶이 담겨 있는 그런 책들은 자신의 분신이나 마찬가지이기 때문이다. 이러한 이유들 때문에 나는 예전의 습관인 마음에 들지 않는 책과의 인연 끊기를 하지 않게 되었다.
내가 슬로리딩 시간 중 가장 난처해하고 싫어했던 시간은 피드백 시간이었다. 내 생각을 친구들과 나누고 수정·보완하는 과정인데, 평소에 나는 무언가 공식적으로 말하는 것을 싫어했다. 분명 친구들과 있으면 자신감이 넘쳤지만 얼마 전에 처음 만났고, 아직 말도 나눠 보지 않은 친구에게 내 생각을 말하라니. 내가 14년을 살면서 배운 것 중 하나가 모르는 사람을 대할 때는 자신의 생각을 숨기라는 것이었는데 그건 내 생각에 어긋나는 것이었다. 피드백을 하는 동안은 정말 어색했다. 형식적으로 그 이상은 하지 않았었다.

하지만 언제부터인가 나는 내 머릿속에 있는 것을 말하지 않으면 답답함을 느끼게 되었다. 그래서 적어도 피드백 시간에는 아주 열정적으로 참여한다. 아직 용기가 부족하여 많은 것을 해 보진 않았지만, 영어시간에 문법 발표를 준비해 발표하거나 영어 토론에 참여하는 등 이전보다는 많은 것을 극복해 나가고 있다. 그리고 나는 앞으로도 많은 일에 도전해 볼 용기가 생겼다.

앞에 말했던 두 가지가 슬로리딩만으로 생긴 변화가 아닐 수도 있다. 하지만 이것 하나만큼은 확실하다. 국어시간에는 마음이 편했다. 아무런 압박도 받지 않으며 내가 주도하여 과정과 결과물을 만드는 느낌이 들었으며 수업이 끝나면 무언가 배웠다는 마음에 뿌듯하고 홀가분하였다. 예전 나의 삶은 시간이 나를 끌고 갔다. 어디에서 어디로 가는지 그건 내가 아는 게 아니었다. 하지만 이제는 나의 삶과 나의 시간을 비로소 '마음대로' 하게 되었다. 어디에서 어디로 갈지는 내가 선택한다. 이제 내 자유가 된 것이다.

- 솔직히 나는 1학년 때부터 슬로리딩을 하기 전에는 글을 읽고 내 생각을 정리하고 더 깊게 생각해 보는 힘이 없었다. 항상 책을 읽는 그 순간의 생각과 느낌만으로 책장을 넘겼는데 슬로리딩을 통해서 한 장을 읽더라도 꼼꼼히 읽고 생각을 더 깊이 할 수 있었다. 책을 많이 읽는 것도 중요하지만 책 한 권을 읽더라도 꼼꼼히 읽는 것의 중요성을 올 한 해 크게 느꼈다. 슬로리딩을 하고 나니까 평소 여가 시간에 책을 읽고 나면 예전에는 그렇지 않았는데 요즘은 책에서 읽었던 내용이 일상에서도 생각이 나고 실제 내 삶에서의 여러 상황과 책 내용을 비교해 보는 나를 발견했다. 오늘 내가 학교에서 했던 배움 활동을 다시 이렇게 정리해 보면서 '어, 내가 이런 구절을 읽고 이런 생각까지 했었나?' 하면서 신기하고 놀란 적도 꽤나 있었다. 이렇게 읽고 쓰고 생각하는 힘이 길러진 것은 슬로리딩 덕분이다.

- 나는 중학교 1학년부터 2학년 때까지 슬로리딩으로 국어 수업을 하였다. 다른 수업과 슬로리딩을 대조해서 '슬로리딩'을 설명하자면, 다른 수업은 등산로로 산을 등반하는 느낌이고, 슬로리딩은 등산로가 아닌 어떤 길이든 나만의 길과 방식으로 등반하는 느낌이다. 나중에 정상까지 등반을 했다는 사실에 초점을 맞추기보다는 일단 내가 어떤 길로 걸어왔느냐에 초점을 둔다. 제일 처음 슬로리딩을 접했을 땐 기존에 보지 못했던 방식에 놀라 이게 뭔가 싶었고, '중학교에선 원래 이런 수업 방식으로 공부하는 것인가?'라는 의구심도 들었다. 솔직히 이런 수업 방식이 어색하고 이상하지 않게 느껴지지 않는다는 말은 거짓말이다. 하지만 슬로리딩을 계속할수록 내가 자유롭게 느끼고, 그것을 쓰는 활동이 재밌다는 생각이 든다. 틀에 박힌 생각보단 살짝 샛길로 빗겨나가는 행위 또한 흥미롭고, 더 나아가 지금은 다른 교과 수업도 이런 방식으로 하면 좋겠다는 생각까지 든다.

- 슬로리딩을 하면서 일단 내가 생각하는 수준이 조금 높아진 것 같다. 친구들의 생각을 보고 나도 한번 생각해 보고 한 걸음씩 하니까 자연스레 조금씩 발전했다는 생각이 든다. 슬로리딩을 할 때 생각을 해내야 하는데 그 생각을 도저히 해낼 수 없을 때는 솔직히 힘들긴 했다. 하지만 잘 참고 지금까지 견뎌 오니까 옛날과 비교해서 글을 쓰거나 내 생각을 말해야 하는 상황이 왔을 때 훨씬 더 생각이 깊어진 것 같다. 슬로리딩은 하면 할수록 말이나 글로 표현하는 실력이 느는 것 같아서 지나고 보니 뿌듯한 마음이 들고 내가 발전할 수 있게 된 것 같다. 또 이렇게 슬로리딩을 통해 책을 접하니까 책에 대한 친근감이 많이는 아니지만 조금이라도 더 생기고 가볍게라도 책을 펼쳐 보게 된 것 같다. 이 슬로리딩 활동에 투자한 시간이 전혀 아깝지 않을 정도로 이 과정들은 하나하나가 모두 의미 있고 감사한 시간이었다고 생각한다.
- 벌써 슬로리딩 수업을 처음 시작한 지 2년이 지나갔다. 어쩌면 길고도 짧지만 슬로리딩을 한 그 시간만 본다면 얼마 되지 않는 듯하다. 그렇지만 그 내용을 본다면 어디에 비교해 봐도 처지지 않을 것이고 이것은 그 누구에게도 줄 수 없는 소중한 시간이다. 올해는 「성북동 비둘기」라는 시와 『우리들의 일그러진 영웅』, 『어린 왕자』라는 두 권의 책으로 슬로리딩을 했다. 그 책들은 겉만 보면 어린아이들을 위한 것이라 보일 수도 있다. 그러나 그 속을 본다면 그렇지 않다. 어쩌면 바로 우리 생활과 닿아 있을지도 모르는 문제들을 일깨워 주고 나를 성찰할 수 있다. 또 지금 사회에 비추어 볼 수도 있을 것이다. 슬로리딩은 이렇다. 책을 한 개의 정해진 길에 따라 읽지 않고 그 누구도 찾지 못하는 나만의 길을 만들어 나가며 새로운 것들을 배운다. 하는 도중에는 힘들어도 하고 나면 마음이 편안해지고 새로운 깨달음을 얻을 수 있었다. 슬로리딩은 나에게 배움이 있고 값진 시간만이 아니라 행복하고 즐거운 시간이었다.

※ 이 책에 수록된 학생 작성 사례는 2016년 활천중학교 1학년, 2017년 수남중학교 2학년, 2018년 수남중학교 1학년, 2019년 수남중학교 2학년 학생들의 소중한 배움의 흔적임을 밝힌다.

참고 문헌

경기도교육청(2017), 「교육과정 문해력 이해자료(교육정책과 2017-15)」.

경상남도교육청(2019), 「한 학기 한 권 읽기, 열두 발자국(경남교육 2019-178)」.

경상남도교육청(2019), 「함께 길러요 교육과정 문해력 중학교편(경남교육 2019-239)」.

교육부(2015), 「국어과 교육과정(교육부 고시 제2015-74호, 별책5)」.

교육부(2015), 「2015 개정 교과 교육과정에 따른 평가기준(중학교 국어)」.

교육부(2018), 「2015 개정 교육과정 총론 해설(중학교, 교육부 고시 제2018-162호)」.

김동현(2018), 「슬로리딩을 적용한 수업사례 연구」, 청주교대 교육대학원 석사학위논문.

김수현(2016), 『나는 나로 살기로 했다』, 마음의 숲.

김주환·구본희 외(2018), 『한 학기 한 권 읽기 어떻게 할까?』, 북멘토.

김원겸·이형석(2019), 『슬로리딩, 교육과정을 품다』, 에듀니티.

박경숙 외(2017), 『수업, 슬로리딩과 함께』, 살림터.

박지희·차성욱(2019), 『온작품을 만났다, 낭독극이 피었다』, 휴먼에듀.

손인수(1992), 『교육사신강』, 문음사.

송승훈(2019), 『나의 책 읽기 수업』, 나무연필.

송승훈 외(2014), 『함께 읽기는 힘이 세다』, 서해문집.

송승훈 외(2018), 『한 학기 한 권 읽기』, 서해문집.

온정덕 외(2018), 『교실 속으로 간 이해중심 교육과정』, 살림터.

유영식(2019), 『교육과정 문해력』, 즐거운 학교.

이만규(1991), 『조선교육사』, 거름.

이문구(2004), 『청소년이 읽는 우리 수필 6 이문구』, 돌베개.

이범규(1982), 「서당의 교육방법에 관한 고찰」, 고려대학교 교육대학원 석사학위논문.

이선희·유기홍 외(2017), 『슬로리딩』, 글누림.

이토 우지다카(2012), 『천천히 깊게 읽는 즐거움』, 21세기북스.

자크 랑시에르(2016), 『무지한 스승』, 궁리.

제이 맥타이·그랜트 위긴스(2016), 『핵심 질문』, 사회평론아카데미.

주형일(2012), 『랑시에르의 무지한 스승 읽기』, 세창미디어.

최영민 외(2017), 『교사를 위한 슬로리딩 수업 사용설명서』, 고래북스.

최진석(2017), 『인간이 그리는 무늬』, 소나무.

최진석(2017), 『탁월한 사유의 시선』, 21세기북스.

하시모토 다케시(2012), 『슬로리딩(생각을 키우는 힘)』, 조선북스.

EBS미디어·정영미(2015), 『EBS 다큐프라임 슬로리딩, 생각을 키우는 힘』, 경향미디어.